O essencial da década de 1970

O essencial da década de 1970

CAIO FERNANDO ABREU

EDITORA
NOVA
FRONTEIRA

EDITORA NOVA FRONTEIRA PARTICIPAÇÕES S.A.
Rua Nova Jerusalém, 345 – Bonsucesso – 2104-2235
Rio de Janeiro – RJ – Brasil
Tel.: (21) 3882-8200 – Fax: (21) 3882-8312/8313

CIP-BRASIL. CATALOGAÇÃO NA PUBLICAÇÃO
SINDICATO NACIONAL DOS EDITORES DE LIVROS, RJ

A145c
2. ed.

Abreu, Caio Fernando, 1948-1996
Caio Fernando Abreu : o essencial da década de 1970 / Caio Fernando Abreu. - 2. ed. - Rio de Janeiro : Nova Fronteira, 2014.

ISBN 978.85.209.3929-1
1. Abreu, Caio Fernando, 1948-1996 – Coletânea. I. Título.

14-15497 CDD: 869.93
CDU: 821.134.3(81)-3

Sumário

A PAIXÃO SEGUNDO CAIO F., *por Maria Adelaide Amaral* 9

Inventário do ir-remediável

Bodas de prata 19

Da morte 21

Os cavalos brancos de Napoleão 23
A quem interessar possa 30
Corujas 35
Apeiron 40
O ovo 42
O mar mais longe que eu vejo 49

Da solidão 55

Ponto de fuga 57
Paixão segundo o entendimento 62
Fotografia 65
Itinerário 68
O coração de Alzira 73
Domingo 77

Do amor 81

Diálogo 83
Triângulo amoroso: variação sobre o tema 87
Meio silêncio 90
Amor 93
Amor e desamor 97
Apenas uma maçã 100

Do espanto 107

O rato 109
Madrugada 114
A chave e a porta 117
Metais alcalinos 121
Verbo transitivo direto 125
Fuga 131
Inventário do ir-remediável 136

Poemas

Oriente 145
Press to open 146
Alento 148

Contos

Antípodas 151
Anotações sobre um amor urbano 158
Por uma tarde de junho 164
De várias cores, retalhos 168
Venha comigo para o reino das ondinas 172
Creme de alface 178
Loucura, chiclete & som 184
Uma história confusa 191
Lixo e purpurina 197
Triângulo em cravo e flauta doce 223
Mas apenas e antigamente guirlandas sobre o poço 227
A visita 233
Aniversário 240
London, London ou ajax, brush and rubbish 243
A modificação 250
Carta para além do muro 255
Red roses for a blue lady 259

O príncipe Sapo ... 265
A maldição dos Saint-Marie ... 274

Correspondência (1970-1979)

A Hilda Hilst ... 301 e 308
A Vera e Henrique Antoun ... 310
A Nair e Zaél Abreu ... 313 e 315
A Vera Antoun ... 317
A Nair Abreu ... 323 e 325
A Vera Antoun ... 328
A Luiz Fernando Emediato ... 335
A Nair Abreu ... 339, 341, 343 e 345
A Suzana Saldanha ... 348
A Nair Abreu ... 351 e 353
A José Márcio Penido ... 356

Depoimentos

Eu me sinto superfeliz quando encontro uma pessoa tão confusa quanto eu ... 365
Caio quer ser um mago (por enquanto é um contista premiado) ... 370

Cronologia (1948-1996) ... 373

As fontes de *Caio Fernando Abreu: o essencial da década de 1970* ... 379

A paixão segundo Caio F.

Quando conheci Caio Fernando Abreu, em 1979, ele flertava com a ideia da morte. Trabalhávamos na Abril, ele na revista *Pop*, eu na Divisão Cultural, e entre um café e outro discorríamos sobre a fatuidade e o absurdo da existência, sobre o ser e o nada, temas, enfim, caros à geração que se formou à sombra do existencialismo e de seus ideólogos. Para Albert Camus, que nos era particularmente caro, as questões fundamentais eram a liberdade e o suicídio, e estávamos perfeitamente de acordo. Nós nos batemos pela causa da liberdade e em alguns momentos até chegamos a vislumbrar a ideia de suicídio. Tudo isso naturalmente acompanhado do inevitável sentido do efêmero: a vida é sopro, oblívio, nada antes e nada depois. É claro que nem sempre era fácil viver o que a gente pensava, mas Caio F. conseguia fazer isso muito melhor do que eu. *Descansa: pouco te chorarão* — o verso inicial da epígrafe do capítulo "Da morte", em *Inventário do ir-remediável*, traduzia bem o que ele supunha ser a sua fugaz passagem. Felizmente, no entanto, o poema de Fernando Pessoa/Álvaro de Campos não refletiria o que de fato aconteceu em relação à sua memória e à sua obra. Caio F. continua sendo pranteado, não apenas por nós que o conhecíamos e o amávamos, mas também por aqueles que só o descobriram depois de ele morrer.

Nos últimos anos, contos, romances, crônicas, teatro e até a sua caudalosa correspondência têm sido publicados, reeditados, revisitados e encenados profusa e abundantemente. Nunca durante sua existência Caio F. foi tão lido, tão visto, tão comentado, tão reverenciado. Se por um lado isso pode soar tristemente irônico, por outro é motivo de celebração. Sua obra afinal permanece e sobrevive a ele, atemporal e universal. Mesmo "Lixo e purpurina", misto de diário e ficção, na verdade um necrológio muito particular da era *flower-power* e com todas as condições para ser um depoimento datado, escapa desse risco devido à qualidade do texto. "Chorar por tudo que se perdeu, por tudo que apenas ameaçou e não chegou a ser, pelo que perdi de mim, pelo ontem morto, pelo hoje sujo, pelo amanhã que não existe, pelo muito que amei e não me amaram, pelo que tentei ser correto e não foram comigo", ele escreve a 2 de março de 1974. E completa lucidamente: "A única magia que existe é estarmos vivos e não entendermos nada disso. A única magia que existe é a nossa incompreensão."

Neste *Caio Fernando Abreu: o essencial da década de 1970*, que reúne contos, poema, correspondência e até uma precoce peça de teatro no mais autêntico estilo gótico, é uma aventura percorrer os primeiros escritos de Caio F. e mapear os temas que se tornariam recorrentes ao longo da sua obra: a espera angustiada e silenciosa por alguém que não vem desde "Fotografia": "[...] o cinzeiro cheio de pontas, essa música indefinida machucando por dentro, como se estivesse sempre aqui." Uma bola cresce "esmagando as folhas de um outro outono, de um outro tempo, ainda este, o tempo, o outono, a tarde, o mundo, a esfera, a espera em que estou para sempre presa". No conto que dá o nome ao livro *Inventário do ir-remediável*, ele diz "quis tanto que você fosse ao meu encontro", e havia tomado todas as precauções, "deixara o telefone do bar, o endereço, a hora que estaria ali. Um detalhado roteiro, feito dissesse dissimulado estou esperando, você pode me encontrar. Ah, como doía manter-se assim disponível". E completa tragicamente que ficou à espera, e "ficaria até o fim, até o fundo. Que aceitei a queda, que aceitei a morte. Que nessa aceitação, caí. Que nessa queda, morri. Tenho me carregado tão perdido e pesado pelos dias afora. E ninguém vê que estou morto".

Também os gestos que não são feitos, ou são por vezes esboçados mas imediatamente detidos, o que não é dito, aquilo que é sonegado, falseado, escamoteado, as expectativas continuamente frustradas, a fome de paixão jamais saciada, a consciência dolorosa de que a paixão é mais importante que o objeto. "Encarou-o tenso, colocando no olhar o desafio: eu te vejo mais fundo do que você me vê, porque eu te invento nesse olhar, porque você se torna meu invento, porque depois de olhar muito dentro eu prescindo da imagem e o meu olhar repleto basta, como se eu fosse cego, mas tivesse guardado todas as imagens: um cego vê mais que um homem comum porque não precisa olhar para fora de si, porque o que ele deseja ver está completamente dentro e é inteiramente seu", escreve em "A chave e a porta".

A solidão e o desejo de proximidade, a escolha do parceiro da noite, qualquer parceiro sexual ou não. Como no final de "Madrugada", um conto eivado de solidão e um tipo de camaradagem tão masculina: "Eles não sabiam o que fazer com as mãos cheias de amizade e lembranças das mulheres ausentes. Bêbados como estavam, a única solução seria abraçarem-se e cantarem. Foi o que fizeram. Não satisfeitos com o gesto e as palavras, desabotoaram as braguilhas e mijaram em comum numa festa de espuma. Como no poema de Vinicius que não tinham lido nem leriam jamais. Depois calaram e olharam para longe, para além dos sexos nas mãos. Nas bandas do rio, amanhecia."

Em "Um amor urbano", a vertiginosa expressão de sua avidez. "O cheiro do teu corpo persiste no meu durante dias. Não tomo banho. Guardo, preservo, cheiro o cheiro do teu cheiro grudado no meu. [...] Fico farpa, sede, garra, prego. Fico tosco e você se assusta com minha boca faminta voraz desdentada de moleque mendigo pedindo esmola neste cruzamento onde viemos dar." A angustiada constatação da peste. "Pois a cidade está louca, você sabe. Sim, a cidade está doente, você sabe. E o vírus caminha em nossas veias, companheiro." Desesperado ele apalpa "as virilhas, o pescoço, sem entender, sem conseguir chorar, abandonado, apavorado, mastigando maldições, dúbios indícios, sinistros augúrios [...]" Quase numa epifania, ele antecipa o que seriam seus últimos anos: "Viver agora é tarefa dura. De cada dia arrancar das coisas, com as unhas, uma modesta alegria; em cada noite descobrir um motivo razoável para acordar amanhã."

Numerosas e diferentes análises podem ser feitas sobre a literatura por assim dizer inicial de Caio F., desde a influência de Clarice Lispector em "O coração de Alzira" ou do realismo fantástico em "O ovo". Porém o que mais me impressionou na (re)leitura do material contido neste volume foi uma sensação premonitória. A todo momento esbarrava com frases que antecipariam o que viria depois, como se as palavras brotassem de um subterrâneo conhecimento, aquele de onde provêm os "momentos de criação, da vibração, da comunicação com o incognoscível que nos dita as coisas a serem escritas", conforme ele escreveu em junho de 1970 numa carta a Hilda Hilst.

"Talvez eu já não esteja completamente aqui. Nem lá, seja onde for. Antes de viajar, fico pairando. Talvez a alma parta antes, e não saiba direito para onde ir sem o corpo. Na morte deve ser parecido", ele registra a 11 de março, em "Lixo e purpurina", depois de dizer "Quero outra vez um quarto todo branco e um par de asas. Mesmo de papelão".

Quando o visitei no hospital Emílio Ribas em 1994, o quarto não era tão branco, mas Caio tinha asas e não eram de papelão. "Saio dessa mais humano e infinitamente melhor, mais paciente — me sinto privilegiado por poder vivenciar minha própria morte com lucidez e fé", ele escreve a sua amiga Maria Lídia Magliani em agosto desse ano. A confrontação com a morte lhe devolveu a vida em sua luminosa e frágil contingência. Ele não diria mais "A cada dia viver me esmaga com mais força" como fez em "Carta para além do muro". A perspectiva da morte transformou seu olhar. Dedicou-se a cultivar flores como se elas fossem a projeção de sua vida que ele devia zelar. Livrava os canteiros de caramujos e das ervas daninhas, movia guerra pessoal e implacável contra as formigas-cortadeiras que dizimavam as suas rosas. Em 1994, nas cartas para os amigos e nas crônicas para o Caderno 2, ele alude à dura batalha que foi combatê-las, mas as flores (e ele) acabaram por levar a melhor (contra as formigas). Talvez não sem razão um dos seus poemas preferidos falasse das rosas e do sentido de cultivá-las. "Segue o teu caminho/ Rega tuas plantas/ Ama as tuas rosas/ O resto é sombra/ De árvores alheias" (Ricardo Reis/Fernando Pessoa).

Já estava lá, desde o início de tudo, está tudo em *Caio Fernando Abreu: o essencial da década de 1970*. Até a carta pungente que ele escreveu a José Márcio Penido em dezembro de 1979. "Zézim, ninguém te ensinará os caminhos. Ninguém me ensinará os caminhos. [...] Não há caminhos a serem ensinados, nem aprendidos. Na verdade, não há caminhos. E lembrei duns versos dum poeta peruano (será Vallejo? não estou certo): '*Caminante, no hay camino. Pero el camino se hace al andar.*'"

Ao mesmo Zé Márcio onze anos depois ele escreveria "Ando apaixonado por viver, com tudo que isso implica", e no ano seguinte para Maria Lídia ele completaria, "Tenho achado viver tão bonito, talvez porque ande como nunca perto da ideia da morte". Caio F. sabia que estava contaminado muito antes de fazer o exame que confirmou o terror de sua suspeita. Mas *transmutar, transfigurar* não são apenas palavras frequentes nos seus textos, mas a manifestação de um talento muito pessoal para transformar e transcender adversidades, maus sentimentos, enfim, as doenças da vida, do corpo e da alma. Caio F., sabemos, fez do seu caminho para o calvário uma digna e admirável via-sacra. A memória de sua paixão e compaixão nos entristece e ao mesmo tempo nos conforta pois nos leva a acreditar que o homem às vezes é um reflexo de Deus ou da ideia superior que essa palavra encerra.

Maria Adelaide Amaral

Inventário do ir-remediável

À memória de Carmen da Silva

Para
Hilda Hilst
Madalena Wagner
e Maria Lídia Magliani

Vou com sonâmbulos e corsários,
poetas, astrólogos e a torrente
dos mendigos perdulários.

Cecília Meireles

Bodas de prata

Inventário do irremediável foi o meu primeiro livro publicado. Antes dele, havia um volume de contos chamado *Três tempos mortos*, cujos originais acabaram se perdendo depois de ganharem, em 1968, uma Menção Honrosa no Prêmio José Lins do Rego, da Livraria José Olympio Editora. Em 1970, Carlos Jorge Appel editou apenas quinhentos exemplares pela Editora Movimento, lançados em noite de autógrafos na lendária Livraria Coletânea, do meu maior incentivador (com Madalena Wagner, que nunca mais voltou da Alemanha), o escritor Arnaldo Campos. Em 1982, Pedro Paulo de Sena Madureira propôs reeditá-lo pela Nova Fronteira. Praticamente reescrevi-o todo nessa época, a artista plástica Magliani fez uma linda capa — mas Pedro Paulo desligou-se da editora, eu viajei, entrei em novos projetos e a coisa acabou não andando.

Por que retomá-lo agora, 25 anos depois? Primeiro, ainda acredito nele. Segundo, é praticamente um novo livro. Da primeira edição foram eliminados oito contos, os restantes reescritos, e até o título mudou, passando da fatalidade daquele *irremediável* (algo melancólico e sem saída) para *ir-remediável* (um trajeto que pode ser consertado?). Terceiro: acho que deve-se insistir na permanência de tudo aquilo que desafia Cronos, o deus-Tempo cruel, devorador dos próprios filhos. Esta reedição fica, assim, como uma espécie de comemoração das minhas, digamos, bodas de prata com a literatura...

Estes contos foram escritos entre 1966, entre Santiago do Boqueirão, onde eu costumava passar as férias na casa de meus pais; Porto Alegre da época da faculdade; São Paulo dos primeiros loucos tempos de 1968, AI-5 e ebulição cultural; e finalmente a Casa do Sol, de Hilda Hilst, em Campinas. Foi na casa de Hilda que dei forma final aos textos, inscrevendo--os no Prêmio Fernando Chinaglia para autores ainda inéditos em livro.

Creio que o mais perigoso neste *Inventário* é a excessiva influência de Clarice Lispector, muito nítida em histórias como "Corujas" ou "Triângulo amoroso: variação sobre o tema". Mas há ainda outras influências: a do *nouveau roman* francês de Robbe-Grillet, Nathalie Sarraute e Michel Butor, num conto como "Ponto de fuga", e também do realismo mágico latino-americano (em "O ovo" ou "O mar mais longe que eu vejo"), vagas alegorias sobre a ditadura militar do país. Há meros exercícios de forma e estilo, além de textos demasiado pessoais, que soam mais como trechos de cartas ou diário íntimo.

Seja como for, com todas as suas irregularidades e muitas pretensões (frequentemente é demasiado *literário*), sem dúvida *Inventário do irremediável* foi uma das bases de todos os livros que vieram depois. Quem sabe isso talvez possa interessar, além de mim mesmo, a alguns leitores? Gostaria muito que sim.

Caio Fernando Abreu
Menino Deus (Porto Alegre), setembro de 1995

DA MORTE

Descansa: pouco te chorarão...
O impulso vital apaga as lágrimas pouco a pouco,
Quando não são de coisas nossas.
Quando são do que acontece aos outros, sobretudo a morte,
Porque é a coisa depois da qual nada acontece aos outros...

Fernando Pessoa/Álvaro de Campos

Os cavalos brancos de Napoleão

Para Graça Nunes

A princípio os cavalos eram mansos. Inofensivos como moças antigas fazendo seu *footing* na tarde de domingo. Foi só depois de certa convivência, ganhando intimidade, que começaram a tornar-se perigosos, passando da mansidão à secura e da secura à agressividade. Quando isso aconteceu, já tudo estava perdido. Na verdade talvez estivesse desde sempre, pois, convenhamos, ver cavalos — e ainda por cima brancos — não é muito normal. E quem sabe a doçura do início fosse apenas um estratagema: se de imediato os cavalos tivessem se mostrado como realmente eram, é provável que Napoleão não os recebesse. E onde eles, pobres cavalos brancos rejeitados, encontrariam outro alguém para seduzir e atormentar? Outra hipótese é que não teriam sido propriamente um mal: Napoleão os teria trazido consigo, latentes, desde o útero materno, e só de repente vieram à tona. Como se aguardassem circunstâncias mais propícias para atacar. Pois eram inteligentes. E prudentes, também.

Antes, antes de tudo, Napoleão era advogado. Carregava consigo um sobrenome tradicional e as demais condições não menos essenciais para ser um bom profissional. Sua vida se arrastava juridicamente, como se estivesse destinado à advocacia. Em sua própria casa, à hora das refeições, todos os dias sempre se desenrolavam movimentadíssimos julgamentos. Dos quais ele era o réu. Acusado de não dar um anel de brilhantes para a esposa nem um Fusca para o filho nem uma saia maryquantiana para a filha. Eventuais visitas faziam corpo de jurados, onde às vezes colaboravam criados mais íntimos, sempre concordando com a esposa, promotora tenaz e capciosa. Treinado desse jeito, diariamente e com a vantagem de estar na doce intimidade do dulcíssimo lar, não era de admirar que fosse advogado competente. Sobretudo, experiente. Entre papéis de defensor e acusado, dividia-se em paciência. Nome nos jornais, causas vitoriosas, vezenquando faziam-no sorrir gratificado, pensando que, enfim, nem tudo estava perdido, ora. Mas estava. Embora ele não soubesse. Ou quem sabe estava tudo achado e não perdido, de tal maneira estão bem e mal interligados? O fato é que ele não sabia. Não sabendo, não podia lutar. Não podendo lutar, não podia vencer. Não podendo vencer, estava derrotado. Um derrotado em potencial, pois, ele viu pela primeira vez.

Deu-se nas férias, na praia, quando olhou para as nuvens. E o fato de ter visto exatamente cavalos — ainda mais exatamente, brancos — talvez tivesse mesmo a ver com seu nome, como mais tarde insinuaram os psiquiatras. Se se chamasse Ali ou Mustafá, provavelmente teria visto camelos? Ou touros, se seu nome fosse Juan ou Pablo? Mas na primeira visão isso não teve importância. Simplesmente viu, com a simplicidade máxima que há no primeiro movimento do ato de ver. Tão natural achou que cutucou a esposa deitada ao lado, apontando, olha só, Marta, cavalos brancos nas nuvens. Não havia espanto nem temor nas suas palavras. Apenas a reação espontânea de quem vê o belo: mostrar. Marta disse não enche, Napoleão, coisa chata cutucar com este calor.

Como ele insistisse, afastou os *ray-bans* e deu uma espiada. Achou que as nuvens tinham mesmo certo jeito de cavalos. Tranquilizada, passou um pouco mais de bronzeador argentino nas coxas. O que ela não percebia é que os animais estavam além (ou aquém) das nuvens. E entre elas passavam, ora galopantes, ora trotando, uma brancura, uma pureza tão grandes — equinidade absoluta nos movimentos. Tanta que Napoleão piscou, comovido. E começou a afundar. Porque ver é permitido, mas sentir já é perigoso. Sentir aos poucos vai exigindo uma série de coisas outras, até o momento em que não se pode mais prescindir do que foi simples constatação. Em breve os cavalos se diluíram no azul. Napoleão voltou à sua Agatha Christie.

Nesse dia, nuvens dissipadas, no céu de um azul sem mágoa não havia mais espaço para os cavalos. Só no nublado da manhã seguinte eles voltaram a aparecer. Desta vez, já com o egoísmo de quem intui que a coisa começa a significar, Napoleão não quis dividi-los com ninguém. Afundou neles, corpo despregado da areia, levíssima levitação, confundindo-se com as nuvens, tão macias as carnes reluzentes, as crinas sedosas, os cascos marmóreos, relinchos bachianos brotando das modiglianescas gargantas, ricos como acordes barrocos. Estendeu as mãos para tocá-los, mas eles se esquivaram pudicos e desapareceram. De volta à areia, Napoleão olhou com certa superioridade para a esposa, achando-a vulgar naquela falsa moreneza tão oposta à brancura dos cavalos.

Começou a cultivá-los. Percebendo-os tímidos, passou a fazer longas caminhadas solitárias pela praia. Percebendo-os líricos, escolheu a hora do pôr do sol para seus furtivos encontros. E eles vinham. Agora se deixavam afagar, focinhos abaixados com sestro e brejeirice. Variavam em quantidade, nunca de cor. Como moças-de-respeito, jamais os encontrava sozinhos, embora, imaculadamente brancos. Brancos ou brancas? Éguas ou garanhões? Na verdade Napoleão jamais saberia especificar-lhes o sexo. E que importância tinha? Embora apaixonado, não pretendia dormir com eles(as), portanto era indiferente sua sexualidade. Afagava-os como afagaria uma rosa, vivesse metido em jardins ao invés de tribunais. Como antigos vasos de porcelana, tapetes persas, preciosidades às quais apenas se ama, na tranquilidade de nada exigir em troca. Tranquilo, então, ele os(as) amava. Voltava banhado em paz, rosto descontraído, sorrindo para os animais alojados no fundo de suas próprias pupilas. Mulher, filhos, criados, visitas, vizinhos surpreendiam-se ao vê-lo crescer dia a dia em segurança e força. Os habituais júris não mais o perturbavam. Pairava agora infinitamente acima de qualquer penalidade ou multa. Tanto que a esposa chegou a pensar seriamente em perguntar-lhe: o que é a Verdade? pois dessa nem Cristo escapara ileso. Calou — um pouco por ser demasiado católica, medrosa do sacrilégio, mas principalmente por senti-lo ainda além daquela pergunta, embora, orgulhosa, não o confessasse a si mesma.

Voltando à cidade, fim de férias, ele temeu que os cavalos o tivessem abandonado. Realmente, durante dois dias eles desapareceram. Napoleão esqueceu júris, processos, representações, dedicado somente à ausência dos amigos, ponto branco dolorido no seu taquicárdico coração. Fez então o primeiro reconhecimento: eles haviam assumido vital importância. Não podia mais viver sem os cavalos. Dessa certeza, partiu para uma segunda: eram a única coisa realmente sua que jamais tivera em toda a vida.

Mas eles voltaram. Entraram pela janela aberta do tribunal num dia em que ele estava especialmente inflamado na defesa de um matricida. A princípio ainda tentou prosseguir, fingiu não vê-los, traição, opção terrível entre o amor e a justiça, como na telenovela a que sua mulher assistia. Eles não estavam doces. Depois de entrarem pela janela, instalaram-se ríspidos entre os jurados. De onde observavam, secos, inquisidores. Sem sentir, Napoleão começou a falar cada vez mais baixo, mais lento, até a voz esfarelar-se num murmúrio de desculpas, em choque como murmúrio de revolta crescendo dos parentes do réu. Napoleão olhou ansioso para os cavalos, que não fizeram nenhum gesto de aprovação ou ternura. Rígidos, álgidos: esperavam. O quê? foi a pergunta que ele se fez em pânico escavando o cérebro. Sem resposta, manteve-se encolhido e quieto até o final do julgamento. Estariam zangados? Por que oh meu Deus, por quê? Mesmo assim acompanharam-no até a porta de casa instalados no banco traseiro do automóvel. Mudos. Napoleão entrou devagar na sala quase escura, criados indecisos entre aproveitar a luz mortiça do entardecer ou acender a luz elétrica. Confuso, enterrou a cabeça nas mãos. Nesse instante, a luz acendeu e um amigo, também advogado, entrou acompanhado de Marta.

AMIGO *(carinhoso e complacente)* — Não há de ser nada, Napoleão. Isso acontece até com os melhores. Você não deve se desesperar. As coisas voltam a ser como antes.

MARTA *(pousando a mão no ombro de Napoleão)* — Afinal, foi a primeira vez, meu bem.

NAPOLEÃO *(encarando-os, agradecido)* — Vocês viram, então? Viram? Ah, eu não sei como explicar. Parecia tudo tão bem, tão completo. Eu não entendo o que houve.

AMIGO — Isso acontece, Napoleão.

MARTA — Não se desespere, querido.

AMIGO — Você não teve culpa.

MARTA — Você estava nervoso.

NAPOLEÃO *(obsessivo)* — Mas vocês repararam na atitude deles? Repararam mesmo?

AMIGO *(conciliador)* — Natural que ficassem revoltados, Napoleão. Afinal, são parentes, clientes, pagaram os tubos. Queriam um serviço bem-feito.

MARTA — Claaaaaro. E, enfim, o cara pegou só sete anos. Não é tanto assim, você pode apelar, pedir o tal de *habeas corpus*...

NAPOLEÃO *(erguendo-se brusco da poltrona)* — Parentes? Clientes? Réu? *Habeas corpus*? Mas eu estou falando é dos cavalos, entendem? Dos cavalos, caralho! Os parentes, os réus, os jurados que se fodam, entendem? Que se fodam. Sem vaselina! O que me interessa são os cavalos!

Marta e o amigo se surpreenderam. E revezaram-se em desculpas, a cólera de Napoleão crescendo, meu Deus, ficou perturbado com o fracasso, Maria, traz um copo d'água, o coração, Napoleão, olha o infarto, uma aspirina, minha filha, calma, Napoleão, pelo amor de Deus, criatura!

Acalmou-se. Pelo menos até os cavalos voltarem, no dia seguinte. Ainda indiferentes, remotos. A ira cresceu de novo, medo de perder seu único motivo, seu único apoio. Chamaram o médico. Deu-lhe injeções, calmantes, barbitúricos. Entre períodos de inércia e desespero, Napoleão se dividia. Veio psiquiatra. Devassou a sua vida, fazendo-o corar de vergonha e raiva e indignação. Nunca pensou em dormir com sua mãe? Já teve relações homossexuais? Em caso afirmativo, ativas ou passivas? Já pensou em estrangular a sua esposa? E em dormir com sua filha? Que sensação experimenta quando está defecando? Gosta de sentir dor? Em caso afirmativo, provocada por homem ou mulher? Complexos de Édipo, Orestes, Agamemnon, Jocasta, Hipólito, Ifigênia, Prometeu, Clitemnestra — toda a mitologia grega foi colocada em função de sua *doença*. Em apenas dois dias, foi obrigado a ler toda a obra de Ésquilo, Sófocles e Eurípides para descobrir quando devia ou não ofender-se. Rótulos como sadomasoquista, pederasta, esquizofrênico, paranoico, comunista, ateu, *hippie*, narcisista, psicodélico, maconheiro, anarquista, catatônico, traficante de brancas (ou brancos?) foram-lhe impostos sucessivamente pelos psicanalistas.

Paciente, passivo, aceitava tudo sem sequer tentar compreender. Da psicoterapia individual passou à de grupo, e desta ao psicodrama, sonoterapia, eletrochoques — submetendo-se inclusive a um novíssimo método: a cavalo-terapia, criado especialmente para ele. Consistia em permanecer durante duas horas diárias no meio de cavalos reais. Exclusivamente pretos, e o mais cavalares possível, isto é, malcheirosos, despudorados, arrogantes etc. Nada conseguia curá-lo. Passava de psicólogo a psiquiatra, a psicanalista; de sanatório a casa de saúde, a hospício. E nada. Enquanto isso, os cavalos mostravam-se cada vez mais agressivos, chegando mesmo à ousadia de investir contra ele. Melancólico, chorava noites inteiras, buscando explicações para a atitude cada vez mais inexplicável de seus antigos companheiros. Os psiquiatras, a esposa, os filhos, os criados, os colegas — todos cresciam em exigências, magoando-o com dúvidas e perguntas suspeitas. Napoleão diminuía em ânimo e saúde. Nervos à flor da pele, recusava-se a comer ou beber e, nos últimos tempos, inclusive em responder às perguntas dos analistas.

Numa noite, deu-se o desfecho. Que, aliás, se armara inevitável desde o princípio. Mais tarde, os enfermeiros comentaram terem ouvido risos, segundo alguns, ou lágrimas, segundo outros. Mas ao certo, mesmo, ninguém ficou sabendo como Napoleão morreu. Quando o médico entrou no quarto pela manhã, deparou com o corpo dele rígido sobre a cama. Parada-cardíaca-provocada-por-inanição, atestou logo entre alívio e piedade. Mandou chamar a esposa, filhos, colegas, criados, que vieram em tardias lágrimas inúteis. Sobre a mesinha de cabeceira, em tinta azul, ficava sua última (ou talvez primeira) exigência. Queria ser conduzido para o cemitério num coche puxado por sete cavalos. Brancos, naturalmente. Foi. Culpada, a esposa gastou no enterro quase todo o seguro prévia e prudentemente feito. Sete palmos, Napoleão foi enterrado.Tivessem aberto o caixão, talvez notassem qualquer coisa como um vago sorriso transcendendo a dureza dos maxilares para sempre cerrados. Ninguém abriu. Tempos depois o zelador espalhou pelas redondezas que vira um homem estranho, nu em pelo, cabelos ao vento, galopando em direção ao crepúsculo montado em amáveis cavalos. Brancos, naturalmente.

A quem interessar possa

, eu não tenho culpa não fui eu quem fez as coisas ficarem assim desse jeito que não entendo que não entenderia nunca você também não tem culpa vou chamá-lo de *você* porque ninguém nunca ficará sabendo nem era preciso a culpa é de todos e não é de ninguém não sei quem foi que fez o mundo assim horrível às vezes quando ainda valia a pena eu ficava horas pensando que podia voltar tudo a ser como antes muito antes dos edifícios dos bancos da fuligem dos automóveis das fábricas das letras de câmbio e então quem sabe podia tudo ser de outra forma depois de pensar nisso eu ficava alegre quem sabe quem sabe um dia aconteceria mas depois pensava também que não ia adiantar nada e tudo começaria a ficar igual de novo no momento que um homem qualquer resolvesse trocar duas pedras por um pedaço de madeira porque a madeira valia mais e de repente outra vez iam existir essas coisas duras que vejo da janela na televisão no cinema na rua em mim mesmo e que eu ia como sempre sair caminhando sem saber aonde ir sem saber onde parar onde pôr as mãos os olhos e ia me dar aquela coisa escura no coração e eu ia chorar chorar durante muito tempo sem ninguém ver é verdade tenho pena de mim e sou fraco nunca antes uma coisa nem ninguém me doeu tanto como eu mesmo me doo agora mas ao menos nesse agora eu quero ser como eu sou e como nunca fui e nunca seria se continuasse me entende eu não conseguiria não você não me entendeu nem entende nem entenderia você nem sequer soube sabe saberá amanhã você vai ler esta carta e nem vai saber que você poderia ser você mesmo e ainda que soubesse você não poderia fazer nada nem ninguém eu já não acredito nessas coisas por isso eu não te disse compreende talvez se eu não tivesse visto de repente o que vi não sei no momento em que a gente vê uma coisa ela se torna irreversível inconfundível porque há um momento do irremediável como existem os momentos anteriores de passar adiante tentando arrancar o espinho da carne há o momento em que o irremediável se torna tangível eu sei disso não queria demonstrar que li algumas coisas e até aprendi a lidar um pouco com as palavras apesar de que a gente nunca aprende mas aprende dentro dos limites do possível acho não quero me valorizar não sou nada e agora sei disso eu só queria ter tido uma vida completa elas eram horríveis mas não quero falar nisso podia falar de quando te vi pela primeira vez sem jeito de repente te vi assim como se não fosse ver nunca mais e seria bom que eu não tivesse visto nunca mais porque de repente vi outra vez e outra e outra e enquanto eu te via nascia um jardim nas minhas faces não me importo de ser vulgar não me importa o lugar-comum dizer o que outros já disseram não tenho mais nada a resguardar um momento à beira de não ser eu não sou mais tudo se revelou tão inútil à medida que o tempo passava tudo caía num espaço enorme amar esse espaço enorme entre eu e você mas não se culpe deixa eu falar como se você não soubesse não se culpe por favor não se culpe ainda que esse som na campainha fosse gerado pelos teus dedos eu não atenderia eu me recuso a ser salvo e é tão estranho o entorpecimento começa pelos pés aquela noite eu ainda esperava quase digo sem querer teu nome digo ou escrevo não tem importância vou escrevendo e falando ao mesmo tempo com o gravador ligado é estranho me desculpa saí correndo no parque e me joguei na água gelada de agosto invadi sem ter direito a névoa dos canteiros destaquei meu corpo contra a madrugada esmaguei flores não nascidas apertei meu peito na laje fria do cimento a névoa e eu o parque e eu a madrugada e eu costurado na noite cerzido no escuro porque me dissolvia à medida que me integrava no ser do parque e me desintegrava de mim mesmo preenchendo espaços aqueles enormes espaços brancos terrivelmente brancos e você não teve olhos para ver que o parque era você a água você a névoa você a madrugada você as flores você os canteiros você o cimento você não teve mãos para mim só aquela ternura distraída a mesma dos edifícios e das ruas mas eles me desesperavam você me desesperava eu não quero falar nelas mas elas estão na minha cabeça como os meus cabelos e as vejo a todo instante cantando aquela canção de morte a minha carne dilacerada e eu ridículo queria ter uma vida completa você não se parecia com Denise tinha os olhos de mangaba madura os mesmos que tive um dia e perdi não sei onde não sei por que e de repente voltavam em você nos cabelos finos muito finos finos como cabelos finos minto que me bastaria tocá-los para que tudo fosse outra vez mas não toquei eu não tocaria nunca na carne viva e livre eles me rotularam me analisaram jogaram mil complexos em cima de mim problemas introjeções fugas neuroses recalques traumas e eu só queria uma coisa limpa verde como uma folha de malva aquela mesma que existiu ao lado do telhado carcomido do poço e da paineira mas onde me buscava só havia sombra eu me julgava demoníaco mas não pense que estou disfarçando e pensando como-eu-sou-bonzinho--porque-ninguém-me-ama eu me achava envilecido me sentia sórdido humilhado uma faixa de treva crescia em mim feito um câncer a minha carne lacerada estou dentro dessa carne lacerada que anda e fala inútil a carne conjunta das xifópagas e o vento um vento que batia nos ciprestes e me levava embora por sobre os telhados as cisternas as varandas os sobrados os porões os jardins o campo o campo e o lago e a fazenda e o mar eu quero me chamar Mar você dizia e ria e ríamos porque era absurdo alguém querer se chamar Mar ah mar amar e você dizia coisas tolas como *quando o vento bater no trigo te lembrarás da cor dos meus cabelos* você não vai muito além desses príncipes pequenos suas palavras todas não tenho culpa não tenho culpa eram de quem pedia cativa-me eu já não conseguiria bem lento eu não conseguiria eu não sei mais inventar a não ser coisas sangrentas como esta a minha maneira de ser um momento a beira de não mais ser não me permite um invento que seja apenas um entrecaminho para um outro e outro invento mesmo a destruição tem que ser final e inteira qualquer coisa tem que ser a última uma era inteira e a outra nascia da cintura e existia só da cintura para cima como um ipsilone mole esponjoso uma carne vil uma carne preparada por toda uma estrutura de guerras epidemias pestes ódios quedas eu me sentia culpado ao vê-las assim nosso podre sangue a humanidade inteira nelas que não riam e cantavam aquela sombria canção de morte brutalmente doce elas cantavam e minhas costas doíam como se eu sozinho as sustentasse e não uma à outra mas eu eu com este sangue apodrecido que assassina crianças de fome droga adolescentes bombardeia cidades e também você e todos nós grudados indissoluvelmente grudados nojentos mas me recuso a continuar ninguém sofrerá por mim sem mim chorar ninguém entende nem precisa nem você nem eu o anel que tu me deste sobre a folha que me contém sem compreender sem compreender que você carrega toda uma culpa milenar e imperdoável a História como concreto sobre os teusmeusnossos ombros Cristo sobre nossos ombros todas as cruzes do mundo e as fogueiras da Inquisição e os judeus mortos e as torturas e as juntas militares e a prostituição e doenças e bares e drogas e rios podres e todos os loucos bêbados suicidas desesperados sobre os teusmeusnossos ombros leves os teus porque não sabes sim sim eu tenho culpa não é de ninguém esse desgosto de lâmina nas entranhas não é de ninguém esse sangue espantado e esse cosmos incompreensível sobre nossas cabeças não posso ser salvo por ninguém vivo e os mortos não existem a fita está acabando começo a ficar tonto a dormência chegou quem sabe ao coração talvez eu pudesse eu soubesse eu devesse eu quisesse quem sabe mas não chore nem compreenda te digo enfim que o silêncio e o que sobra sempre como em García Lorca *solo resta el silencio un ondulado silencio* os espaços de tempo a nos situar fragmentados no tempoespaçoagora não sei onde fiquei onde estive onde andei nada compreendi desta travessia cega a mesma névoa do parque outra vez a mesma dor de não ser visto elas gritam sua canção de morte este sangue nojento escorrendo dos meus pulsos sobre a cama o assoalho os lençóis a sacada a rua a cidade os trilhos o trigo as estradas o mar o mundo o espaço os astronautas navegando por meu sangue em direção a Netuno e rindo não não quebres nunca os teus invólucros as tuas formas passa lentamente a mão do anel que eu te dei e era vidro depois ri ri muito ri bêbado ri louco ri até te surpreenderes com a tua não dor até te surpreenderes com não me ver nunca mais e com a desimportância absoluta de não me ver nunca mais e com minha mão nos teus cabelos distante invisível intocada no vento perdida a minha mão de espuma abrindo de leve esta porta assim:

Corujas

Para meus pais, Zaél e Nair,
e meus irmãos, José Cláudio, Luiz Felipe, Márcia e Cláudia

Introdução

Tinham um olhar dentro, de quem olha fixo e sacode a cabeça, acenando como se numa penetração entrassem fundo demais, concordando, refletidas. Olhavam fixo, pupilas perdidas na extensão amarelada das órbitas, e concordavam mudas. A sabedoria humilhante de quem percebe coisas apenas suspeitas pelos outros. Jamais saberíamos das conclusões a que chegavam, mas oblíquos olhávamos em torno numa desconfiança que só findava com algum gesto ou palavra nem sempre oportunos. O fato é que tínhamos medo, ou quem sabe alguma espécie de respeito grande, de quem se vê menor frente a outros seres mais fortes e inexplicáveis. Medo por carência de outra palavra para melhor definir o sentimento escorregadio na gente, de leve escapando para um canto da consciência de onde, ressabiado, espreitaria. E enveredávamos então pelo caminho do fácil, tentando suavizar o que não era suave. Recusando-lhes o mistério, recusávamos o nosso próprio medo e as encarávamos rotulando-as sem problema como "irracionais", relegando-as ao mundo bruto a que deviam forçosamente pertencer. O mundo de dentro do qual não podiam atrever-se a desafiar-nos com o conhecimento de algo ignorado por nós. Pois orgulhos, não admitiríamos que vissem ou sentissem além de seus limites. Condicionadas a seus corpos atarracados, de penas cinzentas e três garras quase ridículas na agressividade forçada — condicionadas à sua precariedade, elas não poderiam ter mais do que lhes seria permitido por nós, humanos.

A chegada

Vieram de manhã cedo, a casa adormecida recusando-se preguiçosa a admiti-las em seu cotidiano. Apenas a empregada levantou-se entre resmungos para abrir a porta. Aceitou-as impassível em sua sonolência, dentro da gaiola em que estavam. O homem que as trouxera exigira apenas um sabonete em troca. Não sei se chegaram a saber disso — talvez não, pois quem sabe a troca mesquinha faria oscilar o orgulho delas, amenizando-lhes a ousadia no encarar-nos. Sobre a mesa, uma encolhida contra a outra, massa informe, cinzenta e tímida, onde ainda não se distinguia o grito amarelo dos olhos, aguardaram pacientes que o sol subisse e as gentes acordadas viessem cercá-las de espantos e sustos. Meu pai no entanto não lhes deu atenção. Constatou-as e passou adiante, em direção ao banheiro. Minha mãe sorriu-lhes, tentando a primeira carícia, recusada talvez por inexperiência de afeto. Contudo, não as penetrou fundo, anexando-as inofensivas em seu esparramar de bondade sem precauções.

Foram as crianças as primeiras a hesitar, num recuo que seria de ofensa se pertencesse à gente grande. Crianças, trocaram assombros frente à estranheza dos bichos nunca antes vistos. Por terem menos tempo de existência eram talvez as mais vulneráveis ao mistério. O viver constante, demorado e desiludido dos outros, acostumados à dureza, não poderia por caminhos diretos render-se à solicitação dos olhos delas. Mas a inexperiência das crianças levava-as ao extremo oposto de desrespeitá-las em sua individualidade, trazendo-as sem cerimônias para seu mundo de brinquedos. Perguntaram o nome dos bichos à empregada atarefada em passar café.

Coruja — foi a resposta seca, desinteressada, como se se tratasse de um saco de açúcar.

Aparentemente satisfeitas, compenetraram-se em cercá-las de uma ternura meio brusca. Aquela mesma dispensada às bonecas novas, que em pouco tempo restavam espatifadas em braços e pernas pelo quintal. Essa ternura bruta que destrói por excesso inábil de amor. Restou-me o consolo de ter sido o primeiro a identificá-las como realmente eram. Ou como eu as via, duvidando que a visão dos outros fosse mais correta, profunda ou corajosa.

O sol já alto da manhã as fizera abrir os olhos investigando o ambiente. Creio que a brancura dos azulejos da cozinha as surpreendeu, pois em breve voltaram a encolher-se, alheias. Acostumadas como estavam aos vastos céus e campos percorridos dias inteiros, preferiam buscar as coisas perdidas no calor dos corpos uma da outra. Prática, minha mãe informava: eram boas para comer baratas. E conscientes de sua liberdade interrompida, elas esperavam pela tarefa que lhes era destinada.

Batismo

Logo caminhavam pela casa inteira, desvendando segredos. As crianças seguravam-nas, embalando-as como nenéns. Sem esperar, de repente, a gente deparava com o olhar amarelo fixo duma — perturbando, interrogando, confundindo. A acusação muda fazia com que me investigasse ansioso, buscando erros. E punha-me em dia comigo mesmo, para me apresentar novamente a elas de banho tomado, unhas cortadas, rosto barbeado, cabelo penteado — na ilusão de que a limpeza externa arrancasse um aceno de aprovação. Mas eu sabia — embora, obstinado, recusasse a convicção até o último minuto —, sabia que seu olhar ultrapassava roupa, pele, carne, músculos e ossos para fixar-se num compartimento remoto, cujo conteúdo eu mesmo desconhecesse. Admitia-as envergonhado, mas hesitava em mostrar-me, criminoso negando o crime até a evidência dos fatos. Observava os olhares desviados dos adultos, e desviava também o meu, cirandando com eles na mesma negação.

As crianças disputavam a posse, é minha, não, é minha, manhê, a Cláudia quer se adonar das corujas, mas elas passavam adiante, sabendo-se para sempre impossuídas, indecifráveis. Disputavam também a primazia de batizá-las, ignorando que o anonimato fazia parte de sua natureza. Nessa ignorância, chamaram-nas Tutuca e Telecoteco. Pisquei um olho para elas, rindo da ingenuidade, tentando penetrar em sua intimidade, cada vez mais e mais negada. Ofélia e Hamlet, sugeriu um leitor óbvio de Shakespeare. Mas recusei-os ainda. Secretamente, reivindicava para mim seu batismo e posse, investigava almanaques em busca do nome que melhor assentasse. Chamá-las de alguma coisa seria dar um passo no caminho de seu conhecimento, como se sutilmente as fosse amoldando à minha maneira de desejá-las. Finalmente achei. Eram nomes de criaturas estranhas, indecifráveis como elas, já perdidas no tempo, misteriosas até hoje. Rasputin e Cassandra. Calei a descoberta, ocultei o batizado, apropriando-me cada vez mais de sua natureza, embora inconscientemente soubesse da inutilidade de tudo. Rasputin era menor, mais ágil, caminhava lento pelo parquê, os olhos sempre abertos, inesperadamente alcançando o encosto das cadeiras num voo raso. Cassandra procurava os cantos escuros, os olhos constantemente semicerrados, uma perna encolhida, em atitude de rosto-pendido-e-ar-pensativo.

A fome

Passados os primeiros dias, principiaram a entrar na rotina. Vezenquando ainda me surpreendia a encará-las num duelo de mistérios. Eu, ocultando cuidadoso o meu, feroz na defesa, embora fosse sempre o primeiro a desviar os olhos. Recusei tocá-las. A maciez de seus corpos passava quente, impassível, de mão em mão, quando havia visitas. E só nessas ocasiões elas voltavam a espantar. Cumpriam honestamente sua tarefa de devorar baratas, mas recusavam qualquer outro alimento. O homem que as trouxera informara a minha mãe de seu orgulho: feridas em liberdade, faziam greve de fome até a morte. Com a iminência de seu suicídio, planejamos soltá-las no campo. Quase podia vê-las erguendo-se de leve num voo contido, experimentando forças, as asas abrindo-se aos poucos numa subida lenta, fundidas em azul, subindo, subindo.

As asas cortadas, porém, exigiam tempo para crescer novamente. Éramos obrigados a esperar. Desejei comunicá-las sua próxima libertação, mas a ineficiência de gestos e palavras isolou-me num mutismo para elas incompreensível. Éramos definitivamente incomunicáveis. Eu, gente; elas, bichos. Corujas, mesmo batizadas em segredo. Cassandra e Rasputin. Ofélia e Hamlet. Tutuca e Telecoteco. Qualquer nome não modificaria a sua natureza. Nunca. Corujas para sempre.

Mas a greve de fome persistia. Tão bem cumpriram seu serviço de comer baratas que em breve, creio, não restava mais nenhuma. Orgulhosas, passeavam seus estômagos vazios pela casa toda, a gente se olhando culpado, as mãos desertas de soluções. Não nos restava mais nada a fazer senão esperar. Por sua morte ou sua capitulação. Quem as visse, convictas em seu desfilar faminto, poderia facilmente imaginá-las carregando cartazes de protesto. Contra quê? Contra quem? perguntávamos temerosos da resposta óbvia.

Desfecho

Num começo de manhã ainda sem sol, igual à que as tinha trazido, Rasputin foi encontrado morto. O corpo pequeno e cinzento, já rígido, sobre os mosaicos frios da cozinha. Desviei os olhos sem dar nome ao sentimento que me invadia. Encolhida em seu canto, Cassandra diminuía cada vez mais. Olhos cerrados com força, eu tinha impressão que vezenquando seu corpo oscilava, talo de capim ao vento, quase quebrado. Até que morreu também. Digna e solitária, quem sabe virgem. Enterraram-na no fundo do quintal, uns jasmins jogados por cima da cova rasa, feita com as mãos.

Não fui ver a sepultura. Não sei se me assustava o mistério adensado ou para sempre desfeito.

Apeiron

Para José Ronaldo Falleiro

Aquela matéria de bondade se reorganizara dentro dele. No espelho encontraria num susto a mesma limpidez de olhar, os mesmos cabelos ao vento, ainda que rigidamente armados em torno da cabeça, as mãos leves como se segurassem algo doce e um tanto enjoativo — todo um ser de antigamente, reestruturado, o encararia meigo do fundo do vidro. Apenas nas fotografias antigas lembrava da mesma limpidez, a limpidez não de quem experimentou e venceu, mas a claridade que vinha duma isenção, como se nunca tivesse entrado no mundo. A limpeza de quem nunca tomou banho por nunca ter suado ou apanhado poeira. Seria de novo o-que-dá-conselhos, o-que-ampara, o-que-tem-mãos-para-todo-mundo? E seria possível voltar a um estágio anterior, já disperso em inúmeras passagens através de outros e outros estágios? Pois se já experimentara a maldade, a devassidão, a frieza, o cálculo, o vício, o cinismo, a agressão — e experimentara não como formas de ser, nem como opções. Experimentá-los tinha sido simplesmente ser o que o caminho exigia que se fosse, não desvios, nem atalhos. Agora já não havia marcas, as marcas onde estavam?

Mesmo imóvel, pressentia a recuperação de um jeito de sorrir que tivera, fechar os olhos, jogar os cabelos para trás, roer as unhas, caminhar devagar olhando vitrines sem olhar vitrines: molécula por molécula, célula por célula, recuperava integralmente todo um ser antigo. Como se nunca houvesse saído dele. E mais que gesto, mais que movimento ou forma:

aquele brilho escorregando dos olhos, aquele calor, não, calor não — tepidez, isso: aquela tepidez que faria com que as pessoas se aconchegassem lentas, tangíveis, ao alcance da mão.

Ele, meu Deus, ele que tinha sido siroco ardente ou minuano gélido, ele brisa, agora. Ou nem brisa: ausência de ventos. Não compreendia. Tocava a pele dos braços buscando as asperezas, as brusquidões do rosto, aquele vinco amargo no canto da boca, a pálpebra trêmula, a carne flácida das olheiras, as entradas fundas no cabelo, os dedos grossos, os pelos dos dedos grossos, as calosidades das palmas das mãos de dedos grossos — onde haviam ficado? Seus dedos lisos deslizavam mansos numa superfície doce, assim mesmo, com todos os adjetivos suaves. Não mais as bruscas paradas, como se tivesse esquinas e becos e encruzilhadas pela face. E o ventre raso. Os pés sem calos. O pescoço sem rugas. As coxas sem flacidez. E tudo, tudo voltava a ser antigo, e no entanto novo, compreende? Experimentou sentir ódio, lembrar pessoa, coisas e fatos desagradáveis, apalpar novamente a tessitura sombria do que vivera, a massa espessa de que era feita a mágoa, e todos os desencontros que tinha encontrado, e todos os desamores desilusões desacatos desnaturezas; não, não, já nem ódio queria, que encontrasse ao menos a tênue melancolia, aquele como-estar-debruçado-na-sacada-num-fim-de-tarde, a tristeza, a solidão, a paixão: qualquer coisa intensa como um grito.

Mas seu centro havia-se tornado gentil e um pouco ausente, como ilustração de romance antigo para moças. Nada nele feria. Tinha campinas verdes pelo cérebro e colinas suaves e palmeiras esguias e um céu cor-de-rosa encobrindo um lago azul no quieto coração. Já não era mais uma reorganização, não era sequer um processo: estava consumado e além, muito além de qualquer coisa. Sem asperezas. Envernizado. Puro. Álgido. Inatingível. Definitivo. Sólido na sua meiguice. Havia ultrapassado todos os estágios, todas as procuras, as crenças, perdões e espantos. Atingira a bondade absoluta. Meu Deus, isso é horrível, quis gritar. Já não podia. O padre fechava rapidamente a tampa do caixão. Em breve viriam os vermes.

O ovo

Ver o ovo é impossível:
o ovo é supervisível como há sons supersônicos.
Ninguém é capaz de ver o ovo.

Clarice Lispector: "O ovo e a galinha"

Minha vida não daria um romance. Ela é muito pequena. Mas é meio sem sentido ficar pensando em jeitos de escrever se ninguém nunca vai ler. Talvez eles me impeçam até mesmo de contar o que se passou. Mas há dias está tudo escuro e a luz da vela em cima da minha mesa não vai acordar ninguém.

Bem, acho que todas as narrativas desse tipo começam com um *nasci no dia tal em tal lugar*, coisa profundamente idiota, porque se o sujeito está escrevendo é mais do que evidente que nasceu. Pois eu também nasci, determinado dia, determinado lugar. O quando eu não lembro, mas onde foi aqui mesmo. Nunca saí daqui. Nem vou sair mais, eu sei. A cada dia tudo se torna um pouco mais difícil. Por isso é quase impossível que isto aqui se torne uma história interessante. As pessoas gostam de aventura, de viagens, trepações loucas. E eu nunca tive nem fiz essas coisas. Queria escrever qualquer coisa grande, ou muito triste ou muito escura, mas qualquer coisa de muito, e que alguém, se descobrisse, publicasse e procurasse castigá-los. Mas vai sair tudo parecido comigo: desinteressante, miúdo, turvo.

Bom, então nasci. Depois que nasci, cresci e tive uma infância. Houve um tempo em que eu não sabia de nada, nem as outras crianças. Os adultos sim, todos sabiam. Mas dissimulavam tão bem que nunca nenhum de nós teve qualquer espécie de dúvida. Então, a verdade dos adultos era a minha verdade. E depois, eu era criança. Desinteressantezinha, miudinha, turvinha, diminutiva. Minha mãe era dessas gordas que fazem tricô e crochê, depois colocam toalhinhas sobre os móveis e quando chega visita pedem desculpas porque a-casa-é-de-pobre. Meu pai era desses gordos que aos domingos leem o jornal de pijama e chinelos, bebendo cerveja. Tudo muito chato, muito igual. Não me culpem por eu não fazer uma descrição minuciosa de como eles eram e o que faziam. Se eu me estendesse mais neles, só diria mentiras, porque eram apenas e exatamente isso. E, de resto, não tiveram nenhuma importância em tudo que acontece agora. Só que podiam ter me avisado.

Eu brincava com as crianças, as crianças brincavam comigo. Como todo o mundo vezenquando a gente brigava, pisava caco de vidro, roubava laranja, fugia pra tomar banho no rio. Uma vez também uma menina segurou no meu pinto. Ela era loira, gorda, tinha um tranção até a cintura. Depois ela casou com um soldado da brigada, prendeu as tranças em volta da cabeça, mas continuou gorda. Dessas gordas que à tardinha se debruçam na janela sobre uma almofada de cetim rosa. Toda vez que eu vinha do emprego passava em frente à casa dela e olhava exatamente como quem pensa você uma vez segurou no meu pinto. Lógico, ela não me cumprimentava. Acho que não é muito comum as meninas que seguram nos pintos dos meninos cumprimentarem eles depois que crescem e casam.

Quando eu tinha uns treze anos arranjei uma namorada que namorei até os dezessete. Essa nunca segurou no meu pinto, e era diferente, era dessas pra casar — pelo menos naquela época eu pensava assim. Só há pouco tempo, depois que vim para cá, é que me convenci de que são todas umas vacas. E os homens, uns cães. Todos eles sabendo e fingindo que não sabem. A mãe da minha namorada ficava a noite inteira sentada com a gente na sala, só levantava para trazer doce de leite, de abóbora ou de batata-doce. A menina vezenquando tocava piano, mal para burro, diga-se de passagem. Mas eu nem ouvia direito. É que quando ela sentava um pedaço da saia levantava e apareciam umas coxonas muito brancas e grossas. Eu olhava discreto, o máximo que fazia era derrubar alguma coisa no chão pra ver melhor. Eu era um moço de respeito.

Quando tinha dezoito anos, ela casou. Com um soldado da brigada. Foi então que pensei seriamente em entrar para a brigada, já que duas mulheres da minha vida tinham casado com soldados. Parecia que eu estava destinado a sempre perdê-las para eles. Só que eu achava horrível aquela roupa, os coturnos, o casquete — tudo. Mas se eu queria casar — e naquele tempo eu queria —, tinha que ser soldado. Até que descobri uma solução melhor.

Perto da minha casa morava um soldado da brigada. A minha mãe era madrinha dele, a mãe dele era viúva. Quando crianças, nós brincávamos muito, mas era um guri esquisito como o diabo. Todo delicado, cheio de não-me-toques, loirinho, com uns olhos claros, uma cor que eu nunca mais consegui lembrar depois que ele se matou. Todos os sábados de manhã ele ia visitar mamãe, levava umas frutas ou um doce qualquer que a mãe dele tinha feito e ficava conversando na sala, feito moça. Logo que minha namorada casou eu nem olhava pra ele, de tanto ódio. Depois comecei a armar uma vingança. Quando ele chegava eu ficava passando na sala sem camisa, às vezes até sem calças, só de cuecas. Ele ficava todo perturbado e desviava os olhos. Eu sentava perto, encostava a perna, piscava um olho pra ele na hora de apertar a mão. Um dia convidei-o pra fazer uma pescaria comigo. Levamos uma barraca, cobertores, pinga, duas dessas camas de armar. E de noite eu comi ele. Com gosto. Como se estivesse com o pau na bunda de todos os soldados da brigada do mundo. Ele nunca mais foi lá em casa, a minha mãe reclamava, parava ele na rua para perguntar por quê. Até que ele tomou formicida e morreu.

Aí nasceu o meu irmão. Não tem nada a ver uma coisa com a outra, mas não posso fazer nada se meu irmão nasceu mesmo quando ele morreu. Nasceu direitinho e tudo, mas quando tinha uns seis meses começou a definhar, definhar, e morreu de caganeira verde. Foi bom. Senão seria mais um filho da puta. Ou soldado da brigada, o que dá no mesmo. Mas no dia em que ele morreu, eu não pensei assim. Subi em cima da montanha e fiquei olhando o mundo. Agora eu penso que se ele não tivesse morrido eu não teria subido na montanha, e se não tivesse subido na montanha não teria visto o que vi. Mas as coisas são porque têm que ser, não adianta nada a gente querer que sejam de outro jeito.

Então ele morreu, eu subi na montanha e vi. O mundo. Mas além do mundo, uma parede branca. Eu não conhecia geografia nem astronomia nem nada, nem sabia o que havia além do horizonte, podia mesmo até ser uma parede branca. Mesmo assim, a coisa me surpreendeu. Então voltei pra casa e esqueci.

Comecei a trabalhar na prefeitura, porque a minha mãe já estava ficando velha pra fazer toalhas de crochê e tricô, e o dinheiro que dava o armazém de meu pai era uma mixaria. Eu trabalhava o dia inteiro e tinha uma namorada. Essa, era viúva e muito puta. As coisas que ela fez comigo eu acho que nunca ninguém fez com ninguém, até tenho vergonha de contar. Eu não ia casar com ela nem nada, mesmo assim a minha mãe ficava triste porque queria que eu casasse com a moça magrinha da casa em frente, que depois morreu tuberculosa. A tal viúva ficou esperando um filho meu, mas eu não queria ter um filho — de qualquer maneira, esse seria mesmo um filho da puta. Aí ela foi tirar o filho e morreu.

Um domingo que saí a caminhar, me lembrei da montanha. Subi até lá e de novo vi a parede. Parecia mais clara, mais perto. Voltei pra casa e disse mãe tem uma parede branca além do horizonte. Eu já tinha uns 22 anos, mas ela chamou meu pai e mandou eu repetir o que tinha dito. Eu repeti e ele me deu uma bofetada na cara. A mãe começou a chorar e pediu pra eu nunca contar a ninguém que tinha visto a parede. Mas eu estava uma fera. Chamei meu pai de filho da puta, disse que ele só me batia na cara porque era um velho e era meu pai e sabia que eu não era filho da puta ao ponto de bater num velho que ainda por cima era meu pai. Arrumei minhas coisas e saí de casa.

Fui pra uma pensão. Eu dormia com a dona e pedia dinheiro para um velho fresco que gostava de me chupar. A dona da pensão tinha uns peitos caídos e uma pele cor de terra que era mais sujeira que qualquer outra coisa. Eu ia à montanha todos os domingos, e a parede lá estava, cada vez mais próxima. Eu não queria contar a ninguém, iam pensar que eu era louco. Então comecei a ler uns livros pra ver se a tal parede era uma coisa natural. Mas nos livros de geografia não havia paredes brancas. Falavam de terras, mares. Os de astronomia, de estrelas, cometas. De paredes, nada. Os outros livros que eu lia também não. O máximo de estranheza que contava era dum sujeito que se transformou em barata — ele devia ser soldado da brigada.

Um dia eu comecei a andar em direção à parede. Ela estava muito longe. Caminhei quase um dia inteiro, até que ficou noite e tive que pedir carona a um menino carroceiro. Quando cheguei na pensão procurei o velho fresco, que já foi puxando a carteira do bolso pra me dar mais dinheiro. Mas eu disse que não era nada daquilo, e contei da parede. Aí o velho fresco começou a gritar até que veio todo o mundo da pensão. Ele apontava pra mim com ar de pavor e berrava ele viu, ele viu! Ninguém perguntou o que eu tinha visto. Só mandaram pegar as minhas coisas e dar o fora antes que chamassem a polícia. Daí eu coloquei os troços na mala e fui saindo. Quando cheguei na praça, disposto a passar a noite num banco, olhei para o horizonte e vi a parede. Estava muito perto, era muito branca.

Era domingo, a praça cheia de gente passeando, os rapazes tomando cerveja no quiosque, as mocinhas caminhando de braços dados. Subi num banco, chamei todo o mundo para mostrar a parede. Ficou cheio de gente em volta de mim, um silêncio desses horríveis, havia uma porção de caras, eu olhava uma por uma buscando um sinal qualquer de reconhecimento, mas os olhos de todos estavam enormes, as bocas pareciam costuradas, as sobrancelhas unidas. De repente uns me seguraram enquanto os outros iam chamar os três.

Os três vieram. De branco, da mesma cor da parede: uma mulher com um chifre no meio da testa, um homem com três olhos e outro com vários braços, como um polvo. O de vários braços me segurou pelas costas enquanto o de três olhos ia abrindo caminho e a mulher me empurrava com o chifre. As gentes falavam palavrões e me cuspiam enquanto eu ia saindo. Eu caminhava devagar, via a parede atrás da igreja, dos campos, olhei para cima e também lá estava a parede, escondendo as estrelas. Antes deles me jogarem no caminhão, olhei para trás e vi minha mãe e meu pai muito velhinhos, de braços dados. Pedi pra eles me salvarem, mas eles sacudiram com ódio a cabeça, o meu pai me mostrou o punho fechado e minha mãe escarrou no meu rosto. Os três me jogaram dentro do caminhão, a mulher de chifre dirigia, os dois outros me seguravam. Então me trouxeram para cá.

Todos os dias a mulher de chifre me traz as refeições, ao mesmo tempo em que o de vários braços me segura, o de três olhos coloca uns fios na minha cabeça e eu sinto uma coisa estranha, um tremor em todo o corpo, depois caio num sono pesado e só acordo à tarde. Saio na janela, espio. E vejo a parede. Cada dia mais próxima.

Eu queria contar toda a minha vida para que se alguém lesse visse que não sou louco, que sempre foi tudo normal comigo, que eu fiz e disse as coisas que todo mundo faz e diz, e que a coisa mais estranha da minha vida foi só aquela menina que segurou no meu pinto e aquela outra que eu namorei terem casado com soldados da brigada. Que eu via a parede e que todos os outros também viam, tenho certeza, só que eles não queriam ver, não sei por quê, e prendiam quem via. Ontem chamei o de três olhos, que parece o mais simpático, mostrei a parede, perguntei se ele não via. Falei devagar, sem me exaltar nem nada. Aí ele ficou quieto e baixou a cabeça, acho que sentiu vergonha de fazer o que está fazendo, porque ele também vê. E ela está cada vez mais perto.

Só ontem cheguei à conclusão de que se trata de um enorme ovo. Que estamos todos dentro dele. Mas é um ovo que diminui cada vez mais, cada vez mais, nós vamos ser todos esmagados por ele. Não sei por que os homens não se armam de paus e pedras para furar a parede. Seria muito fácil, a casca de um ovo é tão frágil.

Ele já está meio azulado de tão próximo, não se vê mais as estrelas, nem a lua, nem o sol. A escuridão em que passamos o dia todo é meio azulada também. O silêncio é imenso, como se houvesse um grande vácuo aqui dentro. A cada dia o movimento do ovo fica mais rápido. Ontem, já havia ultrapassado o muro, estava a uns cem metros da minha janela. Amanhã vai estar do lado da janela, talvez já esteja, não ouço mais os passos da mulher de chifre caminhando pelos corredores com as chaves penduradas na cintura e — agora lembro — o de três olhos e o de muitos braços não me deram choques hoje. Acho que eles estão fora do ovo, e só eu dentro.Talvez cada um tenha o seu próprio ovo. E este é o meu.

Olho para o meu corpo. Será que ele cabe dentro de um ovo? Será que não vai doer?

Eu não sei. Tenho tanto medo. Estou esperando, cansei de escrever, a vela está quase apagando. Vou deitar. Estou ouvindo o rumor do ovo se aproximando cada vez mais. É um barulho leve, leve. Quase como um suspiro de gente cansada. Está muito perto. Tão perto que ninguém vai-me ouvir se eu gritar.

O mar mais longe que eu vejo

Para Antônio Carlos Maciel

Tem piedade, Satã,
desta longa miséria

Baudelaire: "As litanias de Satã"

Meu corpo está morrendo. A cada palavra, o meu corpo está morrendo. Cada palavra é um fio de cabelo a menos, um imperceptível milímetro de ruga a mais — uma mínima extensão de tempo num acúmulo cada vez mais insuportável. Esta coisa terrível de não saber a minha idade, de não poder calcular o tempo que me resta, esta coisa terrível de não haver espelhos nem lagos, das águas do mar serem agitadas e não me permitirem ver a minha imagem. Perdi todas as minhas imagens: as das fotografias, dos espelhos, dos lagos. Se meus olhos fossem câmeras cinematográficas eu não veria chuvas nem estrelas nem lua, teria que construir chuvas, inventar luas, arquitetar estrelas. Mas meus olhos são feitos de retinas, não de lentes, e neles cabem todas as chuvas estrelas lua que vejo todos os dias todas as noites.

Chove todos os dias aqui, não tenho relógio nem rádio, mas sei que deve ser por volta das três horas, porque é pouco depois que o sol está no meio do céu e eu senti fome. Então começa a subir um vapor da terra, e as nuvens, há as nuvens que se amontoam e depois explodem em chuva, e depois da chuva são as estrelas e a lua. Não há uma manhã, uma tarde, uma noite: há o sol abrasador queimando a terra e a terra queimando meus pés, depois a chuva, depois as estrelas e a lua. No começo eu achava que não havia tempo. Só aos poucos fui percebendo que se formavam lentos sulcos nas minhas mãos, e que esses sulcos, pouco mais que linhas no princípio imperceptíveis, eram rugas. E que meus cabelos caíam. Meus dentes também caíam. E que minhas pernas já não eram suficientemente fortes para me levar até aquela elevação, de onde eu podia ver o mar e o mar que fica mais além do mar que eu via da praia. Antes, eu ia e voltava da elevação no sol abrasador; depois eu só conseguia sair daqui no sol abrasador e voltar na chuva e, depois ainda, só nas estrelas e na lua. Agora são necessárias muitas chuvas, muitas estrelas, muitas luas e muitos sóis para ir e voltar. E isso é o tempo, muito mais tarde descobri que isso era o tempo. Fico aqui o dia inteiro, não há ninguém, não há nada. Fico aqui na gruta o dia inteiro, sem saber mais quando é sol abrasador, quando é chuva ou lua e estrelas, eu não sei mais.

No começo eu pensei também que houvesse outros, índios talvez, animais, formigas, baratas. Não havia ninguém, nada. Da elevação eu podia ver o todo, e o todo era só a areia e os coqueiros que me alimentam. O todo não tinha ninguém, não tinha nada. Eu chorava, no começo eu chorava e não entendia, apenas não entendia, e não entender dói, e a dor fazia com que eu chorasse, no começo. Eu sentia saudade, no começo, uma saudade apertada de gente, principalmente de gente. Não me lembro mais qual era o meu sexo, agora olho no meio das minhas pernas e não vejo nada além de uma superfície lisa e áspera, mas no começo eu sabia, eu tinha um sexo determinado, e a saudade que eu tinha de gente fazia com que eu rolasse horas na areia do sol abrasador, abraçando meu próprio corpo, inventando um prazer que eu precisava para me sentir vivendo talvez, porque eu não tinha medos nem preocupações nem mágoas nem nada concreto nem expectativas, as minhas células amorteciam, eu sentia que ia acabar virando uma palmeira, os meus pés agora parecem raízes, mas ainda tenho mãos, então eu rolava na areia quente enquanto meus dentes faziam marcas fundas roxas nos meus braços, nas minhas pernas e de repente todas as minhas células explodiam em vida, exatamente isso, em vida, eu tinha dentro de mim todo aquele sol todo aquele mar tudo aquilo que eu conhecera antes, que conheceria depois, se não estivesse aqui. Eu ficava amplo, na areia, abraçado a mim mesmo.

Talvez, sim, talvez eu fosse mulher, porque pensava no príncipe, a minha mão direita era a minha mão e a minha mão esquerda era a mão do príncipe, e a minha mão direita e a minha mão esquerda juntas eram as nossas mãos. Apertava a mão do príncipe sem cavalo branco, sem castelo, sem espada, sem nada. O príncipe tinha uns olhos fundos, escuros, um pouco caídos nos cantos e caminhava devagar, afundando a areia com seus passos. O príncipe tinha essa coisa que eu esqueci como é o jeito e que se chama angústia. Eu chorava olhando para ele porque eu só tinha ele e ele não falava nunca, nada, e só me tocava com a minha mão esquerda, e eu cantava para ele umas cantigas de ninar que eu tinha aprendido antes, muito antes, quando era menina, talvez tenha sido uma menina daquelas de tranças, saia plissê azul-marinho, meias soquete, laço no cabelo, talvez. Sabe, às vezes eu me lembro de coisas assim, de muitas coisas, como essa da menina — como se houvesse uma parte de mim que não envelheceu e que guardou. Guardou tudo, até o príncipe que um dia não veio mais. Não, não foi um dia que ele não veio mais, foram muitos dias, em muitos dias ele não veio mais, a água do mar salgava a minha boca, o sol queimava a minha pele, eu tinha a impressão de ser de couro, um couro ressecado, sujo, mal-curtido. E havia essa coisa que também esqueci o jeito e que se chamava ódio. De vez em quando eu pensava eu vou sentir essa coisa que se chama ódio. E sentia. Crescia uma coisa vermelha dentro de mim, os meus dentes rasgavam coisas. Devia ser bom, porque depois eu deitava na areia e ria, ria muito, era um riso que fazia doer a boca, os músculos todos, e fazia as minhas unhas enterrarem na areia, com força.

Tenho um livro comigo, não é um livro, era um livro, mas depois ficou só um pedaço de livro, depois só uma folha, e agora só um farrapo de folha, nesse farrapo de folha eu leio todos os dias uma coisa assim: "Tem piedade, Satã, desta longa miséria." Só isso. Fico repetindo: "tempiedadesatãdestalongamisériatempiedadesatãdestalongamisériatempied..." tempo, tempo. Aí sinto essa coisa que ainda não esqueci o jeito e que se chama desespero.

Havia outras pessoas, sim. Não aqui, mas lá, bem para lá do mar que eu avistava de cima da elevação e que é o mar mais longe que eu vejo. Mais longe ainda tinha gente, a gente que me trouxe para cá. Só não lembro mais por quê. Verdade, eu tinha qualquer coisa assim como andar de costas, quando todos andam de frente. Qualquer coisa como gritar, quando todos calam. Qualquer coisa que ofendia os outros, que não era a mesma deles e fazia com que me olhassem vermelhos, os dentes rasgando as coisas, eu doía neles como se fosse ácido, espinho, caco de vidro. Então eles me trouxeram. Por isso, me trouxeram. Lembro, sim, eu lembro que havia coisas escuras que eles faziam e que eu não fazia, correntes, sim, sim, eu lembro: havia correntes e fardas verdes e douraduras e cruzes, havia cruzes, cercas de arame farpado, chicotes e sangue, havia sangue, um sangue que eles deixavam escorrer sem gritar enquanto eu gritava, eu gritava bem alto, eu mordia defendendo meu sangue.

A gruta é úmida escura fria. Não tenho roupa, não tenho fome, não tenho sede. Só tenho tempo, muito tempo, um tempo inútil, enorme, e este farrapo de folha de livro. Não sei, até hoje não sei se o príncipe era um deles. Eu não podia saber, ele não falava. E, depois, ele não veio mais. Eu dava um cavalo branco para ele, uma espada, dava um castelo e bruxas para ele matar, dava todas essas coisas e mais as que ele pedisse, fazia com a areia, com o sal, com as folhas dos coqueiros, com as cascas dos cocos, até com a minha carne eu construía um cavalo branco para aquele príncipe. Mas ele não queria, acho que ele não queria, e eu não tive tempo de dizer que quando a gente precisa que alguém fique a gente constrói qualquer coisa, até um castelo.

Acho que não passo da lua desta noite, talvez não passe nem da chuva ou do sol abrasador que está lá fora. São muitas palavras, tantas quanto os fios de cabelo que caíram, quanto as rugas que ganhei, muito mais que os dentes que perdi. Esta coisa terrível de não ter ninguém para ouvir o meu grito. Esta coisa terrível de estar nesta ilha desde não sei quando. No começo eu esperava que viesse alguém, um dia. Um avião, um navio, uma nave espacial. Não veio nada, não veio ninguém. Só este céu limpo, às vezes escuro, às vezes claro, mas sempre limpo, uma limpeza que continua além de qualquer coisa que esteja nele. Talvez tudo já tenha terminado e não exista ninguém mais para lá do mar mais longe que eu vejo. O mar que com este sol abrasador fica vermelho, o mar fica vermelho como aquela coisa que eu esqueci o nome, faz muito tempo. Aquela coisa que se eu lembrasse o jeito poderia ser minha matéria de salvação. Talvez olhando mais o vermelho eu lembre, o mar dilacera coisas com os dentes, enterra as unhas na areia, o mar tem aquela coisa que o príncipe também tinha, o mar de repente parece que. Não, não adianta, o vapor está subindo. Pela entrada da gruta vejo as primeiras nuvens se formando, não adianta, o mar está escurecendo, as nuvens aumentam, aumentam, é muito tarde, tarde demais. Daqui a pouco vai começar a chover.

DA SOLIDÃO

Iniciei mil vezes o diálogo. Não há jeito.
Tenho me fatigado tanto todos os dias
vestindo, despindo e arrastando amor
infância, sóis e sombras.

Hilda Hilst

Ponto de fuga

Para Myriam Campello

Depois, tu sairias aéreo pisando no cascalho. Como ser aéreo ao pisar com força a terra? talvez te perguntasses. Mas ao mesmo tempo em que a pergunta nasceria do teu interior, projetada em surpresa num impacto que te faria deter os passos — ao mesmo tempo olharias para além da linha do horizonte, ao mesmo tempo para além da areia seca, da areia molhada, do quebrar das ondas depositando formas vivas e mortas na praia, para o primeiro quebrar de onda, espatifado em espuma debaixo do sol, ou talvez do céu escuro, mas se fosse luz, se houvesse luz, a onda quebraria num tremor, espalhada em gotas no ar, no vento, ao mesmo tempo — e tu olharias para o último quebrar de onda, para as ondas que já não quebram mais, para onde já nem existem ondas, para onde só resta o verdeverdeverde inexplicável na sua simplicidade de cor-de-mar-em-dia-claro, ao mesmo tempo olharias para o ponto de encontro entre o mar e o céu. E seria o além. Então procurarias sôfrego por uma palavra, em pânico escavando dentro de ti, pesquisando letras, letras despidas de significado ou significante, letras — como um objeto. Das letras reunidas uma a uma formarias uma palavra para definir esta ânsia de voo subindo desde o chão até os olhos. Formarias uma palavra, esta: aéreo. No primeiro momento, serias a palavra, tu serias a coisa, ainda que ali, estático e terreno, pisando sobre o cascalho. Serias aéreo no momento exato em que a palavra se cumprisse em tua boca. Como algo que apenas por um ato de crença, um movimento de fé, se confirma e se consuma — aéreo.

Só depois desse primeiro momento, nenhum segundo, nem uma fatia mínima de tempo: um instante ínfimo em sua pequenez, máximo na sua amplitude e incompreensão, porque só o incompreensível é infinito — só depois desse primeiro momento é que te dobrarias para ti mesmo, a palavra latejando na memória, no corpo inteiro, nas mãos contidas, e te perguntarias lúcido — aéreo? Alado, talvez. Pensarias outras palavras, buscando já sonoridades, ressonâncias, ritmos, mas nenhuma delas, por mais lapidada que fosse, seria maior que aquela primeira. Nenhuma. Todo perdido dentro do nascido involuntário dentro de ti, caminharias confuso pisando o cascalho.

O cascalho — farelos de pedra espalhados sobre a areia. O caminho de cascalho, nascido na areia, do começo da praia, passando entre o muro de pedras brancas e a estrutura incompleta do edifício, erguendo a nudez dos tijolos para o céu, misturando-se à grama, derramado sobre os valos e as lajes carcomidas das calçadas. O caminho de cascalho até o fim da rua plana, no ponto onde já não haveria mais rua, não haveria mais céu. Um vago encontro, onde mesmo o mar teria se dissolvido.

O mar e o céu.

O ponto.

E tu.

A rua e o céu.

O ponto.

Suspenso entre dois encontros, tu caminharias desencontrado. Como se fosse para sempre, pesado, os ombros curvos, esmagados pela solidão. Mas de repente haveria uma praça. Exatamente assim, como no poema, só que uma praça, no meio do caminho. Inesperada. Suspenderias os passos sem compreender, sem desejar compreender — tomado unicamente de espanto, nenhum outro sentimento secundário: o espanto exato de ter encontrado uma praça. Passado o instante da posse — a coisa achada tomando conta de ti por inteiro, tu feito na coisa, tu: a própria coisa —, teu olhar se estenderia manso, procurando pontos de referência, traços em comum com outras praças encontradas em outras situações. Bancos, árvores, canteiros, talvez estátuas, quem sabe um lago-praça.

Não haveria nenhum lago nessa praça. Somente uma estátua, num dos cantos. Um homem na atitude de jogar um dardo, duas asas nos pés, corpo branco e nu, rosto de feições devastadas pela erosão. As árvores seriam baixas e poucas, as folhas de um verde sujo, arenoso. Caminhando, tu segurarias com raiva um galho — sem compreenderes a própria raiva e sem compreenderes a projeção dela no galho —, a poeira fina e densa ficaria flutuando no ar até que a ultrapassasses para tocar num banco com a mão. O banco seria de mármore, mármore amarelado pelo tempo, carcomido pelos inúmeros ventos. O banco não guardaria sequer nomes de namorados gravados num outro tempo, nem um palavrão, nem um desenho — só a carne lisa, como se tivesse retornado a um anterior estado de pureza depois de muitas marcas. Mas essa pureza seria só aparência. Novamente deterias os passos para investigar o exterior limpo. Purificado? Não. A vida inteira vivida pelo banco teria permanecido em alguma escondida dimensão de seu ser. E a vida poluía. Carne gasta, já inatingível por qualquer palavra de ódio ou de amor, qualquer revolta ou qualquer alegria — o banco imundo.

Sentada no chão, encontrarias a moça vestida de azul. Pela terceira vez, tu serias invadido pela imagem. Desta vez, a moça. Tu: vindo de um caminho conhecido, em passadas às vezes lentas, leves, outras pesadas de espantos, quedas, quebras, tu: vindo por um caminho determinado, um caminho definido em pedaços de pedras, sobre as quais tu pisavas. Era o teu caminho: um caminho de pedras desfeitas. Desde a praia até a moça. A moça.

E a moça? De que lugar teria vindo? Que caminhos teria pisado? Que insuspeitadas descobertas teria feito? Tu olharias a moça mas, as perguntas não acorrendo, o mistério que a envolveria seria desfeito — uma moça vestida de azul, sentada no chão de uma praça sem lago. Não poderias saber nada de mais absoluto sobre ela, a não ser ela própria. Fazendo perguntas, tu ouvirias respostas. Nas respostas ela poderia mentir, dissimular, e a realidade que estava sendo, a realidade que agora era, seria quebrada. E pois, não fazendo perguntas, tu aceitarias a moça completamente. Desconhecida, ela seria mais completa que todo um inventário sobre o seu passado.

Descobririas que as coisas e as pessoas só o são em totalidade quando não existem perguntas, ou quando essas perguntas não são feitas. Que a maneira mais absoluta de aceitar alguém ou alguma coisa seria justamente não falar, não perguntar — mas ver. Em silêncio.

Tu verias a moça.

A moça ver-te-ia?

Sentarias no chão, ao lado dela, tentarias descobrir nos olhos ou na boca ou em qualquer outro traço um sinal não de reconhecimento, mas de visão. E pensarias que o que faz nascer as perguntas não é uma necessidade de conhecimento, mas de ser conhecido. Porque tu não saberias se a moça sentia a tua presença. Falando, ouvirias a tua própria voz, solta na praça, e terias a certeza de que a moça te ouvia. Ainda que não te visse, na visão completa que terias acabado de descobrir.

Suspensa a voz num primeiro momento, tu voltarias atrás, desejando ser visto. Mas para teres a certeza de ser visto, terias que ter a certeza de que eras ouvido. A moça não falaria. Nem se movimentaria. Teria, já, descoberto o silêncio como forma mais ampla de comunicação? Estenderias a mão e a tocarias no seio, e a moça ainda não se movia. Afastarias o vestido, as tuas mãos desceriam pelos seios, pelo ventre, as tuas mãos atingiriam o sexo com dedos ávidos, o teu corpo iria se curvando numa antecipação de posse, o corpo da moça começaria a ceder, a pressão de teu corpo sobre o dela se faria mais forte: a moça deitaria de costas na areia, tão leve como se aquilo não fosse um movimento. Tu farias a tua afirmação de homem sobre a entrega dela. Mas os movimentos seriam só teus, vendo um céu talvez escuro talvez iluminado uma extensão de praça parecendo imensa vista em perspectiva. E uma estátua carcomida. Assim: teu membro explodiria dentro dela enquanto olharias fixo e firme para um rosto de pedra branca despido de feições.

Depois sairias caminhando devagar, vencendo a praça, voltando ao caminho de cascalho. Mas desta vez pisarias muito suave. Seria leve o toque de teus pés, seria verde o teu olhar no gesto de virar a cabeça para ver o mar, seriam mansos os teus movimentos em direção ao ponto de fuga onde mergulharia a rua. Na esquina olharias pela segunda vez para trás e verias um caminho, uma praça e o mar. Um caminho, uma praça e o mar. E no meio da praça, uma moça. Bancos de mármore, árvores sujas, canteiros vazios, nenhum lago, uma estátua devastada e, muito recuada, uma moça. Sem movimentos, uma moça. Sem salvação, uma moça. Sem compreender, uma moça. Uma moça e uma tarde. Quase noite.

Paixão segundo o entendimento

Despido e solitário, organizou o prazer no banheiro, enquanto o mundo não lhe entregava aquela mulher predestinada desde o início dos tempos. Uma sensação de estranheza de seu corpo múltiplo e concentrado em um único ponto rijo de fogo, as mãos atarefadas conduzindo os movimentos. Envolto em vidro numa atmosfera ao mesmo tempo quente e delicada, como as concavidades da mulher ignorada. E de repente assim, já não vendo as próprias coxas onde o líquido tecia desenhos, de repente tendo outra vez oito anos na surpresa de perceber a mente infantil aprisionada num corpo adulto e satisfeito. Antes o vidro ameaçava ceder a um matagal de veludo, qualquer coisa áspera e intensa: o vidro quebrado e os pesados reposteiros sobre ele, num voo.

A mão suspensa, exausta. E só após — a incompreensão da própria carne. O cérebro por segundos esvaziado de pensamentos cedia lugar unicamente ao gesto, o cérebro posto em repouso voltava a funcionar. Não, não eram recriminações: uma perplexidade distraída de não ter controlado o que era seu e, mais além, o medo de não controlando o que era seu não poder controlar jamais o que era alheio. O que seria alheio, corrigiu-se pensando na fêmea que lhe era destinada. Ajustou-se ao que voltara a ser, admitindo que já não conseguia tocar-se: havia-se formado como que uma aura em torno do corpo. Não uma aura de santidade, nem de irradiações, mas de desnecessidade de tocar-se. O corpo tresandava exaustão. Não, já não era preciso tocar-se, e isso não doía. Doía apenas quando o gesto se impunha, e antes do toque, apenas antes. Vigoroso, olhou-se no espelho e sorriu como um animal, sem compreender que o sorriso não era para si próprio, mas para um outro — ainda não suspeitava da possibilidade de encontro de criaturas de mesma força, numa relação diversa da dominante-dominado que esperava. E mesmo que suspeitasse, não admitiria, pois em qualquer parte do mundo havia uma fêmea feita para ele, acreditava. Uma fêmea côncava em que, convexo e sem espanto, se acomodaria. Não, não suspeitava que asperezas e saliências pudessem se encontrar em violência e fogo, num círculo intenso, oculto. Admirou-se, a masculinidade expressa no olhar arrogante substituindo o instrumento exausto. A luz coada da tarde impunha um reflexo fantasmagórico no liso da pele e, sem entender, admitiu.

Por um momento, uma suspeita o fez oscilar precário: que estava se passando? A mão deslizou mansa na pele, num toque novamente além da aura, mas diferente, apenas isso, diferente. Nem mais nem menos profundo. Então, como no começo do mundo, começou a se fazer a luz. Atravessou seis dias anexando a si o claro e o escuro e o sim e o não e o amor e a guerra e as pestes e os sorrisos e as mãos dadas e os plátanos perdendo as folhas e novamente recuperando e os desertos e as planícies e os oásis e as chuvas e os ventos e as praças e as grandes extensões de nada e as galáxias e cada um dos grãos de areia do fundo dos oceanos e os animais e as pedras e o acúmulo de pedras formando templos e as estradas e as portas e as varandas e as ondas e as cidades de ferro e metal e organdi e o silêncio todos os silêncios e os gritos e os muros e os porões e as chaves. Mas no sétimo dia, no sétimo dia tremeu e hesitou, imediatamente cobrindo-se com toalha, expulso do que descobrira e que, por inexperiência de lidar com as coisas, poderia transmutar-se de paraíso em inferno. Não houve tempo de escolher nem paraíso nem inferno: preferia a segurança de um gesto.

De hoje em diante comerás o fruto de teu próprio suor — ainda ouviu, sim, sim: era preciso dar sangue e pão e carne a um evento para que não morresse. Era preciso sentir nos ombros as garras do que inventara. Então vestiu-se demorado, reconstruindo aos poucos o que não sabia se se ampliara ou fora destruído, reassumindo-se no que era simplesmente, a sua demarcação com fronteiras e limites, obscuras negações. A firmeza e o conhecimento do que constituía seu próprio terreno, e que fechava a qualquer tentativa de modificações. Jamais teria sido guerreiro ou explorador de novas coisas ou um descobridor ou um cientista ou um astronauta: seu heroísmo residia na defesa, não no ataque. O máximo que pediria a Deus, se acreditasse nele — e acreditava — seria não permitir jamais que saísse de si próprio, nem avançasse além do que, descuidado, já avançara. Pois que, avançando, era obrigado a anexar o que descobrira, e não tinha forças nem vontade de reformular todos os dias o seu ser de cada dia. E olhando fora de si, pressentia avisos, seculares avisos de sangue de que o que o esperava não tardaria. A isso chamava, amável, de *uma esperança*. Em nenhum momento permitiria a si mesmo duvidar da concretização das esperanças, do que chamava esperanças.

Sim, sim, confirmou olhando-se no espelho, quase vestido. A mulher havia colocado a mão no seu ombro, dizendo: eu sou bonita. Mas ele fora além e respondera: eu sou. O prazer que sentia era quase o mesmo de quando jogava tênis e conseguia interceptar uma bola impossível para marcar pontos. Apenas o esforço dos músculos doía depois. Uma dor imprecisa, ao mesmo tempo generalizada e concentrada, num ponto inatingível. Sim, repetiu uma outra vez, e já não doía, nada mais doía. Pensou numa fórmula matemática — ele era engenheiro — a mãe esperando para jantar — ele era órfão de pai — nos talheres de prata — ele era rico: conseguindo situar-se. Sim, sim, delimitar-se, sim, sabia o que era, quem era, sim. Aparou cuidadoso o bigode e, recomposto, desceu triunfante as escadarias de mogno envernizado.

Fotografia

Sentada aqui, desde não sei quando, olho à esquerda, olho em frente, em cima, olho, quase tonta de não encontrar, olham também da mesa ao lado, já perguntei as horas duas vezes, não, três, o cara respondeu direito da primeira vez, da segunda me olhou oblíquo, na terceira comentou qualquer coisa com a mulher, deve ter dito coitada, levou o bolo, me dá nojo, não exatamente nojo, que é uma coisa de estômago que se derrama viscosa pelos outros, atingindo tudo em torno, esverdeada, não, nem ódio, que é grande demais, não cabe dentro de mim, da minha arquitetura frágil de mulher magra, as pernas finas suportando não sei como os ombros e o tamanho dos olhos, o ódio seria demais, eu tropeçaria toda atrapalhada com meu próprio peso, a raiva é mais mansa e eu me sinto capaz de suportá-la, a raiva cabe em mim porque não permanece, e as coisas só adentram em mim quando podem escapar em seguida, eu sufoco, sei bem, sufoco e quase esmago as coisas, as gentes também, apenas ultrapassam numa rapidez de quem não olha para trás e vai seguindo em frente, fraca demais para ser barreira, transparente, porosa feito cortina de fumaça, não, não exatamente, a fumaça ao menos faz os olhos ficarem vermelhos, provoca tosse, eu não consigo abalar ninguém, um plástico, material sintético, teve pena na certa, eu não quero que tenham pena de mim, dói mais que tudo os outros olhando de cima, constatando a fraqueza nossa, a nossa inferioridade, quero que me olhem do mesmo plano, se ele quer comentar alguma coisa com sua companheira que diga lembra? uma vez que eu também esperei por você assim, você não vinha, não vinha nunca, eu fumava, eu bebia, eu esperava e você não vinha, mas acabou vindo e está aqui, agora, vendo uma moça que espera como eu esperei você naquele dia, parece que daqui a pouco ele vai me dizer as horas sem eu perguntar, não como se estivesse se dobrando num jeito de amigo, mas como se me agredisse lançando a espera inútil no meu rosto, esqueci completamente as horas, não sei se estou aqui desde ontem, desde sempre, parece que já choveu, já fez vento e garoa, que o amarelo das folhas sobre a calçada é do outono passado, não deste, parece que já é inverno gelando a gente por dentro, que o verão pesa nas pálpebras tornando lentos os gestos, dessa preguiça no andar como se a cada instante a gente morresse, mas esse salto por dentro é primavera impulsionando para um verde renascido, garoa morna, fina, quieta nesse jeito de colocar os olhos longe, um longe despido de barreiras, ah essa toalha azul axadrezada de branco, o círculo úmido do copo onde uma mosca se debate, a minha bolsa, o maço quase vazio de cigarros, duas garrafas vazias de coca-cola, o cinzeiro cheio de pontas, essa música indefinida machucando por dentro, como se estivesse desde sempre aqui, escorregando devagar, as notas feito pingos de chuva na vidraça abaixada, vontade de dizer um palavrão, esses dois me olhando, assim, gozando, rindo da minha espera, mesmo o garçom de paletó branco, um dente de ouro na frente, vai escurecendo, 32 tábuas no teto, gente saindo, passando, tivesse ao menos um jornal para disfarçar, não adianta, que horas serão, meu Deus, não quero perguntar outra vez, vai ficar muito evidente, já mudei mil vezes de posição na cadeira, não encontro o jeito, seria necessário um jeito específico de esperar, é medo o que eu tenho? não sei, de repente me encolho toda, um movimento interior de defesa eriçado por um sentimento que desconheço, da mesa ao lado eles levantam, vão saindo, indo embora lentos, o garçom desaparece ao lado do balcão, começa a anoitecer, todos os relógios estão parados, não sei se é ontem, se hoje ou amanhã, se é sempre, se nunca mais, estou solta aqui, completamente só, não há relógios, não há relógios e o tempo avança liberto, sem fronteiras nem limitações, uma bola de arame farpado, o sentimento vai-se adensando em mim, transborda dos olhos, das mãos, sai pela boca em forma de fumaça, sinto meus lábios ressequidos, machucados, o gosto amargo, a bola cresce estendendo tentáculos, no meio dela eu me encolho cada vez mais, presa num círculo que cresce até explodir na vontade contida de gritar bem alto, bem fundo, rouca, exausta, correndo, esmagando as folhas de um outro outono, de um outro tempo, ainda este, o tempo, o outono, a tarde, o mundo, a esfera, a espera em que estou para sempre presa.

Itinerário

De repente, estou só. Dentro do parque, dentro do bairro, dentro da cidade, dentro do estado, dentro do país, dentro do continente, dentro do hemisfério, do planeta, do sistema solar, da galáxia — dentro do universo, eu estou só. De repente. Com a mesma intensidade estou em mim. Dentro de mim e ao mesmo tempo de outras coisas, numa sequência infinita que poderia me fazer sentir grão de areia. Mas estar dentro de mim é muito vasto. Minhas paredes se dissolvem. Não as vejo mais, e por um instante meu pensamento se expande, rompendo limites num percurso desenfreado. Nesse rápido espraiar, meu ser anexa a si as coisas externas. O parque, as árvores, o sol, as gentes deixam de ter existência privada e, dentro de mim, estão sob meu domínio. Como membros de meu corpo, ou pensamentos já feitos ou palavras já formuladas — eles se aninham em mim, fazendo parte do meu ser. Me torno em parque, em árvore, sol, em gentes. O processo é tão breve que sequer tenho tempo de regozijar-me com ele. Porque subitamente tudo volta.

E sou apenas um homem no parque — reduzido somente a minha condição de homem no parque. Espio para fora de mim e vejo as coisas que não são mais minhas. As árvores debaixo das quais estou, esta folha que há pouco deslizou pelo meu chapéu, escorregou por um ombro, atingindo a mão onde a esmago, esta gente para quem sou um homem no parque. Na minha mão o contato da folha ferida é áspero. Mas não fere. Frente a meus olhos: hirta, seca, amarelada, é uma folha do inverno. As ramificações se expandem em mil caminhos até as bordas, na tentativa já inútil de levar a seiva aos pontos mais recuados, e ela é uma coisa morta. O pequeno talo vibra entre meus dedos como um ser vivo e agonizante num último espasmo. Olho as pontas reviradas e, num gesto, torno a esmagá-la. Já não é folha, já não é nada — somente um punhado de poeira que escorrega incômoda manga adentro do casaco. No entanto, não sou um assassino: sou um homem no parque! quase grito para que as outras pessoas escutem e olhem para mim e vejam como sou inteiramente normal trivial banal e até vulgar dentro deste terno escuro, antiquado — preciso que tomem consciência do meu ser e preciso eu mesmo tomar consciência do que sou e do que significo nesta brecha de tempo. Por isso baixo os olhos e, subindo-os desde o bico dos sapatos, vistorio todo o conjunto que forma o meu ser em exposição. Calças, casaco, chapéu — eu sou um homem no parque! novamente quase grito porque a realidade de repente oscila, ameaçando quebrar-se em fatias que ferem. Apoiado em minha segurança, que se revela precária, eu luto.

E eis que a luta finda. Eu cedo. Novamente as coisas se dissolvem e torno a escorregar para dentro de mim. Mas estar em mim já não é vasto. Minha extensão reduziu-se a este círculo acinzentado que é meu pensamento. Minha extensão é tão mínima que sufoco dentro dela. Tudo se resume a esta extensão. Não há mais nada fora de mim. Impossível a fuga. Meus membros se encolhem como um tecido ordinário, recém-lavado, estendido ao sol. Tudo se comprime em torno de mim. Este círculo acinzentado apertando cada vez mais, repleto de arestas, de pontas aguçadas. Neste círculo estou em rotação. Meu ser vai girando, girando num lento corrupio, num movimento que é quase dança, quase ciranda. As arestas ferem leve, com jeito de carícia, as pontas apenas afagam enquanto o pensamento se esquiva, na esperança de sair ileso. Então tudo cessa.

E volta o parque com suas gentes passando, com aquela série de coisas que constituem o ser de um parque. Acendo um cigarro, minha mão treme, devolvida à segurança que em relação às coisas de fora novamente se revela eficiente. Nas minhas calças, o pó da folha é a lembrança do crime sem júri nem juiz, nem poluição. A meus pés, o trabalho das formigas é intenso neste outono quase inverno, repleto de folhas caídas. A longa fila se encaminha lenta, desviando-se de meus sapatos, folhas equilibradas sobre as cabeças, ultrapassando os pés do homem a meu lado, as pernas vagamente tortas daquela mulher mais adiante, as meias azuis daquela adolescente. Até o formigueiro, onde as despensas devem estar abarrotadas. Mas as cigarras já não cantam.

Tudo volta. Procuro retornar a meu último pensamento: tinha relação com infância e livro, eu sei. E busco. Por entre essa infinidade de formas, de signos desfeitos com que são construídos os pensamentos; por entre esse amontoado de lembranças feitas de imagens incompletas como retratos rasgados; por entre essas ideias a que faltam braços, pernas, cabeças; por entre os retalhos dessa caótica colcha de que é tecido o cérebro de um homem no parque, eu busco. Sem encontrar. A segurança das coisas fáceis e simples desliza entre meus dedos recusando fixar-se. E há o cigarro: essa tonalidade azulada é apenas a fumaça subindo em lentas espirais, cada vez mais densa, tomando conta de mim, eu sei, deve ser, porque as coisas não sendo o que são outra vez me jogarão num mundo de procuras e espantos.

E de novo estou em mim. Ainda preso nas engrenagens do círculo. Que desta vez não ferem. Dentro da minha pequena extensão me são permitidos o movimento e o investigar. Movimento e investigar vãos, porque é tudo tão ínfimo que nem há mistérios pelos cantos. Não há perspectiva na espera de serem pressentidas. Não há sequer vértices nesta superfície despida de arestas: só a leve chama, em aceno trêmulo por entre o vazio. Mas eu não quero. Seria preciso abdicar de todas as minhas verdades, essas estruturadas lentamente, dia após dia, quase minuto a minuto, suavizando os contornos da realidade quando esta se torna áspera. Seria preciso abdicar de meu ser cotidiano, construído em longo labor. Seria preciso abdicar de minha segurança, e eu a acumulei em paciência, em tédio, mas a fiz forte, e se agora periclita é porque todos nós temos o nosso momento de queda. E este é o meu.

No vácuo de mim eu me despenco. Porque seria preciso também abdicar de mim mesmo para novamente reconstruir-me. Tornar a escolher os gestos, as palavras, em cada momento decidir qual dos meus eus assumir. Já esfacelei meu ser, já escolhi as porções que me são convenientes, esquecendo deliberado as outras. E são elas — serão elas? — que agora se movimentam revoltadas, pedindo passagem em gritos mudos, na ânsia de transcender limites, violentar fronteiras, arrebentando para a manhã de sol. O tremular da chama é um aceno, convite para chegar à verdade última e íntima de cada coisa.

Não quero. Não posso restar nu, despojado de mim mesmo. Não posso recomeçar porque tudo soaria falso e inútil. As minhas verdades me bastam, mesmo sendo mentiras. Não é mais tempo de reconstruir.

Em luta, meu ser se parte em dois. Um que foge, outro que aceita. O que aceita diz: não. Eu não quero pensar no que virá: quero pensar no que é. Agora. No que está sendo. Pensar no que ainda não veio é fugir, buscar apoio em coisas externas a mim, de cuja consistência não posso duvidar porque não a conheço. Pensar no que está sendo, ou antes, não, não pensar, mas enfrentar e penetrar no que está sendo é coragem. Pensar é ainda fuga: aprender subjetivamente a realidade de maneira a não assustar. Entrar nela significa viver.

Sôfrego, torno a anexar a mim esse monólogo rebelde, essa aceitação ingênua de quem não sabe que viver é, constantemente, construir, não derrubar. De quem não sabe que esse prolongado construir implica em erros, e saber viver implica em não valorizar esses erros, ou suavizá-los, distorcê-los ou mesmo eliminá-los para que o restante da construção não seja abalado. Basta uma pausa, um pensamento mais prolongado para que tudo caia por terra. Recomeçar é doloroso. Faz-se necessário investigar novas verdades, adequar novos valores e conceitos. Não cabe reconstruir duas vezes a mesma vida numa única existência. Por isso me esquivo, deslizo por entre as chamas do pequeno fogo, porque elas queimam. E queimar também destrói.

Perplexidade, recusa e medo feitos em palavras fazem tudo recuar. O círculo abandona meus membros, a chama se apaga. A luta vai-se tornando lassidão. Revolta sufocada são rumores que abafo lentamente, com a delicadeza monstruosa de quem estrangula uma criança dormindo.

Eis que começo a voltar. Não de uma galáxia distante, de outro planeta, sequer de uma cidade ou um parque. De mim, volto. Em torno as árvores principiam a ganhar consistência, negativo aos poucos revelado, água escorrendo da capa de obscuridade. São verdes as árvores. Seus troncos nascem da terra, se alongam em braços recobertos pelas folhas que o outono amarelou. Troncos rugosos, feitos de pequenos pedaços ásperos, de cor indefinida. Mas elas são verdes. Todos as veem verdes, mesmo agora, com as folhas amareladas, com a cor-sem-cor de seus caules. O céu azul. Mesmo sendo cinzento ou incolor o ar que o faz. É preciso dar cor e forma às coisas porque desnudas elas apavoram.

Respiro. Fecho os olhos. O ar penetra as narinas abrindo caminhos pelo corpo num automatismo que não terá fim enquanto eu viver.

Estou de volta. Minhas mãos sobre os joelhos, os joelhos cobertos pelo pano preto das calças, o pano afunilando até os pés metidos em meias listradas de azul e branco, dentro do marrom dos sapatos. Tudo me diz que estou de volta. Aceito. Suspenso no meu pulso, o tempo tiquetaqueia no ritmo do relógio. Onze horas. Preciso ir andando. Há mulher há filhos há trabalho há a prestação da televisão que passará um bangue-bangue legal e pensando como qualquer homem neste ou noutro hoje à noite e eu gosto de bangue-bangue como um menino gosta de sorvete metido no meu pijama de bolinhas nas minhas chinelas às quais se amoldam meus pés como dentro de uma fôrma e a minha poltrona funda e o cachimbo e o jornal do lado. Tudo tão simples. Já vi mil vezes cenas iguais em filmes e livros e revistas. Tanto e tanto que duvido delas. Mas dúvida faz escorregar. E no fundo, depois do longo deslizar, no fundo é úmido e frio, apesar da chama. Faz-se necessário testar, apalpar as massas que recusam definições. Faz-se necessário avançar. Mas tudo impede o avanço. E dói.

Não.

E eis então que caminho para a rua, chamo um táxi, entro nele. Eis aí que olho pela janela, vejo o parque, o banco, as pipocas que não comprei. Eis assim que encosto a cabeça no banco, apanho um cigarro e trago longamente. Eis depois que solto a fumaça de um jeito que não sei se é sopro ou suspiro. Eis.

O coração de Alzira

Pois que ele era uma pessoa e ela outra, descobriu de repente, afastando as cortinas. E eu que quis fazer de mim algo tão claro como um rio sem profundidade, disse para si mesma, em distração colocando em movimento os átomos de poeira. Curvou-se até o chão para apanhar um grampo. Quando se curvava assim, o cabelo caindo no rosto, assumia um ar humilde de coisa grande que se curva.

Ela era toda grande, de mãos e pés e olhos e busto, mas um grande que não se impunha, não feria. Um grande que pousava como quem já vai embora. Ela parecia levantar voo, no surpreendente de que ao elevar-se não deslocasse o ar em torno nem provocasse ventania. Até mesmo seu coração era grande. Era coração, aquele escondido pedaço de ser onde fica guardado o que se sente e o que se pensa sobre as pessoas das quais se gosta? Devia ser. Para tornar mais fácil o desenrolar do pensamento, ela concordava. E argumentava de si para si, lembrando músicas e poemas vagamente vulgares que falavam em coração: pois se alguém fazia uma música ou um poema forçosamente devia ser mais inteligente do que ela, que nunca fizera nada. Alguém mais inteligente certamente saberia o lugar exato onde ficam guardadas essas coisas. Coração, então, repetiu para si, consumando a descoberta. E acrescentou: mas ele está tão longe. Podia dar um tom de desalento ao que pensava, mas podia também solicitar, agredir, exigir. Qualquer coisa que doesse.

Ai, a necessidade que tinha de doer em alguém, como se já estivesse exausta de tanto ser grande e boa. Por um instante conteve um movimento, toda concentrada no desejo de ser pequena e má e vil e mesquinha. Até mesmo um pouco corcunda ou meio vesga de tanta ruindade. Ou continuar a ser grande, mas sem aquela bondade que pesava, para tornar-se lasciva. Obscena. Mas o máximo de obscenidade que conseguia era entrar de repente no banheiro quando o marido tomava banho, afastando as cortinas para entregar a ele um sabonete ou perguntar qualquer coisa sem importância. O importante era que o motivo não fosse importante. Justamente aí estava o obsceno. Depois saía toda corada, pisando na ponta dos pés e rindo um risinho de virgem. Virgem. Ai, estava tudo tão mudado que as meninas não davam mais importância à virgindade, andavam de calça comprida, cortavam os cabelos curtinho, fumavam, até fumavam, meu Deus. E os rapazes, então, cabelos imensos, colares, roupas coloridas. Meu Deus, ela repetia para si e para os outros que não sabia mais distinguir um jovem de uma jovem, e que isso a perturbava como se tivesse um filho ou uma filha e não soubesse dizer se era mesmo filho ou filha. Ai, era terrível.

Espiou o marido nu, as cobertas afastadas por causa do calor. Ai, era tão moço ainda, tão não-sei-como que dava uma vontade meio bruta de machucá-lo só porque era assim daquele jeito. Sentou na poltrona à beira da cama, espiando o dia. Mas ele é uma pessoa, eu sou outra, repetiu, repetiu, recusando a claridade que entrava pela janela para se encolher dentro dela, toda sem problemas nem angústias. De manhã bem cedo.

— Jorge — chamou, a voz ressoando estranha no silêncio. E desejou que ele abrisse os olhos e sorrisse dizendo: Alzira.

Mas ele não abriu os olhos, não sorriu nem disse. Então ela pensou e esta empregada que não chega. Era de manhã-bem-cedo e a empregada só chegava de manhã-bem-tarde. A dor que sentia de ser assim tão como era. Sorriu devagar, prosseguindo na doçura que sempre fora o seu caminho. O marido tinha cabelos no peito, pernas grossas, braços fortes. Ela era gorda, mole, grande. O marido tinha olhos azuis. Ela, pretos. Pretos como a noite, ele escrevera num poema antes de casarem. O marido tinha mãos quadradas, dedos compridos. Ela, grandes, redondas, gordas, acolchoadas. Leves como as de uma fada — o poema era o mesmo, mas as mãos também seriam? Precisava encerar o chão, mandar as cortinas para a lavanderia, fazer café. Ah, era domingo. Só agora ela lembrava. A empregada não viria. Era dia do marido dormir até tarde. Era dia dela mesma ficar na cama até as dez. Era dia de tantas coisas diferentes dos outros dias que ela conteve a respiração, abalada no que estivera construindo e preparando para um dia que não seria mais.

Vagou inquieta pelo quarto. Era domingo. Se fumasse, acenderia agora um cigarro para ficar com ar de pessoa distraída. Mas assim tão sem vícios e portanto sem ter sobre o que derramar a distração que desejava, ai — assim ficava tão solta. Perdi até o sono, suspirou, como se o sono fosse a sua última reserva de segurança. Nem de ler eu gosto, acrescentou. E estou com preguiça de trabalhar e tenho vontade de falar um palavrão, que merda também. Sem sentir, conseguira a distração que procurava. Mas agora que chegava a ela, consciente de que chegara, a distração se esgotava. Fazia-se necessário ir adiante. Mas o que vinha depois de uma distração? Não tinha em que nem como se concentrar. Nunca tivera instrumentos para forçar a atenção num determinado ponto. Era tão pobre. Tão.

Ai.

Caminhou até o banheiro, afogou a agitação abrindo três torneiras ao mesmo tempo. A água escorrendo gerava uma espécie de paz dentro dela. Molhou as pontas dos dedos, passou-as devagar pelo rosto. O espelho refletia um rosto amassado de pessoa em estado de desordem interna e externa. Começou a escovar os cabelos, fechou a gola do robe amarelo, deu dois beliscões nas faces para torná-las mais coradas. Voltou ao quarto. O marido mudara de posição: encolhido feito feto, mãos cruzadas sobre o peito. Alzira sentou na beira da cama. Espreitou o dia avançando, o medo avançando. Estendeu a mão num experimento de ternura. Retraiu-se. A lembrança da discussão do dia anterior barrava qualquer gesto. Que fazer, que fazer, que fazer, perguntou-se lenta, sem entonação. Não havia resposta. Engoliu algo parecido com um soluço. A cabeça encostada no travesseiro, espiava o dia crescendo. De repente deu com o olhar do marido fixo nela. Aprumou-se inteira, preocupada em afetar uma naturalidade de pessoa surpreendida em meio à higiene íntima.

— Hoje é domingo — disse.

— Pois é — concordou o marido.

E ela queria tanto mas tanto tanto que ele dissesse o nome dela assim bem devagarinho Al-zi-ra como se as sílabas fossem uma casquinha de sorvete quebrada entre os dentes e quase perguntava como é mesmo o meu nome? você lembra do meu nome? mas não adiantaria ele apenas a olharia surpreendido e se dissesse seria um dizer mecânico não aquele dizer denso lindo fundo e ela não queria isso não queria. Então falou:

— Dia de dormir até tarde.

E dormiu.

Domingo

Sobre a mesinha, ao lado da pilha de livros, o cinzeiro cheio de resíduos, bolinhas de papel, pontas de cigarro.

Recostado na mesa, o corpo, na ponta do corpo a mão, na ponta da mão os dedos avançando até o maço. Vazio. Revira o cinzeiro, um peso na cabeça, escolhe a ponta maior. Um último palito de fósforo na caixa. A chama. Azulada. Traga lento, depois solta a fumaça pela boca num jato, fica olhando o fio longo sugado pelo vento da janela aberta. Pela janela aberta, o silêncio do domingo impresso num céu sem cor. Na rua deserta de rumores: domingo. Abre um livro. Os dedos circundam as letras, a unha do indicador amarelada pelo fumo, os dedos acariciam as letras como se fossem carne. Carne desconhecida, sem interesse. Um pouco fria. Letras que não dizem nada, gesto cansado, dedos que voltam à posição anterior mas, inquietos, sobem pela camisa, libertam o último botão da calça. Dedos que entram no peito, passam na pele, alcançando o pescoço, o rosto onde a barba não feita fere de leve. De um apartamento ao lado o vento rouba uma música do rádio e a traz para junto de seus ouvidos. Um samba. Gosto desse samba, pensa distraído, liga o rádio, coincidência, exatinho na mesma estação, dedos agora acompanham o ritmo batendo na colcha, mas o pano não faz som, é preciso bater na mesinha, madeira sambando, a melodia escorrega devagar pelo lado do cinzeiro, se espalha no chão. A voz acompanha baixinho a letra melancólica, amor, flor. Esmaga a ponta do cigarro na parede, atira-a sobre o assoalho, a mãe vai reclamar, nunca viu tanto relaxamento nem tanta preguiça num corpo só.

Dezoito anos e 1,80m de solidão. Desliza a mão pela parede, fechando os olhos o verde deixa de ferir, as granulações miúdas do cimento parecem prometer alguma coisa. Mexe os pés sem meias de encontro à colcha, a consistência fria, um pouco viscosa, coloca arrepios na pele. Abre os olhos e encontra o verde da parede, o azul da colcha: domingo espreitando na moldura da janela. Reduzido a ele mesmo, miseravelmente, sobre a cama. Nem sono tem. Já fechou os olhos, tentou dormir mas tanta preguiça que nem sono tem. Apaga o rádio. Detesto tango argentino, nem sabe se é argentino, pode ser até brasileiro, sueco ou esquimó mas fala em navalhada, cabaré & traição, mulher de cabelo tingido, talho na saia preta mostrando a coxa, piteira, pálpebras machucadas: tango. Coisa mais cafona. A indolência aumenta com a mudez do rádio. Gosto daqueles sambas mais antigos, a batida leve, mansinho, a voz fraca do cantor dizendo bem baixinho coisas bonitas e tristes. Ou então guitarras amplificador cabelos crespos berros brilhos oh yeah! No canto do quarto, o toca-discos: uma possibilidade. Mas seria preciso levantar, escolher o disco, passar lentamente o feltro, colocá-lo no prato, apertar um botão, dois botões, aumentar o volume, diminuir o volume. Ouvir. Deitar de novo, fechar os olhos, corpo abandonado na maciez da cama, lembrança chegando, de qualquer coisa, de preferência bem enfossante, quanto mais melhor. Obrigação de sentir, se possível, chorar. Larga de novo o corpo sobre as cobertas, que merda essa carteira de cigarros vazia, podia levantar, ir até a sala, a pedir ao noivo da irmã, um saco, descer até o bar, encontrar os carinhas pelo caminho, com o violão, na certa, sentados sobre o motor do Fusca, não sei como o pobre aguenta aquela porção de bundões em cima dele, como é, vamos dar uma volta? Não quero, estou na fossa. Ou não dizer nada, são uns animais, não iriam entender, perguntariam por quê, ela te chutou? não iriam entender que vezenquando a gente fica triste sem motivo, ou, pior ainda, sem saber sequer se está mesmo triste. Mas podia aceitar, entrar no carro, vamos até à praia? deitar a cabeça nos braços, apoiar os braços na janela aberta, vento entrando, remexendo nos cabelos, no rosto, jeito de lágrima querendo rolar.

A réstia de sol encolhe no chão: tempo. Só esse sol sem cor neste dia sem cor nem jeito de domingo. Idiotice: por que domingo precisa ter um jeito especial, mania de esperar que as coisas sejam dum jeito determinado, por isso a gente se decepciona e sofre. Na mesa, os livros oferecem consolo. Vontade de ler um troço decente. Mas é preciso passar por uma porção de besteiras até chegar ao que interessa. Vontade de ter um pensamento bem profundo, desses que fazem a gente se surpreender que tenham saído da nossa cabeça mesmo, naquela modéstia que só se tem quando se está distraído — desses pensamentos que nas revistas em quadrinhos aparecem em forma de lâmpada sobre a cabeça do cara. Mas o quê? Sobre a vida, um combate que aos fracos abate e aos fortes e aos bravos só pode exaltar? Sobre o amor, que é isso que você está vendo hoje beija amanhã não beija depois de amanhã é domingo e segunda-feira ninguém sabe o que será? Ou sobre a cultura e a civilização, elas que se danem eu não contanto que me deixem ficar na minha? Tudo já foi pensado: vida, amor, cultura, civilização, liberdade, anticoncepcionais, comunismo, esterilização na Amazônia, exploração das potências estrangeiras, mais que nunca é preciso cantar, guerra fria e vem quente que eu estou fervendo. Tudo a mesma merda. Pudesse abrir a cabeça, tirar tudo para fora, arrumar direitinho como quem arruma uma gaveta. Tomar um banho de chuveiro por dentro.

Em um metro e oitenta, dezoito anos, e em dezoito anos, seis meses, quatro dias, dezesseis horas e vinte minutos (em breve vinte e um). Nesse amontoado de características, sessenta quilos de magreza e solidão. Encosta o corpo na cama, a mão passando de leve no xadrez do cobertor dobrado a seus pés, o rosto na parede que o acolhe com o sem compromisso de sua impessoalidade, a mão passa sobe desce e de leve, de leve começa a chorar.

DO AMOR

*Amar a nossa falta mesma de amor, e na secura nossa amar
a água implícita, e o beijo tácito, e a sede infinita.*

Carlos Drummond de Andrade

Diálogo

— *Você não compreende, não consegue compreender.*

No meio do rio, eu via a pedra. A única naquela extensão azul de água, o pico negro erguido em inesperada fragilidade na solidão. Eu não tinha instrumentos para caminhar até ela, a pedra, tomá-la nos braços, por um instante debruçar minha ternura sobre seu isolamento num absurdo desejo de que em sua insensibilidade de coisa ela se fizesse sensível e, assim suavizada, contivesse o desespero amparando-se em mim. Por que ela se perdia assim e assim se assumia e se cumpria em pedra, dona de si mesma, dispensando qualquer afeto, qualquer comunicação? Ela se bastava. Parecia já ter ido além da própria estrutura num lento inventariar do mundo ao redor, como se seu pico tivesse olhos e esses olhos projetassem indagações em torno, avançando nas descobertas, constatações se fazendo certeza. E como se seu isolamento fosse deliberado, como se já não acreditasse em mais nada e tivesse escolhido o amparo apenas das águas, a precária proteção do azul — como se tivesse escolhido o vento, a erosão, os vermes, os musgos que a roíam devagar. Assim, da mesma forma como outros escolhem o apoio das pessoas ou a nudez do campo, ela escolhera o desafio da entrega. O despojamento de ser, insolucionada e completa em suas fronteiras: pedra porque pedra fora, era e seria num sempre que a sustentava, frágil e absoluta.

— *Veja, os meus cabelos estão molhados, caminhei horas pela chuva querendo e não querendo procurar você.*

Frágil e absoluta em sua carnação de mineral, as raízes, se as tivesse, encravadas no fundo do rio. A sua base por onde escorregam peixes, cobras, onde a lama se acumulava lenta tentando cobri-la por completo. Ondas frágeis de rio e, atrás, a ilha espalhada em verde contra o céu quase negro do entardecer. O sol além do rio, e o céu quase todo desfeito em cores que em breve afundariam no escuro. As cores morreriam, o claro se faria treva e a pedra mergulharia em sombras, impressentida — quem veria jamais uma pedra emergindo do negro que cobriria o rio? E renasceria, depois. Em cada amanhecer, renovada e sempre a mesma, endurecida em sua natureza. A pedra. Por que me doía e pesava por dentro, como se eu jamais conseguisse atingi-la? Ah meus gestos incompletos, meus olhos que não ultrapassavam o que viam — e ela me encarava, alheia ao meu espanto, inatingível quem sabe para sempre. E não seria apenas uma forma, uma silhueta de coisa nascendo da água, projetada contra o espaço, cercada de vazio, uma pedra? Que espécie de dureza havia nela, negando a penetração? A compreensão mesma de sua incompreensão — por que se fechava tanto, e tanto se esquivava, e sem se esquivar nem se fechar, feita em si — apenas uma pedra?

— *Podia esperar de qualquer um essa fuga, esse fechamento. Mas não em você, se sempre foram de ternura nossos encontros e mesmo nossos desencontros não pesavam, e se lúcidos nos reconhecíamos precários, carentes, incompletos. Meras tentativas, nós. Mas doces. Por que então assim tão de repente e duro, por quê?*

Uma pedra. Igual a si mesma, como só o são as naturezas inertes. As pessoas escorregam e, se num momento foram, no seguinte já não mais o são; a possibilidade de ser se reduz, contrai, escapa, ou num repente aumenta para explodir inesperada. As coisas se afirmam nelas mesmas em cada segundo de cada minuto. E em cada segundo futuro, serão ainda elas mesmas, sem se acrescentarem ou diminuírem. Para sempre, uma pedra será uma pedra. E por que então, enfim, esta palidez minha? Por que a encarava e pensava, e a constatava em sua permanência despida de mistérios e, no entanto, hesitava? Deveria compreendê-la no passar de olhos e ir adiante sem esperar. Contudo, esperava. De uma pedra — o quê? Se me machucava por dentro e quase tombava, meio aniquilado, impossível prosseguir. Derramar de ternura do vazio de minhas mãos, meus olhos quase verdes de tanto amor recusado, emoções informuladas pelo silêncio de noturna precisão — tudo convergindo para a pedra. Uma fatalidade, o inumano atingir o humano assim, de brusco? A nudez de meus pés devassava o frio. O vidro do rio, a lâmina do vento, a morte do sol. E a pedra. Inatingível.

— Compreenda, eu só preciso falar com você. Não importam as palavras, os gestos, não importa mesmo se você continua a fugir e se empareda assim, se olha para longe e não me ouve nem vê ou sente. Eu só quero falar com você, escute.

Inatingível. Escorregava em torno dela, percorrendo consciente uma trajetória de impossível. Em torno da pedra um círculo de repulsão que me jogava longe no momento da aproximação de seu centro. Cansaço pesando em mim, baixei a cabeça. As minhas mãos perdidas sobre a areia suja da beira do rio, as minhas mãos fremiam de fadiga. Círculos dourados percorriam o espaço, penetravam concêntricos em minhas órbitas, os círculos nascidos em torno da pedra. Pelos descaminhos, meu rumo se perdia, eu tornava a buscar, recomeçava — e novamente errava, e novamente insistia, túrgido de ternura, me encarei. E baixei a cabeça com vergonha. A pedra prescindia de mim. Eu, que me projetava num tempo desconhecido, prescindir de tudo e, impotente, me projetava na pedra, lúcido de que não seria jamais o que ela estava sendo. Eu que não conseguia alcançar o que ela alcançara e para sempre me perderei entre as pessoas, vagando sem encontrar, sem saber sequer o que busco, o que buscarei. A pedra me agredindo com seu ser completo.

— É esse gelo por dentro que eu não consigo entender. Você se doou tanto quando eu não pedia, e no momento em que pela primeira vez pedi, você negou, você fugiu. É esse seu bloqueio de aço encouraçando o silêncio, eu não consigo entender.

Completo. Seria possível o absoluto em algo ou alguém às vésperas da destruição? Eu não sabia nem sei, ainda. Escurecia cada vez mais, a silhueta da pedra já se dissolvera talvez na noite, mas a sua imagem permanecia em minhas retinas. E no escuro, ela deixaria de ser? No escuro as coisas esquecem de si mesmas para se tornarem apenas coisas, desligadas de qualquer suspeita que se possa ter sobre elas? A imobilidade do rio com suas ondas fracas, feito um reafirmar de inércia. E eu. Que era eu naquele momento exato, jogado na areia, cheio de movimentos subterrâneos? Que era eu, com o incompleto de minhas tentativas que não se cumpriam, e permaneciam vagando num ritmo de espanto? O rio era o rio, o céu era o céu, a areia era a areia, mas a pedra recusara meu pensamento e se fizera unicamente em pedra. E eu que escorregava, me perdendo em corredores de luz filtrada, pelas varandas entrecobertas de samambaias, por solares arquitetados sobre pântanos, pelos pântanos mesmo de água pútrida e serpentes entrelaçadas em tronco de árvores viscosas — eu que me reconhecia ao longe e não ia além do gesto para me conhecer. Mas se o rio tinha peixes e lama e musgo no fundo, e tinha mistérios; e se o céu estava repleto de mundos formando o cosmos e o desconhecido infinito das galáxias, e tinha mistérios; se a areia onde haviam restado detritos e sulcos, onde vicejava uma grama rala, tinha também mistérios. Somente a pedra, até o fundo de si pedra, das nascentes ao topo, nada contendo além de seu ser.

— Seria isso, então? Você só consegue dar quando não é solicitado, e quando pedem algo você foge em desespero. Como se tivesse medo de ficar mais pobre, medo de que se alcance seu centro e nesse centro exista alguma coisa que você não quer mostrar nem dar ou dividir. Contido, dissimulado, você esconde essa coisa, será assim?

Ser. Já nada mais restava. Apenas a noite e, dentro dela, o meu silêncio de incompreensão. Meus passos afundavam na areia deixando uma esteira de poças que conteriam as estrelas, não fosse o imenso escuro de tudo. Cada vez mais lento eu caminhava. Para longe do rio. Para longe da pedra. Para longe do medo. Para longe de mim.

Triângulo amoroso: variação sobre o tema

Para Maria da Graça Magliani

Era uma menina. Embora não quisesse, quase desvairada na negação indireta, recusando atitudes e palavras que, justamente por afastadas, sublinhavam a sua condição. Aos olhos dos parentes, alheios a seu profundo — mais profundo ainda talvez porque inconsciente, resultante quem sabe de alguma remota frustração, como ia dizendo, seu profundo ressentimento tomava forma como em todas as meninas: algo meio vago, quase informe, acentuado vezenquando por lacinhos e babadinhos, como se as frescuras no vestir pudessem compensar o que lhe faltava: a forma. Ah como recusavam a sua densidade, como supunham ultrapassá-la quando, na verdade, sequer chegavam à sua periferia. Principalmente: como erravam ao tentar acertar, suas atitudes de curva até o centrozinho dela (que eles ignoravam todo áspero e espinhento) fazendo-se queda lenta, desequilibrada, mesmo grotesca — irremediável queda.

Ela era, pois, o ser mais só daquela casa. Isso equivale a dizer que era também o mais só do mundo, já que seu ambiente limitava-se àqueles dois pais e àqueles quatro irmãos equilibrados precários em pares de longuíssimas pernas, que serviam para lançar no rosto da menina a sua pequenez. Ah como eles eram herméticos. Mesmo amigos com quem trocasse desditas, amigos miúdo-gigantescos como ela, não os tinha. Vivia num apartamento desses enganchados em edifícios cinzentos, tão vazio de cores quanto de crianças. Além disso, ainda não havia apreendido o grande desencontro das palavras — portanto não poderia comunicar-se de maneira adulta, posto que a maneira-adulta-de-comunicar-se trata-se de um constante dizer o que não se quer, pedir o que se tem e dar o que não se possui. Também nos gestos, ela ainda não conseguira precisar-se, adquirindo aquela dureza que não assusta aos outros. Toda inexperiente de membros, ela enrolava-se em braços e pernas, enredada em movimentos que absolutamente descontrolava. Subjetiva e objetivamente, a menina era tremendamente solitária.

Foi quando apareceu o gato. A natureza dos gatos é parecida com a das meninas: também eles possuem aquela ferocidade mansa, toda contida e dissimulada ao pedir leite roçando as costas contra as pernas das pessoas. A menina só era amorosa quando faminta, fazendo-se lânguida, quase erótica. Saciada, tanto se lhe dava estar com aquela família alta e magra ou outra, baixa e gorda. Como ponto de contato, havia ainda aquela lucidez desesperada, portal de loucura, nas noites de lua cheia. Ela chorava, ele miava. Incompreensão da própria angústia, uniam-se no ultrapassar de seus limites, iam além, muito além, completamente sós dentro do apartamento — quem sabe do universo —, ela gritava, luzes acendiam, gestos precisos acariciavam lugares imprecisos; ele miava carente de carícias, de tentativas de compreensão, incompreendido, incompreensível. O berro uníssono fazia as paredes incharem, prenhes.

Os olhos castanhos dela encontraram os olhos verdes dele numa manhã de chuva. Todo sujo de lama, ele fora encolher-se exatamente em frente à porta onde havia uma espera em branco. Comunicaram-se. Ela não tinha palavras. Ele tinha unhas afiadas. Ela tinha dentes nascendo, sua arma em gestação contra o mundo. Ah como se amaram violentos e ternos em unhadas de paixão, dentadas de lascívia, mão sobre o pelo amarelo, cabeças unidas — ele estacionado em evolução no ponto onde ela estava, mas ultrapassaria. Desde o início, ela fora em potencial maior do que ele. Tinha perspectivas, ao passo que ele estava para sempre confinado às quatro patas, ao rabo, às duas orelhas, aos seis ou oito fios de bigode. Mas inconscientes desse desencontro, doavam-se inteiros, ignorados, ignorantes — brutais e absolutos em sua posse calada.

Até que chegou a gata. Os pais tiveram o raciocínio lógico de que um gato, mais que qualquer coisa no mundo, precisa de uma gata. E a trouxeram. Ela insinuou-se fêmea, gata de loja de animais, guizos, laçarotes, miando esquiva roçava o corpo contra as paredes, delicadíssima no arquear do dorso, formando uma curva tão sutilmente prometedora que a menina se espantava toda de tanto cinismo caramelado. E começou a disputa. Desde o início, a menina estava derrotada — ah como os parentes não a compreendiam. Ela — indefinida, meio tosca — insabia que para conquistar era necessário ser dissimulada como a gata. Ela era completamente objetiva nos seus desejos: se queria agarrar o gato, não se perdia em tramas e atitudes — ia lá e agarrava a meta. Que se esquivava, agora, mais propenso às ternuras menos ostensivas da gata.

Findo o período de namoro, o cio chegou e a gata e o gato possuíam-se despudorados pelos cantos, a menina incompreendendo que ela mesma não era uma gata, e que só poderia, assim mesmo futuramente, e talvez, possuir naturezas como a sua. O problema é que ela nunca tinha visto um menino. Sua única oportunidade de amar fora o gato. Que se tornara absoluto como jamais pirulito ou boneca haviam sido.

Mais só ainda — ela chegou então à atitude extrema. Talvez por influência da gata, aprendeu a dissimular, e aproximou-se toda meiga do gato que tomava leite. Foi tudo premeditado, ou tão espontâneo que a preparação estava implícita. E apertou. De uma só vez. Mais com a força que teria, propriamente, do que com a que dispunha no momento. Ele não miou nem estrebuchou.

Apenas morreu. Sem adjetivos.

Ela ficou olhando o corpo mole, desafiando-se com a gata que farejava o companheiro. Havia uma réstia de sol sobre o tapete. A menina encaminhou-se para lá e começou a brincar com uns cubos coloridos. Não descobriram o autor do crime. Ela não chorou. No mesmo dia, disse a primeira palavra: ato. Depois começou a crescer crescer crescer. Até que casou, teve três filhos, comprou um automóvel, um apartamento de cobertura no Guarujá e uma casa em Poços de Caldas.

Meio silêncio

É tempo de meio silêncio,
de boca gelada e suspiro,
de palavra indireta, aviso na esquina.
Tempo de cinco sentidos num só.

Carlos Drummond de Andrade

Águas de vidro à luz doentia da madrugada. Um vidro verde e fino refletindo longe o tremor das luzes da cidade. Aproxima lento o próprio dedo da ponta acesa do cigarro até senti-lo retrair-se num afastamento involuntário. O rosto do outro também parece feito de vidro. Um vidro ainda mais frágil que o da madrugada. Tem a impressão que se sair caminhando o ar irá quebrar-se em ruídos e estilhaços. A lua está tão bonita que dói por dentro, fala. Depois retrai-se como o dedo não queimado. Sempre o medo de chegar perto demais, de não poder voltar atrás, pensa, e solta devagar a fumaça pelas narinas.

"Quer ouvir música? meus dedos avançam até o rádio. Um gesto e três palavras para encher o silêncio. Que de tão repleto não cabe em si mesmo. Mas ele diz não. Sua resposta me enche de uma brusca vergonha. Como se ele tivesse descido mais fundo do que eu, dispensando as facilidades que também são fuga. A luz da lua bate nas pedras, elas brilham feito mil luas brancas, mil luas ásperas, mil luas à beira de um céu-rio sem estrelas. Está tudo quieto — há quanto tempo? — e meus ouvidos já não descosturam do silêncio o rumor dos carros passando distantes na estrada."

Olham-se, mas não se veem. A escuridão não é uma parede, mas o silêncio os imobiliza na busca da palavra maior. Os dois fumam. As pontas acesas desvendam o escuro, e por instantes colocam um brilho avermelhado nas pupilas de ambos.

Perguntou se eu queria ouvir música. Não, eu disse sem pensar. Então ele calou como se tivesse ficado ofendido por eu recusar alguma coisa sua. Desconhecidos: como isso é, a um só tempo, terrivelmente bom e terrivelmente assustador. Pensar que eu estava só, no bar, esperando nem sei quê, nem sei sequer se esperando: de repente os olhos me buscando no balcão em frente. Verdes. No primeiro momento foi a única coisa que percebi. Verdes, os olhos, atrás da fumaça, no meio das gentes, na frente do espelho. E o espelho refletindo o meu espanto. Depois vi os cabelos, a boca, os ombros. Mas era nos olhos, só nos olhos, que se fixava aquele mudo apelo, aquele grito. Nem sei. Aquela clara maldição. Saí, saiu. Não dissemos nada. Eu só tenho esperas. Ele traz a tranquilidade de mais nada esperar.

"Um menino. Aquele ar espantado. Um pouco trêmulo. Cigarro atrás de cigarro. Tenho medo de tocá-lo. De quebrá-lo."

Eu disse: a lua está tão bonita que dói por dentro. Ele não entendeu. É tudo tão bonito que me dói e me pesa. Fico pensando que nunca mais vai se repetir, é só uma vez, a única, e vai me magoar sempre. Não sei, não quero pensar. Neste espaço branco de madrugada e lua cheia, preciso falar, e mais do que falar, preciso dizer. Mas as palavras não dizem tudo, não dizem nada. O momento me esmaga por dentro. O espanto esbarra em paredes pedindo exteriorização.

Você vê? as pedras parecem luas também. Ou estrelas, ele diz. Chão de estrelas. Vamos pisar nos astros distraídos? Ele ri. Nesse segundo cheio de riso alguma coisa se adensa. Nossos pés pisam em pedras. Mas por cima dos sapatos, sinto que são frias e duras, e sei que seu significado está em nós, não nelas. Uma vontade que a manhã não venha nunca. Vai voltar a grande busca. As noites vazias. Amargura de estar esperando. Repetir mil vezes: não quero esperar. E a certeza de que esse não querer já traz implícitas as longas caminhadas, o olhar devassando os bares, a náusea, os olhares alheios, a procura, a procura: seus ombros largos, um jeito de quem pisa mesmo em luas, não em pedras.

As sombras se projetam alongadas na praia deserta. Rumor de carros e faróis que devassam a noite sem achar. Para de súbito, o corpo ferido por um sentimento indefinível. Precisa falar, precisa dizer.

Afinal, não foi para enfiar pérolas que você me trouxe aqui, eu digo. Ele está a meu lado. Então me olha sério, por um instante abalado, depois ri e diz: desista. Positivamente o cinismo não fica bem em você. E se com essa citação só quer mostrar que já leu Sartre, eu também já li. Por que feri? Por que feriu? Por que estamos dizendo coisas que não sentimos nem queremos?

Senta-se na pedra à beira do rio. Tira os sapatos, os pés nus mergulham na água. Os cabelos tombam da cabeça curvada.

"Um menino assustado querendo mascarar o medo com a agressividade. Um menino. Curvo-me para ele. Tão esguio que meus braços o rodeariam por completo. Por um instante ele ficaria inteiro preso dentro dos meus limites."

O rosto dele próximo do meu. Mais adivinho do que vejo o verde dos olhos deslizando pelas órbitas. A sua mão toca no meu ombro, sobe pelo pescoço, me alcança a face, brinca com a orelha, alcança os cabelos. O seu corpo cola-se ao meu. A sua boca vem baixando devagar, vencendo barreiras, colando-se à minha, de leve, tão de leve que receio um movimento, um suspiro, um gesto, mesmo um pensamento. Estou em branco como a noite. Ele me abraça. Ele está perto.

Ergue o braço lentamente, afunda as mãos nos cabelos de outro. E de súbito um vento mais frio os faz encolherem-se juntos, unidos no mesmo abraço, na mesma espera desfeita, no mesmo medo. Na mesma margem.

Amor

Do corredor os rumores chegavam diluídos, cobertos de cinza caindo mansa sobre os objetos. Vezenquando um rosto desavisado espiava na porta. Ficavam a encarar-se, e nesse duelo — quem saía perdendo? Enquanto examinava o rosto, guardava dentro de si um pensamento intenso, mas inafirmado em gesto ou palavra. Tinha consciência de estar sendo lento em seu exame, do movimento da mão baixando os óculos, do cigarro batido nas bordas do cinzeiro. E do olhar do outro, também parado, como se dissessem mutuamente me vês? e o que vês em mim? e em que essa visão te acrescenta ou diminui? te causa ódio ou amor ou que outra espécie de sentimento velado? Concordavam mudos, mas não saberiam ir além da primeira pergunta. Não saberiam definir a que espécie de quebrar interior se sujeitavam. Mas sabiam que um ser humano jamais atravessa incólume o círculo magnético de outro. Sabiam, mas sabiam também que, por condicionamento ou medo de verem periclitar a segurança fragilmente estruturada, atenuavam a carga de espanto oferecendo um cigarro ou perguntando se estava tudo bem. Fingindo-se imperturbáveis, não seriam obrigados a reinventar cada encontro ou desencontro. Por mais corajoso que fosse, por mais que se permitisse a queda, o desconhecimento, ainda assim não saberia precisar o movimento. Seria necessário um rótulo qualquer para pacificar-se. E os movimentos nunca vinham puros, em essência: era uma mansa piedade, quebrantada por um vislumbre de amor, ou um ódio com toques de desespero, ou ainda um simples dobrar-se, uma identificação de humano para humano, sem sequer um nome aproximado.

Assim, ele estava no escritório, cumprimentara há pouco a secretária que estava de aniversário dizendo você é de Virgem, não? é o signo regido por Mercúrio, o planeta da inteligência, as pessoas de Virgem sempre conseguem o que querem embora no começo pareça tudo muito difícil. A moça sorria indefesa, querendo dizer que não tinha culpa nenhuma de estar de aniversário. Para disfarçar, dissera que o relatório estava pronto. De repente se olharam tão desesperadamente sós no corredor cheio de gente, uma ternura quase de cão brincando nos olhos, ele olhou para a ponta dos sapatos, ela batucou de leve na máquina, ele imaginou-a morando numa pensão barata, chegando do trabalho para lavar calcinhas na pia, indo ao cinema com o noivo contando a ele as miudezas do dia — imagine, hoje o chefe me cumprimentou e até perguntou o meu signo, ele, que nunca tinha falado comigo. Não suportando mais, perguntou-lhe quantas primaveras, colocando um acento meio trágico na voz. Vinte e quatro, ela respondeu de olhos baixos. E quando chegaram ao ponto de precisar fazer qualquer coisa para quebrar o insuportável momento de ternura, disse brusco você está dispensada por hoje. Seco, praticamente jogando-lhe no rosto a sua bondade esmagadora, voltou as costas e saiu pisando duro corredor afora.

Na mesa, abriu a gaveta para encontrar um velho pacote de bolachas, uma fotografia rasgada e um carretel de linha. Em instantes como esse gostaria de ter no rosto uma expressão de ódio tão compacta e definida que ninguém suportasse encará-lo por mais de um segundo. Espiou o vulto refletido na vidraça. Impossível: havia nos olhos tal carga de espanto e indagação que causavam sempre um baixar de olhos, qualquer coisa assim como quem esconde a si próprio com medo de ser descoberto. Distraído, tentava aproximações, mas tão inábeis que os outros se encolhiam, medrosos da segunda intenção que ignoravam inexistente. Como chegar para alguém e dizer de repente eu te amo para depois explicar que esse amor independia de qualquer solicitação, que lhe bastava amar, como uma coisa que só por ser sentida e formulada se completa e se cumpre? Pois se ninguém aceitaria ser objeto de amor sem exigências.

Agora esperava o empregado entrar, ouvira a conversa no corredor. A felicidade do outro esperando o aumento quase certo, chego pra ele e digo assim eu preciso que o senhor me dê um aumento. Mergulhou na compreensão do sentimento do empregado e quase, quase se sentiu pobre, assim, como cinco filhos, um pedindo uma bicicleta, outro pedindo um livro, outro pedindo... pedindo... uma *côdea* de pão! Era assim que lia antigamente uns livros que falavam dos pobrezinhos. E nada o comovia tanto quanto a expressão *uma côdea*. Imaginava um pobrezinho, a mão estendida à espera da casca toda roída. Arrepiava-se todo de amor pela humanidade. Quase não suportando a si mesmo de tanto amor represado, saía no corredor e dava um berro para o primeiro que visse. As paredes quase oscilavam, e ninguém, mas ninguém percebia que a sua raiva era um amor muito bem-disfarçado, para que ninguém risse, para que ninguém o olhasse surpreso com a grandeza de seu coração. Preparava-se para levantar e berrar quando bateram à porta:

— Entre — disse.

O operário era magro, os maxilares agudos furando as faces, quase bonito teria sido talvez num outro tempo, sem a mulher e os cinco filhos, bebendo e rindo nos puteiros com os companheiros. Puteiro, não — *bordel*, corrigiu-se rápido. Bebendo cerveja, naturalmente, e rindo nos bordéis com os companheiros. Ou *prostíbulos*. As palavras muitas vezes usadas, sem o toque cínico e carregado de sugestões, mesmo um pouco melancólicas no seu ridículo, provocavam uma ternura maior. Piscou para si mesmo. Ah como conhecia as suas próprias fraquezas, como sabia apelar ao que lhe machucava o coração executivo.

Mandou o operário sentar, ofereceu-lhe um cigarro americano, filtro branco. E escutou atento a estória que já conhecia. Batucou nervoso na mesa, esperando que o homem falasse... agora... já... *uma côdea de pão*. Por inexperiência de lidar com palavras ou por conhecimentos carentes da psicologia dos chefes, o homem manteve-se discreto e objetivo nos fatos. Explicou tudo com muita concisão, o cigarro sublinhando sem melodrama os detalhes mais amargos. Olhava-o pensando no que ele pensaria de si. O homem terminou de falar e encarou-o. Uma pausa de espera estabeleceu-se incômoda entre as paredes. Confiante, o operário percebia suas feições comovidas, o ar exato de quem vai concordar e dar um aumento. Até se atreveu a largar um pouquinho de cinza no chão. Alguém gritou no corredor. Os estilhaços de som vieram arrancá-lo das escuras favelas onde andava compassado, distribuindo côdeas de pão a mil pobres bem pobrezinhos, de bracinhos finos e barrigas estufadas feito criancinhas de Biafra. Olhou o homem bem nos olhos, bateu o cigarro no cinzeiro — ah se pudesse ver a si mesmo assim, carregado, insuportável de amor, de tanto amor, de puro amor. E disse bem devagar:

— O senhor está despedido.

Amor e desamor

Inesperada, encarou-o pedindo. Dentro do ônibus que corria para um destino com a segurança dos que sabem para onde vão, ela de repente se assumiu em fêmea e simplesmente pediu. Seu primeiro movimento veio marcado de espanto, pois que pedia pura, motivada apenas pelo desejo de receber. Depois adentrou em si, recusando, negando a solicitação no ônibus superlotado de fim de tarde — e no entanto ainda pedia, mas dissimulada, tornando-se pouco a pouco cínica na maneira esquiva de olhar.

Espiou pela janela, curvando-se um pouco, quase a tocá-lo. A natureza de fora do ônibus escorria cinzenta, meio amorfa, desfeita em tons que não chegavam a se afirmar em cores. Dentro, escorria também, sem conseguir a nitidez de qualquer palavra. Subira no ônibus tão despreparada, disse baixinho, procurando encontrar a exclamação que não existia. E súbito, o homem estava ali. De óculos, entradas fundas no cabelo, olhando perdido pela janela. Era bonito? Sacudiu a cabeça em negativa de indecisão, como explicar, como formular que ele apenas era, sem adjetivos, era, estava sendo, embora sem saber, sem esforço algum — era. E ela pedia. Quebrava-se toda por dentro num movimento entre pudor e medo, voltando a cabeça para espiá-lo, a seu lado, as mãos postas em repouso sobre as calças *beige*-claro. Ah como doía solicitar tanto e ir-se tornando cada vez mais lúcida dessa solicitação.

Tentou voltar ao primeiro susto, mas percebeu que este jamais se bastaria em si. Era o desassustado começo do medo e o resto se faria caminhada lenta de olhar para trás, para os lados, a ver se não estava sendo vigiada. Impossível, pois, voltar ao impacto primeiro, que era um nada de exigência não doída porque desconhecia a si mesma. A compreensão que ia atingindo doía. Nesse doer, ela começava a sofrer, imprecisa e vaga. Suspirou ajeitando os cabelos que prendera na nuca, preguiçosa de pentear-se porque não previra o encontro.

Impassível, o homem ao lado. E já não mais era capaz de defini-lo: ele se transformara no que ela sentia. Ia além dessa compreensão, percebendo sábia que o seu sentir era tão dentro — e vago como as coisas interiores que ela não poderia jamais sabê-lo em lucidez completa. Conseguia adivinhar o externo, mas o interno se perdia indefinido em sombras. O ônibus escorria no asfalto, o tempo escorria no relógio. Tudo ia em frente, ela se comprimindo cada vez com mais ardor. Ultrapassara o susto mas, temerosa de sofrer por amor, caíra na paixão. Absurda e mexicana e encerrada em si e independente do que a despertara: paixão. Pelo homem que era o objeto mais à mão, com a mesma intensidade com que amaria o único coqueiro da ilha onde estivesse náufraga.

De repente, se alguém a olhasse, ela perturbaria com sua turgidez ampla de fêmea em ritual de amor. Os olhos se haviam agrandado, a boca fremia num aparente mistério, porque jamais alguém conseguiria compreendê-la ou aceitá-la em sua quase obscenidade. Ela avançara rápido demais, e agora já não cabia dentro de si. Perdera-se completamente, os lábios mordidos e o frio do suor nas palmas das mãos a complicavam ainda mais. Irritava-se com as pequenas coisas que tentavam afastá-la de sua danação — a peruca loira da mulher em frente, os solavancos do ônibus, o vento que entrava pela janela aberta. Então quase odiava o que não contribuía para o amor desesperado gritando dentro dela.

Foi aí que o ônibus parou e ela desceu. Não sabia se antes ou depois ou no lugar exato onde devia. Não sabia ainda se fugira ou se aceitara. Um carro passou molhando-a da água da chuva que caíra à tarde. Era noite. Assoou o nariz. Esbarraram nela, o choque fazendo-a enrijecer-se numa tentativa de decifração. O ônibus ia longe, dobrando a esquina, a silhueta do homem confundida com as outras, não conseguia mais ligar os pensamentos, recordar em que caíra e como caíra, e por que caíra. Enveredou lenta pela galeria, alcançou a escada rolante. Foi no meio da subida, o espelho refletindo seu rosto, que ela descobriu um ponto branco latejando vivo num lugar desconhecido. Preciso cortar os cabelos, pensou sem compreender. Ou sem querer compreender. Ou sem querer, apenas.

Apenas uma maçã

Nascendo das minhas pupilas, círculos dourados se estendem até o infinito. A maçã ofega em cima da mesa. A primeira percepção é um grito de luz sobre o branco, a presença da maçã, contornos imprecisos contra a janela. Os círculos ampliados concentricamente contêm átomos de poeira em passeio pela manhã. É manhã? Não sei: é silêncio apenas. Fecho os olhos. Somente a memória fala: porque é certo que as pessoas estão sempre crescendo e se modificando, mas estando próximas uma vai adequando o seu crescimento e a sua modificação ao crescimento e à modificação da outra; mas estando distantes, uma cresce e se modifica num sentido e outra noutro completamente diferente, distraídas que ficam da necessidade de continuarem as mesmas uma para a outra. O corpo ao lado, vestido, e o movimento que pressinto de recusa. Mas ela não fala. Apenas olha. As pupilas cheias de pequenos pontos dourados. Pontos de fogo, de ouro, de luz. Pontos de: não.

— Não vou perguntar por que você voltou, acho que nem mesmo você sabe, e se eu perguntasse você se sentiria obrigado a responder, e respondendo daria uma explicação que nem mesmo você sabe qual é. Não há explicação, compreende? Eu também não queria perguntar, pensei que só no silêncio fosse possível construir uma compreensão, mas não é, sei que não é, você também sabe, pelo menos por enquanto, talvez não se tenha ainda atingido o ponto em que um silêncio basta? É preciso encher o vazio de palavras, ainda que seja tudo incompreensão? Só vou perguntar por que você se foi, se sabia que haveria uma distância, e que na distância a gente perde ou esquece tudo aquilo que construiu junto. E esquece sabendo que está esquecendo.

Pede um cigarro, um objeto nas mãos torna mais fácil uma conversa dessas, compreende? A fumaça sobe devagar, já não existem os círculos dourados, agora são apenas cinzas — a fumaça. Em torno, nada mudou. Até a água esverdeada do aquário parece a mesma. Espero. O peso na cabeça se dissolve aos poucos em contato com o dia.

— Não quero complicar nada. Nunca quis. Também não queria falar. Mas eu não podia simplesmente receber você com a cara de ontem.

Sentada na poltrona ao lado da janela, uma cara de hoje, o cabelo preso na nuca, o casaco do pijama escondendo as pernas, os pés descalços aparecendo. Movimento o corpo sob o lençol, sinto o contato do pano em toda a pele. Estou nu e ela adivinha o meu pensamento. Sorri:

— Não houve nada. Você não precisa se preocupar pelo que não houve. Você estava bêbado demais para qualquer coisa.

O cigarro, a maçã nas mãos: o tempo colocou na testa uma ruga que antes não havia.

De repente sinto medo. Um medo antigo, o mesmo que sentia o menino escondido embaixo da escada, esperando castigos. Um medo e um frio que nascem de alguma zona escondida no cérebro, nas lembranças, nas coisas que o tempo escondeu ao avançar, como se recuando súbito pusesse a descoberto todos os cantos invisíveis, todas as teias de aranha recobrindo velhos muros, os mesmos que tantas vezes tentei escalar sem que houvesse nada depois, nenhum caminho, nenhuma casa. Nada.

EU — Mas detesto analista amador.

ELA — Campo ou bosque ou deserto, qualquer coisa assim, compreende? O importante é que seja ao ar livre. Colabora, imagina. É só um teste.

EU — Um deserto, então.

ELA — Sem nada?

EU — Nada.

ELA — Mas nem uma palmeira?

EU — Nenhuma.

ELA — Um rio, qualquer coisa?

EU — Nada. Só areia.

ELA — E árvores?

EU — Nada.

ELA — Bichos?

EU — Nada.

ELA — Vento?

EU — Nada.

ELA — Água?

EU — Nada.

ELA — E a chave?

EU — Não encontro chave.

ELA— E o muro?

EU — Muro tem.

ELA — E como é o muro?

EU — Antigo, feio, todo descascado, tijolos aparecendo, um pouco de limo, enorme.

ELA — Você sobe?

EU —Tento subir. Várias vezes. Mas caio, arranho os pulsos, sai sangue. Dói muito. Sempre tento subir, sempre caio outra vez. Mas sei que um dia eu consigo.

ELA — E depois?

EU — Depois o quê?

ELA — Depois do muro, o que tem?

EU — Nada.

ELA — Nada?

EU — Absolutamente nada.

ELA — E você, o que você faz, no nada?

EU — Não sei, me desintegro, acho.

ELA — E não dói?

EU — Não. Não dói.

(silêncio)

ELA — Você já tentou o suicídio alguma vez?

EU — Três, por quê?

ELA — O muro que você tenta subir. O muro é a morte.

EU— Ah.

(silêncio)

ELA — Você agora vai-me achar piegas, mas deixa eu perguntar.

EU — Pergunte.

ELA — Você não acredita em amor?

EU — Acho que não. Como é que você sabe?

ELA — Não existe água. A água é o amor.

EU — Ah. Que mais?

ELA — Nada.

EU — Nada?

ELA — É. Nada. Você não acredita em nada. Acha tudo estéril. Vazio. Seco. Um deserto. Nem problemas você tem.

EU — Problemas?

ELA — É. Os bichos.

EU— Ah.

ELA — Nem ideais. Com o perdão da palavra.

EU — Ideais?

ELA — É. As árvores.

EU— E daí?

ELA — Daí, nada.

(silêncio)

EU — Pronto: mergulhou no silêncio oceânico.

(silêncio)

ELA — Você não passa dum puto dum niilista. O diabo é que eu gosto de você paca.

Não mais. Ela apanha o cigarro, joga o toco pela janela aberta. Apanha a maçã.

— Eu ia pintar essa merda. Mas acho que não há mais nada a dizer sobre a droga duma maçã. Nada a fazer, também.

— A não ser comê-la.

— É, comê-la. Mas esta está velha.

— *Porque eu, meu filho, eu só tenho fome. E esse jeito instável de pegar uma maçã no escuro — sem que ela caia.*

— Que saco, hein? Estava demorando.

— O quê?

— A citação. Quem é?

— Clarice Lispector.

Ela não sorri. Houve um tempo em que tive um rio por dentro, mas acabou secando.

EU — É possível um rio secar completamente?

ELA — Claro que é.

EU — Mas será que ele não enche depois? Nunca mais?

ELA — Alguns sim, outros não.

EU — Mas nunca mais?

ELA — Sei lá, acho que não.

EU — Você tem certeza?

ELA — Certeza eu não tenho. Só estou dizendo que acho. Afinal não sou nenhuma especialista em matéria de rios, secos ou não.

EU — Sabe?

ELA — O quê?

EU — Eu tinha esperança que o rio voltasse a encher um dia.

O dia avança lento. Quem pode deter o avanço do tempo? Alguma coisa vai ser dita ou feita, o tempo prepara meus ouvidos e meu corpo para as palavras ainda em gestação. Levanto as duas mãos, veias estendidas sob a tessitura clara da pele, dedos desertos como se segurassem uma palavra intangível. Anêmona. Varanda. Circunlóquio. Hipérbole. Cantata. Coleóptero. Fazendo um gesto, talvez. Ou falando. Como dói o deserto de dedos desassombrados. Entre eles, a revista, a ilustração: uma orquestra sinfônica. Merda para todas as orquestras sinfônicas. Nos banquinhos, as bundas assentadas, violinos, fagotes. Gozado fagote, não é? Parece um cavalo galopando em cima de nozes, oboés, contrabaixos. E contracimas, não tem, hein? Sopé. E girândolas. Gôndolas girando? Mas se eu tivesse ficado, teria sido diferente? Melhor interromper o processo em meio: quando se conhece o fim, quando se sabe que doerá muito mais — por que ir em frente? Não há sentido: melhor escapar deixando uma lembrança qualquer, lenço esquecido numa gaveta, camisa jogada na cadeira, uma fotografia — qualquer coisa que depois de muito tempo a gente possa olhar e sorrir, mesmo sem saber por quê. Melhor do que não sobrar nada, e que esse nada seja áspero como um tempo perdido. Não digo. Atrás do aquário, os dois olhos confundidos com os peixes. Será que peixe gosta de maçã? Mas se tivesse ido até o fim, teria voltado? Voltar não será como ir até o fim, não será prolongar o processo em vez de abreviá-lo? Nunca soube a cor exata de seus olhos. Quando os via muito de perto, minha única preocupação era observar o movimento dos pontinhos dourados no fundo das pupilas. Mas em que cor estavam contidos esses pontinhos, boiando em castanho, em azul, em verde, em negro? O cigarro queima os dedos, fumado até o fim. O sol ilumina um remendo na cortina. A mancha encolhe lentamente.

EU — Você gosta de mar?

ELA — Gosto. Parece uma coisa que eu sinto às vezes por dentro e nem sei bem como é. Nem o que é. Acho que se um dia eu me matasse seria no mar. Queria ir entrando na água bem devagarinho, vestida de branco, descalça, cabelos soltos.

EU — Poesia fácil.

ELA — Vá à merda.

Atira a maçã para cima, recebe-a de novo, indecisa, num movimento que quase descobre os seios. As pernas compridas, um pouco brancas demais. Os olhos talvez meio estrábicos. Mas a cor? Que cor? O gesto antigo de afastar um fio de cabelo inexistente.

— Vá embora — ela diz.

Visto a roupa devagar. Começo a descer as escadas. Não olho para trás. De que adiantaria olhar? De que adianta não olhar?

Vou desviando das poças sujas da chuva de ontem. O asfalto esburacado. O céu cheio de fumaça. E de repente uma maçã espatifada contra o cimento. A carne madura demais espalhada em torno. Não há nada a dizer sobre ela, não passa de uma maçã morta.

DO ESPANTO

A vida se me é, e eu não entendo o que digo. Então adoro.

Clarice Lispector

O rato

Assim: do lado direito, um casal de velhos; do lado esquerdo, uma mulher com duas crianças; atrás, dois rapazes de ar indefinido; à frente, a toalha vermelha da mesa ampliando-se em perspectiva até a janela aberta para a noite. O ar ressecado estrangula os movimentos, depositado como poeira sobre as faces desfeitas de feições, expressões escorrendo em suor ao calor inesperado sobrevindo depois da chuva. Um rato caminha sobre uma das vigas de sustentação. Ele olha o rato, e o rato não o vê. Olha o rato, mas as outras pessoas não sabem que seu olhar olha o rato. Sozinho naquele bar, naquela rua, em todos os bares em todas as ruas do mundo, no mundo inteiro — sozinho: ele e o rato, natureza cinza equilibrada sobre quatro patas.

— Você prefere lasanha ou ravióli?

— O meu dia só existe porque você existe dentro dele.

— Garçom, por favor.

— Vou-me embora, não suporto mais este bar, este calor, esta mesa. Não suporto mais você.

— Eu quero batatinha frita.

— Hoje existir me dói feito uma bofetada.

— Sem cebola, por favor.

Quando partiu, levava as mãos no bolso, a cabeça erguida. Não olhava para trás, porque olhar para trás era uma maneira de ficar num pedaço qualquer para partir incompleto, ficado em meio para trás. Não olhava, pois, e pois não ficava. Completo, partiu. Não vê, mas pode sentir o toque áspero da pele recoberta de pelos em suas mãos que seguram o garfo e a faca, e o toque é quase uma carícia — uma nauseante carícia de bicho à procura de qualquer coisa. Mas o rato está em cima; ele estava embaixo, o sexo enrijecido, a mulher se movimentando sobre ele. Uma lassidão de coisa cujo destino é possuir, mas submetida à posse, quem sabe ampliada no escuro. Expandia-se dentro de si num movimento de revolta e nojo. Muito próximo do seu, o rosto da mulher aberto numa quase careta de gozo, os dentes manchados de cigarro espiando por entre os beiços cobertos de batom que as gotas de suor faziam escorrer. Apertou-a contra si, as mãos comprimidas na bunda áspera. O sexo explodiu numa chuva densa, enquanto olhava estupidamente para o fio de luz coado pela janela.

— Não posso comer massa, meu bem, engordo horrores.

— Porque se você não vem é como se o tempo fosse passado em branco, como se as coisas não chegassem a se cumprir porque você não soube delas.

— Infelizmente o camarão acabou.

— Estou completamente cheio.

— Bem molezinha, com bastante sal.

— Mas este prato está sujo, que absurdo!!!

— Tudo dói, e eu já nem sei mais para onde ir nem o que fazer, se ao menos —

você me amasse um pouco, não estaria aqui e agora, neste bar, sozinho, longe de você e de mim. O rato, agora, em passos hesitantes, a cauda enroscando-se em madeiras. Esfarela devagar um pedaço de pão, o miolo escorre por entre os dedos, feito água, feito vento, feito todas as coisas que passam e não marcam em nada, em nenhum recanto do corpo físico além de memória. Aqui e agora, pedindo mais uma cerveja ao garçom vestido de branco, bigodes retorcidos para baixo. Cercou-o devagar: um cuidadoso exame de comprador investigando a mercadoria, a medir de cima a baixo, da cabeça aos pés, a largura do tórax, a grossura das coxas, as mãos de dedos grossos nas juntas, os olhos escondidos debaixo das sobrancelhas, a barba forte azulando o rosto — como se conseguisse ir além da calça azul e da camisa branca limitando a carne. O sexo: ponto de chama entre as pernas. Estende a mão, mas o rato foge num movimento brusco.

— Prefiro carne, ao menos não engorda tanto.

— E se você vem, fica tudo maior, mais amplo, sei lá mas é como se eu existisse dum jeito mais completo, compreende?

— Temos peixe. Filé de peixe, serve?

— De repente parece que todo mundo vai começar a morder a gente.

— Feijão não, eu odeio feijão.

— Uma merda, tudo. Uma grande merda.

Súbito escorrega para uma região desconhecida, onde tudo se dilui em sombra, em silêncio. Na sombra e no silêncio, o rato desliza manso, subindo a parede até alcançar novamente a viga que o sustenta. A mulher o encarou ofendida: se você gosta de homem, o problema é seu, meu filho, não tenho nada com isso. Insistiu. O guarda o soltou e ele saiu caminhando de cabeça baixa, depois de ter jogado o cartaz na sarjeta: "O povo passa fome." Jamais olhava para trás, jamais: o que estava feito, estava feito, estava consumado, estava para sempre imutável, inamoldável, fechado em si mesmo, estanque: o tempo. Ela sorriu de lado, a língua metida na falha entre os dois dentes. Concordou. Meteu a mão no bolso procurando a carteira, e sentiu o quase toque nos seus sapatos. Cerrou os dentes, o sexo latejava, estendeu a mão e tocou. Imóvel — o homem. O indecifrável dos olhos, do vinco marcando a boca, espreitando-o, tenso. Eu pago, disse. Mas o rato voltou, sem que ninguém o veja.

— Tudo bem, um bife, mas bem pequenininho, bem-passado e sem molho, hem?

— Ninguém toma de ninguém esse tipo de coisa, ninguém.

— Temos sopas, também. Madame é quem sabe.

— Me deixa ir embora. Eu não quero mais te ver. Nunca mais.

— Arroz? Mas eu só queria batatinha.

— E a faca? Será que é preciso comer com as mãos?

— Se ao menos dessa revolta, dessa angústia, saísse alguma coisa que prestasse.

Qualquer coisa: eu teria ao menos algo em que me segurar, qualquer coisa. O extremo da revolta seria a coisa feita, pronta para que segurassem nela. Eram vermelhos? Ou seriam azuis? Nunca vira os olhos de um rato bem de perto. Só a cauda, estendendo-se de elo em elo, até o final pontudo, como uma serpente. Não suportaria encarar um animal, qualquer que fosse. Aquela inconsciência de si mesmo, a ausência de indagações, de marcas — a isenção o deixava paralisado, como uma ferocidade inesperada: um animal, o homem nu, estendido sobre a cama. Tocava o sexo, e o sexo vibrava. A cama vibrava. A noite vibrava. O mundo vibrava. Alinhou um a um os farelos na esquina, formando um nome com o líquido da urina. A mão machucada de sustentar o grito do cartaz, os pés sob a revolta, os ombros doídos embaixo da contestação. Foi de repente que começou a correr para longe daquilo, esmagado pela exigência, pelo espanto de estar pedindo alguma coisa que nem para si era. Pedir exigia uma participação íntima que ele não tinha, e seus gritos ressoariam falsos por todas as esquinas, seus ombros curvariam ao peso acumulado, a cabeça baixa, rabo entre as pernas. O susto do rato com a bolinha de pão jogada sobre a cabeça.

— Imagine, ele falou que tinha achado o chapéu detestável.

— Só eu sei que cheguei à humildade máxima que um ser humano pode atingir: confessar a outro ser humano que precisa dele para existir.

— Quem sabe uma feijoada?

— Daqui a pouco vai começar a chover de novo.

— Tá bem, mas só se vier um sorvete depois.

— Quer fazer o favor de me alcançar o copo?

— Mas não sai nada. Nada. Nem uma lágrima.

Aproxima-se. Os olhos agrandaram na procura consumada em encontro, as patas avançaram para o objeto — o cinzento arrastando-se sobre o amarelo dos tapetes.

— Inveja, pura inveja, conheço demais essa gente.

— E no momento em que se confessa a precisão, perde-se tudo, eu sei.

— Não? Quem sabe então um... um... um...

— Não adianta insistir. Agora eu vou.

— De creme, não. Quero de morango.

— E essa coca-cola que não vem?

— Sei lá, vou dormir que é melhor.

Agrandava-se. *Senhora dona Cândida, coberta de ouro e prata, descubra o seu rosto, quero ver a sua graça.* Descobria-se. Afastava o ouro, a prata, as mãos que escondiam o rosto e dentro — o que havia? Contém-se e começa a contar-se baixinho: Era uma vez: "assim: do lado direito, um casal de velhos; do lado esquerdo, uma mulher com duas crianças; atrás, dois rapazes de ar indefinido; à frente, a toalha vermelha da mesa ampliando-se em perspectiva até a janela aberta para a noite." E o rato. Quis gritar, mas era tão tarde, era muito tarde, era sempre tarde. Viu o garçom arrumando os pratos sobre a mesa, a fumaça elevando-se da comida quente. Mas a vidraça ainda não refletia a cor exata dos olhos. Baixou a cabeça para o prato, apoiado nas quatro patas cinzentas, o focinho fino, as pessoas esfarelando pães e jogando-lhe pedaços, espantou-se da delicadeza de suas próprias garras, da leveza de seu próprio corpo, agora apertam sua cauda entre os pés, e ele foge, tenta fugir, mas alguém sopra em seus ouvidos algo parecido com uma canção de ninar. Ou uma canção de guerra, de ódio, de nojo, de sangue, uma cantiga de roda, ou simplesmente um grito estridente, agudo, trêmulo, incompreensível. Um grito humano.

Madrugada

Para Arnaldo Campos

Desconhecidos — mas somente antes do encontro. Que acontecera no bar. Então, unidos pela mesma cerveja, pelo mesmo desalento, deixaram que o desconhecimento se transmutasse naquela amizade um pouco febril dos que nunca se viram antes. Entre protestos de estima e goles de cerveja depositavam lentos na mesa os problemas íntimos. Enquanto um ouvia, os olhos molhados não se sabia se de álcool ou pranto contido, o outro pensava que nunca tinha encontrado alguém que o compreendesse tão completamente. Era talvez porque não trocavam estímulos, apenas ouviam com ar penalizado, na sabedoria extrema dos que têm consciência de não poder dar nada. Uma mão estendida áspera por entre os copos era o consolo único que se poderiam oferecer.

Com a lucidez dos embriagados, haviam-se reconhecido desde o primeiro momento. Ou talvez estivessem realmente destinados um ao outro, e mesmo sem o álcool, numa rua repleta saberiam encontrar-se. O fulgor nos olhos e a incerteza intensificada nos passos fora a pergunta de um e a resposta de outro.

O primeiro estava ali sentado há duas horas, mas já fazia parte do ambiente. Um pouco porque seu terno era de cor igual às paredes do fundo, mas principalmente porque ele era todo bar. Na forma, no conteúdo. Mais exatamente, aquele bar em especial, que tinha uma coruja no nome e nos desenhos da parede. Ave que ele imitava involuntário, nos ombros contraídos, no olhar verrumante. Olhar que lançou sobre o outro no momento da entrada. Este vinha ainda incerto, como se buscasse. E sua imprecisão atingiu o paroxismo quando no choque de olhares. Vacilou sobre as pernas, a roupa parecendo mais amarrotada, subitamente um braço se descontrolou atingindo a mesa mais próxima, varrendo-a quase com doçura. A doçura dos que de repente encontraram sem estar de sobreaviso. A loura oxigenada deu um grito e o homem que a acompanhava aprumou-se em ofensa, pronto a atacar, macho pré-histórico protegendo a fêmea em perigo. Ainda perdido no espanto, o segundo bêbado não reagiu. Suas mãos estavam cheias apenas de perplexidade, não de ódio. Nesse momento, o primeiro bêbado enristou seu metro e noventa de altura, até então diluído no encolhimento de coruja em que se mantinha. Sem dizer palavra encaminhou-se para o amigo — pois que seus olhares haviam sido tão fundos que dispensavam ritos preparatórios antes de empregar o substantivo — e tomando-o pelo braço, levou para a mesa. O acompanhante da loura acalmou-se de imediato, enquanto esta ficava ainda mais oxigenada no despeito.

E os dois, satisfeitos com a inesperada oportunidade para a comunicação, foram objetivos ao assunto. Estavam sós. A mulher de um estava viajando; o outro não tinha mulher. Mas tinha noiva, e desconfiava que ela o andava traindo. O outro maravilhou-se com a coincidência, pois tinha quase certeza ser a viagem da mulher apenas um pretexto para encontrar com o amante. Unidos na mesma dor de cotovelo, sua amizade esquentou à razão de cem graus por segundo. Ambos estavam insatisfeitos nos respectivos empregos. Operários, planejaram greves, piquetes, sindicatos, falaram mal do governo. Um deles, que tinha lido uma frase de Marx num almanaque, citou-a com sucesso. E o engajamento era outro elo a reforçar a corrente já sólida que os unia. De elo em elo, ligavam-se cada vez mais. A tal ponto que simplesmente não cabiam mais em si mesmos. Os copos colocavam-se em pé, oscilantes como se estivessem em banho-maria, os cabelos despenteados, rostos vermelhos, olhos chispantes — furiosos e agressivos no diálogo. Nas outras mesas, seres provavelmente frustrados no desencontro farejaram briga e ergueram as cabeças, espreitando. Não sabiam que, por deficiência de vocabulário, a amizade não raro se descontrola e pode levar ao crime.

Apenas os dois pressentiram isso, tão sensíveis haviam-se tornado no investigar sem palavras do terreno que ora pisavam. Tudo neles era recíproco — e o medo de se ferirem cresceu junto para explodir num silêncio súbito. Então se encararam, mais desgrenhados do que nunca, e com tapinhas nas costas voltaram à delicadeza dos primeiros momentos.

Mas os frustrados que enchiam o bar estavam achando aquilo um grande desaforo. Não era permitido a duas pessoas se encontrarem num sábado à noite e, ostensivas, humilharem a todos com sua infelicidade dividida. O desespero não repartido dos outros era uma raiva grande, expressa nos gestos de quem não suporta mais. Com a sutileza dos donos de bar, o dono deste sentiu a hostilidade crescente. E medroso de que o choque resultasse em prejuízos para si, colocou-se sem hesitação ao lado da maioria. Dirigiu-se aos dois operários e pediu-lhes que se retirassem. Apoiado em seu metro e noventa, um deles quis reagir. Mas o outro, mais fraco e portanto menos heroico e mais realista, advertiu-o da inconveniência da reação. E olharam ambos os outros desencontrados pelas mesas — subitamente encontrados no mesmo ódio — formando uma muralha indignada. O mais alto, menos por situação financeira do que por força, caindo em si fez questão absoluta de pagar todos os gastos. De braço dado, saíram para a madrugada.

Fora, depararam com o frio e o brilho desmaiado das luzes de mercúrio. Encolheram-se devagar, as desgraças mútuas morrendo em calafrios. O domingo vinha vindo. Eles não sabiam o que fazer das mãos cheias de amizade e lembranças das mulheres ausentes. Bêbados como estavam, a única solução seria abraçarem-se e cantarem. Foi o que fizeram. Não satisfeitos com o gesto e as palavras, desabotoaram as braguilhas e mijaram em comum numa festa de espuma. Como no poema de Vinicius que não tinham lido nem leriam jamais. Depois calaram e olharam para longe, para além dos sexos nas mãos. Nas bandas do rio, amanhecia.

A chave e a porta

Falávamos de caracóis, mas no vidro se refletiam as mãos em movimentos descontrolados de acender cigarros, a madeira da parede suportando papéis, fotografias, cartazes, e eu já não tinha nada além de palavras formuladas em perguntas despidas, apenas letras, estátuas de sal, de gelo, de pedra.

Era um silêncio muito grande e os dois falavam de caracóis. Súbito, sentia uma alegria interna quase como uma primavera. E a alegria crescia, expandindo-se em muitas direções, tomando conta das mãos, dos olhos, já transcendia o pensamento para se apossar do corpo inteiro. Mas de repente tudo já não cabia mais só dentro dele; precisava de um acontecimento externo que justificasse toda aquela largueza de dentro. A coisa externa não acontecia. E, se acontecia, não justificava. Por que não se render ao avanço natural das coisas, sem procurar definições? Como uma primavera, em mim. Mas se não havia justificativa, a queda era lenta e longa. No fundo do poço: baixou a cabeça, espiou-o por baixo das sobrancelhas. Tinha os olhos claros. Falava de caracóis.

Subi em cima da mesa e comecei a acenar para as aves de rapina que inventavam podridões no cimento. Pois se em breve todas as estátuas cairiam sobre a sombra desdobrada do casarão antigo, e como num medo muito grande eu subiria em cima da mesa, gritando sem ninguém ouvir, acenando com mãos que não se desprenderiam dos ombros. Protegia a si mesmo daquela primavera surgida brusca no meio do dia revestido de luz. Na sala ao lado, alguém cantava uma música antiga enquanto um telefone chamava sem que ninguém atendesse, sem que ninguém entendesse. Um estranho e triste apelo sem resposta partido no ar em fatias de aço. Que bom se fôssemos cavalos e corrêssemos por um campo de trigo, com papoulas nas margens.

Encarou-o tenso, colocando no olhar o desafio: eu te vejo mais fundo do que você me vê, porque eu te invento nesse olhar, porque você se torna o meu invento, porque depois de olhar muito dentro eu prescindo da imagem e o meu olhar repleto se basta, como se eu fosse cego, mas tivesse guardado todas as imagens: um cego vê mais que um homem comum porque não precisa olhar para fora de si, porque o que ele deseja ver está completamente dentro e é inteiramente seu. Mas os olhos claros barravam o inventário. Não ia além da cor, não ia além das pupilas contraídas pela luz. O máximo que distinguia era um rosto perto do seu. Um rosto muito perto do seu falando de caracóis. Suspirou, num reconhecimento de fraqueza. Se meu olhar não te desvenda é porque você me vê mais fundo, mas você não pode ver mais fundo porque o meu fundo está cheio de musgo, porque o meu fundo é verde como um muro antigo, roído como mármore de cemitério, denso como uma floresta onde eu ando lento, as árvores barrando meus passos e a transparência de seus olhos barrando os meus.

Você já tomou gim com mariscos? Não, porque eu tenho nojo e medo: eu não conseguiria provar a carne mais íntima de um objeto ou de um animal. *Tome logo, você não sabe o que está perdendo.* Não, não seria madrugada, não seria noite vestida de noite nem manhã de branco nem tarde de verde, não seria tempo nenhum; não seria sequer a sexta-feira mais intensa que qualquer outro dia, por ser véspera de tudo, embora o tudo resulte em nada, na segunda; não seria nem véspera de sábado, não seria sequer o sábado. Eu te falo: seria uma névoa cinzenta e o edifício deserto erguido às margens do rio sujo. Fantasmas lentos, nós entraríamos no edifício, o rio estaria dentro de nós, e eu não seria mais eu, seria o rio, e você não seria mais você, seria o rio. O rio riscado de encontro.

O telefone continuava chamando no momento em que ele riscou a parede com a mão aberta. Perfurava a carne de madeira, fazendo nascer espantos dissolvidos na fumaça do cigarro que subia para o teto esbranquiçado, cheio de furinhos de onde um dia talvez começasse a brotar um fino gás que asfixiaria a todos. Por dentro, aquele gosto ardido de areia, aquele gosto seco de poeira, de bolo antigo, dissolvia-se de grão em grão, escorregando pela boca em palavras que já não eram forjadas, escorregando pelas mãos em gestos não mais endurecidos, escorregando pelos olhos que novamente olhavam como se vissem. Mas eu resistia ainda em usar a palavra. Espantou-se com o intervalo inesperado, ponto branco no meio de pensamento. E a leveza que descia feito o gás que desceria do teto: vestido de leveza, os olhos antigos de ternura, a morte implícita. Já era tarde, começava a chover, os pingos batiam fortes no vidro onde ninguém mais desenhava figuras ou escrevia nomes vadios. Na terra agora molhada não havia mais cirandas, do céu não caíam mais balões, na sala ao lado o samba antigo morrera no fundo da garganta. Só as máquinas a bater bater bater e o telefone gritando sem que ninguém atendesse. Ele continuava sentado na mesa, os olhos claros, a camisa verde, as mãos brancas. Pouco a pouco, como se experimentasse um voo, curvou-se para a mesa, as asas cortadas. E o medo. *Depois de limpar bem toda a terra, a gente coloca eles na panela e eles vão cozinhando devagar. Vivos? Claro, vivos. Tem uns que ainda tentam se segurar nas bordas, escapar, mas morrem todos. Todos acabam morrendo. Muito devagar.* Os círculos de tédio desciam concêntricos da lâmpada, estendia o braço e sentia a carne inerte, os sentidos adormecidos, pouco mais que um objeto, eu.

O mesmo bar, a mesma lâmpada, a mesma carne, mas todos em vibração, os sentidos multiplicados, intensos, elétricos, o coração quase parando de espanto, o espanto de ter encontrado no meio do deserto uma palmeira, uma palmeira de olhos claros, camisa verde, mãos brancas. Ter encontrado um cravo branco entre os caixotes de lixo atapetando a rua. Ter encontrado o espaço de silêncio dentro de um grito. Ter encontrado um ponto de apoio para o cansaço. Você não me vê, eu não te vejo, mas tenho o coração pálido, as mãos suspensas no meio de um gesto, a voz contida no meio de uma palavra, e você não vê o meu silêncio nem meu movimento dentro dele. A primavera se quebrava brusca em espinho, ferro. Já não sei desde quando estamos aqui, desde quando falamos de caracóis, desde quando invento teu silêncio igual ao meu. Por que estranha alquimia passavam as palavras dele para vará-lo assim, nessa tão remota dimensão do ser? A visão tardia de encontrar a chave depois da porta ter-se tornado inexistente. A chave inútil pesando em fogo nas mãos e o gesto há muito tempo preparado transformado subitamente em cansaço e desencanto de não ter visto antes. Os dois sentados um frente ao outro, pela tarde a transformar-se lenta em noite, em madrugada, em cinza. Não virá nunca.

Véspera de sábado, na sala ao lado o telefone grita para ouvidos distraídos. Sua mão esfaqueia a parede, as palavras caem como frutos podres, como flores colhidas, como crianças mortas. Nas mãos, a chave achada muito tarde, muito tarde. Tarde demais.

Metais alcalinos

Não sabia dominar um privilégio. E metais alcalinos eram os metais do subgrupo I e subgrupo IA da classificação periódica dos elementos: lítio, sódio, potássio, rubídio e césio. Era isso, permitiu-se enquanto os alunos copiavam rápidos. Observou os três rostos confiantes enquanto ditava, e uma liberdade até então ignorada, a consciência dessa liberdade aflorou, pois que podia pensar e falar ao mesmo tempo, independente do pensamento ser a palavra ou da palavra ser o pensamento. Os olhos azuis pintados da menina de quatorze anos desfilavam pela tampa escura da mesa, mas isso tornava a sua liberdade quase grosseira. Não, grosseira não. Desonesta, isso. Apalpou de leve a palavra e acumulou contradições que, por assim dizer, cerceavam a sua capacidade de pensar e não dizer, ou vice-versa. Mas mal suportando a alegria da descoberta, imediatamente pensou em dispensar os alunos e entregar-se. Entregar-se a quê, homem de Deus? agrediu-se quase ríspido, pois era preciso adequar — adequar uma necessidade íntima a uma necessidade externa? Então estendeu a tabela para que copiassem. E uniu braços e pernas num movimento de quem se levanta. Cortado em meio, o gesto prendeu-o ao lugar que ocupava. Do lugar que ocupava, o campo de visão era restrito: as cabeças baixas dos três alunos, lado a lado, a parede por trás. A parede branca, as cabeças escuras, concentradas. A janela, à esquerda. E o gato. Sempre aquele enorme gato branco sobre o muro do vizinho.

Seguiu atrás do primeiro pensamento, mas não conseguiu recordar. A lucidez vinha sempre assim tão rápida e ofuscante que vivia toda uma vida naquela brevidade, sem deixar marcas, era isso? Era. A existência da lucidez era talvez longa para a lucidez, compreende? aquele menos que um segundo, menos que um grito ou uma iluminação, menos que qualquer coisa que atinja os sentidos — *aquilo*, pois não havia uma palavra exata para defini-lo, *aquilo* cumpria a necessidade da *coisa*. Mas a sua necessidade era mais ampla, reconheceu, por isso não se encontravam, em termos de tempo, a sua necessidade era mais ampla, não que tivesse um raciocínio difícil, mas porque havia todo um processo de despir-se de conceitos anteriores, de barreiras e resistências, para poder compreender. Isso levava horas. Levava horas o despir-se.

Que mais, professor. Os olhos pintados e a exigência da menina de quatorze anos. Estamos no começo, estamos no começo, repetiu várias vezes até reassumir-se. Em tudo precisava de tempo, muito tempo para que as coisas fossem bem-feitas, e não houvesse, não houvesse... Ditou pausado um exercício, não, não havia perigo de ser surpreendido. Os três alunos eram informes em seus invólucros de adolescente. Toda uma estrutura ainda não solidificada, imprecisa, hesitante. Uma natureza que, por incompreensão ou falta de meios para atingir a compreensão, recusava medrosa qualquer aproximação: não lucrariam nada em surpreendê-lo. E mesmo que, independentemente de suas três vontades, o conseguissem, seria só uma coisa brusca e meio espástica como eles próprios — não saberiam o que fazer daquilo e iriam embora sem formular. Era essa a raiz — aos poucos ele se sorria, entendendo os próprios processos. Não saberiam formular. E não saber formular uma coisa compreendida é o mesmo que não compreender. Pelo menos para aqueles três, limitou rápido, pois tinha medo de qualquer afirmação. Como explicar a eles que uma coisa pode trazer no seu ser o seu próprio não ser, ao mesmo tempo e, desculpem, *con-co-mi-tan-te-men-te*, eles não compreenderiam, e não havia interesse em explicar-lhes, não havia nem mesmo interesse em observá-los: nenhum deles continuaria sendo o que agora era. Aqueles três corpos descobririam de repente a sua força oculta, e apoiados nessa força é que se construiriam em massas sólidas, bem-delineadas. Por enquanto, os contornos apenas ameaçavam. Ninguém poderia impor uma definição antes dessa definição impor-se por si mesma: seria como tentar forçar uma natureza a ser aquilo que ela só seria se quisesse.

Era verdade, não sabia dominar um privilégio. Mais além, não sabia dominar. Imediatamente após uma descoberta, um reconhecimento de força, impunha-se uma alegria tão descontrolada que o próximo passo seria um rompimento do processo. Não um concretizar, mas uma destruição. Curvou o corpo, tentando segurar, segurar, segurar. Conseguia. Mas precisava voltar atrás para sintetizar tudo. O processo natural: um reconhecimento de força sobre alguma coisa, o emprego da força sobre essa coisa e as consequentes vantagens — era isso? O processo interrompido: um reconhecimento de força sobre alguma coisa, a alegria frenética que isso lhe dava e a destruição não só da força em relação à coisa, mas da força em relação a si mesma, isto é, da própria força. Entendo, suspirou exausto. E olhou o gato lá fora. Mas olhar o gato cansava. Não tinha nada a ver com aquela existência a menos que começasse a elaborar uma aproximação através de gestos e palavras cotidianos. Havia ainda outro ponto: era preciso descobrir se a força agindo sobre a coisa lhe daria alguma vantagem. Ou desvantagem. Ou nem mesmo vantagem nem desvantagem: nada. Se agisse sobre o gato, o gato lhe daria algo? Algo além do calor de seus pelos, da dissimulação implícita em seus olhos verdes, do roçar em suas pernas, talvez uma unhada ocasional? O gato não lhe daria nem isso, daria apenas isso ou mais que isso? Mas a menos que tornasse o gato numa coisa que o gato não era, não teria nada.

Os olhos azuis pintados da menina de quatorze anos. Estava certa, sim. Quase mulher, a menina olhou vitoriosa sobre os dois rapazes, ainda curvados sobre a mesa, em cálculos e testas franzidas. Nesse silêncio criado pelo que a menina chamaria, secreta e despudorada, de: uma superioridade — nesse silêncio, era preciso dizer alguma coisa. Então disse estou com um pouco de dor de cabeça. Ah, sim, tenho um comprimido na minha bolsa. Aceitou o comprimido, colocou-o na boca. Sem água, perguntou a menina. É, sem água. Engoliu. Com isso permitia-se uma extravagância, e a menina provavelmente diria a seus pais na hora do jantar: imaginem, o professor toma comprimidos sem água. E além de ser um professor, passaria a ser também um professor que tomava comprimidos sem água. O que não deixava de ser uma intromissão na sua intimidade. Tentou reassumir a postura omissa, mas os olhos azuis pintados da menina olharam-no dum jeito que seria o mesmo se ela não tivesse olhos azuis pintados. E sorriram, os olhos sorriram, por sobre a boca imóvel. Eu não permito, pensou ele, e deu as costas à menina. Anoitecia, a necessidade de acender a luz concedia um gesto no momento exato.

Acendeu a luz. As coisas tornadas mais claras feriram por um momento. Pareciam os três mais firmes, mais precisos e o sorriso, o sorriso era perigoso. No entanto, as coisas se acumulavam para salvá-lo: os dois rapazes estenderam os cadernos ao mesmo tempo e, ainda bem, um dos exercícios estava errado. O lítio, o sódio e o potássio são os únicos metais menos densos que a água, esclareceu, e o rapaz fez ah! a voz tremida como numa emoção. Olhou-o com curiosidade. O rapaz tremeu mais ainda. Era o mais vago dos três. E por ser o mais vago, justamente o mais perigoso, pois a sua precisão poderia explodir súbita, não anunciada por sinais externos: a sua neblina não permitia uma exploração cuidadosa, e ele podia vir a ser finalmente o que todos temiam. Mas o outro, o outro, procurou amedrontado com os olhos. Ah, o outro tinha pômulos salientes que esticavam a pele dominando todos os movimentos, o outro tinha uma cara lisa, limpa, de pômulos salientes, e o professor não conseguia ir além do rosto sem espinhas, arado. Inesperado olhou os três e não conteve um desespero varrendo pensamento. Disse assim bruto por hoje estamos prontos e, de repente, o professor chorou.

Verbo transitivo direto

Para Irene Brietzke

Eu quero ir, minha gente,
eu não sou daqui,
eu não tenho nada,
quero ver Irene rir,
quero ver Irene dar sua risada.

Caetano Veloso: "Irene"

Que era uma mulher e amava — essas as considerações de nível geral repetidas todas as manhãs, antes de descer às minúcias cotidianas. Depois vinham os problemas. As perguntas. Que era uma mulher não havia dúvida, embora o ser despenteado e vagamente sujo recém-desperto a olhasse um tanto assexuado do fundo do espelho. Concretizada a primeira afirmação (ou *fato*, como diria mais tarde aos alunos do segundo ano primário) — concretizada a primeira afirmação, como ia dizendo, ela afirmava-se e cumpria-se em mulher, passando em seguida à segunda. Que amava. Liberta do entorpecimento do sono que a perseguia até então, encarava-se antipatizada consigo mesma. Que amava? Pedra no caminho, a interrogação a fazia tropeçar um pouco despeitada. Não com a pecha nem com o tropeção, que pedras sempre havia e tropeções eram fatais, mas com não poder passar adiante, sacudindo a poeira do vestido e acariciando prováveis arranhões. Lavava o rosto, fazendo-se mais e mais inteligente à medida em que se despia dos acessórios do sono. Resíduos nos olhos, fios de cabelo fora do lugar, gosto ruim na boca — com sabonete, água, pasta e escova de dentes ela os eliminava um a um. E em sagacidade, crescia.

Cabelos erguidos num coque, quase gênio, voltava à afirmação. Que amava. Pois afirmara e não apenas, modesta, indagara. Passava a outras operações. Matinais, femininas. No corpo, aquela quase idiota sensação de sujeira que o sono deixava. Sentia-se imoral ao acordar. Incestuosa. Principalmente quando sonhava consigo mesma. Ah houvesse um jeito de dormir completamente só, sem a companhia sequer de si mesma. Não havia. Incestuosamente, então, deitava-se às dez da noite para acordar às seis da manhã. Oito horas exatinhas. Às vezes detinha-se e pensava: antilunar o meu sistema. Quando deitava, a lua ainda não tinha vindo; quando acordava, já fora embora. Carregava pesada e magoada uma lua vista apenas por dentro. Que amava a lua? Obsessiva, voltava à pedra. Talvez descobrindo que lhe entrara no sapato. Por que não jogá-la longe de vez? Que amava? Em resposta, mirava-se triunfante no espelho, boca pintada, cabelo penteado, seios empinados, e totalmente assumida em mulher. Vagamente desgostosa, triunfo murchando na vistoria do corpo — aqui entre nós, dizia-se, quase indecente na intimidade consigo mesma, aqui entre nós, um tanto passado. Franzia as sobrancelhas, disfarçava a raiva espiando pela janela.

O sol ainda não viera. E sem lua nem sol ela estava sozinha no banheiro. Esta revelação a fez baquear um pouco. Meio tonta com a solidão e a brancura do momento. Trôpega, buscou apoio na extremidade da pia, que respondeu fria e asséptica ao pedido de ajuda. Olhou para a porta, e se então tivesse saído teria escapado. Mas ficou. Ferindo a si mesma e por si mesma sendo ferida. Com o pretexto de lavar as mãos, molhou os pulsos, sem admitir a tontura — que às vezes tinha esses pudores íntimos.

Recuperada, voltou à pergunta. Que amava? Com fricotes de namorada, fingia não querer responder, não querer saber — que amava? Didática, explicou-se: amar, verbo transitivo direto: quem ama, ama alguma coisa.

Ou alguém, completou. Analisou-se, voltando à afirmação do início — que era uma mulher e amava: 1º) que era uma mulher; 2º) que amava: a) alguma coisa ou b) alguém. O pronome indefinido colocou-lhe um arrepio definido e melancólico na espinha. Teve que substituí-lo por outro: ninguém. Havia, certo, vagos e avermelhados professores do colégio onde lecionava. Havia vizinhos? e homens? e vizinhos e homens, havia. E principalmente um namorado de adolescência a quem, preguiçosa, esquecera de amar — possibilidade de algum sofrimento relegada em fotografia à última gaveta da escrivaninha. E, contudo, amava. Leviana, objetiva, espalhava seu amor sobre os móveis polidos com cuidado, o assoalho encerado, as cortinas lavadas, que sua casa era um brinco. A imagem lembrou-lhe as argolas de ouro há tempos esquecidas. Vou botar hoje, decidiu.

E encarou-se. Implícito no olhar, o pedido de desculpas por permitir-se aquela extravagância. Pedido de desculpas logo transformado em olhar de revolta. Afinal, não tenho o direito de usar o que é meu? Teatral: e por que raios não saio logo deste maldito banheiro? Acrescentou o adjetivo para ver se sentia um pouco de raiva. Mas o banheiro, branco, limpo, com azulejos, sais e sabonetes enfileirados nas prateleiras — o banheiro não era nada odiável. Com seu ódio recusado pesando por dentro, interrogou-se: que-que eu tenho hoje. A pergunta soou sem ponto de interrogação. Respirou fundo e repetiu em voz alta: que-que eu tenho hoje?

Então viu. Antes que tivesse tempo de terminar a pergunta, ela viu. Tentou disfarçar lembrando que seu nome — Irene — era de origem grega e significava "Mensageira da Paz", vira no *Almanaque Mundial de Seleções* na noite anterior, antes de dormir. Lindo lindo lindo — adjetivou três vezes em lento pânico. Tão lento que não atinou com despir-se inteira do que até então vira para sair nua e cega do banheiro. O pensamento dava voltas devagar, ela julgou ouvir um canto de criança longe. Tão longe que poderia ser também uma canção de ninar. Boba, sorriu. Toda enleada na viscosidade dos pensamentos, exatamente como uma mosca se debatendo bêbada, deliciada e aflita, numa armadilha de mel. Mas os minutos passavam enquanto sua possibilidade de libertação diminuía cada vez mais.

Alheia à própria perdição ela afundava, Irene, embevecida. E se não saísse agora, já, exatamente nesta nota deste canto naquele passarinho daquela árvore ali de fora, se não saísse agora estaria perdida. Imóvel, Irene não ouviu o apelo do pássaro. E sem ter outro remédio, relegada a si própria, Irene viu.

Redonda, amarela, tentadora — a espinha brilhava na ponta do nariz. Passado o primeiro espanto, o gesto foi de pudor. Como se sua face exibisse uma obscenidade, um outro órgão sexual ainda mais cabeludo e mais oculto. Como se a quieta presença da espinha violentasse alguma coisa no dia. Mas corrigiu esse primeiro gesto, e contemplou-a novamente. O segundo movimento foi de orgulho. Como nascera de si espinha tão perfeita? Examinou-se conscienciosa da cabeça aos pés, e quando tornou a erguer os olhos o maravilhamento foi ainda maior. Era realmente uma bela espinha. De uma beleza geométrica: exata na circunferência, discreta na cor, formando dois ângulos de 45 graus com as aberturas do nariz. Irene lembrou-se de compará-la às outras espinhas de sua vida. Mas aquelas, além de poucas, tinham seu *habitat* em suas costas, lugar inacessível aos olhos. Logo também o deslumbramento desestruturou-se, rolando em indagações pelo rosto abaixo. Como? Quando? Por quê? Na noite anterior, ao lavar o rosto, não vira sequer anúncio da espinha. E hoje, minutos a fio recompondo-se, ainda não percebera nada. E seu rosto sempre limpo, prevenindo acontecimentos dessa espécie. E sua idade madura, superando esses problemas adolescentes. Todas as perguntas tinham resposta. Mas a espinha continuava. Alheia às investigações, atenta apenas a seu próprio amadurecer. Teria crescido durante a noite? Seria apenas uma espinha? Seria um ferimento inflamado? Seria —? Novamente Irene amaldiçoou as espinhas de outrora, nascidas sempre nas costas, portanto negando-lhe um eventual preparo para enfrentá-las.

Então, esgotadas as dúvidas, as hipóteses, as perguntas; esgotada sua própria resistência, ela caiu no círculo profundo que desde o início evitara. Dentro de si, olhou para trás e viu às suas costas os dias anteriores acumulados. Uma pilha inútil, discos fora de moda, revistas velhas, badulaques. E viu dias agrupando-se em semanas, em meses, em semestres, em anos, em décadas — e de cima daquela pirâmide quarenta anos a contemplavam. Tentou ver-lhes as faces, curvou-se um pouco, e mais, e mais ainda. Desnecessário esforço. As massas informes não possuíam feições. Não haviam passado por elas as coisas que geram rugas, vincos, sorrisos, expressões. Cheiros não haviam feito vibrar aquelas narinas. Sabores não atingiam aqueles paladares, imagens passavam incógnitas pelos olhares fixos, sons desfaziam-se em choque e poeira contra ouvidos pétreos, contatos perdiam o sentido àqueles dedos frios. Quarenta monstrengos formados cada um de infinidades de outros a observavam, inertes. Tentou descobrir um vislumbre de ódio nas expressões. Nem isso. Sem solicitações ou expectativas, eles aguardavam. O quê, Deus, o quê? Pois se amava. Pois se distribuía seu amor por todas as coisas com que convivia. Pois se sofria. Pois se vezenquando chorava sem saber por quê.

Pois se não via a lua. Pois se tinha pena das crianças pobres na escola. Pois se encarara a espinha. Intensa na própria defesa acumulava atenuantes, justificando-se aflita. Contou desculpas nos dez dedos das mãos abertas em frente ao espelho. Não satisfeita, recorreu aos dois pés. Recorreria a outros, se mais tivesse. As desculpas se acumulavam me entende, eu não quis, eu não quero, eu sofro, eu tenho medo, me dá a tua mão, entende, por favor. Eu tenho medo, merda!

Devagarinho, deixou os ombros caírem. Com a mão, afastou da testa os cabelos molhados. O grito ressoara forte no banheiro, ecoando pelos azulejos para calar o pássaro lá fora. O pássaro que há pouco fora sua possibilidade de salvação. Recusada. Sacudiu a cabeça, furiosamente afastando pensamentos. Que era uma mulher e amava, que era uma mulher e amava, queeraumamulhereamavaqueeraumamulhereamavaqueeraumamulhereamava foi repetindo e repetindo até libertar-se de tudo. Abriu os olhos, encarou-se. Feminina, amorosa, delicada, levou os dois indicadores até o nariz e suavemente espremeu a intrusa. Depois caminhou até a cozinha e servindo-se de chá na xícara rosada olhou com espanto o relógio. — Como é tarde, meu deus! Preciso me apressar! Apressou-se então, a boca cheia de pão com manteiga, ao mesmo tempo em que se imaginava na roda do cafezinho contando: — Imagina, Clotilde, hoje me aconteceu uma coisa tão engraçada!

Mas tão engraçada, repetiu em voz alta no meio da neblina, argolas douradas nas orelhas, a rua vazia. Saiu correndo para pegar o bonde. Sentada, acariciou medrosa a ponta do nariz.

Não ficara nenhum sinal.

Fuga

Para Cecília Nisemblat

Eles tinham seis anos de idade e iam fugir juntos. Lento, o menino enfiou o pião no bolso, sua única posse, e encaminhou-se para a porta. De dentro chegou a voz da mãe num prenúncio de reclamação está quase na hora do jantar, onde é que você vai? Não respondeu. Em silêncio, começou a concretizar o que há dois dias se desenrolava dentro dele. A segurança da coisa construída em imaginação durante horas de quietude emprestava a seus passos uma precisão até então inédita, permitindo-lhe a audácia de não responder, ignorando eventuais palmadas. O trinco quase machucou a mão no ato de fechar a porta, mas ele já começava a se distanciar das coisas que formavam "o que ficava". E o que ficava era tanto que praticamente não tinha nada além de: um pião no bolso e uma ideia na cabeça.

O morrer do sol colocava uma cor também de fuga nas casas, nas coisas, nas pessoas que cruzavam numa melancolia de anoitecer. Em breve as sombras se afirmariam em escuro e ele não estaria mais ali. A ideia poderia quebrá-lo por dentro, porque era duro de repente não estar mais num lugar. Mas ele nem se machucava, há tanto já adivinhara os movimentos interiores prevenindo os receios, precavendo-se contra a série de sentimentaloidices que se amontoariam bruscas sobre seu coração de seis anos de vida. Portanto, estava preparado. Dentro do tempo que vivera, dois dias era uma longa preparação de esquecimento que se impusera com método, recusando ternuras, comida na boca, cafuné antes de dormir. Estava todo delineado. E fugia.

Caminhava devagar, a coisa remexendo-se com gosto dentro dele. Num esquecimento de que era insípida, quase estalava a língua de puro prazer. Mãos nos bolsos, cabeça baixa, ah nunca se sentira tão definitivo. Era seu primeiro crime, e tão longamente premeditado que não havia espanto nem temor. Como um profissional da fuga, ia indo pela calçada comprida, rente ao muro. O sol espichava sua sombra para trás, vezenquando ele se voltava para ver se ela ainda o acompanhava. Ainda. Expressava seu alívio em forma de suspiro, e prosseguia. Permitia-se apenas esse medo, o de estar sozinho. Mas aquela sombra imensa e achatada contra o cimento não deixava de ser uma segurança, embora disforme.

Pegou uma pedrinha branca e começou a riscar o calçamento. Depois enfiou-a no bolso, numa sabedoria de coisa decidida: poderiam segui-lo através do risco fino, irregular. Ainda mais seguro, olhou quase vesgo de satisfação para uma senhora com a bolsa grávida de compras. A mulher encarou-o com desconfiança. Ele parou, o medo se transformando em desafio nos olhos que meio furavam a natureza da mulher. Suspensos no meio da tarde, mediam-se expectantes. Pensou em correr, depois riu um risinho cínico que aprendera na televisão — ela não sabia de seu crime. Então esperou. Até que a mulher abriu a bolsa e estendeu-lhe dois biscoitos. Balbuciou um agradecimento de espanto com tanta inocência humana e enfiou-os no bolso, junto com a pedrinha branca. A silhueta da mulher morria na esquina quando ele se interrogou, numa primeira incompreensão. Saíra de casa apenas com o pião, agora já tinha dois biscoitos, uma sombra, uma pedrinha branca e um acontecimento. Fugir não era então ir-se despojando de coisas? Não entendeu, mas o poste que marcava longe o lugar do encontro suspendeu a dúvida. Preocupado, encaminhou-se para lá.

Não via a menina. Correu para o poste, investigou as pessoas que passavam mas nenhuma tinha jeito-de-menina-que-ia-fugir. Coçou a cabeça. Num desânimo, esperar. Acomodou a irritação no meio-fio, tirou as posses do bolso. Começava por um biscoito, depois brincava com o pião, depois o outro biscoito, depois desenhava no chão com a pedrinha branca, depois pensava na coisa acontecida. Detestava a improvisação, por isso ficou um pouco abalado com a ausência da menina e teve que planejar ações em que não havia pensado. Começava a desconfiar seriamente da honestidade do sexo oposto. Acumulou uma série de queixas que abalaram o prestígio da menina, e preparava-se para pensá-las quando o biscoito sobre a calça fez um jeito fascinante, assim meio pedindo para ser comido. Havia-se recusado tantas coisas nos últimos dois dias que guardava mesmo um pouco de fome formando um espaço branco no estômago. Rompendo com o planejamento, devorou voraz os dois biscoitos, depois misturou pedaços de unhas aos farelos restantes. Quase saciado, girou o pião de leve no cimento. Um menino que passava olhou fixo, invejando. Lembrou da impontualidade da menina e perguntou objetivo:

— Quer fugir comigo?

Inexperiente dessas coisas, o outro arregalou os olhos:

— Quê?

— Quer fugir comigo?

— Pra onde?

— Não sei ainda. Qualquer lugar.

— Pode ser Vênus?

— Pode.

— E Gotham City?

— Pode.

— E... e... (a geografia falhava).

— Quer ou não quer?

— Não sei, o que é que você me dá se eu fugir com você?

O menino investigou as posses desfalcadas. Percebeu o brilho de cobiça nos olhos do outro:

— O pião. Quer?

O outro fez cara de dúvida:

— Sei não. Isso presta?

— Quer ou não quer? ("É pegar ou largar", dizia o gângster na televisão.)

— Quero.

Estendeu a mão. O menino fez um movimento esquivo de dissimulação.

— Agora não. Só depois que a gente chegar lá.

— Lá onde?

— No lugar, ora.

— Que lugar?

— O lugar para onde a gente vai fugir.

— Mas você não disse que não sabe onde é?

— Disse.

— Então pode levar anos.

— E daí?

— Daí que eu quero o pião agora.

Desacostumado a argumentar, estendeu o pião. Antes que pudesse fazer qualquer gesto, o outro já ia longe, risada dobrando a esquina, o pião roubado, a promessa não cumprida. Todo magoado com a desonestidade alheia, voltou a pensar na menina. Encaminhou-se para a casa dela. Bateu devagar na porta. A mãe da menina espiou pela janela.

— A Lucinha está?

— Não. Foi no aniversário da menina aqui do lado.

Meio que tropeçou no inesperado da coisa. Devia ter ficado pálido, porque a mãe-da-menina-que-ia-fugir dobrou-se para ele, perguntando se estava sentindo alguma coisa. Estava. Mas como desconhecia aquela onda verde bem claro que se quebrava incompleta dentro dele, não teve palavras para explicar.

Disse não não tenho nada, e foi saindo de cabeça baixa. Já não só duvidava da menina, mas principalmente de si próprio. Parecia-lhe um pouco culpa sua aquele amontoado de desencontros. De dez minutos para cá aconteciam coisas tão incompreensíveis que estava quase desistindo. Por uma questão de dignidade, bateu na porta da casa da menina-que-estava-de-aniversário, que apareceu de vestido cor-de-rosa perguntando se ele tinha trazido presente. Ele desentendeu um pouco mais, ainda assim fez voz firme e pediu para falar com a menina-que-ia-fugir. Com o maior cinismo do mundo, ela brotou de repente duma nuvem de babadinhos, a cara limpa, o cabelo penteado com uma fita — ela, a falsa, que vivia com os fios na boca. Mais grave: um copo de guaraná e uma cocada nas mãos. Nunca a vira tão Lucinha em toda a sua vida.

Teve vontade de dar um tiro nela. Mas estava tão desarmado que só conseguiu perguntar com voz meio irregular:

— Você não ia fugir comigo?

— Ia — disse a menina mordendo a cocada. E ai! o espaço branco da fome cintilou dentro dele.

— Esperei você até agora. Por que que você não foi?

— Por causa do aniversário, ué.

— E o que que tem isso?

— Tem que fugir a gente pode todos os dias, mas aniversário é só de vezenquando.

Tinha selecionado uma porção de adjetivos pejorativos para jogar em cima dela, mas o pretexto era de uma lógica tão irrecusável que ele ficou parado uma porção de tempo, sentindo o tudo que preparara lento em dois longos dias de meditação ir-se desfazendo como a cocada na boca da menina.

Ela olhava para ele, ele pensava na frase, pensava, pensava, ai, o espaço branco aumentando por dentro, uma baita raiva da menina, da mulher que dera os biscoitos, do moleque que fugira com o pião, vontade de bater neles todos ou, na impossibilidade, sapatear até ficar roxo e a mãe chamar o médico num susto. Mas os barulhos da festa cresciam lá dentro, o sol morrendo dourava ainda mais o guaraná, o espaço em branco aumentava até o não-suportar-mais.

Indeciso ainda, virou o pé leve no chão. Até que deixou de lado o pudor e perguntou:

— Será que ela deixa eu entrar sem presente?

Inventário do ir-remediável

Para Carlos Augusto Crusius

Foi de repente que o cigarro queimou os cabelos dele. Levantamos os olhos, nos encaramos tensos, quase em ódio, quase em amor, naquela repressão à beira de alguma coisa que poderia conduzir a qualquer gesto, mesmo ao homicídio. Mas sorrimos, e foi depois que tudo quebrou. Jamais voltamos à entrega mesma de antes e à ausência de solicitações e à aceitação sem barreiras. Foi de um de nós que partiu a morte, ou ela já nascia involuntária como a madrugada por trás dos vidros?

Olha em torno, o vazio do olhar fundindo-se com o vazio da sala. As pessoas, máscaras penduradas em corpos, o colorido das roupas gritando alto como se pudesse emprestar alguma individualidade ao que não era sequer sombra. O ar pesado de fumaça dos cigarros. Aperta nas mãos a caixa de fósforos vazia. Deixara o telefone do bar, o endereço, a hora que estaria ali. Um detalhado roteiro, feito dissesse dissimulado estou esperando, você pode me encontrar. Ah como doía manter-se assim disponível, completamente em branco para a procura. Não consegue fixar-se em nada. As faces inexpressivas, as paredes brancas onde não há sequer quadros, a toalha vermelha da mesa — tudo em ordem atrás da aparente desordem. Uma ordem interna, imutável, solidificada. Quase odeia os risos que brotam súbitos do canto. Por que lhe é negada essa possibilidade de entrega ao que está sendo? Por que a espera, se a espera não o cabe mais? Só o ar denso, azulado de cigarros fumados. E o vazio da caixa de fósforos. Examina o relógio, mas não vê as horas, não vê nada. Seu pensamento lateja preso numa imagem determinada. Quase não pode projetá-la para fora de si, concretizá-la em visão. E o vê abrindo lento a porta, investigando em torno, de repente erguendo as sobrancelhas num gesto de quem reconhece. Então se encaminharia devagarinho até a mesa, vestido de azul — não sabe por quê, nunca o viu de azul, não sabe mesmo se existe aquele casaco jogado sobre os ombros. Só vê uma mancha azul e o rosto destacado em indagação. Os olhos. Como se dissessem: fala. Falaria? O quê? A porta se abre, cortando o pensamento. Dobra-se em ânsia, quase vira os copos: uma mulher de verde, nariz grande, ar de psicóloga em busca de material. Vira para a outra mesa, pede um fósforo.

Eu não procurei, não insisti. Contive tudo dentro de mim até que houvesse um movimento qualquer de aceitação. Quando houve, cedi. A sua cabeça pesava no meu braço. Ele estava bêbado? Estava cansado? Eu era apenas um braço onde ele debruçava a sua exaustão? Ele se indagava se eu o recebia como receberia qualquer cansaço humano ou sabia que eu estava tenso, na espreita, dilacerado? Os outros dois dançavam no meio da sala. Não viam ou não queriam ver ou não havia nada para ver? O corpo de Lídia era agudo como uma flecha. Aquele contato era premeditado ou ocasional? As indagações pesavam sem resposta, e numa lucidez desesperada eu num repente assimilava todos os detalhes, dissecava o que acontecia em torno como se tivesse mil olhos, envelhecia como a noite lá fora, virando madrugada, a luz fraca — eu tudo compreendia, tudo sabia. Menos aquela cabeça pesando no meu braço. Que espécie de busca o levara àquele gesto? Me quebrava por dentro, a cabeça afundando cada vez mais no meu corpo, eu negava, fugia, tenso, o cigarro morto nas mãos, a cinza caindo sobre o tapete.

Eles dançavam há muito tempo, muito tempo. E eu morria. A cabeça dele se movimentava, sua boca esmagava meu braço. Fechei os olhos e afundei os dedos nos seus cabelos.

Ergue-se de um salto ouvindo o toque do telefone. Espreita a secretária levando o fone ao ouvido. Lentamente, acompanha os olhos da secretária vagando em torno, inexpressivos. Depois ela chama por outro nome. Não o seu. O tampo verde da mesa recebe os seus braços e o peso da cabeça. Abre uma gaveta à toa, papéis misturados, envelopes, cartas que não dizem nada, não trazem nada.

Espalma as mãos sobre o teclado da máquina. Bate, leve. Podia escrever um poema. Não. Recusa mesmo essa espécie de alívio. Não quer a cor. Prefere o dilaceramento cada vez mais intenso, mais insolucionado. Precisa sofrer e morrer muitas vezes por dia para sentir-se vivo. Chegara à constatação de que era só, único, e que devia bastar-se a si mesmo, e justamente por isso precisava de uma outra pessoa. Os grãos de areia nunca se tocam. Mesmo quando juntos há entre eles uma espécie de carapaça que não os deixa tocarem-se. Jamais um núcleo toca outro núcleo. A terra é azul, os olhos eram azuis, ele vestiria azul — dentro de muitos azuis concêntricos, ele voltaria a se perder. Um certo prazer em saber-se assim solto, assim perdido entre as coisas, assim contendo um mal-estar que ninguém saberia de quê. O tic-tac das máquinas de escrever. O sol coado pelas persianas. Uma brecha de luz em cima da mesa. A sombra de seu perfil na parede. Amassa várias folhas de papel, joga-as no chão, gesto brusco. Você sabe que vai ser sempre assim. Que essa queda não é a última. Que muitas vezes você vai cair e hesitar no levantar-se, até uma próxima queda. Prefere jogar-se numa atitude que seria teatral, não fosse verdadeira, sentir os espinhos rasgando a carne, as pedras entrando no corpo, o rosto espatifado contra o fim desconhecido. Precisa ir até o fundo.

Guardou vários dias o perfume dos cabelos dele nos pelos do próprio braço. Como um adolescente. Agora só vê um braço deserto, a pulseira preta do relógio sublinhando a zona do pulso. A parede em frente cheia de fotografias. Arranca todas, vai picando em pedaços cada vez e cada vez menores. Solta devagar no cesto de lixo. Guarda uma entre os dedos. Espia. Num fundo indeciso, resta um olho a observá-lo. Azul.

Foi na segunda vez que sentei no chão. Carlos dormia. Lídia desenhava. O copo estava quase vazio. Foi então que ele sentou perto de mim. As mãos sustentavam a cabeça. A posição devia ser incômoda — o corpo apoiado em meio sobre o assoalho, a cabeça no ar, os pés no ar. Eu tremia? Não. Sentia minhas próprias unhas furando as palmas das mãos, mas meu corpo estava seguro, em riste. O primeiro toque foi dele. As mãos comprimiram minhas pernas. Depois, uma das mãos libertou-se avançando em forma de ternura. Nos seus cabelos, as minhas mãos iam e vinham, adivinhando a tessitura. Era noite, ainda. O ritual já fora cumprido. Puxou-me para si, os nossos corpos opostos no assoalho, duas lanças apontando uma para a outra. E de repente nos ferimos. Com a boca. Senti seus lábios nos meus, os dentes se chocando, as mãos que seguravam meu rosto, investigavam meus traços, eu nascia por dentro, quase gritava, tentávamos desvendar um ao outro mas não íamos além da tentativa, que já se fazia angústia em suas mãos como espinhos, subindo por meu corpo inteiro, busca tensa. Não, não era amor, não foi amor. Tudo explodia num plano muito mais alto, muito mais intenso. Nos desvendávamos com a fúria dos que antecipadamente sabem que não vão conseguir jamais.

Alguma coisa morria em mim naquela procura de meta inatingível, desconhecida — e num tempo mesmo algo nascia de repente, puxado não sei de que desvão, de que sombra oculta, de que arca fechada, coberta de poeira, abriam-se portas em mim, janelas quebravam, estilhaços saltavam, pedaços de vidro me cortavam sem piedade, já não via a noite, o dia, o tempo, o espaço onde estávamos, vagávamos no cosmos ou estávamos presos numa esfera conhecida? eu não sabia, eu morria, eu nascia sucessivamente, em desespero, eu compreendia súbito. Não, não era amor. Era terror.

Desce do ônibus, alcança a escada rolante. O dia morre no fim da avenida que se espalha nas nascentes da galeria. Os degraus subindo em lenta ascensão. Vai além deles, corre vencendo a máquina. A rua apinhada de gente e carros. As buzinas em loucura. Os anúncios luminosos começam a acender, indecisos. As luzes dos postes. Atravessa a rua correndo. O automóvel freia. Pessoas param, suspensas, atentas a um acontecimento que quebraria súbito o estático do momento. Junta os livros no chão, alcança a calçada, quase corre, esbarra, vira a esquina, ofega, a subida põe gotas de suor no seu rosto. Entra no edifício. O zelador lê uma fotonovela. Alguma coisa para mim? pergunta. Quê? Alguma coisa para mim. Não pergunta mais, afirma, sabe que tem. Ah sim, uma carta. Estende o envelope pesado de que angústia, de que explicação, de que riso talvez? Olha o remetente, amassa em desalento o apoio que não quer, que não busca, que não espera.

Ninguém me procurou? Não. Ninguém. Aperta o botão do elevador. Pelo corredor vai desabotoando a camisa, tira o paletó, a gravata, afrouxa o cinto. Abre a porta. Espia, os olhos meio estrábicos no medo de ver o bilhete que não existe sobre o assoalho vazio. Joga as roupas numa cadeira. Apoia o corpo na janela. Acende um cigarro. Espia a rua, as pessoas, a noite que se cumpre mais uma vez. Liga o rádio. Não ouve a música. Os olhos se turvam, por dentro uma coisa aperta num jeito de quem estrangula. Não pode gritar. As paredes se dobram, fremem, prenhes de ironia.

Suspira. Exausto.

Não queria, desde o começo eu não quis. Desde que senti que ia cair e me quebrar inteiro na queda para depois restar incompleto, destruído talvez, as mãos desertas, o corpo lasso. Fugi. Eu não buscaria porque conhecia a queda, porque já caíra muitas vezes, e em cada vez restara mais morto, mais indefinido — e seria preciso reestruturar verdades, seria preciso ir construindo tudo aos poucos, eu temia que meus instrumentos se revelassem precários, e que nada eu pudesse fazer além de ceder. Mas no meio da fuga, você aconteceu. Foi você, não eu, quem buscou. Mas o dilaceramento foi só meu, como só meu foi o desespero. Que espécie de coisa o cigarro queimou, além dos cabelos? Sei que foi mais fundo, mais dentro, que nessa ignorada dimensão rompeu alguma coisa que estava em marcha. Eu quis tanto ser a tua paz, quis tanto que você fosse o meu encontro. Quis tanto dar, tanto receber. Quis precisar, sem exigências. E sem solicitações, aceitar o que me era dado. Sem ir além, compreende? Não queria pedir mais do que você tinha, assim como eu não daria mais do que dispunha, por limitação humana. Mas o que tinha, era seu. A noite ultrapassou a si mesma, encontrou a madrugada, se desfez em manhã em dia claro, em tarde verde, em anoitecer e em noite outra vez. Fiquei. Você sabe que eu fiquei. E que ficaria até o fim, até o fundo. Que aceitei a queda, que aceitei a morte. Que nessa aceitação, caí. Que nessa queda, morri. Tenho me carregado tão perdido e pesado pelos dias afora. E ninguém vê que estou morto.

Abre devagar o armário do banheiro. O espelho reflete uma face de barba não feita, olheiras fundas, leve contração nas sobrancelhas. Abre o pacote de lâminas, retira uma, vai amassando aos poucos o papel. Senta na beira da cama, o aço nas mãos.

Examina a cicatriz já antiga, um simples fio no pulso. Aperta.

Sente as pulsações. O frio da lâmina entre os dedos. A cicatriz, lembrança de uma outra queda. Do apartamento ao lado chegam os sons desfeitos de algo que devia ser música. Um vento indeciso de madrugada entra pela janela. Está sentado na cama, corpo nu, pés descalços, costas curvas. A lâmina vibra entre os dedos. Nenhum pensamento. Só espera. Atenção fixa em si mesma. Dobra os ombros, como se chorasse. E não corta. Joga a lâmina pela janela, vai-se curvando para si mesmo. Os braços se cruzam, enlaçam os joelhos, a cabeça afunda entre as pernas. Não chora sequer. No cinzeiro, o cigarro esquecido queima. Um fino fio de fumaça sobe aos poucos indeciso, adensando o ar que se enche de olhos, de mãos, de gestos incompletos, vozes veladas, palavras não formuladas. Sem compreender, vaga entre a fumaça e tomba. Como um cego, vendo apenas para dentro.

O anjo se desprende desse teto escuro
e o fumo se eleva sobre a rosa:
é hora, dá-me a tua mão
e vem comigo pelo espaço.

Lúcio Cardoso

POEMAS

Oriente

manda-me verbena ou benjoim no próximo crescente
e um retalho roxo de seda alucinante
e mãos de prata ainda (se puderes)
e se puderes mais, manda violetas
(margaridas talvez, caso quiseres)

manda-me osíris no próximo crescente
e um olho escancarado de loucura
(em pentagrama, asas transparentes)

manda-me tudo pelo vento:
envolto em nuvens, selado com estrelas
tingido de arco-íris, molhado de infinito
(lacrado de oriente, se encontrares)

Press to open

Estavam ali as portas
janelas e varandas.
Estavam ali
na fronteira do olhar
onde o de dentro encontra
justamente
com o de fora.
Nesse ponto exato
elas estavam.
Bastava um gesto.

Mas o meu estar parado
era maior do que eu.
Estar parado/estar vivo:
a mesma incompreensão
e medo
entre mim e aquele estar das coisas.

Estar ali
como nunca ter chegado.
Estar ali
como ter visto absolutamente tudo.
Estar ali

por estar ali.
E além de mim
o que eu não ousava.

Ah:
relembro a amplidão dessas varandas
os pequenos raios de luz
nos vidros coloridos das janelas.
Revejo a dura consistência da porta
cerrando seu segredo. E me retomo
ali
no imóvel do gesto que não fiz.
Como se pudesse
Agora
escancarar portas e janelas
para sair nu pelas varandas
desvairado e nu
— um profeta, um louco, um santo.
Sair para o vento, o sol, as tempestades,
as neves, as quedas de estrelas e Bastilhas,
o cheiro de jasmins entontecendo os quintais.

(Pudesse retomar manhãs, amigo,
manhãs perdidas como o que não fui.)

Mas continuo
ali.
Aqueles espaços
permanecem tão mortos de mim
como um corpo que se ama
e não se toca.

Londres, 4.2.74

Alento

Quando mais nada houver,
eu me erguerei cantando,
saudando a vida
com meu corpo de cavalo jovem.

E numa louca corrida
entregarei meu ser ao ser do Tempo
e a minha voz à doce voz do vento.

Despojado do que já não há
solto no vazio do que ainda não veio,
minha boca cantará
cantos de alívio pelo que se foi,
cantos de espera pelo que há de vir.

CONTOS

Antípodas

Este diálogo sem narrador foi publicado em dezembro de 1977, na Folha da Manhã, *onde por algum tempo, graças à confiança de Walter Galvani, mantive uma página semanal para publicar "o que quisesse"; sempre com belas ilustrações de Magliani. Originalmente era um capítulo do romance* Os girassóis do reino, *que venho tentando escrever há uns vinte anos; mas acabou virando, creio, um conto com vida própria.*

Para Natália Lage

— O sol está se pondo, você viu? A parte de baixo dele já começou a desaparecer no horizonte.

— Então a esta hora deve estar amanhecendo no Japão.

— Onde?

— No Japão. Do outro lado do mundo.

— Ah, os antípodas.

— Pois é, os antípodas.

— *An-tí-po-da* é uma palavra horrível, não?

— Melhor que *artrópodes*.

— Hein?

(silêncio)

— Eu quero me matar.

(silêncio)

— Eu estou apaixonada.

— Você quer se matar porque está apaixonada?

— Acho que sim.

— Mas você só tem dezesseis anos.

— E o que que tem? Não sei quem foi que disse que a gente devia se matar na adolescência, quando as coisas ainda são bonitas.

— As coisas não são bonitas?

— Não. Odeio cada pedra desta cidade. Cada porta. Cada casa. Cada cara que passa por mim na rua. Odeio, odeio.

— Mas não se mate.

(silêncio)

— Por favor.

— Por favor o quê?

— Não se mate.

— Ah, esquece. O sol está indo embora. Só falta um terço dele.

— Ninguém se mata por amor.

— Agora só tem uma lasquinha dele, bem vermelha.

— Olha, uma vez eu li um cara, um escritor chamado Cesare Pavese, que dizia assim: "*Ninguém se suicida por amor. Suicida-se porque o amor, não importa qual seja, nos revela na nossa nudez, na nossa miséria, no nosso estado desarmado, no nosso nada.*"

— E o que aconteceu com ele, esse tal Cesare?

— Se matou.

(silêncio)

— Pronto. Foi-se. O que era mesmo que você estava dizendo?

— Não importa.

(silêncio)

— Agora o ventinho.

— Hein?

— O ventinho, você nunca reparou? Logo depois que o sol se põe sopra sempre um ventinho da banda do rio.

— Nunca notei.

— Olha só: está vindo. Sinta. Veja as folhas daquela acácia ali, as bem de cima, como se movem.

(silêncio)

— Um dia até pensei em perguntar ao professor por que sempre vem esse ventinho. Depois eu não sabia se perguntava pro professor de física ou de geografia. Achei melhor não perguntar nada. Você sabe?

— Bom, acho que tem que ser alguém que entenda de meteorologia.

— Não, não: você sabe por que vem esse ventinho?

— Sei lá, acho que deve ser o ar que esfria e se desloca, produzindo o vento. Alguma coisa assim.

— Ia ser *irreparável*...

— O quê?

— Dar uma bandeira dessas, cara. Imagina só, perguntar sobre ventinhos para um monstro daqueles.

(silêncio)

— Como foi que você disse?

— Eu disse alguma coisa?

— Disse sim. Sobre um tal ar frio.

— Ah, é. Ele se desloca e aí produz o vento.

— Legal. Que professor era aquele que você acha que entende disso?

— Meteorologia?

— Mas não tem aula disso.

— Então não tenho ideia.

(silêncio)

— A essa hora alguém deve estar indo dormir de porre no Japão.

(silêncio)

— Deve ser engraçado japonês bêbado, com aqueles olhinhos. Devem ficar menores ainda, e tão apertadinhos que nem dá pra ver que estão vermelhos. O que é que você acha que japonês bebe?

— Acho que saquê.

— Saquê não é chinês?

— Então uísque, gim, vodca, cerveja, vinho, essas coisas que todo mundo bebe.

(silêncio)

— Coisa mais besta.

— O quê?

— Beber essas coisas. Porre de japonês devia ser diferente.

— Porre é porre. Diferente como?

— Ah, sei lá. Antípoda, por exemplo. Um porre antípoda.

(silêncio)

— Deve ter alguém acordando também.

— Hã?

— No Japão, deve ter alguém acordando lá. O que é que você acha que japonês faz quando acorda de manhã?

— Não sei. Lava a cara, acho. Depois escova os dentes, toma café.

— Café não. Toma chá.

(silêncio)

— E deve também ter alguém com insônia. Bem agora, na hora que os passarinhos começaram a cantar, deve ter um japonês com insônia olhando o dia nascer. Embaixo da minha janela tem um bem-te-vi que canta sempre lá pelas cinco da manhã. Será que no Japão tem bem-te-vi?

— Deve ter.

— Rouxinol eu sei que tem. Não tinha uma história de um imperador e um rouxinol?

— Não me lembro bem, mas acho que aquele imperador era chinês.

— Ah, mas tudo que tem na China deve ter no Japão.

— É, pode ser.

— Arara eu sei que não tem. Nem na China nem no Japão.

(silêncio)

— Quero pintar a minha janela daquela cor lá em cima.

— Qual, a rosa?

— Não, não. Aquela um pouco mais pra direita da última janela à esquerda no alto daquele prédio grandão aqui em direção ao meu dedo indicador. Está vendo?

— Acho que sim. Mas não sei se é a mesma que eu estou pensando.

— Aquela, entre o rosa e o azul-escuro.

— Roxo, você quer dizer.

— Não, não é assim tão-tão. É mais uma entrecor, fica no meio do roxo e do azul-escuro. Mas muito mais pro lado do azul do que do roxo. Olha bem: você vê que até tem um pouco de rosa, mas tem uns dois ou três poucos mais de azul, entende?

— Índigo?

— Ah, eu gosto desse som: ín-di-go. Que nem ar-tró-po-de. An-tí-po-da.

(silêncio)

— Você gosta de palavras? Eu também, mas gosto mais de cores. Como é mesmo essa que você falou?

— Acho que é assim tipo um azul-anil.

— O que é anil?

— Uma coisa que usavam antigamente para lavar roupa, acho que nem existe mais.

— Mas existe?

— O anil? Claro que existe. Existia, pelo menos.

— Não, não. Que coisa também, às vezes você parece que não entende o que a gente diz. A tal cor, o índigo.

— Ah, claro que existe. Aquela que você quer é que não existe. Só no céu.

(silêncio)

— Quer dizer que o que está no céu não existe?

— Não, não é isso. O que eu quero dizer é que aquela cor lá você não vai encontrar numa lata para pintar uma parede.

— Janela.

— O quê?

— É janela que eu quero pintar, não parede. E agora nem adianta mais, já mudou tudo. Cor de céu é coisa que muda depressa demais. Foi ficando tão escuro, você reparou? Quase tudo azul, depois preto. O preto vem vindo devagar do outro lado de onde fica o Japão, toda noite.

(silêncio)

— Está anoitecendo. Vamos embora.

— Não quero ir embora. Eu vou dormir aqui.

— Não pode, é perigoso.

— Perigoso por quê?

— Você só tem dezesseis anos.

— E isso é perigoso?

— Perigosíssimo.

— Pouco me importa. Eu vou ficar aqui até anoitecer completamente no Japão amanhã de manhã. Não é assim? Amanhece aqui, anoitece lá. Anoitece lá, amanhece aqui.

(silêncio)

— Vamos, então? O motorista está esperando.

— Já te disse que não. Vou dormir aqui.

— Então vou chamar o motorista, vou ligar para o seu pai.

— Pode ir. E quando você for, eu vou entrando no rio enquanto amanhece no Japão.

— Pra quê?

— Eu quero me matar enquanto amanhece no Japão.

(silêncio)

— É só você dar as costas e eu entro n'água. Duvida?

(silêncio)

— E todo mundo vai achar que a culpa é sua.

(silêncio)

— Ué, você não vai? Tá fazendo o que parado aí?

(silêncio)

— Não adianta nada meu pai pagar você só pra ficar me controlando. Porque se não for hoje, vai ser amanhã ou qualquer outro dia. Vou me matar bem na hora em que estiver amanhecendo no Japão.

(silêncio)

— Ninguém vai me impedir.

(silêncio)

— Estranho.

(silêncio)

— De repente eu tive a impressão que você não estava aqui.

(silêncio)

— Que você estava lá.

(silêncio)

— No Japão. No outro lado do mundo.

(silêncio)

— Eu vou dizer que você tentou me estuprar.

(silêncio)

— Todo mundo vai acreditar.

(silêncio)

— Deve estar bonito lá, amanhecendo.

(silêncio)

— Eu vou começar a gritar.

(silêncio)

Anotações sobre um amor urbano

Entre 1977, quando foi escrito, e 1987, este texto passou por várias versões. Três delas chegaram a ser publicadas (na extinta revista mineira Inéditos; *no caderno* Cultura, *de* Zero Hora; *e no suplemento literário da* Tribuna da Imprensa). *Alguns trechos também foram utilizados por Luciano Alabarse num espetáculo teatral. Mas nunca consegui senti-lo "pronto", e por isso mesmo também nunca o incluí em livro. Continuo tendo a mesma sensação. Mas talvez o jeito meio sem jeito destes pedaços mais parecidos com fragmentos de cartas ou diário íntimo afinal seja a sua própria forma informe e inacabada.*

Em memória de Paulo Yutaka

Te amo como as begônias tarântulas amam seus
congêneres; como as sementes se amam enroscadas
lentas algumas muito verdes outras escuras; a cruz
na testa lerdas prenhes; dessa agudez que me
rodeia, te amo ainda que isso te fulmine ou que um
soco na minha cara me faça menos osso e mais verdade.

Hilda Hilst: "Lucas, Naim"

Desculpa, digo, mas se eu não tocar você agora vou perder toda a naturalidade, não conseguirei dizer mais nada, não tenho culpa, estou apenas me sentindo sem controle, não me entenda mal, não me entenda bem, é só esta vontade quase simples de estender o braço para tocar você, faz tempo demais que estamos aqui parados conversando nesta janela, já dissemos tudo que pode ser dito entre duas pessoas que estão tentando se conhecer, tenho a sensação impressão ilusão de que nos compreendemos, agora só preciso estender o braço e, com a ponta dos meus dedos, tocar você, natural que seja assim: o toque, depois da compreensão que conseguimos, e agora.

Não diz nada, você não diz nada. Apenas olha para mim, sorri. Quanto tempo dura? Faz pouco despencou uma estrela e fizemos, ao mesmo tempo e em silêncio, um pedido, dois pedidos. Pedi para saber tocá-lo. Você não me conta seus desejos. Sorri com os olhos, com a mesma boca que mais tarde, um dia, depois daqui, poderá me dizer: não. Há uma espécie de heroísmo então quando estendo o braço, alongo as mãos, abro os dedos e brota. Toco. Perto da minha a boca se entreabre lenta, úmida, cigarro, chiclete, conhaque, vermelha, os dentes se chocam, leve ruído, as línguas se misturam. Naufrago em tua boca, esqueço, mastigo tua saliva, afundo. Escuridão e umidade, calor rijo do teu corpo contra a minha coxa, calor rijo do meu corpo contra a tua coxa. Amanhã não sei, não sabemos.

Pensei em você. Eram exatamente três da tarde quando pensei em você. Sei porque sacudi a cabeça como se você fosse uma tontura dentro dela e olhei o digital no meio da avenida.

Corre, corre. O número do telefone dissolvendo-se em tinta na palma da mão suada. Ah, no fim destes dias crispados de início de primavera, entre os engarrafamentos de trânsito, as pessoas enlouquecidas e a paranoia à solta pela cidade, no fim destes dias encontrar você que me sorri, que me abre os braços, que me abençoa e passa a mão na minha cara marcada, no que resta de cabelos na minha cabeça confusa, que me olha no olho e me permite mergulhar no fundo quente da curva do teu ombro. Mergulho no cheiro que não defino, você me embala dentro dos seus braços, você cobre com a boca meus ouvidos entupidos de buzinas, versos interrompidos, escapamentos abertos, tilintar de telefones, máquinas de escrever, ruídos eletrônicos, britadeiras de concreto, e você me beija e você me aperta e você me leva para Creta, Mikonos, Rodes, Patmos, Delos, e você me aquieta repetindo que está tudo bem, tudo, tudo bem. O telefone toca três vezes. Isto é uma gravação deixe seu nome e telefone depois do bip que eu ligo assim que puder, OK?

O cheiro do teu corpo persiste no meu durante dias. Não tomo banho. Guardo, preservo, cheiro o cheiro do teu cheiro grudado no meu. E basta fechar os olhos para naufragar outra vez e cada vez mais fundo na tua boca. Abismos marinhos, sargaços. Minhas mãos escorrem pelo teu peito. Gramados batidos de sol, poços claros. Alguma coisa então para, todas as coisas param. Os automóveis nas ruas, os relógios nas paredes, as pessoas nas casas, as estrelas que não conseguimos ver aqui do fundo da cidade escura. Olho no poço do teu olho escuro, meia-noite em ponto. Quero fazer um feitiço para que nada mais volte a andar. Quero ficar assim, no parado. Sei com medo que o que trouxe você aqui foi esse meu jeito de ir vivendo como quem pula poças de lama, sem cair nelas, mas sei que agora esse jeito se despedaça. Torre fulminada, o inabalável vacila quando começa a brotar de mim isso que não está completo sem o outro. Você assopra na minha testa. Sou só poeira, me espalho em grãos invisíveis pelos quatro cantos do quarto. Fico noite, fico dia. Fico farpa, sede, garra, prego. Fico tosco e você se assusta com minha boca faminta voraz desdentada de moleque mendigo pedindo esmola neste cruzamento onde viemos dar.

A cidade está louca, você sabe. A cidade está doente, você sabe. A cidade está podre, você sabe. Como posso gostar limpo de você no meio desse doente podre louco? Urbanoides cortam sempre meu caminho à procura de cigarros, fósforos, sexo, dinheiro, palavras e necessidades obscuras que não chego a decifrar em seus olhos semafóricos. Tenho pressa, não podemos perder tempo. Como chamar agora a essa meia dúzia de toques aterrorizados pela possibilidade da peste? (Amor, amor certamente não.) Como evitaremos que nosso encontro se decomponha, corrompa e apodreça junto com o louco, o doente, o podre? Não evitaremos. Pois a cidade está podre, você sabe. Mas a cidade está louca, você sabe. Sim, a cidade está doente, você sabe. E o vírus caminha em nossas veias, companheiro.

Fala fala fala. Estou muito cansado. Já não identifico nenhuma palavra no que diz. Apenas me deixo embalar pelo ritmo de sua voz, dentro dessa melodia monótona angustiada perplexa repetitiva. Quase três da manhã. Não temos aonde ir, nunca tivemos aonde ir. Um nojo, vezenquando me dá um asco — nojo é culpa, nojo é moral — você se sente sórdido, *baby*? — eu tenho medo, não quero correr riscos — mas agora só existe um jeito e esse jeito é correr o risco — não é mais possível — vamos parar por aqui — quero acordar cedo, fazer *cooper* no parque, parar de beber, parar de fumar, parar de sentir — estou muito cansado — não faz assim, não diz assim — é muito pouco — não vai dar certo — anormal, eu tenho medo — medo é culpa, medo é moral — não vê que é isso que eles querem que você sinta? medo, culpa, vergonha — eu aceito, eu me contento com pouco — eu não aceito nada nem me contento com pouco — eu quero muito, eu quero mais, eu quero tudo.

Eu quero o risco, não digo. Nem que seja a morte.

Cachorro sem dono, contaminação. Sagui no ombro, sarna. Até quando esses remendos inventados resistirão à peste que se infiltra pelos rombos do nosso encontro? Como se lutássemos — só nós dois, sós os dois, sóis os dois — contra dois mil anos amontoados de mentiras e misérias, assassinatos e proibições. Dois mil anos de lama, meu amigo. Esse lixo atapetando as ruas que suportam nossos passos que nunca tiveram aonde ir.

Chega em mim sem medo, toca no meu ombro, olha nos meus olhos, como nas canções do rádio. Depois me diz: — "Vamos embora para um lugar limpo. Deixe tudo como está. Feche as portas, não pague as contas nem conte a ninguém. Nada mais importa. Agora você me tem, agora eu tenho você. Nada mais importa. O resto? Ah, o resto são os restos. E não importam." Mas seus livros, seus discos, quero perguntar, seus versos de rima rica? Mas meus livros, meus discos, meus versos de rima pobre? Não importa, não importa. Largue tudo. Venha comigo para qualquer outro lugar. Triunfo, Tenerife, Paramaribo, Yokohama. Agora, já. Peço e peço e não digo nada mas peço e peço diga, diga já, diga agora, diga assim. Você não diz nada. Você não me vê por trás do meu olho que vê. Você não me escuta por trás da minha boca que pede sem dizer, e eu bem sei. Você planeja partir para um país distante, sem mim, de onde muitos anos depois receberei a carta de um desconhecido com nome impronunciável anunciando a sua morte. Foi em abril dirá, abril ou maio. Ou setembro, outubro. Os mais cruéis dos meses. Tanto faz, já não importará depois de tanto tempo, numa cidade remota.

Pelas escadarias da avenida deserta, lata de coca-cola largada na porta da igreja, aqui parece que o tempo não passou, quero te mostrar um vitral, esta sacada, aquele balcão como os de Lorca, entremeado de rosas, quero dividir meu olhar, desaprendi de ver sozinho e agora que tudo perdeu a magia, se magia houve, e havia, e não consigo mais ver nenhum anjo em você, pastor, mago, cigano, herói intergaláctico, argonauta, replicante, e agora que vejo apenas um rapaz dentro do qual a morte caminha inexorável, só não sabemos quando o golpe final, mas virá, cabelos tão negros, rosto quase quadrado, quase largo, quase pálido, onde já começou a devastação, olhos perdidos, boca de naufrágio vermelho pesado sobre o escuro da barba malfeita, olho tudo isso que vejo e não tem outra magia além dessa, a de ser real, e vou dizendo lento, como quem tem medo de quebrar a rija perfeição das coisas, e vou dizendo leve, então, no teu ouvido duro, na tua alma fria, e vou dizendo louco, e vou dizendo longo sem pausa — gosto muito de você gosto muito de você gosto muito de você.

Tantas mortes, não existem mais dedos nas mãos e nos pés para contar os que se foram. Viver agora, tarefa dura. De cada dia arrancar das coisas, com as unhas, uma modesta alegria; em cada noite descobrir um motivo razoável para acordar amanhã. Mas o poço não tem fundo, persiste sempre por trás, as cobras no fundo enleadas nas lanças. Por favor, não me empurre de volta ao sem volta de mim, há muito tempo estava acostumado a apenas consumir pessoas como se consome cigarros, a gente fuma, esmaga a ponta no cinzeiro, depois vira na privada, puxa a descarga, pronto, acabou. Desculpe, mas foi só mais um engano? e quantos mais ainda restam na palma da minha mão? Ah, me socorre que hoje não quero fechar a porta com esta fome na boca, beber um copo de leite, molhar plantas, jogar fora jornais, tirar o pó de livros, arrumar discos, olhar paredes, ligar-desligar a tevê, ouvir Mozart para não gritar e procurar teu cheiro outra vez no mais escondido do meu corpo, acender velas, saliva tua de ontem guardada na minha boca, trocar lençóis, fazer a cama, procurar a mancha da esperma tua nos lençóis usados, agora está feito e foda-se, nada vale a pena, puxar as cobertas, cobrir a cabeça, tudo vale a pena se a alma, você sabe, mas alma existe mesmo? e quem garante? e quem se importa? apagar a luz e mergulhar de olhos fechados no quente fundo da curva do teu ombro, tanto frio, naufragar outra vez em tua boca, reinventar no escuro teu corpo moço de homem apertado contra meu corpo de homem moço também, apalpar as virilhas, o pescoço, sem entender, sem conseguir chorar, abandonado, apavorado, mastigando maldições, dúbios indícios, sinistros augúrios, e amanhã não desisto: te procuro em outro corpo, juro que um dia eu encontro.

Não temos culpa, tentei. Tentamos.

Por uma tarde de junho

Pertence a uma fase furiosamente experimental, em que o que se tentava contar era quase sufocado pela metalinguagem. O resultado era um hermetismo pedante, quase incompreensível. Foi escrito em 1976, em Porto Alegre, e publicado no ano seguinte pela extinta revista gaúcha Cultura Contemporânea.

— *Era preciso que fosse um momento absolutamente perfeito* — ele foi dizendo, uma tarde afinal de junho, e o que se poderia dizer afinal sobre tardes afinal de junho senão coisas majestosas como um *allegro* barroco, ele sorvia o conhaque e vezenquando atiçava as brasas da lareira com o atiçador de bronze? cobre? ferro? prata? com muito cuidado para que o que chovia lá fora miúdo e o crepitar das brasas e o estalar da madeira e os movimentos que fazia distendendo, contraindo a coluna para atiçar o fogo e o crepitar e o estalar e o miúdo e ainda o que ia dizendo, com cuidado para que o ritmo não sofresse alterações, imperfeições, tempo sem jaça, que fosse, agitando de leve no ar o líquido dourado no cálice aquecido:

— *Eu, fazia tanto tempo que* — um tanto brutal hesitar agora, mancha de vinho na renda, mas reformulava, pequenas interrupções, ai pequenas interrupções, a luz dourando o cabelo dela sentada à sua frente, mas reformulava tentando de outro jeito:

— *Já não era mais possível continuar ocultando? fingindo? negando? mentindo? que* — optou pelos quatro, sem interrogações, ficava bem esse tom hesitante, mas uma porta batia ao longe, na rua um carro tentava inutilmente dar a partida, o motor raspava, areia, zinco, se fosse possível um silêncio absoluto para finalmente dizer:

— *Eu tenho feito fantasias loucas com você* — ela tão irreal no sofá antigo, as samambaias caindo por trás, tropical, oriental, colonial, tudo ao mesmo tempo, um rubi na testa e também uma tiara de pitangas (bonito isso, aprovou contente), mais uma touca rendada de sinhazinha, os três simultâneos, e retomando de outro jeito:

— *Tanto medo, você me entende?* — como passos furtivos, cascalho pisado de madrugada, a descarga da privada literalmente cagando no entremeio do retinir de cristais (aprovou outra vez: sonoro), mas ela não sorria nem movia músculo algum no rosto, de certa forma era como se fizesse uma ginástica de relaxamento facial, mas tão-tão-dizer-isso-assim, malares pétreos, talvez melhor, um abscôndito langor, melhor ainda, entusiasmou-se levemente ansioso, apenas o tempo da cinza cair? pingar? gotejar? poluir quem sabe? a calça de veludo? alpaca? flanela? casimira? continuando pois:

— *Quase três anos, é muito tempo calado. Hoje finalmente eu* — passou a língua contra os dentes por dentro, algumas superfícies ásperas, senzalas? sibérias? sertões? saaras? e foi então que sentiu e chegou a pensar num parágrafo especial, mas contra todas as expectativas não havia drama, um primeiro pré-molar superior esquerdo, seria exatamente isso? como um chiclete, não, mais consistente, um amendoim duro, um milho de pipoca desses que não arrebentam, uma bala de hortelã, envolveu-o com a língua para trazê-lo até bem perto dos incisivos e disfarçado levou a mão à boca, como se tossisse suave? contido? discreto? melancólico? fatigado? os dedos seguraram confirmando: sim, um primeiro pré-molar superior esquerdo, inteiro, irregular, sofrido de muitas meias-solas, rodou-o entre o indicador e o polegar, abstraído, até os óculos de aro frouxo escorregarem para a ponta do nariz, recolocou-o na boca, ela esperava, ele ajeitou os óculos, ele esfregou as mãos para gerar energia, ela esperava, ele respirou sete vezes, profundamente, alargando primeiro o ventre, depois afastando as costelas e finalmente elevando as omoplatas, pulmões estufados, e assoprou de uma só vez, num tranco, ela esperava, ai como ela esperava, a coisa escura plantada súbita na sala fez com que, como quem vira a página, ele decidisse assim como redizer o que não tinha dito:

— *Escuta, foi um engano. Eu não estava absolutamente levando a sério o que dizia* — o sofá tinha molas arrebentadas, as samambaias eram algumas de plástico, outras raquíticas, amareladas, olhar pela janela então e nada nem ninguém para ajudar, contou para si mesmo devagarmente punitivo: Era uma vez um homem sentado numa cadeira dura rodando dentro da boca um primeiro pré-molar superior esquerdo recém-perdido, numa sala vazia. Atrás da janela de vidros baços de umidade e sujeira podia-se ver uma tarde molhada talvez de junho ao fundo de árvores secas de galhos-garras eriçados contra um céu de estopa — fora uma vez, e ela não esperava mais, restara uma pitanga madura sobre a mancha de porra envelhecida de alguma punheta no assento do sofá, ou nem ao menos isso, aceitou concluindo:

— *Eu não consigo entender nada do que se passa* — meu amor secreto, meu amor calado, não acrescentou, talvez agora desse um suspiro mas não morresse, ou engolisse o dente para rasgar as tripas ou quem sabe cuspi-lo longe convulsivo como numa hemoptise, e sobre o chão vomitar a tarde? a história? a perda? a morte? o medo? a solidão? quem sabe o nojo antigo sedimentado e sem remédio.

E acabava assim, de repente, ainda que não fosse absolutamente perfeito nem redondo, chovera demais nos últimos dias e havia tantos sapos pelos quintais semiabandonados, os charcos, os poços, as minhocas retorcidas nas lamas, os plurais e a língua singular apertando tão violenta o dente contra o lábio que talvez escorresse um filete de sangue maduro sobre o branco da camisa, mas antes disso, sem efeitos, secamente, acabava assim, era uma pena, todos sentimos muitíssimo, mas que se há de fazer se acaba mesmo assim?

De várias cores, retalhos

Escrito em 1975, este conto faz parte de uma alegre fase pop, totalmente inédita (exceto por "A história de Sally Can Dance", de Pedras de Calcutá*). Acontece que na época, além da censura oficial, havia uma espécie de anticensura, tão castradora quanto as famosas "patrulhas ideológicas" — e o resultado é que não havia espaço algum para uma história como esta. De todas as selecionadas para este livro, foi talvez a que menos me deu trabalho. Juvenil e talvez um tanto tola, mas pronta.*

Para Antonio Bivar

de várias cores, retalhos
nas cores laranja rosa azul turquesa
uma calça lee desbotada

Antonio Bivar

Logo de manhã bem cedo, a mãe parou espantada na porta do quarto do filho. Um rolinho chegou a desprender-se do cabelo, deslizar ombro abaixo e escorregar pela escada, pinguepongueando. Chamou o pai, que veio sonolento, coçando a barriga, o ar de quem tinha tido pesadelos negros. Ficaram os dois olhando a porta do quarto do filho. A porta do quarto do filho estava fechada pelo lado de dentro. No lado de fora, para onde o pai e a mãe olhavam espantados, certamente o próprio filho, pois não havia ninguém mais na casa capaz de tais absurdos, grafitara em letras grandes, tortas, coloridas.

VOCÊS NÃO TAO COM NADA.

O *tao* estava escrito assim mesmo, sem til, e o pai, professor de português, ficou escandalizado. "Além de desaforado, burro", comentou.

Mas a mãe lembrou que o filho vivia às voltas com um livro cheio de letras chinesas na capa chamado justamente *Tao*, e lembrou ao pai que podia ser uma referência ao livro, não ao verbo *estar*. Um livro estranho — ela ficou pensando enquanto o pai não respondia —, parecia coisa meio religiosa, umbanda talvez, aqueles exotismos do filho, mania de não comer carne, panos nas paredes, sininhos, baralhos com figuras esquisitas, *posters* de discos-voadores e Raul Seixas pelo quarto, aquela mistura de bazar persa com acampamento cigano mais uma pitada de terreiro.

O pai e a mãe bateram na porta delicadamente, depois menos delicadamente, depois nem um pouco delicadamente. O pai tentou abrir por fora, mas não conseguiu. Empurrou com o ombro, mas parecia que tinha uma coisa pesada prendendo por dentro. A mãe teve certeza que o filho empurrara a estante contra a porta. E os dois sempre se sentiam tão cansados pela manhã, e tinham tantos pesadelos à noite, tanto barulho dos carros lá fora, tantas dívidas, tantos perigos no futuro incerto, enfim: eles não tinham energia para sequer tentar derrubar aquela porta.

Então a mãe foi chamar o outro filho, que jogava basquete e tinha ombros largos, músculos fortes e uma cara rosada de universitário americano anos 50, só que moreno. O outro filho veio sem muito saco, empurrou a porta devagar com um daqueles ombros enormes, depois coçou a cabeça e sugeriu que dessem a volta na casa para tentar abrir a janela. Tinha jogo à noite, não podia correr o risco de uma distensão, ainda mais por causa daquele babaca.

O pai, a mãe e o outro filho deram a volta na casa e tentaram a tal janela. Mas a janela também estava trancada — parecia ter ferros, correntes, cadeados, grilhões. A mãe ficou indecisa entre desmaiar, ter um ataque de choro ou fazer um café bem forte. O pai só balançava a cabeça e coçava a barriga, repetindo meu-deus-o-que-foi-que-esse-rapaz-aprontou? O outro filho bocejava, fazendo alguns exercícios para desenvolver as coxas. Até que, de repente, tocou a campainha, o telefone, o cachorro começou a latir, chegou o jornal, a diarista, tudo ao mesmo tempo — e não se sabe bem como, em menos de quinze minutos a casa estava cheia de vizinhos, parentes e curiosos subindo, descendo escadas, fechando, abrindo gavetas, contando anedotas, fazendo chás e cafés. Como se fosse uma festa. Ou um velório.

A mãe soluçava no ombro de uma vizinha, lembrando um por um de todos os atos do dia anterior, e gemia o-que-foi-que-eu-fiz-de-errado-para-merecer-isso-sempre-fui-a-melhor-das-mães. Alguém mais prático achou que não podiam ficar nisso o dia inteiro, ainda mais agora que haviam chegado a televisão, fotógrafos e uns vinte repórteres pedindo cafezinho. Outro insinuou que o filho podia estar morto, suicidado, enforcado, pulsos cortados — mas não havia sangue no corredor —, uma dose excessiva de barbitúricos, esses jovens, nunca se sabe do que são capazes, acalentamos uma víbora em nosso seio, ânimo, querida, esquizofrênico, paranoico, nem falar falava, nunca — nunca se sabe.

E já que eram tantos, e que a suposta estante sustentando a porta por dentro não seria mais forte que a força de todos eles juntos — reuniram-se e começaram a fazer força. Não foi difícil. A porta logo abriu-se, cinematográfica, enquanto os mais dramáticos desmaiavam, *flashes* estouravam e as luzes quentíssimas da tevê acenderam-se, revelando o interior vazio. Quer dizer, vazio de gente, pois tudo estava nos lugares, surpreendentemente limpo, a cama — milagre! — feita, plantas — as descaradas, ele até conversava com elas —, livros, roupas nos armários. Só faltavam a flauta doce, o *poster* de Raul Seixas e aquele tal livro do Tao. Ah, e o filho, naturalmente.

Depois de alguns ohs! e ahs! em catatonia coletiva, encontraram um bilhete na cabeceira. Dizia assim: "*Quanto mais conheço minha família, mais entendo Franz Kafka.*" O pai e a mãe não entenderam direito, quem era mesmo esse tal Franz? mas um jornalista de segundo caderno lembrou que o misterioso rapaz poderia ter-se transformado num inseto, uma barata, por exemplo, esses jovens sempre tão imprevisíveis, são capazes de tudo só para chocar os outros. Jogaram todas as almofadas para cima, tiraram todos os discos das capas, os livros das estantes, as roupas do guarda-roupa — mas nenhum inseto digno de nota foi encontrado, também porque a casa fora dedetizada não fazia nem dez dias, lembrou o irmão.

Só depois que todos se foram, pois não havia nada a fazer além de registrar queixa de desaparecimento, e a casa ficou em silêncio, e era quase meio-dia, a mãe veio abrir a janela pensando em debruçar-se pensativa para que os vizinhos a vissem assim, "uma mulher acabada", diriam — e então viu as penas. No peitoril, do lado de dentro, uma porção de penas, dessas mesmo de ave, não de espanador. De uma ave que ela não conhecia. Penas grandes, de muitas cores e formas, desenhos coloridos como nunca vira, nem em desenho nem em bicho vivo. Algumas estavam manchadas de sangue. Era como se um grande pássaro tivesse se debatido horas entre as paredes daquele quarto, até fugir. A mãe só não entendia como, porque a janela ficara fechada até que ela a abrisse, agora, cinco minutos atrás.

Ela suspirou, a mão no peito. Então um ventinho entrou pela janela aberta, arrepiou algumas penas caídas e fez tilintar os sete sininhos dourados suspensos por um fio. O filho dizia sempre que tinham sido enviados do Tibet por alguém muito especial. E que eram mágicos.

Venha comigo para o reino das ondinas

É um conto de 1976. Deveria ter sido incluído em Pedras de Calcutá, *e só não foi talvez porque quebrava o clima urbano pretendido. Por isso mesmo também não entrou nos livros seguintes. Houve pouca coisa a revisar porque o principal — a atmosfera — já estava lá.*

Para Luciano Alabarse

Ele veio vindo pela beira do mar, as luzes da cidade longe às suas costas. Às vezes escorregava tentando segurar-se em alguma coisa, mas na praia deserta não havia mais nada para segurar-se além das ondas que fugiam sempre. A areia molhada umedecia as calças pretas do *smoking*, salpicava as fraldas soltas da camisa, respingava o cravo vermelho pendendo da lapela.

Viu-a de longe, e parecia linda com os cabelos longos soltos naquela brisa com cheiro de mulher, algas e sal.

— Betinha — chamou, tropeçando outra vez nos sapatos de verniz.

Ela continuou a correr pela praia como se não ouvisse, como se não o visse. Descalça, braços erguidos acima da cabeça, saltava alto, redondo, depois deixava-se cair como num desmaio, e, quando o coração dele começava a bater mais forte pensando em ajudá-la, tornava a levantar-se leve feito essas pandorgas que os meninos empinam pelas tardes e mantinha-se no ar por alguns segundos, projetada para a frente. Folha, pluma branca, ave.

— Betinha — ele chamou de novo, mais perto. Então ela olhou e sorriu. Não era Betinha.

— Olá — a voz dela era tão clara que o fez pensar que a maioria das pessoas não devia falar à beira-mar. A voz humana sempre parecia tosca demais entre o rumor das ondas, mas a dela, a voz da moça descalça, de branco, era sonora e limpa e de certa forma verde como as próprias ondas. Fundia-se com elas, e como elas também parecia crescer aos poucos, explodir num tom mais alto, depois fugir outra vez.

— Está procurando alguém?

— Betinha — repetiu. — Onde está Betinha?

Ela riu alto sem responder. Estendeu o braço para tocá-la, mas aconteceu alguma coisa no momento em que seus dedos alongaram-se em direção ao vestido branco transparente. Ele estava bêbado, estava sem óculos e muito bêbado, portanto não saberia dizer se aquilo chegara mesmo a acontecer. A impressão — a impressão era de que seus dedos tinham atravessado o corpo dela. Não só o tecido leve do vestido, mas o próprio corpo de carne, como se atravessa uma névoa sem ver a névoa quando se está dentro dela.

— Você viu a lua? — ela perguntou.

Só então ele olhou para cima, para a lua cheia no céu de dezembro. Ficou olhando quase esquecido dela, entendendo devagar por que fosforesciam a areia, a crista das ondas, o vestido, a pele, os cabelos da moça. Tornou a olhá-la, ela já não estava onde pensou que estaria.

Continuava a dançar mais longe dele, como se cumprisse algum ritual profano para o mar e a lua. Deve estar drogada, pensou, chegando bem perto. Nos olhos dela as pupilas eram remotas ilhas no horizonte e alguma coisa, alguma coisa ele não entendia.

— Quer um gole? — perguntou tirando a pequena garrafa do bolso interno do paletó. Ela sacudiu a cabeça e ele bebeu sozinho, o líquido escorreu pelo queixo, pelo peito rendado da camisa até gotejar na areia formando poças miúdas que começaram também a fosforescer. Só depois de enxugar a boca nas costas das mãos estendeu a garrafa para ela. Com suas mãos claras de unhas curtas sem pintura, a moça apanhou-a e jogou-a ao mar.

— Veja, ela voa — ela gritou enquanto a garrafa brilhava no ar. E quando caiu nas ondas, riu mais alto, começando a correr.

Começou a persegui-la pela praia, mas estava tão completamente bêbado e ainda, como se não bastasse, sem óculos, e sempre acontecia outra vez aquela sensação de névoa, o corpo dela como que atravessando seus dedos para depois projetar-se mais longe no espaço. Ele caiu muitas vezes, placas de areia grudavam na roupa, e quando um fio de saliva escorregou do canto da boca, lembrou-se de repente de um desenho em algum livro de mitologia, o sátiro perseguindo uma ninfa. Só não tinha flauta, nem pés de bode, verificou, tirando as meias, depois os sapatos, o paletó, camisa e gravata. Molhado de suor, puxou as calças até os joelhos e ficou jogado de costas na areia enquanto ela dançava sem parar à sua volta.

— Você consegue vê-las? — ela apontou o mar.

— Hein — ele disse, sem acompanhar o gesto.

Ela repetiu, olhando fixo para onde as ondas quebravam, mas já não parecia uma pergunta:

— Você consegue vê-las.

— As ondas? — ele esticou o pescoço, apoiando-se no topo da cabeça para olhar o mar lá atrás, e ficou ainda mais tonto.

Foi assim, oblíqua, que a viu aproximar-se das ondas, curvando-se para tocar na superfície das águas. Estranho, pensou, estranho como ele a via de longe, desse ângulo — as ondas cercavam-na sem molhar seus pés, circundavam os tornozelos como guirlandas até explodirem em espuma no ar em torno do corpo, feito uma aura de gotas. Ela colheu essa espuma ainda mais brilhante nas palmas das mãos e estendeu-as abertas para ele. Parecia uma oferenda.

— Não, não as ondas. As ondas todo mundo vê. Essas moças todas, vestidas de espuma branca. São tantas, você não vê? Aproveite agora, as ondinas só aparecem no apogeu da lua cheia. Você não consegue mesmo vê-las?

— Eu não consigo — ele disse. Via apenas o balanço das ondas, para baixo, como se estivesse no convés de um navio, para cima, muitas vezes, para baixo, sem parar, para cima. Deixou a cabeça tombar para a frente: — Acho que vou vomitar.

Ela ajoelhou-se ao lado dele, as mãos de dedos abertos em torno da sua cabeça tonta, sem tocá-la. Tão rápida, pensou, lá no meio das ondas e de repente aqui ao meu lado outra vez.

— Você não devia beber tanto — os dedos frescos dela passavam a um milímetro da testa suada. Nesse milímetro entre a pele dele e a dela estava o frescor, feito um sopro. — Desse jeito você nunca conseguirá vê-las.

Ela uniu os indicadores e os polegares em triângulo, apontando o vértice para o centro exato da testa dele, naquele ponto justo, centro da cruz entre o horizontal das duas têmporas e o vertical dos pelos unidos das sobrancelhas no alto do nariz até o início dos cabelos.

Então uma coisa amarga contraiu-se no estômago dele, depois derramou-se morna sobre as calças, as pernas, a areia. Antes, antes de novo, pareceram atravessar o vestido dela sem sequer respingá-lo.

— O seu vestido — começou a dizer.

— Não tem importância — ela puxou o vestido para cima, despiu-o, rodou-o no ar e jogou-o nas águas. Olhou-a mais uma vez, e ela não usava mesmo nada por baixo, inteiramente nua, inteiramente branca, sem marca alguma no corpo liso, seios de adolescente.

— Você nunca toma sol? — perguntou.

— Eu sou filha da lua — a moça disse.

Ele não ouviu. Cabeça baixa, vomitava concentrado sobre os próprios pés. Depois deitou-se na areia e olhou para a lua cheia ao lado da estrela brilhante, Vênus talvez, ficou pensando enquanto ela desabotoava suas calças, puxava-a pelos pés melados depois amontoava rindo numa trouxa com as cuecas roxas, o paletó, sapatos, camisa, meias, e jogava tudo no mar. Ele também ficou inteiramente nu, mas só a pele branca em torno do sexo fosforescia à luz da lua, o resto era tão moreno de sol que quase não via a si mesmo assim, fundido ao escuro.

— Quem é você? — perguntou.

Ela ergueu-se num único impulso e caminhou novamente para o mar. Os anúncios luminosos da cidade longe refletiam-se nos seios, as ondas cavalgavam o ventre raso para explodirem primeiro no sexo liso de pelos, depois nos bicos dos seios à medida em que entrava mar adentro.

— Quem é você? — tornou a perguntar, tentando levantar-se.

— Venha — ela gritou do meio das ondas, as águas cobriam metade do corpo. — Venha logo, venha comigo para o reino das ondinas.

Ele tentou e tornou outra vez a tentar levantar-se enquanto via o mar arrastar suas roupas cada vez mais para longe. Preciso pegá-las, pensou, as chaves do carro, a carteira, e com grande esforço conseguiu parar em pé. Entrou na água, as ondas envolveram os tornozelos, lamberam as coxas. Curvou-se, molhou as pontas dos dedos, passou-as na altura do coração, como a mãe ensinara naquela remota primeira vez em que viu o mar. Quando a água chegou ao pescoço, mergulhou de repente para encontrá-la no fundo, as pupilas guardando pérolas negras, navios submersos, grutas de coral. Ao emergir, a cabeça dele estava lúcida como se tivesse bebido apenas daquela água salgada que cuspia em volta.

— Olha — ela brotou do meio das águas apontando o céu. Dezenas de estrelas cadentes cruzavam-se em todas as direções sobre suas cabeças.

Numa vertigem, ele baixou os olhos, e foi quando pela primeira vez deu-se conta que eram um homem e uma mulher inteiramente nus naquela praia deserta. Plena madrugada, quase verão. Avançou, os dois braços estendidos e a voz tosca de quem não sabe estar junto ao mar, percebia. Mesmo assim, insistiu:

— Como é mesmo o seu nome, gatinha?

— Ondina — ela disse. Ou qualquer coisa assim, ele jamais teria certeza. Suspirou fundo, parecia triste, e acrescentou antes de desaparecer: — Que pena, você não está preparado.

Os ouvidos dele estavam cheios d'água, as ondas explodiam barulhentas. Tornou a mergulhar procurando, mas não havia nada nas águas frias. Ao voltar à tona olhou para cima e já não havia também estrelas cadentes, nem sequer estrelas no baço céu de lua álgida. Só o cinza das águas, o visgo de formas vivas enleadas em suas pernas. Nada mais fosforescia.

Saiu tremendo do mar, jogou-se de bruços na areia e outra vez olhou para o céu. A nuvem negra cobria a lua cheia. Na praia deserta ele estava nu e bêbado, o estômago voltou a contrair-se, alguém gritou ao longe, no lado das luzes da cidade, parecia seu nome, Betinha, lembrou, procurando as roupas, a carteira, as chaves, encontrou apenas um sapato de verniz preto todo enlameado e um cravo vermelho murcho. Foi-se dobrando sobre os joelhos lembrando daquela primeira vez, a mãe, o mar, tanto tempo, Vênus talvez, bem perto da lua cheia, tinha frio, o sapato numa das mãos, restos do cravo na outra, a vontade de vomitar que voltava. Que porre infernal, ele gemeu arquejando sobre a areia opaca, nunca vão acreditar.

— Ondina — pediu para ninguém, sozinho na praia, nu no meio da noite. — Ondina, por favor, me ajuda.

Creme de alface

O que me aterroriza neste conto de 1975 é a sua atualidade. Com a censura da época, seria impossível publicá-lo. Depois, cada vez que o relia, acabava por rejeitá-lo com um arrepio de repulsa pela sua absoluta violência. Assim, durante vinte anos, escondi até de mim mesmo a personagem dessa mulher-monstro fabricada pelas grandes cidades. Não é exatamente uma boa sensação, hoje, perceber que as cidades ficaram ainda piores, e pessoas assim ainda mais comuns.

Enfim, enumerou na esquina, Raul se enforcara no banheiro, cinco anos exatos amanhã, e este maldito velho com passinho de tartaruga bem na minha frente, eu tenho pressa, quero gritar que tenho muita pressa, Lucinda quebrou as duas pernas atropelada por um Corcel azul três dias depois da Martinha confessar que estava grávida de três meses, e não quer casar, a putinha, desculpe, mas o senhor não quer deixar eu passar? tenho pressa, meu senhor, o telegrama, a putinha crispou as mãos de unhas vermelhas pintadas na alça da bolsa, pivetes imundos, tinham que matar todos, venha urgente, ir como com aquele desconto de trinta por cento no salário e todos os crediários, papai muito mal pt, apoiou-se, não, não se apoiou, não havia onde se apoiar, apenas pensou no apoio de alguma coisa sólida que não estava ali, havia só os corpos, centenas deles indo e vindo pela avenida, ela roçando contra as carnes suadas, sujas, as gosmas nas lentes dos óculos, como se não bastasse a tia Luiza agora que nem criancinha, mijando nas calças, brincando de boneca, dá licença, minha senhora, tenho seis crediários para pagar ainda hoje sem falta, aqueles jornais cheios de horrores, aqueles negrinhos gritando loterias, porcarias, aquele barulho das britadeiras furando o concreto, naquele dia, a fumaça negra dos ônibus e eu de blusa branca, a idiota, introduzindo devagar a chave na porta do apartamento de Arthur, buquê de crisântemos na outra mão, uma hora tão inesperada, e tão inesperados os crisântemos, a senhora não vai andar mesmo? o sinal já abriu faz horas, só uma cretina seria capaz de trazer duas crianças ao centro da cidade a esta hora, ele jamais poderia imaginar, o ruído leve da chave abrindo a porta, animal, por que não olha onde pisa? atravessar a sala na ponta dos pés, abrir a porta do quarto e de repente a bunda nua de Arthur subindo e descendo sobre o par de coxas escancaradas da empregadinha, meu Deus, mulatinha ordinária, se pelo menos fosse uma profissional, eu podia entender, eu não podia entender, vomitou no elevador sobre os crisântemos amarelos, não, não sei onde é a Casa Oriente, pergunte para o guarda, agora ele vai morrer, será castigo? câncer no baço, nunca mais seu cheiro de cavalo limpo, nunca mais o peso e os pelos de seu peito sobre meus seios quase murchos, a putinha, a mulatinha vadia, por isso me olhava com aquele ar superior, ainda por cima esse calor absurdo em pleno inverno, o eixo da Terra, dizem, a estufa, o ozônio, tudo um horror, em dez anos estaremos todos surdos, cegos, envenenados, as lãs do começo do dia vertendo suores entre as pernas, como é que uma gorda dessas pode sair à rua ao lado de outra gorda ainda mais larga? fazem de tudo para atravancar o movimento alheio, se pelo menos tivessem avisado a gente, você não vai me vencer, ouviu bem sua vida de merda? eu vou ganhar de você no braço na raça e quem se meter no meu caminho eu mato, sem falar no Marquinhos o tempo todo enfiando aquelas coisas nas veias, roubando coisas pra comprar a droga, e sou eu sozinha quem carrega todo esse peso nas costas, isso ninguém percebe, ninguém valoriza, não, eu não nasci para viver neste tempo, sensível demais, no colégio já diziam, certo talento pra dança, eu tinha, e a Lia Augusta agora querendo ser modelo, fortunas naquelas fotos, não tenho nada com isso mas falei assim pra Iolanda, bem na cara dela: é tudo puta, o senhor por favor poderia fazer o obséquio de tirar o cotovelo da minha barriga? porque precisa ser super-humana, vocês estão me entendendo, seus porcos, boiada, manada, desviou com nojo do velho, a pústula exposta, vai pedir dinheiro na Secretaria da Fazenda, já cansei de dizer que mendigo é problema social, não pessoal, a cadela da Rosemari bebendo cada vez mais, meio litro de uísque até o meio-dia, depressão, ela diz, no meu tempo isso tinha outro nome, pouca-vergonha era como se chamava, este fio fino de arame atravessado na minha testa, de têmpora a têmpora, vibrando sem parar, é preciso sim ser biônica atômica supersônica eletrônica, vocês pensam que eu sou de ferro?

Quando ia começar a rir alto parada na esquina, viu a bilheteria do cinema, a franja de Jane Fonda, imaginou a temperatura amena, o escuro macio na medida exata entre o seco e o úmido e pelo menos, decidiu olhando o relógio, ainda dá tempo, os crediários podem esperar, pelo menos duas horas santas limpas boas de uma outra vida que não a minha, a tua, a dela, a nossa, uma vida em que tudo termina bem.

*

Foi então que a menina segurou seu braço pedindo um troquinho pelo amor de Deus pro meu irmãozinho que tá no hospital desenganado, pra minha mãezinha que tá na cama entrevada, tia. Ela disse não tenho, crispando as unhas vermelhas na alça da bolsa enquanto puxava a entrada do outro lado do vidro da bilheteria. A menina insistia só um troquinho pro meu irmãozinho e pra minha mãezinha, moça bonita, tão perfumada. Ela repetiu não tenho e de novo não tenho, mas a menina olhava o troco pedindo cinquenta centavinhos, uma tia tão bonita, eu tô com tanta fome e o meu irmãozinho desenganado no hospital e a minha mãezinha entrevada em casa, eu que cuido. Ela gritou não tenho, porra, e foi tentando andar em direção à porta do cinema, não me enche o saco, caralho, em volta os outros olhavam, e não me chama de tia, mas a menina não largava seu braço. Assim: ela segurando com força a alça da bolsa fechada enquanto tentava andar, e sem querer arrastando a menina que não parava de pedir. Ela sacudiu com força o braço como quem quer se livrar de um bicho, uma coisa suja grudada, enleada, e foi então que a menina cravou fundo as unhas no seu braço e gritou bem alto, todo mundo ouvindo apesar do barulho dos carros, dos ônibus, dos camelôs, das britadeiras, a menina gritou: sua puta sua vaca sua rica fudida lazarenta vai morrer toda podre.

Tão exato, subitamente. Inesperado, perfeito. Mais contração que gesto. Mais reflexo que movimento. Como um passo de dança ensaiado, repetido, estudado. E executado agora, em plenitude.

Ela ergueu a perna direita e, com o joelho, pelo estômago, jogou a menina contra a parede. A menina escorregou gritando cadela filha da puta rica nojenta vai morrer toda podre. Mas tantos carros passando e tanto barulho mas tanto tanto, justificaria depois, à noite, na mesa do jantar, bem natural, servindo a sopa ainda não decidira se de ervilhas ou aspargos, sabem, hoje me aconteceu uma coisa que, tudo vibrando tanto, tudo se movendo tanto, tudo girando tanto, esse arame atravessado na minha testa, uma coroa de espinhos. Certeira, com a ponta fina da bota acertou várias vezes as pernas da menina caída. Alonga e contrai e bate e volta e alonga e contrai e bate e volta: exatamente como numa dança, certo talento, todos diziam.

Mas não esperou pelo sangue. Afastou as pessoas em volta com os cotovelos, só o tempo de comprar um pacote de pipocas, para afundar naquele escuro exato, nem úmido nem seco, em tempo ainda de ver no espelho da sala de espera uma cara de mulher quase moça, cabelos empastados de suor, roxas olheiras fundas e mãos de unhas vermelhas pintadas crispadas com força na alça da bolsa.

*

Quase uma assassina, não pensou, meu Deus, quase uma criminosa, espalhando-se sem horror na poltrona no momento em que as luzes começavam a diminuir. Apertou a bolsa no colo, puxou com as unhas, para baixo, a gola alta arranhando o pescoço, cheiro de bicho, sentiu, cheiro meu de bicho eu brotando do meio dos meus seios quase murchos, seis crediários e esse dinheiro por um filme que nem sei direito, Arthur deve estar morrendo mais um pouco agora, os cabelos finos e frágeis da quimioterapia. Ah, se enforcar feito Raul, se deixar atropelar igual Lucinda, regredir como tia Luiza, emprenhar que nem Martinha, trair como Arthur, se drogar igual Marquinhos, beber feito Rosemari, virar puta que nem Lia Augusta: biônica atômica supersônica eletrônica — catatônica o dia inteiro no canto do pátio, enrolando no dedo um fio de cabelo ensebado, os outros mijando e cagando em cima dela, a pia cheia de louça de três meses, lesmas, musgos, visgos, deixar apodrecer a vida como a vida deixou apodrecer o coração, não, não nasci para este mundo, a bunda nua subindo e descendo sobre um par de coxas alheias, ainda por cima mulatas, nunca mais e eu de blusa branca e com crisântemos amarelos, puta fudida, cadela escrota, ai que vou morrer toda podre por dentro, por fora.

O bico da bota ardia querendo mais, cinco anos no fundo de uma cama, e de repente o contato do joelho quente de uma perna estendendo-se da poltrona ao lado, tentou prestar atenção nas imagens, a silhueta das cabeças, meu Deus, que boca tem a Jane Fonda, pensou em mudar de lugar, mas tão cansada, um oceano de paz, e antes de decidir arriscou um olho para o nariz poderoso do macho ao lado desenhado no escuro a seu lado, e suspirou mole, por que não, ninguém vai saber, cadela gorda no cio afundada cada vez mais na poltrona, a boca cheia de pipocas.

Pouco antes de abrir as pernas deixando os dedos dele subirem pelas coxas, bem devagar, para não assustá-lo, ainda esfregou as palmas secas das mãos uma contra a outra, tão ásperas, o espelho da sala de espera, uma lixa, que pele meu Deus tem a Jane Fonda, o lixo das ruas e o roxo das olheiras tão fundas, mas tão fundas pensou acariciando o rosto enquanto um dedo dele entrava mais fundo, tão fundas que resolveu, eu mereço, danem-se os crediários, custe o que custar saindo daqui vou comprar imediatamente um bom creme de alface.

Loucura, chiclete & som

Escrito em 1975, pouco depois da publicação de O ovo apunhalado, *este texto marca com decisão a ruptura com o sonho* hippie. *Poderia ter entrado em algum outro livro (tem algo a ver com "Os sobreviventes", de* Morangos mofados*), mas acho que isso não aconteceu porque, embora goste da sua estrutura, simulacro de roteiro cinematográfico, antipatizo com o personagem. E a forma mais eficiente de punir um personagem* non grato *é sem dúvida condená-lo à gaveta.*

Para Leonildo Torres (Leo de Oxalá)

Interior/dia

Sequência 1

Estende a mão para o relógio, já ouviu o barulho do aspirador, a campainha duas vezes, pratos e talheres lá embaixo, o vento, freadas, criança gritando ao longe, porta batendo, a última vez que olhou eram onze, pouco mais, só um pouco mais e de qualquer jeito não tem mesmo nada para fazer o dia inteiro, baixar as cuecas até os joelhos, ficar sentindo o pau inchar apertado entre os pelos da barriga e os lençóis que a velha trocou ontem. Traz o metal frio da pulseira do relógio até perto dos olhos, espia, duas e vinte. Em pé na cama empurra as persianas sem ver a cor do dia, a luz crua revelando a poeira sobre os móveis, vestir os *jeans*, os tênis, a camiseta, repetir merda bem alto três vezes, como uma espécie de bom-dia.

Sequência 2

Olhar a cara branca no espelho do banheiro sem sentir nada, olhos inchados de tanto dormir, um terço de sono, outro de álcool e maconha, outro de entressono, cataléptico na cama, o pau quente, coceiras, sombras passando na cabeça, esse porão mofado onde caminha sem bússola no escuro, os cabelos continuam caindo, cravos na ponta do nariz, escovar os dentes, comprar uma escova nova, tek dura, manchas de cigarro, ir ao dentista, como se chama mesmo? coroa, me bota aí uma coroa no primeiro pré-molar superior direito, a velha disse que paga, quebrei naquela *trip* de anfeta já faz tempo, o dentista fez uma arrumação porca e perguntou assim e-aí-continua-muito-louco-bicho? ele faz o enturmado, o puto, vezenquando tem essas intimidades, o diabo é que ninguém mais usa essas gírias, todos, todos caretas. Mija, sempre antes do mijo sai uma gotinha de porra ou pus, não tem certeza, provavelmente porra, nunca teve gonorreia e gonorreia dói, dizem, lava a cara, o sabonete estica a pele branca, fazer-não-fazer a barba? não fazer, decide. Tosse, cospe as bolinhas pretas viscosas de nicotina no meio da saliva e da pasta de dentes, depois fica olhando o fundo da pia cor-de-rosa como se fosse um poço.

Sequência 3

Desce escadas devagar, sempre um pouco tonto, fecha os olhos, uma porção de faíscas dando voltas pela cabeça, gostaria de cair mas não cai, e continua descendo, o cachorro vem fazer festa tentando balançar o rabo cortado, cão eles reprimem no rabo, controle suas emoções, querido, o cachorro olha para ele com doces olhinhos remelentos, o único nesta casa que me olha. Limpa a remela do cão com a barra da camiseta, atravessa a sala vazia, pega o jornal, pratos e talheres na mesa da cozinha, toalha azul de plástico, abre a geladeira, o forno, pedaços de carne, milho, mandioca boiando em fria gordura branca, o estômago se contrai, quase um soco, espia o bule de café, requenta e bebe, meia xícara preta muito forte sem açúcar. Acende o primeiro cigarro, traga fundo, a fumaça arranha a garganta, tosse seco, uma tuberculose, um edema, uma pneumonia, um enfisema, o cachorro se enrola em suas pernas enquanto o pai abre a porta e passa reto sem olhar nem cumprimentar. Ele também não olha nem diz nada, daqui a pouco chegam mãe irmãos irmãs e também não dirão nada, nem olharão, assim é, foi, será, dói aqui nas costas de tanto dormir e noutro lugar também, mais forte ainda, nem sei bem onde.

Exterior/dia

Sequência única

Apanhar o jornal, atravessar outra vez a sala vazia, abrir a porta da rua, sentar nos degraus do jardim, grama crescida, merda de cachorro, gatos noturnos, matagal de marias-sem-vergonha, muro branco, portão de ferro, rua, mormaço frio. Abre o jornal, o de sempre, o Líbano, cessar-fogo, quinze mortos na Argentina, sequestro da atriz pornô, o leite, a gasolina, o rio podre, Marte, sondas — nenhum conhecido hoje na crônica policial, todo mundo dançando, tudo bem. Acende outro cigarro e tosse e cospe, bolinhas pretas viscosas na palma da mão, sem cheiro, OK os pulmões resistem, eu resisto, o planeta resiste, tudo resiste. O pai passa até o portão, olha em volta sem dizer nada, não existimos, duas realidades paralelas, dois ectoplasmas de sessões diferentes, fuma fuma fuma, joga a ponta acesa no canteiro, a brasa cai sobre uma folha, imagina que a planta sente dor, *A vida secreta das plantas*, essas coisas, dizque pois é, os vegetais, vai saber. Olhar a brasa acesa incendiando a folha até o rombo, depois o sol, uma nuvem se afasta e o sol bate claro, duro na sua cara branca, nos seus cabelos caindo, nos seus olhos inchados. Tira os tênis, as meias, estende os pés para o sol, as coceiras no corpo, a pele seca, o frio, este inverno que não termina nunca, ninguém passa cantando na rua, a velha do outro lado espia, o carteiro passa sem deixar nada e o cachorro late para o carteiro negro, racista esse cão, o retratinho do dono, pensa olhando o pai, não, nenhuma carta, mas de quem, se todos foram embora para Londres, Paris, Nova York, Salvador ou Machu-Picchu. Fechar o jornal, acender o cigarro, tossir, abrir o jornal, cuspir, apagar o cigarro. O sol bate direto na sua cara branca e ele nem pisca.

Interior/noite

Sequência 1

Chama o cara aí, outra brahma, meu, teve um tempo que não era assim, brahma, vishnu & shiva, sente só o desrespeito ocidental, mais uma shiva, moço, mas não, não era assim, em casa um bode mas você saía e via as pessoas e daí esquecia, todo mundo numa boa, agora em casa é um bode, na rua é outro bode, na casa do teu amigo é mais um bode, um pirou, outro morreu de *overdose*, outro em cana, não é nada disso, olha só quem acaba de entrar, porra, essa mina já deu pra todo o bar, um túnel, como atravessar um túnel sem saber se tem fim, deixou a porta aberta, a piranha, como é que é? vai fechar ou não? te toca, *friend*, tu tás é de porre, Virgem ascendente Peixes, que bode, um o oposto do outro, tu entende disso é? conflitos terríveis, *the dream is really over*, não me vem com esses papos de depois das duas da matina, porra, um dia alguém devia quebrar a bosta deste bar em vez de só pedir outra brahma (ou vishnu, ou shiva), me dá um câncer aí, mas era mesmo diferente no duro ou a gente é que tá envelhecendo, cara? puta, essa mina só sabe filar cigarro, quanto tempo, é, por aí, você sabe, julho, agosto, quem, a Beth? ah, tá legal, vai ficar mesmo em Floripa com aquele surfista debiloide, diz que mudou tudo, com quem que tá o brilho? a classe média, cara, eles querem é foder a classe média, semana passada os ratos baixaram e levaram todo mundo sem nem ver documento, tu acha mesmo que ela tá a fim? tô te falando, olha só a cara dela, já deve estar toda molhadinha, já se foi essa brahma, uma saideira? vamos nessa, fiquei chapado o dia inteiro, dá uma sede, a casa de quem? pode ser, maior barato, mas nem conheço o cara, ah, vem todo mundo, olha não tô nessa de túnel, onde foi mesmo que eu li uma coisa que começava assim "metade do meu cérebro já foi destruído pelo álcool", mas nunca acontece nada aos sábados na bosta desta cidade?

Sequência 2

A mão dele roça lenta o seio dela. Ela ri, faz que não vê, tem bons dentes a piranha, fazendo gênero Sônia Braga com o cabelão desgrenhado. Black Sabbath? ah, não, tô entupido de *rock*, pega um *jazz*, até uma MPB serve, escolhe aí, porra. Fica quente assim, um grudado no outro, e por que não, cadê o Gilson? no banheiro, cara, deve estar chupando o peru do loiro ou cheirando pó, nem apresenta, ninguém apresenta mais nada, se quiser tem que ir à luta, ah, esquece, dá muito trabalho, apagando a luz, distribuindo cobertores, fechar mais uma, a saideira, não tô mais a fim, fumo anda me deixando paranoico, sabe como é, a paranoia só vem à tona se já existe dentro de você, cara, chega mais, isso aí, a boca, as línguas, a mão entre as coxas. Leva a mão dela até o fecho das calças dele, levanta a blusa devagar, acabou o som, mas logo agora? põe uma pilha aí, tango, valsa, fox, qualquer coisa. Mole, úmido, morno, os dedos afundam, parece sempre uma ostra, geme no meu ouvido, ajuda um pouco, pô, lambe os peitos, bicos duros, meio reta, pouco peito, gosto mais quando tem onde pegar, sabe como é, agora con-cen-tra-ção, apoiar as palmas das mãos contra o cobertor, cheiro de porra velha, deixar só a cabecinha roçando, dentro mas quase saindo, assim-as-sim-ah-sim, porra, lá vem o Gilson de novo com a mão na minha bunda, se facilito me enraba, dá o fora, bichona. E ela geme, e você geme também — imaginar, imaginar, que nem a Sônia Braga — e os seus olhos deslizam pelo tapete até uma peça qualquer de roupa jogada, depois para uma das pernas da mesa e mais adiante, subindo sempre, para o jornal aberto e a garrafa virada pingando, pingando sobre essa peça qualquer de roupa branca. A mão procura o cigarro no escuro e não encontra, claridade cinza entre as frestas da persiana metálica abaixada. Levanta-se, começa a remexer sobre a mesa, entre os discos, as roupas, os copos, os corpos. Seus dedos só encontram quinas, seus olhos só veem a claridade cinza da madrugada por trás das persianas. Olha em volta, e para baixo, e verifica primeiro que está completamente nu, depois que há uma mulher morena também nua e adormecida, os cabelos desgrenhados espalhados sobre as almofadas indianas embaixo da janela.

Sequência 3

Abrir a porta sem ruído, cuidado para que o metal da chave no metal da fechadura não grite agudo acordando os outros. Tira os sapatos, o corpo vacila, arrota, a mão vai roçando pela parede fria até o corrimão: dezenove degraus, anos de aprendizagem. Dentro do escuro, o retângulo mais claro da porta do banheiro. Acende a luz, mas não é necessário, luz cinza forte que vara as frestas. No espelho cabelos caindo, olhos inchados na cara branca, a culpa é deles que deixaram tudo torto assim ou é a gente mesmo que está envelhecendo sem achar outra coisa, hein cara? Abrir o chuveiro, a água pinga gotas geladas contra os mosaicos do piso, harmonizando primeiro com as batidas do coração, depois com as contrações do estômago. Levanta a tampa cor-de-rosa da privada, num salto o estômago sobe até a garganta escura ardida de cigarros, de palavras, de cervejas. Apenas curva a parte superior do corpo, e vai caindo devagar, os braços enlaçando a louça colorida como se fosse o corpo de Sônia Braga, cabeça enfiada no vaso, dedo na garganta. Bem fundo — imaginar, imaginar —, bem fundo. Então vomita vomita vomita vomita vomita vomita vomita. Sete vezes, feito um ritual.

Amanhã tem mais.

Uma história confusa

Uma primeira versão desta história foi publicada em 1974, na Revista ZH, do jornal Zero Hora, *e escrita provavelmente no mesmo ano, em Porto Alegre. Esta versão, a definitiva, foi totalmente reescrita. Creio que ganhou, embora pareça paradoxal, mais ambiguidade e mais clareza.*

Era quinta-feira. Como nas últimas quintas, ele estava muito nervoso e trazia um envelope na mão. Jogou o envelope em cima da mesa, ficou andando pelo quarto.

— Outra carta? — perguntei.

Não respondeu. Só fez um movimento impaciente com os ombros, que podia significar muitas coisas. Mas não disse nada. Eu então abri e li as palavras datilografadas com cuidado:

Te vi por trás das rosas e havia nos teus olhos uma ânsia muda. Algo assim como se quisesses falar comigo. Juro que na saída tentei me aproximar. Mas tive medo. Sei que ainda vamos ser amigos. Não quero forçar nada. Hoje é domingo pouco antes do almoço. A casa está vazia. Eu gostaria de ter escrito logo depois daquela noite. É incrível, mas há duas décadas, nesse mesmo dia da semana, nessa mesma hora, eu estava nascendo.

— É bonito — eu arrisquei. — Um pouco juvenil, talvez. Mas bonito. Afinal, a adolescência é sempre bonita.

— Ele tem vinte anos.

— Ele? Como é que você sabe que é *ele* e não *ela*?

— Eu acho, eu sinto. Uma mulher não escreveria essas coisas. Não sei, o jeito de escrever, alguma coisa.

— Pode ser — eu disse.

— E tinha uma outra carta, acho que não mostrei a você. Ele dizia que estava cansado, isso mesmo, *cansado* e não *cansada*.

— Não lembro — menti. — E ele pode estar mentindo. Essa data, por exemplo, essa data pode ser inventada.

Ele evitou meus olhos ao contar:

— Fui consultar um astrólogo. Ele nasceu a 22 de setembro de 1954. Entre mais ou menos dez e meio-dia. É de Virgem, o astrólogo disse, do último dia de Virgem. Pelos cálculos, o ascendente deve ser Escorpião.

— Ascendente?

— É o signo que. — Ele levantou os olhos, irritado.

— Escuta, você não vai querer agora que eu te dê uma aula de astrologia, vai?

— Não, não. Só queria saber o que quer dizer isso.

— Quer dizer que ele deve ser inteligente. Muito inteligente. E secreto, misterioso, intenso. Só pelas cartas qualquer um percebe que ele tem certa... certa *estrutura*. As cartas são bem-escritas, a gramática é sempre correta.

— É verdade — eu disse. — Corretíssima.

Ele sentou na beira da cama. E afundou no travesseiro:

— Não aguento mais. Isso tem quase dois meses. Preciso saber quem é essa pessoa.

Sentado aos pés da cama, eu não sabia o que dizer.

— Ele sabe tudo sobre mim, os meus horários, tudo. Às vezes fala de pessoas que conheço, de lugares onde vou. Deve estar sempre por perto, deve conhecer muita gente que eu conheço.

— Você está muito agitado.

— Claro. Como é que você queria que eu estivesse? Cada vez que recebo uma carta dessas fico assim. Me dá uma sensação estranha, saio na rua com a impressão que estou sendo observado. Alguém que eu não sei quem é acompanha todos os meus passos.

— Com amor — eu disse.

Ele acendeu um cigarro e ficou seguindo a fumaça até o teto:

— Amor? Não sei. É meio paranoico. Parece uma coisa para enlouquecer a gente devagar.

— Ou para fazer que você se interesse por ele.

Levantou-se de repente e debruçou-se na mesa. De costas, eu só podia ver seus ombros curvos e as duas mãos abertas segurando a cabeça desgrenhada.

— Fico imaginando as histórias mais incríveis. Às vezes acho que é alguém querendo divertir-se comigo.

— Não. — E eu disse pela segunda vez: — Isso é amor.

— Será? Tem coisas, tem coisas que ele escreve que parecem. Não sei, parecem verdade, entende? Ele me toca, mexe comigo. Talvez eu esteja assim todo *lisonjeado* porque alguém parece prestar tanta atenção em mim.

— Isso é amor — eu repeti pela terceira vez.

Ele caminhou até a janela. Percebi que olhava as folhas das palmeiras no meio da rua, remexidas pelo vento norte.

— Às vezes tenho vontade de bancar o detetive. Mas as pistas são muito tênues. Selos comuns, envelope comum, cada dia um carimbo de uma agência diferente. E esse tipo de máquina é o mais comum que existe.

— Lettera 22.

Ele jogou a ponta do cigarro pela janela, voltou-se de repente e me olhou nos olhos:

— Como é que você sabe?

— Bom, qualquer um que lida com máquina de escrever reconhece logo. É inconfundível — eu afirmei. E mudei de assunto: — Mas não deixa de ser bonito.

— Bonito e infernal.

— E antigo.

— Cartas anônimas. Parece coisa de romance do século passado. Romance epistolar. Platônico. — Suspirou fundo. — Mas eu preciso saber logo quem é esse rapaz. Nunca ninguém se interessou tanto por mim.

Tornou a sentar na mesa, acendeu outro cigarro. Estendi o cinzeiro para ele:

— Você sempre fuma demais nas quintas-feiras.

Ele riu:

— Agora nas quartas também. Fico pensando se no dia seguinte vai chegar outra carta. — Tragou fundo, olhos fechados. E acrescentou, soltando a fumaça: — Também tenho escrito para ele.

— O quê?

— Tenho escrito para ele escondido.

— Você não contou nada para Martha?

— Está louco? Você sabe como ela é ciumenta, contei só para você. Eu tenho que me esconder para escrever. Trancado no escritório, fico pensando que deve haver uma espécie assim de *espírito* do que eu estou escrevendo que sai pela janela, eu deixo sempre a janela aberta quando escrevo para ele, depois voa sobre os telhados e atravessa as ruas da cidade e as paredes para chegar até onde ele está, percebe?

— E o que você faz com as cartas que escreve?

— Guardo. A sete chaves. Um dia talvez possa entregá-las pessoalmente.

Eu também acendi um cigarro.

— E... o que você diz nessas cartas?

— Eu peço socorro. Eu digo que o meu casamento é um horror, já três anos desse horror que não acaba. Sabe que agora a Martha deu pra me chamar de *fofo*? Tem coisa mais odiosa? No domingo me pede uma parte do jornal e fica dizendo "*olha só, fofo, precisamos aproveitar essa liquidação aqui, fofo, vai só até o dia 15, fofo*".

— Mas a Martha era uma mulher tão... *especial*.

— Antes de casar. Depois que casa, toda mulher vira débil mental. Bem fez você que não entrou nessa.

Eu apaguei o cigarro:

— E o que mais você diz nessas cartas?

Ele curvou-se outra vez sobre a mesa, uma das mãos apoiava a cabeça, a outra passava lenta no tampo de madeira. Como uma carícia:

— Digo que às vezes eu tenho vontade de ter outra vez um amigo como aqueles que a gente tinha na adolescência. Aqueles pra quem você contava tudo, absolutamente tudo. E que no fim você nem sabe mais se é amigo ou irmão.

— Ou amante.

— Ou amante — ele repetiu. Depois jogou-se outra vez na cama, tirou uma folha amassada do bolso e leu: — Eu digo que estou disposto a qualquer coisa, eu digo assim: "*Chegue bem perto de mim. Me olhe, me toque, me diga qualquer coisa. Ou não diga nada, mas chegue mais perto. Não seja idiota, não deixe isso se perder, virar poeira, virar nada. Daqui a pouco você vai crescer e achar tudo isso ridículo. Antes que tudo se perca, enquanto ainda posso dizer sim, por favor chegue mais perto.*"

Dobrou a folha e tornou a enfiá-la no bolso, ainda mais amassada.

Ficamos nos olhando. Eu não sabia o que dizer. Ele afundou novamente na cama, virou-se para a parede. Fiquei ouvindo:

— Falo para você um pouco como se fosse para ele. Se você pudesse me ajudar, se ele pudesse me ajudar. É tão complicado. Saio na rua e fico olhando todos os meninos de vinte anos, como se cada um pudesse ser ele. Ando sentindo umas coisas que não entendo direito. Não gosto de não entender o que sinto. Não gosto de lidar com o que não conheço. Eu nunca vivi nada assim.

Um vento mais forte abriu a janela, fazendo voar as cinzas do cinzeiro sobre a mesa. Ele parecia menor, encolhido sobre a cama. Eu continuei ouvindo:

— Já tenho trinta e quatro anos, não posso sentir as coisas como se tivesse quinze. Você sabe, nós temos quase a mesma idade. Quanto você tem agora?

— Trinta e três — eu disse.

— Pois é, você sabe bem. A gente não tem mais idade pra ficar com esses delírios.

— Você acha que não? — eu perguntei. Mas ele continuou a falar sem ouvir.

— É tão estranho de repente saber que tem alguém pensando em mim o tempo todo. Alguém que eu não conheço. E que tem vinte anos. Fico pensando umas coisas loucas, não consigo parar.

— Que coisas — eu perguntei em voz baixa —, que coisas você pensa?

Ele passou a mão pela parede branca:

— Deitar do lado dele. Sem roupa. Abraçá-lo com força. Beijá-lo. Na boca. — Crispou a mão na parede e puxou-a para junto do corpo, para o meio das pernas. — Deve ser o vento norte, esse excesso de luz, a primavera chegando, a lua quase cheia. Não sei, desculpe. Eu estou muito confuso.

Ficou calado de repente. Olhava pela janela como se estivesse vendo algo, além das palmeiras, que eu não conseguia ver. Eu continuava sem saber o que dizer. Cheguei a chegar mais perto para estender a mão e tocar nos seus cabelos desgrenhados. E se ele não tivesse só vinte anos; esse rapaz, pensei em perguntar, você continuaria a gostar dele? Mas achei melhor não dizer nada. Parei minha mão no ar, depois puxei-a de volta para pegar outro cigarro. Mas continuei perto dele. Mais perto, bem perto. Era outra quinta-feira, esta de setembro, e desde o início de agosto nós andávamos os dois muito confusos.

Lixo e purpurina

De vários fragmentos escritos em Londres em 1974 nasceu este diário, em parte verdadeiro, em parte ficção. Hesitei muito em publicá-lo — não parece "pronto", há dentro dele várias linhas que se cruzam sem continuidade, como se fosse feito de bolhas. De qualquer forma, talvez consiga documentar aquele tempo com alguma intensidade, e isso quem sabe pode ser uma espécie de qualidade?

Para Sandra Laporta e Homero Paim Filho

27 DE JANEIRO

Encontrei este caderno numa *squatter-house* em Victoria, ontem à noite. Foi enviado da Índia para Mr. John Schwyer Gummer, estava ainda dentro do envelope, mas o endereço na Índia manchou de umidade e mofo, só dá para ler "Calcutá". Será um aviso? Sylvia diz que "a Índia está chamando". Encontramos também um cara chamado Jack, especializado em *squatters* e trambiques tipo instalações ilegais de luz, água e gás, que vai nos ajudar a descolar casa. Zé apelidou-o de "Jack, o Esquarteador". Fala um *cockney* quase incompreensível. Espero que consiga mesmo a casa, a polícia nos deu um prazo até amanhã ao meio-dia para sairmos da Bravington Road.

Mas gostei do caderno. Reproduzo o desenho que Angie mandou da prisão. Fica sendo a epígrafe.[1]

28 DE JANEIRO

Hoje é dia de mudar de casa, de rua, de vida. As malas sufocam os corredores. Pelo chão restam plumas amassadas, restos de purpurina, frangalhos de echarpes indianas roubadas, pontas de cigarro (Players Number Six, o mais barato). Chico toca violão e canta "*London, London: no, nowhere to go*". Poucos ainda sorriem e olham nos olhos.

Hoje é dia, mais uma vez, de mudar de casa e de vida. Os olhos buscam signos, avisos, o coração resiste (até quando?) e o rosto se banha de estrelas dormidas de ontem, estrelas vagabundas encontradas pelas latas de lixo abundantes de London, London, Babylon City. Alguém pergunta: "O que é que se diz quando se está precisando morrer?" Eu não digo nada, é a minha resposta. Sento no chão e contemplo os escombros de Sodoma e Gomorra: brava Bravington Road, *bye, bye*.

[1] Infelizmente não se encontrou o desenho ao preparar a edição de *Ovelhas negras*, em 1995, que serviu de referência a este volume. (N.E.)

Amanhã é dia de nascer de novo. Para outra morte. Hoje é dia de esperar que o verde deste quase fim de inverno aqueça os parques gelados, as ruas vazias, as mentes exaustas de *bad trips*. Hoje é dia de não tentar compreender absolutamente nada, não lançar âncoras para o futuro. Estamos encalhados sobre estas malas e tapetes com nossos vinte anos de amor desperdiçado, longe do país que não nos quis. Mas amanhã será quem sabe o acerto de contas e Jesusinho nos pagará todas as dívidas? Só que já não sei se ainda acredito nele.

Tão completamente sento e espero que quase acredito ir além deste estar sentado no meio de escombros, *here and now* esperando Zé chegar com a notícia de que conseguiu a casa graças aos poderes de Jack na região de Victoria, Pimlico. Só espero, não penso nada. Tento me concentrar numa daquelas sensações antigas como alegria ou fé ou esperança. Mas só fico aqui parado, sem sentir nada, sem pedir nada, sem querer nada.

As crianças sujas e ranhentas da casa ao lado vêm perguntar se somos ciganos: *are you gypsies?* Sylvia mente que sim — *from Yugoslavia*, diz, agita no ar o pandeirinho com fitas e finge dançar e ler as linhas das mãos das crianças. Gosto tanto desse jeito que Sylvia tem de aliviar as coisas.

Meu coração vai batendo devagar como uma borboleta suja sobre este jardim de trapos esgarçados em cujas malhas se prendem e se perdem os restos coloridos da vida que se leva. Vida? Bem, seja lá o que for isto que temos...

30 DE JANEIRO

Metade dos moradores da Bravington Road nos traiu. Já haviam conseguido outra casa ali perto, em Ladbroke Grove, sem nos dizer nada. Felizmente a amizade de Zé com Jack, o Esquarteador, rendeu esta casa em Victoria. São cinco andares, contando o sótão onde fiquei, mas não há aquecimento e luz só no *basement*. Mas se não tivéssemos conseguido esta, ficaríamos na rua. Que amigos. E acompanharam todo nosso sofrimento, com as malas na calçada, na chuva, com medo da polícia.

Disseram que Angie sai amanhã da prisão. E que irá para a casa de Ladbroke Grove viver com Deborah.

31 DE JANEIRO

(Carta do espaço sideral para não ser enviada a Angie)

"Vem, que eu quero te mostrar o papel cheio de rosas nas paredes do meu novo quarto, no último andar, de onde se pode ver pela pequena janela a torre de uma igreja. Quero te conduzir pela mão pelas escadas dos quatro andares com uma vela roxa iluminando o caminho para te mostrar as plumas roubadas no vaso de cerâmica, até abrir a janela para que entre o vento frio e sempre um pouco sujo desta cidade. Vem, para subirmos no telhado e, lá do alto, nosso olhar consiga ultrapassar a torre da igreja para encontrar os horizontes que nunca se veem, nesta cidade onde estamos presos e livres, soltos e amarrados. Quero controlar nervoso o relógio, mil vezes por minuto, antes de ouvir o ranger dos teus sapatos amarelos sobre a madeira dos degraus e então levantar brusco para abrir a porta, construindo no rosto um ar natural e vagamente ocupado, como se tivesse sido interrompido em meio a qualquer coisa não muito importante, mas que você me sentisse um pouco distante e tivesse pressa em me chamar outra vez para perto, para baixo ou para cima, não sei, e então você ensaiasse um gesto feito um toque para chegar mais perto, apenas para chegar mais perto, um pouco mais perto de mim. Então quero que você venha para deitar comigo no meu quarto novo, para ver minha paisagem além da janela, que agora é outra, quero inaugurar meu novo estar-dentro-de-mim ao teu lado, aqui, sob este teto curvo e quebrado, entre estas paredes cobertas de guirlandas de rosas desbotadas. Vem para que eu possa acender incenso do Nepal, velas da Suécia na beirada da janela, fechar charos de haxixe marroquino, abrir armários, mostrar fotografias, contar dos meus muitos ou poucos passados, futuros possíveis ou presentes impossíveis, dos meus muitos ou nenhuns eus. Vem para que eu possa recuperar sorrisos, pintar teu olho escuro com *kol*, salpicar tua cara com purpurina dourada, rezar, gritar, cantar, fazer qualquer coisa, desde que você venha, para que meu coração não permaneça esse poço frio sem lua refletida. Porque nada mais sou além de chamar você agora, porque tenho medo e estou sozinho, porque não tenho medo e não estou sozinho, porque não, porque sim, vem e me leva outra vez para aquele país distante onde as coisas eram tão reais e um pouco assustadoras dentro da sua ameaça constante, mas onde existe um verde imaginado, encantado, perdido. Vem, então, e me leva de volta para o lado de lá do oceano de onde viemos os dois."

4 DE FEVEREIRO

Há tendas árabes pelos quartos, velas acesas nas escadas e a loucura arreganhando seus dentes de jade em cada canto da casa. Para não fazer parte disso, eu quis morrer, quis ir embora, quis perder para sempre a memória, estas memórias de sangue e rosas, drogas e arame farpado, príncipes e panos indianos, roubos e fadas, lixo e purpurina.

5 DE FEVEREIRO

Eu estava no alto da escada quando bateram à porta da rua. Comecei a descer enrolado no xale roxo das *bad trips*, não há aquecimento, faz muito frio fora dos quartos. Antes que eu descesse, empurraram a porta e entraram, estava aberta. Era um grupo grande, na frente deles Angie e Deborah, de mãos dadas. Eu continuei parado, eles vieram vindo pelo corredor. Mas talvez pelo ácido de ontem, ainda, ou pelo choque, não sei, quem sabe até pela fome — eu tinha a impressão de que quanto mais se aproximavam, mais se afastavam. Como se a cada passo que dessem o corredor aumentasse um pouco.

Sem Angie, pensei, sem Angie não irei mais à Espanha. E não há nenhum sentido em estar aqui.

8 DE FEVEREIRO

Chorei três horas, depois dormi dois dias.

Parece incrível ainda estar vivo quando já não se acredita em mais nada. Olhar, quando já não se acredita no que se vê. E não sentir dor nem medo porque atingiram seu limite. E não ter nada além deste amplo vazio que poderei preencher como quiser ou deixá-lo assim, sozinho em si mesmo, completo, total. Até a próxima morte, que qualquer nascimento pressagia.

11 DE FEVEREIRO

Segunda-feira, vida nova. Sylvia me acordou às quatro da manhã para irmos com Zé até Earl's Court tentar conseguir trabalho na fábrica. Ninguém tinha dinheiro para café nem nada. Faz muito frio, os automóveis têm uma camada de gelo em cima. Compramos o *ticket* do metrô, essa hora é perigoso andar sem pagar, tem muita fiscalização. Eles passaram a roleta e me chamaram. Eu ia enfiar o *ticket* na máquina, mas foi então que percebi que não suportava mais. As pessoas me empurravam querendo passar, o trem chegou, Sylvia e Zé perguntavam do outro lado: "Você não vem? Você não vem?"

Sem pensar, gritei: "Não, eu vou voltar para o Brasil." Não planejei dizer aquilo, não planejei decidir nada. Quando vi, já tinha dito, já tinha decidido.

No caminho de volta apanhei uma garrafa de leite numa porta. Um carro da polícia parou do lado. Meu passaporte está preso no Home Office, só tenho uma carta deles, toda rasgada. Quiseram saber mais, eu disse que era *squatter*, ficaram excitadíssimos. Falei que era *Brazilian* e foi pior. O rato deu uma cuspida e rosnou: "*Oh, Brazilian, South America? I know that kind of people...*" Mandou que eu tirasse os tênis, as meias, me deixou completamente descalço no cimento gelado, me revistou inteiro. Fiquei puto e perguntei se ele não queria vir até aqui, disse que tínhamos montes de drogas, armas e bombas. Ligou um radinho, falou não sei com quem.

Queria saber onde eu tinha comprado a garrafa de leite. Lembrei de um supermercado em Earl's Court que fica aberto a noite toda, menti que tinha sido lá. Ele disse que àquela hora estava fechado. Garanti que não, sabia que não fecha nunca, no Natal costumávamos ir lá toda noite roubar macarrão. Ele pediu a nota de compra. Falei que tinha jogado fora.

A humilhação durou quase uma hora. Enfim me soltou e mandou que saísse do país: "*Off! You're not welcome here!*" Eu disse que estava justamente vindo para casa escrever uma carta pedindo passagem de volta. Era verdade.

13 DE FEVEREIRO

Chico me deu uma chaleira daquelas que apitam quando a água está prestes a ferver, com um coador de metal dentro para o chá. É muito engraçada, redonda e solene, nós a batizamos de Rudolpha Elizabeth, the First. Tínhamos apanhado alguns móveis numa casa vizinha que parecia abandonada, a chaleira estava na cozinha. Estávamos tomando o primeiro Earl Grey preparado em Rudolpha quando chegaram o dono da tal casa, furioso, a polícia pedindo passaporte, cães pastores farejando tudo. Devolvemos os móveis, Rudolpha não.

A polícia e os cães se foram, o homem não, parecia muito curioso com tudo. Tirou do bolso uma garrafinha de scotch e ficou bebendo e pedindo para que cantássemos *Blue moon*. Cantamos várias vezes, ele cantava junto e sempre queria mais.

14 DE FEVEREIRO

Acho que foi efeito do homem que gostava de *Blue moon*. Cantamos na rua em Piccadilly e Trafalgar Square. Deu vinte libras. Nosso maior sucesso é *La bamba*, depois *Preta, pretinha*, dos Novos Baianos. Toco maracas, Zé violão, Chico bongô e Sylvia o pandeirinho de fitas. La Baja dança e canta.

16 DE FEVEREIRO

Apareceu ópio, não sei de onde. Fumamos, alguns vomitaram. Fiquei deitado, imóvel. Tudo parecia perfeito. Mas qualquer movimento mais brusco ameaçava a perfeição, era preciso mover-se muito devagar. Acho que peguei o jeito, devo ter vocação para opiômano. Sem me mover, as mãos cruzadas no peito, havia às vezes como umas ondas de cetim envolvendo tudo, arabescos orientais no teto, nas paredes. Não era bom nem mau: era apenas perfeito, sem pensamentos nem aflições, eu poderia ficar para sempre ali naquela espécie não exatamente de morte, mas de vida suspensa.

Mas depois inventaram de cheirar heroína e, claro, não resisti, cheirei também. Acabou a perfeição do ópio, veio a náusea. Vomitei loucamente e só, sem sentir nada além de mal-estar.

20 DE FEVEREIRO

Zé recebeu a indenização da fábrica, de quando tinha cortado a mão, pegou todo o dinheiro e, sem contar para ninguém, comprou uma passagem para o Brasil. Volta hoje, todo mundo está triste. De certa forma, era o melhor de nós. Sem Zé, não teremos mais fotos nem pão quente roubado de manhã cedo.

22 DE FEVEREIRO

Mona também se foi para Paris, vai tentar arrumar trabalho por lá. "Enchi desse miserê", disse. Ficamos todos meio ofendidos.

A casa inteira resfriada. O dinheiro vindo do Brasil dançou quase todo, ainda bem que eu tinha comprado bastante arroz integral. Com os palitos de madeira, mastigo trinta vezes cada porção. Dá para parar de pensar.

Cacá me expulsou do quarto no sótão, Sylvia disse que posso ficar num canto do quarto dela, que é muito grande. Helô diz que Cacá anda transando com o demônio, fazendo trabalhos com espelhos. Jogou um tarot para confirmar, mas não deu nada.

23 DE FEVEREIRO

Com tanta gente indo embora, ficou um quarto vazio em cima. Pensei em mudar para lá, mas me dou bem com Sylvia e vieram morar uns franceses heroinômanos, amigos não sei de quem. Andam sempre de preto, só saem à noite e não dá para saber ao certo quantos são. Não falam com ninguém, não fazem nenhum barulho, nunca. Parecem sombras.

25 DE FEVEREIRO

Essa morte constante das coisas é o que mais dói.

*

Não quero ser a carpideira do meu tempo. Mesmo encontrando todos os dias pelas escadas os devotos de Morfeu, com suas caras verdes, suas veias machucadas. Amanhã alguém nos cantará. Um *rock* de horror?

*

Depois de todas as tempestades e naufrágios, o que fica de mim em mim é cada vez mais essencial e verdadeiro.

Inverno aqui se escreve com F. E a gente entende por que todas aquelas histórias góticas, Frankenstein, Drácula, nasceram aqui. Na esquina, a igreja com o cemitério ao lado, cheio de lápides corroídas, é o perfeito cenário de um filme de horror. Roubamos do altar velas longas, amareladas, lindas.

Sem data

Deborah e Angie, me disseram, estão juntando dinheiro para ir para a Grécia.

Sem data

Grafitado num muro em St. Johns Wood: *"Flower-power is died!"*

Sem data

Escuta aqui, cara, tua dor não me importa. Estou cagando montes pras tuas memórias, pras tuas culpas, pras tuas saudades. As pessoas estão enlouquecendo, sendo presas, indo para o exílio, morrendo de overdose e você fica aí pelos cantos choramingando o seu amor perdido. Foda-se o seu amor perdido. Foda-se esse rei-ego absoluto. Foda-se a sua dor pessoal, esse seu ovo mesquinho e fechado.

Sem data

Claro, o dia de amanhã cuidará do dia de amanhã e tudo chegará no tempo exato. Mas e o dia de hoje?

*

Só quero ir indo junto com as coisas, ir sendo junto com elas, ao mesmo tempo, até um lugar que não sei onde fica, e que você até pode chamar de morte, mas eu chamo apenas de porto.

2 DE MARÇO

Chorar por tudo que se perdeu, por tudo que apenas ameaçou e não chegou a ser, pelo que perdi de mim, pelo ontem morto, pelo hoje sujo, pelo amanhã que não existe, pelo muito que amei e não me amaram, pelo que tentei ser correto e não foram comigo. Meu coração sangra com uma dor que não consigo comunicar a ninguém, recuso todos os toques e ignoro todas as tentativas de aproximação. Tenho vontade de gritar que esta dor é só minha, de pedir que me deixem em paz e só com ela, como um cão com seu osso.

*

A única magia que existe é estarmos vivos e não entendermos nada disso. A única magia que existe é a nossa incompreensão.

11 DE MARÇO

Louco de *speed*, *hash* e solidão. Mudar, partir, ficar. Fomos despejados novamente, nos deram três dias de prazo. Vontade de ler Carlos Drummond de Andrade:

> *Tudo somado, devias*
> *precipitar-te — de vez — nas águas.*
> *Estás nu na areia, no vento...*
> *Dorme, meu filho.*

A casa agonizante. As pessoas andando pelo escuro, velas nas mãos, como fantasmas. Ou como crianças perdidas. Vontade de fugir para não ver esses — quantos? vinte, trinta? — olhos assustados pelas escadas, essas vozes baixas, esses sons ingleses, espanhóis, portugueses, franceses. Não ver, não ouvir, não tocar, não sentir.

O frio entra pelas frestas das portas e janelas. Tirados os panos das paredes e todos os disfarces, tudo fica feio, miserável. Alguém cagou dentro da banheira. Há montes de lixo pelas escadas e corredores. Fomos expulsos, não vale a pena arrumar mais nada, limpar mais nada. Esse lixo espalhado pela casa são os nossos sonhos usados, gastos, perdidos.

Sinto ódio, não sei exatamente de quem ou de quê. O estômago vazio há mais de trinta horas, os cigarros filados aqui e ali, o dente quebrado em plena *bad trip*. Quero outra vez um quarto todo branco e um par de asas. Mesmo de papelão.

13 DE MARÇO

Segundo dia na escola de belas-artes. Estou exausto. *Keep still yourself — still like that — can you move your face? — turn left please*. Gentis e distantes, sou pouco mais que um objeto até o *take a rest* que recebo com alívio. Mr. Graham pediu que posasse das 18h às 21h, já tinha posado das 9h às 18h.

Mas aceito, à noite pagam melhor. Precisávamos ir ver umas *squatter-houses* em Paddington, não vou aparecer nem tem telefone para avisar. Temos que mudar até amanhã. Tudo vai mal. Até arrumar este trabalho, Sylvia me pagou alguma comida. Só penso em voltar, lá não há liberdade, mas tem sol. E comida.

14 DE MARÇO

A sensação é de estar afundando na areia movediça. No lodo.

O professor de desenho me vê com um livro de reproduções de Magritte na hora do almoço e diz que Magritte pintava sonhos, e que é impossível ter sonhos às seis da manhã numa estação de metrô. Me surpreendo arranjando energia para contestar. E digo no meu inglês péssimo que se a realidade nos alimenta com lixo, a mente pode nos alimentar com flores. Talvez porque eu mesmo tome metrô todo dia às seis da manhã para fazer todas as conexões e chegar a Aldgate, com Magritte embaixo do braço.

Estamos sem casa. Saio daqui às quatro e encontro com Hermes na porta da casa velha de Victoria para irmos — onde?

Minha aparência é péssima, a mente e o corpo exaustos. Mas existe uma tranquilidade estranha. Não tenho mais nada a perder. Não sabia que o mundo era assim duro, assim sujo. Agora sei. Tenho apenas essa consciência, que só a loucura ou uma lavagem cerebral poderiam turvar. Sobrevivo todos os dias à morte de mim mesmo. Sinto como uma virilidade correndo no sangue.

15 DE MARÇO

Sonhei. Há muito não sonhava.

Havia uma festa. Era um lugar agradável, ao ar livre, um parque ou um jardim. Quando eu vinha embora Pablo pediu que esperasse por ele, mas eu estava interessado em outras coisas e não dei muita atenção. Era noite, eu vestia a capa preta marroquina. Na rua, um homem tentava voar numa máquina com asas, como aquelas engenhocas de Leonardo da Vinci. Havia um incêndio numa casa próxima, muitas pessoas corriam. Eu não estava interessado. Encontrei Deborah empurrando um carrinho de bebê com um adulto dentro. Ela disse: "Vou embora para o Brasil. Angie vai ficar. Eu vou escrever de lá." Eu continuei andando, preocupado com Pablo, se estaria me esperando ou não. Segurei as pontas da capa marroquina e comecei a correr como se quisesse voar. Era bom. As pessoas apontavam e diziam: "*Look at him: he's trying to fly!*" De repente um policial me segurou pelo capuz e perguntou por que eu estava correndo. Respondi agressivo: "*Just because I like it!*" Ele sorriu e me soltou. Continuei correndo, tentando voar. No começo de uma colina parei e olhei para o céu. E vi a lua, em quarto crescente, bem ao lado de Saturno. Era muito bonito. Fiquei maravilhado e pensei que coisas extraordinárias deveriam estar acontecendo com aquela conjunção. Nesse momento uma estrela caiu. Pensei em fazer um pedido, mas a estrela já sumira, e eu sabia que o pedido só valia enquanto ela estivesse visível. Mesmo assim, pedi: que Pablo ainda estivesse me esperando. Comecei a subir os degraus que levavam à nossa casa de Victoria, que estava no alto da colina. Os degraus de pedra eram irregulares e muito gastos, sobre eles havia várias velas, algumas acesas. Apanhei uma delas e entrei na casa. A sala estava cheia de móveis antigos, com aquela luz azulada da lua e de Saturno entrando pelas vidraças. De um andar superior vinha música, acho que era *Angie*, com Mick Jagger. Subi as escadas e encontrei um desconhecido sentado, lendo. Falei a ele sobre a lua e Saturno, mas não pareceu interessado. Então tomei-o pelo braço e levei-o até o terraço. Apontei o céu. Nesse momento algumas nuvens cobriram a lua, e ele não viu nada. Sacudiu os ombros, voltou a entrar, a sentar e a ler. Fiquei irritado, chamei-o de *your fucking bastard!* várias vezes, mas ele não me deu atenção. Não havia mais ninguém em casa. Pensei em Pablo, queria muito que estivesse me esperando para mostrar-lhe a lua e Saturno. Comecei a subir para meu quarto, procurando por ele. Acordei.

15 DE MARÇO

Estou sozinho num *flat* recém-invadido. Um homem com uma arma queria nos mandar embora. Não fomos. São vários *flats* num prédio grande, há uma organização *underground* de *squatters* tentando invadi-los. Estão armados com pedaços de paus e pedras. Harrow Road, Westbourne Park, uma zona velha e pobre, terrivelmente úmida. Atrás do *flat* há um canal de águas poluídas, vezenquando passam barcos.

Chico saiu para comer, Hermes foi batalhar entrada para assistir Chick Corea no Rainbow, Cotrim foi lavar seus pratos no restaurante, Flávio desapareceu, Pablo e Sarah também. Sylvia vai para um outro *flat* aqui no mesmo prédio. Rô, Helô e Little Sô foram parar numa *squatter* em Sutherland Avenue, aqui perto. Uma barra. *Junkies* pesados, heroína, morfina, polícia rondando, paredes quebradas, sujeira, miséria. E as três idiotas fascinadas com o horror, falando sem parar em Janis Joplin, Jimi Hendrix, Jim Morrison.

Reconstituí o dente quebrado num dentista de Earl's Court, passei na Biba depois, não roubei nada e vim "para casa". Comprei maçãs, tenho algum dinheiro da escola. Acho que vou ao cinema. A partir das oito, no Classic de Nothing Hill Gate tem uma sessão quádrupla sensacional: *Performance*, *Five Easy Pieces*, *Easy Rider* e *Drive, He Said*. Acho que o dinheiro dá até para comer um sanduíche no intervalo. Luxo!

Aqui é muito feio. Nem aquecimento nem luz, como sempre, mas parece que é possível fazer uma ligação elétrica clandestina. Há uns irlandeses ótimos na parte do prédio onde está Sylvia, sabem fazer todas essas coisas. Hermes diz que devem ser terroristas do IRA, possivelmente são mesmo. Tem uma banheira na cozinha, está imunda. Estou sujo, barbudo, cansado. Sonho com banheiras limpas, *shampoos*, sabonetes, toalhas felpudas, lençóis brancos, café. Mais nada. Aqueles *junkies* de Sutherland não me saem da cabeça. As peles, meu Deus, as peles gastas. Estarei assim?

19 DE MARÇO

"Querida mãe:

A vida aqui anda agitada. Precisamos mudar de novo. Agora estou dividindo um apartamento com Hermes (acho que a senhora lembra dele, era o meu amigo professor de inglês do Yázigi). Fica numa zona antiga de Londres, tem uma igrejinha do século XVI perto e um riozinho que corre atrás do bloco de apartamentos. Não mando o endereço porque ainda não é certo que fiquemos aqui por muito tempo. Se ficarmos, talvez em seguida a gente possa mandar instalar um telefone, até poderíamos bater um papo, quem sabe?

Continua fazendo frio, mas agora tem um pouco mais de sol e a primavera começa depois de amanhã. Semana passada nevou um pouco. Foi lindo. Estou realmente bem. Não sei por que suas cartas vêm sempre tão cheias de medos e suspeitas. Hoje está soprando um vento, não lembro o nome, que os ingleses dizem vir do País de Gales. Todo mundo escancara portas e janelas para que o vento leve embora os maus espíritos do inverno. É um vento mágico, dizem. Beijos para o pai e para todos."

20 DE MARÇO

Na Sir John Cass School of Art, posando desde nove da manhã. Hora do almoço, estou com muita fome e não tenho um maldito *shilling*. Preciso ficar até as 18h, é a hora que eles me pagam. Caminhei um pouco na rua para ver se esquecia a fome, mas faz muito frio e o gelo entra pelo pano dos tênis. Enfastiada, Mrs. Pountney come uma maçã ao meu lado, tem um sanduíche no colo. Sorri, não oferece nada. Sorrio também. Minha vingança é que é uma péssima pintora.

25 DE MARÇO

Depois de muito tempo, encontro Angie em Portobello no sábado. Nada a dizer entre nós. Está gasto, aparência suja e cansada. Sacaneou várias pessoas — pegou grana para comprar *hash,* não comprou nada nem devolveu a grana, inventou várias histórias, sujou com todos. Quando chega, saem de perto. Não consegui ver mais nele aquele menino recém-chegado de Firenze, que apareceu na nossa antiga casa de Olympia com uns olhos grandes e limpos, parecido com Rita Hayworth. As prisões, os roubos, as *bad trips*, os trabalhos duros, as humilhações e as fomes mataram aquele menino. Sobrou o trambiqueiro, o transador. Vapor barato. Há muitos assim. E ainda falam de paz-&-amor, boas-vibrações & alto-astral...

5 DE ABRIL

Pablo foi embora para Barcelona. Não conseguiu o passaporte falso, vai ter mesmo que enfrentar o serviço militar. Dei a ele a pulseira marroquina, provavelmente não vamos nos ver nunca mais. Mas não vou esquecê-lo, repetindo horas cada vez que tomava ácido "*No es verdad... No es posible... No lo puedo creer...*"

10 DE ABRIL

Duas cartas ao mesmo tempo, escritas quase no mesmo dia. Uma de Anita, a garota sueca que vendia sorvete ano passado no quiosque em Estocolmo, perguntando se não vou trabalhar lá este verão. A outra é de Clara, no Rio, dizendo que sim, que eu vá, que continua sempre à minha espera.

E se eu mudasse meu destino num passe de mágica? Voltar a Estocolmo, casar com Anita, ganhar passaporte sueco, auxílio-desemprego do governo, viajar para a Índia, Goa, Nepal, Katmandu. Não sei se conseguiria. Estranho, mas é sempre como se houvesse por trás do livre-arbítrio um roteiro fixo, predeterminado, que não pode ser violado. Um roteiro interno que nos diz exatamente o que devemos ou não fazer, e obedecemos sempre, mesmo que nos empurre para aquilo que será aparentemente o pior.

O "pior" às vezes é justamente o que deveria ser feito?

16 DE ABRIL

Quatro *freaks* no Holland Park, ao entardecer, embaixo de uma árvore toda vermelha, tocando flauta e cítara. Parecem uma pintura. Sentamos embaixo de outra árvore em frente, Hermes e eu, e ficamos olhando como se fôssemos nós mesmos num espelho, passados a limpo. Pareciam eternos. Sorriram para nós, mas de repente tive consciência do saco de papel todo amassado do supermercado de Earl's Court nas minhas mãos suadas, me voltou a dor nas costas de posar imóvel para escultura. Levantamos, atravessamos o parque e de repente estávamos em Nothing Hill Gate e a cidade era confusa e suja e barulhenta.

20 DE ABRIL

Fui rever *Midnight Cowboy* depois da escola. Já havia visto no Brasil, mas naquela época era pura ficção. Agora não, parecia minha própria vida, só um pouco piorada. Fumei um e fiquei dando voltas no Hyde Park sem ter a menor ideia de onde estava, em que cidade, que país, só sabia que era num planeta sujo.

29 DE ABRIL

Na estação de Charing Cross um desconhecido todo vestido de couro negro me diz que quando o viajante interplanetário se aproxima de Saturno imediatamente sente a mudança das vibrações. Que a forma dos habitantes de Saturno darem boas-vindas é fazer amor com os visitantes. Disse que vinha de Saturno e me convidou a fazer amor com ele. Perguntou: "Posso atravessar as portas de seu templo?" Tá querendo me enrabar, traduzi. E caí fora. A loucura brilhava nos olhos dele. Bem, de qualquer forma foi a cantada mais cósmica que já recebi em toda a minha vida.

7 DE MAIO

Pelo menos estou vivo. Em movimento, andando por aí, perdendo ou ganhando, levando porrada, passando fome, tentando amar. "De cada luta ou repouso me levantarei forte como um cavalo jovem", onde foi que li isso? Sei: Clarice Lispector, meu Deus, foi em *Perto do coração selvagem*.

8 DE MAIO

Daniel, o espanhol anarquista e escultor da Barrow Hill Studio, onde comecei a posar também, fala muito no poeta León Felipe. "*Tenía cojones*", repete. Hoje me emprestou a *Antología Rota* e copiei:

El mundo es una slot-machine
con una rañura en la frente del cielo,
sobre la cabecera del mar.
(Se ha parado la máquina
se ha parado la cuerda.)
El mundo es algo que funciona
como el piano mecánico de un bar
(Se ha acabado la cuerda
se ha parado la máquina.)
Marinero,
tu tienes una estrella en el bosillo...
Drop a star!
Enciende con tu mano la nueva música del mundo,
la canción marinera de mañana,
el hymno venidero de los hombres...
Drop a star!
Echa a andar otra vez en este barco vacío, marinero.
Tu tienes una estrella en el bolsillo.
Una estrella nueva, de paladio, de fósforo, de imán.

13 DE MAIO

Tentei durante quase uma semana, não consegui trabalho na fábrica. Isso quer dizer que voltarei ao Brasil sem dinheiro.Talvez nem possa passar no Rio para ver Clara. O *flat* está uma bagunça. Hermes e quase todos os outros vão para Estocolmo trabalhar durante o verão, ninguém mais se importa com nada. Sábado vamos para Swiss Cottage, para a casa de Charles, de lá parto para o Brasil.

16 DE MAIO

Passamos a noite na delegacia de Earl's Court. Motivo: Hermes e eu fomos presos roubando uma biografia recém-lançada de Virginia Woolf escrita por Quentin Bell, o filho de Vanessa. Ficamos rondando, eram dois volumes cheios de fotos, eu estava com a capa marroquina, Hermes com um casaco enorme. Enfim apanhamos um volume cada um e saímos para a High Street Kensington. Já estávamos quase no parque quando o cara da livraria veio correndo atrás. Chamaram a polícia, Hermes nervosíssimo, achando que seríamos deportados. Brinquei, dizendo que de agora em diante Virginia Woolf seria nossa padroeira, nossa fada madrinha. E que *anyway* era um roubo muito digno. Dormimos cada um em uma cela e de manhã cedo, sem café nem nada, nos levaram num carro cheio de pequenas celas individuais para Shepherd's Bush, para apanhar mais presos. Conversei um pouco com um suíço ladrão de joias, elegantíssimo, bigodes louros retorcidos para cima, a cara de Helmut Berger. Havia mais duas indianas pegas roubando roupas íntimas na Biba e um *freak* holandês com uma mala enorme cheia de tijolos de haxixe. Todos odeiam a Inglaterra. Roubaram o mundo inteiro, diz uma das indianas, e agora não querem ser roubados?

Fomos julgados na corte de Hammersmith, o mesmo lugar onde julgaram Angie das outras vezes. O juiz era uma mulher, cara muito fechada. Dissemos que éramos estudantes de literatura e não tínhamos grana para comprar livros. Não adiantou nada: trinta libras de multa para cada um. Merda, todo o dinheiro que eu pretendia levar para o Brasil.

Hermes foi trabalhar arrasado. Vim para casa, deitei no meio do kaos com aquele xale roxo de fazer *bad trip* e fiquei esperando visitas. Essas notícias correm depressa, todo mundo já sabia, e também todo mundo já foi preso. Chico trouxe o violão e cantou, Helô jogou um tarot para mim, mas sempre sai a Torre Fulminada pairando, ela fica insistindo que pode ter um bom significado, mas sei que é sempre péssimo. Sylvia trouxe um bolo e um maço de Players Number Six, vai depois de amanhã para Estocolmo. Suavíssimos, todos. Imagine se eu ia perder uma oportunidade rara dessas de ser bem-tratado.

22 DE MAIO

Eu me fui, eu me sou, eu me serei em cada um dos girassóis do reino a ser feito. E as coisas terão que ser claras. Releio o que escrevi neste caderno, desde janeiro, revejo o que vivi. Tudo me conduziu para este *here and now*. Tudo terá que ser claro. *How can I tell you?*

25 DE MAIO

Cartão de Estocolmo, Sylvia diz: "*India is the way.*" No fim do verão, há sempre caronas saindo de Amsterdam. Vai-se pelo Nepal, pela Armênia. O caminho terrestre para as Índias. *Todo mundo* está indo para lá, Sylvia garante. Vacilo, fico pensando: e se eu mudasse tudo e fosse também? Primeiro Estocolmo — *tak, tak, inte pratte svenska, venta po mei* —, um quarto em Kungshambra ou Freskati. Depois Katmandu em vez de Copacabana, budismo tibetano em vez de escola de samba.

26 DE MAIO

Hermes me dá os poemas de Sylvia Plath. São febris, obsessivos, mórbidos, mas não consigo parar de ler. Fico tentando traduzir *Fever 103*, mas é difícil, já nos três primeiros versos tenho um problema:

> *Pure? What does it mean?*
> *The tongues of hell*
> *Are dull, dull as the triple* [...]

Os dois primeiros versos, tudo bem. E "labaredas" acho que fica melhor que "línguas", e evidente que ela está se referindo ao fogo dos infernos. Mas como traduzir *dull*? Opacas, sujas, gordurosas?

Sylvia Plath é sempre um mal-estar.

27 DE MAIO

Hermes também partiu para Estocolmo, me deixou alguns *cleanings*. Com Charles, vim para um fim de semana em Chichester, na casa de Billy e Mike. É bonito aqui. A cozinha branca, o bule vermelho sobre a mesa de madeira, a janela aberta para o jardim cheio de rosas e trepadeiras, um dia de primavera nítido. As vozes de Charles, Billy e Mike lá fora, combinando assistirem Diana Dors no festival de teatro, à noite ela faz *Seis personagens em busca de um autor*, de Pirandello. Quando criança, eu colecionava fotos dela, de Jayne Mansfield e Mamie van Doren, todas as imitadoras de Marilyn Monroe. Agora, ela é uma senhora de idade, virou artista séria, a dois passos daqui. A vida é mesmo doida.

Talvez eu já não esteja completamente aqui. Nem lá, seja onde for. Antes de viajar, fico pairando. Talvez a alma parta antes, e não saiba direito para onde ir sem o corpo. Na morte deve ser parecido.

Billy pergunta de Angie. Foi deportado, digo — é verdade, alguém me contou há alguns dias, não lembro quem. Sei que Deborah ficou em Londres, me disseram que estava trabalhando como *scort-girl*. Charles seca a Henna dos cabelos ao sol. Há tanto sol hoje, quase tanto quanto no Brasil todos os dias. Me revisito no inverno, subindo as escadas sujas no escuro, uma vela acesa na mão, sentindo fome, o dente quebrado. Quero esquecer completamente. E sei que nunca esquecerei.

28 DE MAIO

Fui fazer meu último *cleaning*. Diálogo com Mrs. Simmons:

— *What about my fears?*

— *Well, I never pay fears to Hermes.*

— *Sorry, but I'm not Hermes. I came from Chichester today only to clean your house.*

Fui ao banheiro lavar as mãos. Tinha que me dar dez pence. Uma inglesona redonda, rosada, busto enorme, corada, aquele ar de gentileza excessiva que esconde sempre o desprezo. Que povo. Quando saio do banheiro, ela me espera na escada com uma moeda de cinco pence na pata gorducha.

— *That's your money.*

Fiquei puto, berrei:

— *I don't want it! I don't needy our fucking money! I hate all the English ladies!*

Fui saindo. Ela atrás, imperturbável, monstruosa:

— *Please, could you take the rabbish to the basement?*

— *No! I cannot! I'm going to my country!*

29 DE MAIO
(no avião)

Problemas em Heathrow na hora de pesar a bagagem. Teria que pagar umas trinta libras de excesso, e eu só tinha cinco. Enfiei uns *jeans* dentro das mangas de um casaco, distribuí outras coisas pelos bolsos, mas tive que deixar muita coisa com Charles. Ficaram todos os panos indianos, os livros de tarot, macrobiótica, alquimia, astrologia, o vaso chinês, as duas bonecas, a bailarina e a camponesa, a chaleira Rudolpha Elizabeth. E os diários todos da Espanha, França, Suécia, Holanda, os primeiros tempos de Londres. Fiquei pensando se não terei deixado o essencial — e o essencial eram as coisas que coloriram a minha vida nesses dois anos sem cor.

*

Vejo a Inglaterra de cima. Não sinto nada. Vazio. Agora tudo é passado. Meu presente é este voo onde nada acontecerá. E o futuro branco. Londres fica para trás. Ainda está claro, dá para ver o canal da Mancha, a ilha de Wight ao longe. Fome. Vontade de conversar com alguém, mas perto só há uns italianos de ternos escuros, falando muito rápido, parecem mafiosos. E devem ser.

*

Canapés e coca-cola. A aeromoça da Aerolíneas Argentinas fala espanhol com os outros e inglês comigo. Deve ser o brinco na orelha esquerda, roubado do antiquário de Chichester, a bolsa indiana roubada na Biba, os óculos roubados em Portobello. É tudo roubado, *cariño, puedes hablar español.*

*

Orly. Afinal, não voltei a Paris. Mas haverá tempo. Um crescente enorme no céu. Faço as contas, deve estar em Virgem. Reorganizar tudo no Brasil? Sobe um time inteiro de futebol ou algo assim, franceses. Cutucam-se, me olham, me filmam. Minha aparência destoa completamente de todo o resto. Começo a desconfiar que London, London, Babylon City é um lugar *very, very special.*

*

Peço à aeromoça algumas revistas ou jornais brasileiros. Ela me traz uma *Manchete.* Misses, futebol, parece horrível. Então sinto medo. Por trás do cartão-postal imaginado, sol e palmeiras, há um jeito brasileiro que me aterroriza. O deboche, a grossura, o preconceito.

*

Saímos de Madri, Barajas. Dei uma voltinha pelo aeroporto. Uma caretice absolutamente inacreditável, é como se tivesse entrado numa máquina do tempo. Devo ter ficado tão acostumado às roupas e ao *feeling* londrino que simplesmente esqueci que, além da ilha, existem outras coisas. A memória é sempre muito sacana.

*

De dentro do caderno cai uma folha dobrada. É um poema que Clara encontrou, copiou e mandou do Rio, sobre Ícaro. Diz que é de Darwin, acho estranho. Mas leio outra vez e copio para não pensar:

... com a cera derretendo e o fio solto
caiu o desgraçado Ícaro, sob inertes asas;
direto através do céu medonho,
com os membros torcidos e os cabelos em desalinho,
sua plumagem espalhada dançou sobre a onda
e, chorando-o, as nereidas ornaram sua sepultura aquática.
Sobre seu pálido corpo deitaram suas flores de pérolas marinhas
e espalharam musgo vermelho no seu leito de mármore
e em suas torres de coral repicaram os sinos
que ressoaram sobre o vasto oceano esse dobre.

*

Sobrevoamos o Atlântico, a grande asa sob minha janela. Escrevo, escrevo. O ronco dos motores, as narinas cheias de casquinhas de sangue endurecido. Penso em Sylvia, em Estocolmo, irá mesmo para a Índia? E eu não fui, agora é tarde. Tenho medo, desde Londres as palmas de minhas mãos estão encharcadas de suor.

Meu Deus, não sou muito forte, não tenho muito além de uma certa fé — não sei se em mim, se numa coisa que chamaria de justiça-cósmica ou a-coerência-final-de-todas-as-coisas. Preciso agora da tua mão sobre a minha cabeça. Que eu não perca a capacidade de amar, de ver, de sentir. Que eu continue alerta. Que, se necessário, eu possa ter novamente o impulso do voo no momento exato. Que eu não me perca, que eu não me fira, que não me firam, que eu não fira ninguém. Livra-me dos poços e dos becos de mim, Senhor. Que meus olhos saibam continuar se alargando sempre. Sinto uma dor enorme de não ser dois e não poder assim um ter partido, outro ter ficado com todas aquelas pessoas.

Volta a pergunta maldita: terei realmente escolhido certo? E o que é o "certo"? Digo que todo caminho é caminho, porque nenhum caminho é caminho. Que aqui ou lá — London, London, Estocolmo, Índia — eu continuaria sempre perguntando. Minhas mãos transpiram, transpiram. O nariz seco por dentro. Não quero escrever mais nada hoje. Um casal transa em pé no corredor, sobre o Atlântico. O italiano a meu lado dorme com a mão no pau o tempo todo, será um costume latino?

A lua já se foi. As Plêiades, como dizia Safo, já foram se deitar. E eu vim-me embora, meu Deus, eu vim-me embora.

Triângulo em cravo e flauta doce

Escrito no Rio, em 1971, este conto originalmente faria parte de O ovo apunhalado. *Mas com mais dois textos foi censurado pela direção do* Instituto Estadual do Livro-RS, *que publicou* O ovo *em 1975, num convênio com a editora Globo. Em 1978, graças a Cícero Sandroni, saiu na brava revista* Ficção.

Ela disse que não tinha certeza de nada, que podia mesmo ser uma alucinação, um pesadelo, uma projeção subconsciente ou qualquer outra coisa assim. Enumerou suposições, os olhos preocupados evitando os meus, e disse também que preferia não contar, que sabia que eu ficaria preocupado e iria falar com ele, que talvez fosse agressivo e negasse tudo, ainda que o que ela havia visto e escutado fosse verdade.

Acrescentou que apesar de tudo nada tinha a ver com a vida dele, nem com a minha, e falou ainda em voz baixa que talvez também não tivesse nada a ver com sua própria vida.

Foi então que seus olhos se apertaram um pouco e por um momento pareceram cheios de lágrimas. Achei que fosse ilusão minha e não falei nada, até que ela começou a roer as unhas e afundou a cabeça na mesa.

Afastei o copo e a garrafa de vinho para tocar sua cabeça, mas interrompi o gesto em meio e fiquei com a mão suspensa sobre seus cabelos. Ela pareceu perceber, pois ergueu os olhos assustada, sem fazer nenhum outro movimento. Cheguei a pensar então em não insistir mais, disse para mim mesmo repetidas vezes que talvez fosse melhor para nós três que eu saísse imediatamente dali para não voltar nunca mais. Mas qualquer coisa me obrigava a permanecer.

Esperei sem dizer nada até que ela recomeçasse a falar. Depois de algum tempo olhando as mãos, disse que meu irmão não dormia há várias semanas, passava a noite inteira fumando, levantando da cama para ir à cozinha, ao banheiro, ou então à sala, onde colocava sempre aquela mesma música medieval em cravo e flauta doce, enquanto escrevia até de madrugada. Ela não chegou a dizer — mas percebi que não suportava mais aquela melodia nem aqueles cigarros nem o barulho da máquina nem aquele escuro roendo o corpo e a mente dele. Andava magro, disse, nervoso, tinha olheiras fundas, às vezes ficava muito pálido e apoiava-se no primeiro objeto à vista como se fosse cair. Fiquei ouvindo, mas soube que não era só isso. E não insisti, apenas continuei olhando para ela enquanto falava.

Então ela disse devagar que estava grávida, e que contara a ele. Passou sem sentir os dedos de unhas roídas sobre o ventre ainda raso, depois disse que ele jurara matá-la se não tirasse a criança.

Perguntei se essa seria a causa do desespero dele, daquela música, das noites em branco, dos cigarros, das tonturas. Evitando me encarar, ela disse apressada que não, mas pouco depois tocou no copo cheio de vinho e disse que sim, pelo menos, acrescentou, pelo menos antes de saber aquilo ele andava mais calmo. Ficou calada de repente para depois dizer com esforço que sim, que tinha certeza que sim, que compreendia que fosse dessa maneira, que ela própria às vezes se horrorizava e pensava no ponto a que tinha chegado. O ponto terrível, ela repetiu, terrível.

Ela falou muitas coisas, e fiquei lembrando das suas tranças, antigamente, das suas meias sempre escorregando pelas pernas finas, da mania de subir nas árvores mais altas e ficar lá em cima até que alguém a obrigasse a descer para jantar ou tomar banho. Tinha sempre os cabelos finos caídos sobre os olhos numa franja rala, um ar obstinado de animal selvagem, as unhas roídas até a carne. E os olhos devorados por qualquer coisa incompreensível. Despertei com o toque de seus dedos no meu pulso, dizendo que não suportava mais. Perguntei se queria que eu falasse com ele, mas pareceu não ouvir. Disse que não suportava olhar para os braços dele e ver as manchas roxas endurecidas sobre as veias e saber da droga escorrendo por dentro, pelo sangue, enormizando as pupilas, desnudando os ossos, empalidecendo a pele.

Perguntei lento se tinha certeza, ela disse que sim, encontrava sempre seringas e ampolas e pedaços de borracha jogados pela casa, e tinha medo, perto dele tudo parecia fazer parte de um pesadelo, ela disse.

Ficou repetindo tudo isso enquanto eu pensava nele, brincando sozinho, voltado sempre para o sombrio, seus livros no porão, sua criação de aranhas, os mesmos cabelos finos dela, o mesmo ar obstinado, as suas vozes roucas, o seu medo.

De repente ela disse que talvez fosse melhor eu não falar nada, ele achava que ninguém sabia, talvez se voltasse contra ela, tinha medo.

Tentei acalmá-la dizendo que não era tão terrível assim, e fui repetindo como se fosse coisa decorada que: nas-pequenas-aldeias-gregas-isso-era-comum-e-que-em-alguns-países-da-Europa-e-mesmo-no-interior-do-Brasil-era-prática-normal-não-era-assim-tão-assustador. Sentindo-me vagamente ridículo, e também um tanto cruel, repeti que: vivíamos-um-tempo-de--confusão-e-que-todas-as-normas-vigentes-estavam-caindo-que-aos-poucos--também-todas-as-pessoas-aceitariam-todas-as-coisas-e-que-talvez-nós-fôssemos-apenas-alguns-dos-precursores-dessa-aceitação. Falei dessas coisas até cansar, enumerei nomes, contei lendas, lembrei mitos, mas não consegui evitar seu olhar de fera provocando tremores e abismos no fundo de minha voz.

Ficamos durante muito tempo olhando o copo de vinho cheio e a garrafa vazia. Até que senti uma presença às minhas costas. Voltei-me devagar, procurando não encará-lo, mas ao subir o olhar pelo seu corpo percebi as manchas nas veias ressaltadas pela magreza dos braços. Suas mãos tremiam segurando um cigarro. Abraçou-me com um carinho desesperado, acariciou-me os cabelos e as faces chamando-me lentamente de *mano, meu mano*, perguntou por que eu ficava tanto tempo sem aparecer, disse que eu precisava ler seus últimos poemas, olhou para ela e disse que ela estava espantada de como ele estava finalmente conseguindo uma linguagem própria, e disse ainda que eu precisava mesmo ler, e empurrou-me suave para a sala repetindo que eu precisava escutar alguns trechos dos poemas novos ao som de uma melodia medieval que descobrira há pouco tempo.

Sentei na poltrona e esperei de olhos fechados. Depois fiquei sentindo a sua mão sobre a minha e ouvindo a sua voz rouca lendo coisas estranhas, mágicas e tristes ao som de um cravo e uma flauta doce. Sem sentir fui sendo penetrado por um reino de escuridão, teias, náusea, dor, maldição e luz. Quis voltar, mas era muito tarde. A música crescia numa lentidão exasperante e a sua voz repetia enlouquecida coisas doces, difíceis, doentes. Pensei absurdamente numa tia antiga fazendo doce de abóbora com cal num tacho preto, nós três em volta, e num esforço enorme consegui abrir os olhos. E enquanto a boca dele se aproximava da minha, muito aberta, vi nossa irmã atravessar o corredor de luzes apagadas, os olhos baixos, os dedos da mão esquerda pousados de leve sobre o ventre onde cresce meu filho.

Mas apenas e antigamente guirlandas sobre o poço

É um dos contos mais estranhos que escrevi, em 1970 ou 1971, mas não lembro onde ou por quê. Sua gênese é mistério absoluto para mim. Publicado uma única vez no Caderno de Sábado do Correio do Povo, *com direito a belíssima ilustração de Nelson Boeira Faedrich, foi depois incluído em* O ovo apunhalado *e retirado do livro pela censura interna do* IEL *(leia-se* Paulo Amorim*). Tem alguns vanguardismos gratuitos e pirotecnias de pontuação (não há nenhuma vírgula, por exemplo), mas de alguma forma irracional me horroriza tanto quanto fascina, talvez justamente por não saber de onde veio tanta violência e sombra.*

Yes I am that worm soul under
the hell of the daemon horses

Allen Ginsberg: Planet News

De certa forma era o meu rosto. Apenas de certa forma: acentuo. Mas isso já não tem importância.

Antes: afastamos as grades de ferro do elevador e descemos para o corredor cinzento. E não era sequer um corredor estranho. Talvez o prédio fosse um pouco velho demais para a rua. Mas ainda assim justificável. Ou compreensível. Também as miúdas farpas de cimento engastadas nas paredes — o piso de ladrilhos escuros — a luz amarelada na distância do teto. Tudo isso *antes*. E.

Ouvimos a campainha soar muitas vezes no interior do apartamento e sem querer visualizei o som agudo desvendando adentros que eu não conhecia e que também não me importavam até então porque nada sabia dele e também porque estava imerso numa espécie de escolha assim como um lago escuro de fundo e superfície iguais onde nunca outra vez as pedras ou as folhas caídas no outono formariam círculos concêntricos. Mas eu ouvia. Várias vezes depois da campainha soar ela disse que ele não estava e ainda *antes* acrescentou que era pena ele não estar porque eu gostaria de conhecê-lo. Não disse se também ele gostaria de me conhecer mas não teve importância: ainda que fosse dito nada acrescentaria ao que eu já desesperava. Também não me lembro dela nem seu rosto porque até o momento seguinte tudo seria esquecido. Todo esse *antes* que assim rotulo e desenrola-se em espirais na memória entrelaçada de turvos afundados em fundo e superfície daquele mesmo lago que não refletiria o céu outra vez: todo esse *antes* e tudo isso antes eu já sabia. Só não sabia dele. De quando voltamos pelo mesmo corredor enquanto eu passava a palma das minhas mãos pelas farpas de cimento e a luz do teto amarelava nossas sombras no cinza dos ladrilhos. Não lamentei. Sei que não lamentei porque inesperava que alguém ou alguma coisa voltasse a perfurar o endurecido que fora se sedimentando ano após ano no de dentro do meu eu por dentro. E nem sequer estava sozinho. As grades do elevador se abriam quando ele nos chamou na porta do apartamento: *durante*.

*

Repito exatamente: *durante*. A partir de então não consegui voltar nem à superfície nem ao fundo: manifestava-se o interstício entre sono e vigília — branco e preto — bem e mal. Ponto de transição. Ela voltou-se. Eu voltei-me. E foi então que o lobo veio à tona. Encolheu-se encolhendo as unhas feito gavinhas de planta carnívora aconchegada à própria ferocidade. Ah. Não era fácil mas tinha o áspero gosto do escuro vertiginoso. Sei que olhei a face dele. E de certa forma a sua face era a minha face. Não a minha face inexpressiva que — *durante* — o encarava perplexa do meio do corredor enquanto ele estendia a mão para tocar-me. Não. Apenas de certa forma a sua face era a face que eu deveria ter tido antes de sabê-lo com aquela face que deveria ter sido a minha. Eu olhei a sua face. Ele olhou a minha face. E enquanto dizia coisas à mulher eu soube que pensava a respeito da minha face coisas semelhantes às que eu pensava a respeito da sua porque me olhou com olhos enormes e os enormes olhos esverdeados que eu não tive e qualquer coisa vaga como um peixe colorido e lento cortou de leve o fundo das pupilas dele. Não nos falamos.

O apartamento era feito de estreitos labirintos metálicos no meio dos quais ele se movimentava com desenvoltura mostrando entradas e portas mas nunca saídas nem janelas. Não havia nada de extraordinário: esse era o jeito dele morar. A partir de então não lembro da mulher. Sei que falava: minha memória auditiva registrou uma espécie de fita em rotação alterada rapidamente sobrepondo palavras desimportantes. Minha memória visual nada registrou. Talvez porque ela não devesse ser vista mas ouvida. Talvez porque ouvida atormentasse menos do que vista e ainda assim insuportável. Era. Enfim: uma mulher interferindo como outra qualquer no momento do encontro entre dois homens. Os olhos esverdeados que não eram meus detalhavam minha face: os olhos parados que eram os meus detalhavam sua face. Percebi no seu pulso direito a mesma cicatriz que marcava meu pulso esquerdo. Mas percebi nos seus ombros uma desenvoltura que os meus não tinham. Seus dedos mais longos que os meus e sua boca mais livre que a minha e seus gestos debruçavam-se no ar em direção ao que desejava tocar: eu. Enveredava em direção à minha ferocidade de lobo. Sozinho em meu covil e vindo à tona e talvez pisando cuidadoso outras latitudes além da que me era mostrada. Temia. E o que queria ver: via jamais.

Quem sabe no fundo do lago alguma gruta.

Quem sabe no fundo da gruta alguma planta.

Quem sabe no fundo da planta alguma flor.

Quem sabe no fundo da flor alguma sede.

Quem sabe no fundo da sede algum lago.

Cerquei-o sedento porque não me dessedentavam os encontros. Porque a sua nitidez eu conquistaria palmo a palmo assim como nele fora natural feito um dom de fada madrinha em mim seria disputada em ranger de dentes e navalha contra veias em direção ao debruçar-me sobre o gesto — sobre o outro — sobre o tudo — mas em dor. Ele me tocava. Tudo tocava com seus dedos claros. O pescoço definido nascendo de um peito múltiplo. O cheiro das papoulas entorpecia o ar. As suas pupilas dentro das minhas. Um lago parado de águas apodrecidas e talvez mas apenas e antigamente guirlandas sobre o poço refletido num lago simplesmente limpo. Ou não. Toda a sua escuridão se diluíra ao adensar-se como se a concentração nas coisas transformasse essa coisa numa outra que fosse seu próprio oposto. Baixei os olhos: tudo que em mim se anunciava rude nele se mostrava doce. A mulher falava e falava e falava e falava ainda emitindo sons orgânicos guinchos distorcidos eletrônicos e uterinos porém eu não sabia o que viria depois. Se lhe pedir amor — porque o daria; se lhe pedir papoulas — porque as havia em quantidade pela sala; se lhe pedir um toque — porque o faria. Não lhe pediria nada. Senti que o ritmo se acelerava pressagiando o depois em breve. Não decidi porque já não decido meus rumos: minha única preocupação é manter a fronte ereta e o porte altivo exatamente como se cantasse um hino

> ainda que dentro de mim as águas apodreçam e se encham de lama e ventos ocasionais depositem peixes mortos pelas margens e todos os avisos se façam presentes nas asas das borboletas

e nas folhas dos plátanos que devem estar perdendo as folhas lá bem ao sul e ainda que você me sacuda e diga que me ama e que precisa de mim: ainda assim não sentirei o cheiro podre das águas e meus pés não se sujarão na lama e meus olhos não verão as carcaças entreabertas em vermes nas margens ainda assim eu matarei as borboletas e cuspirei nas folhas amareladas dos plátanos e afastarei você com o gesto mais duro que conseguir e direi duramente que seu amor não me toca nem comove e que sua precisão de mim não passa de fome e que você me devoraria como eu devoraria você ah se ousássemos.

Ele me olhava triste. Eu não suportava seu olhar triste a lembrar-me das vezes todas que o tinha procurado inutilmente pelas ruas sem encontrá-lo. Agora que o encontrava já não o procurava. E um encontro sem procura era tão inútil quanto uma procura sem encontro. Detalhei meus movimentos para que não o atemorizassem. E novamente o olhei. Ah se conseguisse. Mas sempre será preciso o pão desta agonia. E disse:

— Não farei um movimento para afastar os cadáveres que juncam as águas do lago não farei um movimento para conduzir o barco em direção ao sul pois sei que existem ventos e que os ventos sopram sei que se uma folha bater de leve no meu rosto eu a esmagarei feito mosca e sei que se houver cirandas pelas margens eu matarei as crianças sei do meu ser de faca sei do meu aprendizado de torpezas sei do que há no fundo desse lago e sei que você não o tocará porque a superfície não o revela e será mais fácil para o teu gesto afastar os cadáveres que juncam as águas de teu próprio lago e movimentar o barco a favor do vento e acolher as folhas que baterem em teu rosto e ouvir as cirandas e sorrir para as crianças paradas nos beirais sei da tua forma de chegar à morte sei da minha forma de chegar à vida e sei que não te tocarei no campo de trigo atrás de tua face e sei que não tocarás na ponta de faca atrás da minha face e sei do nosso mútuo assassinato e sei de nossa insaciável fome de carne humana porém te digo que este meu ser inaparente que este meu ser é de faca e não de flor.

Não foi difícil. A mulher calou-se repentinamente espantada. E tenho certeza que a matei naquele instante porque um pouco mais tarde ouvimos o sangue gotejar pelas escadas. Mas eu não queria o mal. Apenas não encontraria outra vez outra vez o mesmo pôr do sol na mesma tarde assim como a minha face não seria jamais a dele.

Esse era o *depois*: tudo se turvou. Digo: qualquer coisa que eu não fui. Ele. Qualquer coisa que eu poderia ter sido. Qualquer coisa um pouco mais dura e menos preocupada em entretecer ternuras. As minhas possibilidades esfaqueadas. Desde que tudo se turvou. Como o amava — e tanto — quis dizer-lhe que tivesse cuidado. E que se curvasse ao me ver baixando a mão até o cinto para retirar o punhal e depois e lentamente cravá-lo inúmeras vezes no seu peito múltiplo e que detivesse meu braço no momento exato em que eu começasse a fincar as agulhas no fundo verde dos olhos que eu não tive e distribuí-las pelo corpo inteiro em laborioso cuidado porque eu o amava — e muito — e suavemente distender os dois braços como quem faz um exercício e na ponta dos braços abrir as mãos que não foram magras como as dele e dedos nem tão longos como eu desejaria mas fortes o suficiente para armarem uma trama em torno de sua garganta e depois apertarem com destreza e encantamento até que seu rosto igual ao meu se contorça em ânsia e se congestione e descambe leve para o lado esquerdo e seus olhos contenham um espanto no intervalo entre o sempre e o nunca e sua mão direita ainda esboce no ar um gesto qualquer de quem segura alguma coisa redonda e viva feito uma papoula.

Depois: abandonar os dois cadáveres e ultrapassar os labirintos metálicos para atingir o corredor de farpas engastadas e ver minha sombra única projetada nos ladrilhos escuros e comprimir o botão do elevador e abrir as grades e fechar as grades e descer e abrir as portas para ir além de um átrio iluminado pelo sol que não verei e recusar os toques e finalmente sair para a rua nova cheia de cores que não as minhas e sentir o lobo contrair-se voltando a ser inaparente e só então me deter. Deter-me para lembrar com saudade daquele rosto que matei e que de certa forma era o meu. Apenas de certa forma. Porque tanto e muito repito que eu o amava. Exatamente como quem mata.

A visita

Este é meu tributo à moda do realismo mágico latino-americano. Escrita *em* 1969, *na Casa do Sol de Hilda Hilst, entre Campinas e Jaú, onde eu estava escondido do* DOPS, “A visita” *nasceu das leituras que fazíamos de Carlos Fuentes, Juan Rulfo e principalmente García Márquez. Foi publicada duas vezes: primeiro no Suplemento Literário de* O Estado de S. Paulo, *por artes e prestígio de Hilda; depois no Caderno de Sábado do* Correio do Povo.

Para Dante Casarini

Irreconhecível
Me procuro lenta
Nos teus escuros.
Como te chamas, breu?
Tempo.

Hilda Hilst: "Da morte, odes mínimas"

I

Ele chegou devagar e sentou-se na varanda coberta de begônias empoeiradas, sem uma palavra. Ninguém perguntou de onde vinha. Naquela casa cheia de gentes e barulhos cotidianos, um inesperado silêncio respeitou sua chegada. As crianças o olharam com curiosidade — a mesma curiosidade que os adultos continham brotava nelas, espontânea, e cercavam o homem sem medo, achando apenas estranha aquela figura esfarrapada, mas muito limpa, de pés descalços semelhantes a raízes. O homem parecia não reparar nelas, nem nos outros. Olhava para longe sem se mover, olhava para longe com alguma coisa determinada e fatal guardada nos olhos. Alguns suspeitaram nesse olhar sabedorias trazidas dos lugares por onde andara, compreensões maiores, aprendizados tão amplos que voz nem gesto expressariam. "O que mais sabe é o que mais cala", sussurravam numa aceitação de seu silêncio. E passavam como se não o vissem, sequer comentando entre si a chegada dele, estabelecendo tácitos que ele ali estava, e nada modificaria essa situação. Os mais antigos olhavam o retrato pendurado na sala, investigando semelhanças: o retrato amarelado pelo tempo, o homem amarelado pela vida. Mas embora os traços fossem os mesmos — a curva no nariz adunco, o vinco duro e fundo no canto da boca, o rosto encovado e longo —, embora mais castigados pelos anos, havia no homem da varanda uma claridade que o retrato não tinha. Havia no homem como uma aura quase insuportável de lucidez e ausência. Então eles todos, menos as crianças, sentiam-se toscos e evitavam passar perto. Sabiam que não se atreveriam jamais a chegar perto daquele homem.

Aceitaram-no pelo dia afora, a casa aos poucos se enchendo de tensões pelos cantos. Elas se amavam, as pessoas daquela grande família, embora fosse um amor cotidiano, distraído, não de palavras e gestos mas de lençóis trocados em dias certos, refeições nas horas exatas, roupa lavada, delicadezas um pouco mecânicas. Mas com o dia avançando, as sombras ampliavam a presença do homem pela casa inteira. Essa sombra se infiltrando devagar em cada quarto jogava no rosto de cada um tudo aquilo que não haviam sido, que não haviam feito, tudo aquilo que tinham apenas ameaçado ser, intensos e cheios de sangue, para depois se amoldarem num dia a dia feito de automatismos. Quieta, remota, a presença do homem era uma afronta.

À hora do jantar, comeram em silêncio, trocando os pratos sem gentileza, os tinidos do metal na louça substituindo o afeto entre as paredes caiadas. E pela primeira vez, Valentina não riu. Distribuía os pratos rápida, ordenada, a boca endurecida depois de anos de riso aberto.

II

As crianças foram postas mais cedo na cama, conscientes apenas de que havia um desconhecido sentado na varanda. Os outros permaneceram na sala. Valentina tricotava enquanto as mulheres remexiam na cozinha e os homens fumavam cigarro após cigarro, todos em silêncio. Não se atreviam a formular as perguntas soltas no ar — viera para ficar, o homem? seria preciso arrumar uma cama para ele? e no quarto de quem? o que queria, depois de tanto tempo? Esqueceram de levar o chá para a avó inválida, esquecida na cama. E às dez horas, respeitando as batidas do velho relógio, recolheram-se a seus quartos em passos medidos e boas-noites medrosos.

Apenas Valentina ficou na sala, as agulhas trabalhando numa enorme trama azul-marinho, quase negra, que já escorregava de seus joelhos para atingir o chão, encaminhando-se como uma serpente lenta para a porta da varanda. Por duas horas ainda trabalhou, até que toda a sala estivesse coberta por aquele tapete, ou rede, ninguém saberia dar nome. À meia-noite levantou-se e espiou.

O homem continuava lá, na mesma posição desde que chegara. Como um faraó na cadeira dura, as duas mãos pousadas sobre as coxas, as palmas voltadas para baixo, os olhos fixos além de tudo. Escondida atrás das cortinas, Valentina viu que seus pés descalços pareciam raízes grossas ameaçando entrar pelo chão de tijolos, viu que suas unhas eram longas, ovaladas e quase verdes, feito folhas, e que seu rosto pétreo parecia um fruto sendo aos poucos esculpido, ainda verde, mas cheio de sementes que transpareciam no olhar. Desejou aproximar-se, tocá-lo, saber até que ponto aquela carne que tinha sido sua e lhe plantara filhos de carne também dentro de sua própria carne continuaria quente ao toque. Até que ponto continuavam mornas aquelas mãos que haviam despertado regiões desconhecidas de seu corpo, até que ponto continuava vivo aquele membro que fizera germinar cinco filhos em seu ventre. Não se atreveu. Chegou a ensaiar alguns passos na fronteira da varanda, pensando em ternuras, solidões há muitos anos caladas. Mas em torno do homem, como um ímã às avessas, alguma coisa repelia qualquer tentativa de aproximação.

Lenta, então, Valentina voltou para o próprio quarto e, embora não fosse o dia, escolheu os lençóis mais brancos e os travesseiros mais macios para fazer cama nova. Sacudindo panos, a janela aberta, fez com que o cheiro de alfazema se desprendesse para avançar até a varanda de begônias empoeiradas. Abriu a porta do quarto para que o homem percebesse o convite, trouxe da cozinha um caldo quente e colocou-o sobre a cômoda, dobrou uma toalha limpa e colocou-a dobrada sobre a cama com um sabonete de benjoim. Depois de tudo pronto, abriu leve a porta dos quartos dos filhos e noras, dos netos, da mãe, viu que dormiam em paz e voltou para o próprio quarto. Então olhou sua própria sombra projetada na parede: um pouco curva, os seios murchos, caídos, as mãos cheias de rugas, as articulações nodosas, e aquele riso permanente durante os quase trinta anos que ele se fora, aquele riso que de mero dissímulo passara a ser verdade, aquele riso agora pesava, pesava, pesava.

III

No dia seguinte, os filhos no trabalho, as noras espalhadas, os netos na escola, espreitou o quarto, a cama, o caldo, a toalha, o sabonete. Permaneciam intocados, e o homem na varanda na mesma posição do dia anterior. Estaria morto? perguntou-se sem susto, quase tranquilizada. Morto o homem, a casa voltaria a ser como antes e ela teria seu riso de volta. Mas, mesmo visto de longe, embora imóvel, o homem transpirava e pulsava na manhã escaldante de janeiro. Procurou então a mãe, no quarto. Abriu as cortinas enquanto um cheiro de mofo e dois olhos brilhantes saltavam do fundo da cama.

— Mãe, ele voltou.

— É tempo — disse a velha.

— Mãe, o que faço?

— Você está velha.

— Mãe, o que faço?

— Você está feia, Valentina.

— Mas o que faço, mãe? Ele está lá fora, na varanda. Ele está lá, no meio das begônias. Desde ontem, ele está lá, mãe.

A velha levantou o braço e mostrou o espelho amplo, de parede inteira. E num susto Valentina viu sua própria pele cor de terra, seu vestido desbotado, sua boca de riso morto parecendo costurada, as mãos como dois pergaminhos crispados, uma teia de rugas espalhada por toda a pele.

Naquele dia, esqueceu do almoço, da limpeza da casa, do pó sobre os móveis, de tudo que fazia todas as manhãs. Debruçada na janela olhava com olhos parados a rua enchendo-se de cores e movimento, sem responder aos cumprimentos dos vizinhos. Quando os outros voltaram de suas ocupações, jogou um pedaço de carne sangrenta numa panela com água e não arrumou a mesa nua. Sentada à cabeceira, olhava e agradecia. Os filhos eram bons. Mesmo o filho viúvo era alegre e bom e trabalhador, nunca o vira lidar com mulheres, bebida, jogatina. Quis sorrir para todos eles e para suas mulheres e para suas crianças, mas a boca costurada não obedecia. Então Valentina chorou. Todos compreenderam seu choro, e não perguntaram nada, nem tentaram consolá-la. Os traços de seu rosto pareciam desfazer-se com as lágrimas, caindo líquidos na madeira marcada. Mas os ombros não tremiam, e não havia nenhuma contração em sua boca, nenhum som em sua garganta. Sem revolta, ela aceitava. E chorava pela perdição de aceitar o que não pode ser modificado.

IV

Na varanda, o homem continuava. Dois dias se passaram, uma semana, um mês, muitos meses. E o homem lá, em meio às begônias cada vez mais emaranhadas, sem comer nem falar. O homem já esquecido pelas crianças, indiferente a todos os chamados que Valentina inventava. O tricô azul, quase negro, agora cobria a casa inteira — tapete, cortina, toalha de fios grossos onde todos se enredavam sem compreender, sem perguntar.

Certa noite Valentina ouviu risos no quarto do filho viúvo. Suspendeu o trabalho das agulhas e, pelo buraco da fechadura, espiou. Estavam lá, todos os filhos, mais duas mulheres e dois homens desconhecidos, todos nus, entre garrafas vazias, cartas de baralho manchadas de vinho, camas desfeitas. Alguns dos homens abraçavam as mulheres, outros abraçavam os homens, e todos juntos se abraçavam e beijavam e rolavam e gemiam feito animais.

A madrugada vinha chegando. Ela saiu para o pátio e embaixo do umbu de tronco apodrecido observou a casa. O reboco caía em placas, a pintura das janelas descascava, teias de aranha pendiam do teto, morcegos esvoaçavam, ervas daninhas tramavam-se na terra. Num dos quartos, a velha mãe apodrecia morta e esquecida sobre a cama, as cinzas transbordavam do fogão até a porta da cozinha, as crianças comiam terra junto com os porcos. Olhou para si mesma, e sentiu o cheiro de suor antigo de seu próprio corpo, viu o vestido sem cor, as unhas enormes, os cabelos soltos despencando duros e sujos ao lado do rosto. O sol recém-nascido agora crestava as plantas, a terra se abria em rachas secas, um vapor fétido se evolava das coisas e milhares de moscas voavam tontas sobre os montes de lixo.

Valentina cruzou os braços sobre o peito, procurando dentro de si algum recanto úmido capaz de amenizar aquela secura das coisas. Mas dentro dela havia o mesmo deserto, as mesmas gretas, os mesmos vapores e moscas. Espiou a rua por entre os cacos de vidro do muro, e além dos portões de ferro o mundo inteiro era também vazio, árido, seco. Nos quartos os homens riam cada vez mais alto, mulheres nuas pintavam unhas de vermelho na cozinha, os pés apoiados sobre a mesa, e passeavam todos nus pela casa sem se importar que ela os visse com as mulheres, com os outros homens, com os animais, com as crianças, com eles mesmos, enredando-se bêbados nas tramas azuis muito escuras do tricô que cobria tudo.

Endurecida, Valentina olhava sem choque nem nojo. E de repente, como uma salvação possível, lembrou-se do homem que permanecia esquecido na varanda de begônias empoeiradas. No homem havia umidade quando estava seco, havia calor quando estava frio, no homem havia tudo o que precisava e um dia tivera e o que se fora para sempre e o que não voltaria nunca mais a ser. Correu para a varanda, atravessando seu próprio quarto onde o cheiro forte da alfazema antiga dava tonturas, tropeçando nos pratos espalhados pelo chão, enredando-se nas malhas que ela mesma tecera. Falaria, falaria agora, falaria enfim — dizia para si mesma, rindo outra vez, os lábios descosturados outra vez.

Ao atingir a soleira da porta, percebeu que o círculo de repulsão em torno do homem já não existia. Avançou, estendeu a mão. Tocou de leve no tronco da figueira que crescera arrebentando os tijolos do chão, esmagou entre os dedos um dos frutos verdes que deixou na sua pele um sumo pegajoso, adocicado, ardido. Bebeu daquele líquido, água, esperma, leite. Depois deixou a cabeça pender entre as samambaias e avencas tramadas nas begônias, os cabelos confundiram-se na poeira das plantas, o corpo foi rodando lento e oscilou precário até encontrar o frescor do chão de tijolos. Deixou que tudo acontecesse sem um grito, sem espanto. E quando finalmente sentiu-se protegida e úmida, e limpa e sorridente outra vez, e confortável e em paz, deixou que seus movimentos se espaçassem, suspirou e morreu.

Aniversário

Havia esperado durante todo o dia. O quê? nem ele próprio saberia dizer. Acordara já com a fatalidade da espera colocando um brilho triste nos olhos. E o projetara sobre a mãe, primeira pessoa a abraçá-lo, que recuou um pouco ofendida. O mesmo recuo sentira estender-se às outras pessoas, à medida em que o abraçavam e felicitavam. Examinara-se ansioso ao espelho, tentando descobrir se o ano a mais também lhe colocara uma ferocidade a mais ou um novo espanto no rosto. Mas não. Nada. Lá estavam as mesmas feições um pouco vagas, o ar exato de quem espera alguma coisa. E contudo, nesse dia, ele esperava mesmo. A espera abstrata cedera lugar à outra — concreta. Ajeitara o rosto da melhor maneira possível, como se o sentimento novo (e no entanto tão antigo) fosse algo a esconder. Porque ele não queria surpreender nem chocar nem ferir. Pertencia àquela estranha espécie de pessoas que flutuam pelo mundo, sutis, evitando esbarrar em qualquer coisa. Não se sabia se procedia assim por simples delicadeza ou para defender-se. O fato é que era assim. E, portanto, desagradava-lhe aquele jeito de espera gritando alto no corpo inteiro.

Com alguma sofreguidão libertou-se dos abraços, beijos e presentes de pai, mãe, irmãos e empregados — e partiu para a aula. Tomou o ônibus mais tranquilizado. As pessoas, ali, não sabiam que estava de aniversário. Examinavam-no rápidas, reunindo no olhar as características para definir um estudante e passavam adiante, aliviadas por não precisarem deter-se. O alívio delas fundia-se com o alívio dele — e o ônibus arfava, num suspiro uníssono.

Na aula cantaram o parabéns pra você nesta data querida etc. e ele agradeceu com um esbarrão na cadeira da frente e uma pisada no pé do colega ao lado. Para cúmulo da desgraça, era dia de aula de inglês, e ele teve que suportar o "happy birthday to you" etc. Novo esbarrão, nova pisada. Esquivou-se a manhã toda, adivinhando um abraço em cada braço que se aproximava, felicitações em cada boca entreaberta. E não era pudor, não era timidez, não era sequer o seu antigo receio de chamar a atenção — era o desejo de não esperar porque ele sabia que não viria, fosse lá o que fosse. Então, amargo, ele preferia cortar de início qualquer possibilidade de concretização da espera — porque ele sabia, com a lucidez insone dos que apenas pressentem, a possibilidade jamais se concretizaria. Mesmo assim, sucediam-se braços e abraços, bocas e palavras. Mas os corpos que os proferiam, os mais inteligentes, logo esbarravam com aquela frieza e se afastavam com a dignidade tardia dos recusados. Os mais burros insistiam, fazendo perguntas, protestos de amizade que somente conseguiam aumentar o espaço em branco que se instalara dentro dele.

E nesse espaço em branco ele colocara uma praça, um pôr do sol no Guaíba, uma rosa amarela, um canteiro de margaridas e uma fuga de Bach. Mas nem ele sabia. Colocara lentamente, nos dezenove anos em que fora vivendo, sem ligar muita importância a isso. Eram todas coisas leves, mas agora pesavam e o faziam transpirar, acendendo um cigarro e pensando que precisava abandonar o vício de fumar. Mas é provável que ele soubesse não estar o desconforto ligado ao fumo, e apenas dissimulado afastasse a perspectiva de sofrimento. Porque se ele pensasse, sofreria. E como qualquer ser humano que não é masoquista, ele não queria sofrer.

Voltou para casa e suportou o quadragésimo nono parabéns pra você, à hora do almoço. Se houvesse um quinquagésimo ele daria um grito, talvez solucionando tudo, então. Mas não houve. Os vagos parentes e os inexistentes amigos que apareceram à tarde mantiveram-se discretos no aperto de mão.

E já dormindo, à noite, ele acordou. Por um instante permaneceu suspenso naquele segundo, como se estivesse tudo tão escuro que ele não pudesse distinguir a si próprio do resto da noite. Aos poucos foi tomando consciência da extensão do corpo, do travesseiro embaixo da cabeça, do livro em cima da mesa, do irmão roncando na cama ao lado. Deteve-se nele, espantando-se com sua falta de sutileza. O irmão era gordo, roncava e brigava, impondo-se sem o menor senso de decoro. Deus havia sido drástico em cada um deles, concluiu. Pois que ele era leve demais, esse o seu mal. Nesse instante invadiu-o uma enorme ternura por si mesmo. Estava fazendo dezenove anos e esperara o dia inteiro por uma coisa que não sabia o que era. Olhou pela janela e viu a lua presa dentro da noite enorme. E sentiu-se preso, também. Vontade de abandonar o corpo ali mesmo, no meio dos lençóis desfeitos, e sair correndo para outra esfera mais ampla. Esfera — espera, tão parecidos, pensou. E enlaçou os joelhos numa carícia, levantando meio corpo na cama. Procurou um rótulo para pacificar o sentimento, mas não o encontrou. Solidão, melancolia, angústia, fossa, depressão — tudo ficava infinitamente inferior àquela espera enorme. Inventariou a espera, descobrindo então aquela série de coisas dentro dela. Mas era ainda incompleta. Havia coisas mais no tempo, no vento, na noite — nele próprio. Levantou pisando devagar o chão de parquê. Caminhou até a cozinha e acendeu a luz. Sobre o armário, o relógio mostrava cinco minutos para a meia-noite. Abriu o refrigerador, retirou a torta que a mãe mandara fazer e que jazia, incompleta, sobre um prato novo. Cortou um pedaço grande, encheu um copo de guaraná. Mas fez isso em tão lentos gestos que quando ia começar a comer olhou o relógio e viu que já passara da meia-noite. Que não estava mais de aniversário. Então espiou para fora e, vendo a lua, descobriu que era a mesma que vira da janela do quarto. Apenas um pouco mais alta no céu.

London, London ou ajax, brush and rubbish

Para Carlos Troya

But my eyes go looking
for flying saucers in the sky

Caetano Veloso

Meu coração está perdido, mas tenho um mapa de Babylon City entre as mãos. Primeiro dia de fog autêntico. Há um fantasma em cada esquina de Hammersmith, W14. Vou navegando nas waves de meu próprio assobio até a porta escura da casa vitoriana.

— Good morning, Mrs. Dixon! I'm the cleaner!!!

— What? The *killer*?

— Not yet, Lady, not yet. Only the cleaner!!!

Chamo Mrs. Dixon de Mrs. Nixon. É um pouco surda e não entende bem. Preciso gritar bem junto à pérola jamaicana de sua orelha direita. Mrs. D(N)ixon usa um colete de peles muito elegante sobre uma malha negra, um colar de jade (chinês) no pescoço. Os olhos azuis são duros e, quando se contraem, fazem oscilar de leve a rede salpicada de vidrilhos (belgas) que lhe prende o cabelo. Concede-me algum interesse enquanto acaricia o gato (siamês):

— Where you come from?

— I'm Brazilian, Mrs. Nixon.

— Oooooooouuuuuu, Persian? It's a lovely country! Do you like carpets?

— Of course, Mrs. Nixon. I love carpets!

Para auxiliar na ênfase, acendo imediatamente um cigarro. Mas Mrs. Nixon se eriça toda, junto com o gato:

— Take care, stupid. Take care on my carpets! They are very very expensives!

Traz um cinzeiro de prata (tailandês) e eu apago o cigarro (americano). But sometimes, yo hablo también un poquito de español, e if il faut, aussi un peu de français: navego, navego nas waves poluídas de Babylon City, depois sento no Hyde Park, W2, e assisto ao encontro de Carmenmiranda com uma rumbeira-from-Kiúba. Perhaps pelas origens tropicais e respectivas backgrounds comunicam-se através de requebros brejeiros, e quizá, pelo tom dourado das folhas de outono (like *Le Bonheur*, remember *Le Bonheur*?), talvez, maybe: amam-se imediatamente. Mas Carmen foge da briga, fiel às suas já citadas origens, e repete enr(l)ouquecida, em português castiço, que aquele amor ledo e cego acabaria por matá-la. A rumbeira-from-Kiúba, cujo nome até hoje não foi devidamente esclarecido (something between Remedios and Esperanza), decide tomar providências no sentido de abandonar a old-fashion e matricula-se no beguiner de dança moderna no The Place, Euston, NW1. Para consolar-se de seu frustrado affair, todos os sábados vai a Portobello Rd, W11, onde dedica-se à pesquisa e aquisição de porcelana chinesa. Sua pequeña habitación em Earl's Court Rd, W8, está quase toda tomada. Ainda ontem substituiu o travesseiro por uma caríssima peça da dinastia Ming. Entrementes, Carmen ganha L20 por semana cantando *"IIII Like You Very Much"* nos intervalos das sessões do Classic, Nothing Hill Gate, W11. Aos sábados, compra velhos tamancos de altíssimas plataformas, panos rendados e frutas nas barracas de Portobello — para preencher el hueco de su (c)hambre. Muito tarde da noite, cada um em sus pequeñas habitaciones, leem respectivamente Cabrera Infante e a lírica de Camões. Secretamente ambas esperam encontrar-se qualquer Saturday desses, entre lustres art nouveau, roupas de pajem renascentista, couves-de-bruxelas e papéis da Jamaica, talvez ao meio-dia, bem em frente ao Ceres, Portobello Rd, W14, onde tudo acontece. Ou quase. Mas secretamente, apenas. Nenhuma falará primeiro. Nenhuma deixará transparecer qualquer emoção por detrás do make-up. It's dangerous, honey e, de mais a mais, na Europa é assim, meu filho, trata de ir te acostumando. Pero siempre puede ser que sus ojos digan todo. Como nessas melosas e absurdas estórias de rumbeiras-from-Kiúba meeting Carmensmirandas pelas veredas outonais do Hyde Park — onde as folhas, a quem interessar possa, continuam caindo.

— I think all the latin-american's writers must to write in English. Spanish is very difficult. But don't worry dear, don't worry, Joseph Conrad learned to write just at nineteen…

Bolhas nas mãos. Calos nos pés. Dor nas costas. Músculos cansados. Ajax, brush and rubbish. Cabelos duros de poeira. Narinas cheias de poeira. Stairs, stairs. Bathrooms, bathrooms Blobs, blobs. Dor nas pernas. Subir, descer, chamar, ouvir. Up, down. Up down. Many times lost me by undergrounds, corners, places, gardens, squares, streets, terraces. Dor, pain. Blobs, bolhas.

— You're just beautiful. I think you've got something else.

I've got something else. Mas onde os castelos, os príncipes, as vegetações suaves, os grandes encontros — onde as montanhas cobertas de neve, os teatros, balés, cultura, história — onde? Dura paisagem, hard landscape. Tunisianos, japoneses, persas, indianos, congoleses, panamenhos, marroquinos. Babylon City ferve. Blobs in stranger's hands, virando na privada o balde transbordante de sifilização, enquanto puxo a descarga para que Mrs. Nurnes (ou Lascelley ou Hill ou Simpson) não escute meu grito.

— What'you think about the Woman's Lib?

— Nothing.

— Chauvinist!

Ela está descalça, embora faça frio. Tem uma saia de retalhos coloridos até quase o chão cheio de lixo. Os cabelos vermelhos, algumas manchas verdes. Nos olhos, um pincel stone traçou enormes asas de purple butterfly. Como se seu rosto fosse um jardim. Ela empurra um carrinho de bebê vazio e canta. Qualquer coisa assim: I'm so happy/ I'm so happy/ 'cause today is The Day/ 'cause today is a sunny day. É muito jovem, mas a heroína levou embora a rosa de suas faces. O boá azul esvoaça com o vento dos ônibus. Ela sorri ao passar e se detém e faz meia-volta e retira de dentro do carrinho de bebê uma bolsa de vidrilhos e cordões dourados e apanha um vidrinho escuro e salpica algumas gotas de óleo na ponta dos dedos e passa, slowly, slowly, na minha testa, na minha face, no meu peito, nas cicatrizes dos meus pulsos de índio:

— You know and I know that you know: today is just The Day.

Cheira a sândalo, a Oriente. Eu não quero dizer nada, em língua nenhuma eu não quero dizer absolutamente nada. Eu só sorrio e deixo ela ir embora com seus pés descalços e muito sujos dançando embaixo dos trapos coloridos da saia. Ela canta, ainda. Eu aproximo os pulsos das narinas e aspiro, até o ônibus chegar, eu aspiro. Sândalo, Oriente.

— Want'you finish your bloody cigarette?

— Fuck!

— Very excentric!

Mrs. Austin aponta as pombas e diz que não pode morrer, you know, que tem oitenta e três anos mas não pode morrer. O que seria das pombas? O que seria das pombas se Mrs. Austin morresse agora? Fico parado na esquina, as mãos cheias de pombas, os pés no jardim dourado de Mrs. Austin. Elas passam, eles passam. Alguns olham, quase param. Outros voltam-se. Outros, depois de concluir que não mordo, apesar de meu cabelo preto e olho escuro, aproximam-se solícitos, e como nesta ilha não se pode marcar impunenemente pelas esquinas, com uma breve curvatura me esbofeteiam com sua british hospitality:

— May I help you? May I help you?

— No, thanks. Nobody can help me.

Something else. Toco o pequeno cactus com os dedos cheios de bolhas rosadas. É um frágil falo verde, coberto de espinhos brancos. Comprimo os espinhos brancos contra a pele rosada das bolhas de meus dedos. Mas nada acontece. Something else. Eu queria tocar *Pour Élise* ao piano, sabia? É meio banal, eu sei, mas eu queria, e nel Brazil cariño, nel otro lado del mar, hay una tierra encantada que se llama Arembepe, e un poco más al sur hay otra, que se llama Garopaba. En estes sitios, todos los días son sunny days, todos. Mon cher, apanhe suas maracas, sua malha de balé, seus pratos chineses — apanhe todos os pedaços que você perdeu nessas andanças e venha para o meu tapete mágico. Quieres volar conmigo hasta los sitios encantados? Something else. Coño. Aperto minhas bolhas contra o pequeno falo verde. E nada continua acontecendo. Como César Vallejo, tenemos en uno de los ojos, mucha pena, y también en lo otro, mucha pena, y en los dos cuando miran, mucha pena. Carmen hesita, o telefone nas mãos. Flashback: Carmen menina hesita com o pintinho do vizinho entre as mãos de unhas verde-menta esmalte from Biba, High Street Kensington, W8. Quizá Remedios quizá Amparo, Soledad o Esperanza. Zoom no olho de cílios de vison. A boca escarlate repete enr(l)ouquecida. Pero si no te gusta esa de que te hablo, hay otra más al sur, o más al centro, donde lo quieras, cielo, dondo lo quieras, locura. Sometimes, penso que mio cuore es una basura, but your body hurts me as the world hurts God. I can't forget it.

— Look deep on my eyes. Can you see? They're lost. They're completely lost. And I can do nothing.

Caminho, caminho. Rimbaud foi para a África, Virginia Woolf jogou-se no Tâmisa, Oscar Wilde foi para a prisão, Mick Jagger injetou parafina na boca— e Arthur Miller casou com Norma Jean Baker, que acabou entrando na história. Mrs. Burnes não vem. Wait for her and after call me. Espero, espero. Mrs. Burnes não vem. Amsterdam até que é legal, mas nunca vi tanta merda de cachorro na rua. Na Nicarágua um terço da população fala ahuara, que é uma língua hindu. No muro perto da casa alguém escreveu com sangue: flowerpower is died. É fácil, magro, tu desdobra: primeiro procura apartamento, depois trabalho, depois escola, depois, se sobrar tempo, amor. Depois, se preciso for, e sempre é, motivos para rir ou chorar — ou qualquer coisa mais drástica, como viciar-se definitivamente em heroína, fazer autostop até o Nepal, traficar armas para o Marrocos ou — sempre existe a old-fashion — morrer de amores por alguém que tenha nojo de sua pele latina. Why not?

— Please, can you clean the other side of this door?

Primeiro, a surpresa de não encontrar. Surpresa branca, longa, boca aberta. L10. O aluguel da semana mais um ou dois maços de Number Six. Alguns sanduíches e ônibus, porque metrô a gente descola, five na entrada e five, please, na saída. Reviro a bolsa: passaporte brasileiro, patchuli hindu, moedas suecas, selos franceses, fósforos belgas. César Vallejo e Sylvia Plath. Olho no chão. Afasto as pernas das pessoas, as latas de lixo, levanto jornais, empurro bancos. Tenho duas opções: sentar na escada suja e chorar ou sair correndo e jogar-me no Tâmisa. Prefiro tomar o próximo trem, para a próxima casa, navegar nas waves de meu próprio assobio e esperar por Mrs. Burnes, que não vem, que não vem.

— Why?

— I beg your pardon?

Sempre anoitece cedo e na sala discutem as virtudes da princesa Anne, alguém diz que o noivo dela sim, é uma tesão, e ouvem rock que fala numa ilha do Norte onde não sei se por sorte ou por castigo dei de parar por algum tempo que afinal passou depressa como tudo tem que passar e hoje eu me sinto como se agora fosse também ontem, amanhã depois de amanhã, como se a primavera não sucedesse ao inverno, como se não devesse nunca ter ousado quebrar a casca do ovo, como se fosse necessário acender todas as velas e todo o incenso que há pela casa para afastar o frio, o medo e a vontade de voltar. Mas o carrinho do bebê está vazio. A pedra de Brighton parece — um coração. O tarot esconde a Torre da Fragilidade. As flores amarelas sobre a mesa branca ainda não morreram. O telefone existe mas não chama. Na parede tem um mapa-múndi do século não sei quantos. O cactus. A agulha faz a bolha na ponta do dedo de Saturno libertar um líquido grosso e adocicado. Sinto dor: estou vivo. Meu último olhar do dia repousa, como num poema antigo, sobre o uniforme da Terceira Grande Guerra, jogado no chão para a ofensiva da manhã seguinte: tênis francês (30 francos), blue jeans sueco (90 coroas), suéter inglês (4 libras), casaco marroquino (900 pesetas). Agora custo um pouco mais caro e meu preço está sujeito às oscilações da bolsa internacional. Quando você voltar, vai ver só, as pessoas falam, apontam, olha, ele acaba de chegar da Europa, fazem caras e olhinhos, dá um clima incrível, pode crer. Magrinha, você me avisou, eu sei, mas onde é que está tua mão cheia de anéis? Mas na sala: na sala discutem as virtudes do marido da princesa Anne e cantam rock. David Bowie é uma grande mulher, mas meu coração é atlante.

Tenho Sol em Virgo, Marte em Scorpio, Vênus em Leo e Júpiter em Sagitarius. Situo, situo-me. Coloco o despertador para as sete horas, ainda é escuro, os carros ficam cobertos de gelo, apago a luz e puxo o cobertor roxo para cima de mim. E ainda por cima, diz alguém longe, ainda por cima no fim do ano tem o cometa. Procuro o fósforo, acendo um cigarro. A pequena ponta avermelhada fica brilhando no escuro. Sorry, in the dark: red between the shadows. Quase como um farol.

Sorry, a lighthouse. Magrinha, lá na Bahia, localiza minha pequena luz, estende tua mão cheia de anéis por sobre o mar e toca na minha testa caliente de índio latino-americano e fala assim, com um acento bem horroroso, que Shakespeare se retorça no túmulo, fala assim:

— De beguinerisólueisdificulti, suitirônei, létis gou tu trai aguein. Iuvigótisomessinguiélsi, dontiforguétiiti.

I don't forget. Meu coração está perdido, mas tenho um London de A a Z na mão direita e na esquerda um Collins Dictionary. Babylon City estertora, afogada no lixo ocidental. But I've got something else. Yes, I do.

A modificação

A Francisco Bittencourt

Vieram buscá-lo ao amanhecer. A luz clara e dura bateu contra seu rosto enquanto a mulher se debruçava na janela para vê-lo ir embora. Olhou quase com ódio para a mulher saciada depois daquela noite que suspeitavam a última. Mas ao ódio sucedeu a compreensão: ela não podia fazer nada. Entendendo que ela nada pudesse fazer além de olhá-lo desaparecer no fim da rua, sorriu e disse:

— Eu não vou voltar.

— Nunca mais? — perguntou a mulher.

— Nunca mais.

Ele sacudiu a cabeça repetidas vezes, irremediável. Não, nunca mais. Julgou ver um movimento qualquer de desamparo no canto da boca da mulher e novamente sorriu. Mas ela se manteve imóvel até que os guardas irritados o empurrassem com a ponta das espingardas. Ele sacudiu os ombros e saiu andando. A mulher ficou na janela observando as silhuetas que um sol recém-nascido espichava no calçamento de pedras irregulares. Depois fechou devagar os postigos, sentou-se na sala escurecida e sem compreender começou a chorar.

Mas ele voltou, um mês depois. Magro, cansado, faminto. Veio devagar pela mesma rua em que se fora, na mesma hora — e desta vez pisava a própria sombra, sem raiva, apenas voltando. A tentativa de outros lhe imprimirem um pensar e um agir crivava-lhe o rosto de pequenas rugas confusas.

Entretanto, falou à mulher que o recebeu sem espanto. Engolia com voracidade o café e falava, falava de cárceres, torturas, medos, pisos frios, fomes, grades, muitas grades onde comprimira as mãos magras e depois o cimento gelado, o sono difícil, a boca seca, o coração vazio de outra coisa que não fosse ódio e recusa. Nas primeiras semanas arquitetava torpezas, vinganças: contraído e escuro cuspia contra imagens, quebrava altares, receios. Mas aos poucos foi entrando numa região sem arestas onde apenas flutuava, alheio ao que poderia ser, ao que teria sido. Um limite de sofrimento calcara-lhe no rosto uma máscara fria. Pelas órbitas dessa máscara é que espiavam dois olhos muito velhos e muito cansados, que de seus mesmo não tinham sequer a cor. Foi com esses olhos que olhou a mulher tirando lenta os panos e os pratos. Como se esperasse a exigência de uma pergunta, ela apressou-se em falar:

— Quer dizer que você aceitou?

Ele não respondeu. Segurou-a pelo braço, puxou-a até o quarto e fechou a porta. Despiu-a sem pressa e adormeceu sobre ela. Lá fora, uma aldeia de lobos começara. Os dentes arreganhados, eles passeavam nas ruas desertas onde homens assustados escondiam-se para evitar seu hálito de peste. Buscavam mulheres, comida; buscavam tudo aquilo que as alcateias esgotadas não mais lhes davam. E os cidadãos, aos poucos, cediam. Havia guardas que lentamente forçavam uma aceitação. Uma noite maior e mais escura baixava enquanto os dois se satisfaziam na cama. Ouvindo os rugidos, e mais que os rugidos, o silêncio feroz que se fazia, ela levantou-se para entreabrir a cortina. Espiou a rua onde um vento começava a soprar, as portas fechadas, oblíquos vultos por entre as sombras, uma maçã perdida no meio do calçamento. Compreendera.

— Começou — disse.

O homem não se moveu. Cercou-o repetindo: "começou, começou, começou." E ele não se movia. Sacudiu-o leve, quase carinhosa, depois com violência, quase com ternura. Arrancou os lençóis deixando-o nu sobre o colchão. Repetia, repetia sempre. Mas no rosto imóvel do homem não havia nenhum sinal. Tocou-o, receosa de um endurecimento; atenta, detalhada, investigou-lhe o rosto, os braços, as pernas, sobretudo os dentes, o cabelo, o hálito. Não havia nenhum sinal. Não satisfeita, espalmou as mãos sobre o peito nu do homem e tornou a perguntar:

— Você aceitou?

O homem sorriu um sorriso de dentes humanos e tornou a puxá-la para si. Ela cedeu. Compôs um alívio na face preocupada e desdobrou-se em fêmea para o homem que a buscava. A vida se restabeleceu serena entre os dois, armaram tácitos um cotidiano feito mais de silêncio do que de palavras: caminharam descansados nessa zona elaborada em aceitação e entendimento recíprocos. Ela não tornou a perguntar. Tinham ainda alguma comida em casa, o que lhes permitia evitar sair à rua. Não sabiam por quanto tempo poderiam ainda sobreviver de portas cerradas e sem o auxílio dos homens, mas isso parecia não lhes importar. No momento em que precisassem se encarar e perguntar "e agora?", se encarariam e perguntariam — não por enquanto. Haviam aprendido a viver o que tinham, sem depois.

Mas a cidade se ampliava em lobos. Aos poucos a população toda ia sendo transformada, as casas eram derrubadas, surgiam imundos covis entre os escombros, as ruas se enchiam de fezes, cresciam os dentes dos homens, nasciam outros seios nas mulheres, e lentamente o corpo começava a pesar, pesar demais, insuportável de ser sustentado em apenas duas pernas. Então tombavam de quatro, os cabelos cresciam esparramados pelo corpo inteiro. E uma vida escondida tomava sua forma, vinha à tona e se impunha na própria carne, inevitável. Eles não eram felizes nem infelizes: eram apenas ferozes em seu novo ser traiçoeiro, esquivo e solitário. Os remanescentes eram levados aos quartéis — e quando libertos, em breve se juntavam aos demais. Um tempo de voracidade espalhava-se sobre aquele amontoado de casas perdido no meio de montanhas verdes e altas, e ninguém saberia. Ninguém saberia jamais daquela aldeia de lobos e de fomes.

A mulher observava seu homem. Pelas frestas da janela entreaberta acompanhava toda a modificação, enquanto ele dormia. Depois espiava temerosa o riso distraído do homem, suspeitando de que em breve dentes mais agudos que aqueles se fariam e uma pele mais grossa cobriria a carne feita de suave penugem. Recusava qualquer coisa que viesse da aldeia. O tempo era de chuva — ela espalhava suas vasilhas no quintal recolhendo água para beberem. Andavam nus: as roupas haviam-se desgastado ao ponto de virarem farrapos impossíveis de serem vestidos. As tesouras e as facas haviam perdido o fio: andavam, ela com o cabelo comprido até a cintura, o homem com a barba confundida nos cabelos do peito. Comiam com as mãos. Mas na hora de deitarem juntos, a boca se abria para ternuras e compreensões. Ela se tornava doce como se fosse limpa: cantava velhas cirandas para que o homem adormecesse, abraçava-o leve e pedia-lhe um filho. Seriam, então, três a lutar contra o resto. Mas o sêmen viajava estéril por dentro de si. Seu ventre de pedra não gerava. Ela se fazia mais e mais doce, elaborava carícias, inventava prazeres insólitos até o homem se surpreender e rir com os dentes ainda irregulares, ainda escuros, ainda humanos. Ria, também. Seus risos confusos, confundidos, varavam o hermetismo das portas e das janelas até espantar os lobos lá fora. Silenciosos, eles ouviam. Risos. Cantigas. E gemidos. Um vento frio difundia os rumores levando-os até às montanhas. Os lobos odiavam.

O tempo desaparecera. Sempre mais lúcida, a mulher buscou um espelho, investigou rugas que marcassem uma passagem. Nada viu. Mesmo afastando os cabelos ásperos com as mãos de unhas enormes; mesmo entreabrindo a janela para que uma luz a iluminasse melhor. Era noite. Ela escorregou para o chão e ficou ouvindo os passos cautelosos dos lobos na calçada. Distendeu a mão na parede, observou-a. Sentia frio. Um obscuro pressentimento fazia estalar sua cabeça como se estivesse com febre. Pensamentos sombrios a tornaram ainda mais magra. Caminhou lenta, quieta, até o quarto. Espiou pela porta e viu o homem. Estava sentado na cama, uma das pernas apoiadas na mesa, o rosto levemente voltado para ela, embora não a visse. Uma lua cheia começava a nascer, espalhada em luz pelo corpo desimpedido do homem. Então ela teve certeza. Por amor, talvez, por medo, seu primeiro impulso foi recusar a certeza que se embrenhava dura e fria como uma lâmina. Ficaria sozinha, pensou de repente. Seria muito difícil, acrescentou. E acumulou temores, rápida, desesperada, o pensamento caminhando mais depressa que seus passos, encaminhando-a para a cozinha vazia. Torceu a chave, isolando-se, e durante toda a noite escutou a modificação se iniciar, espalhar e consumar. Na manhã seguinte ergueu-se com dificuldade do piso de ladrilhos gelados, abriu a janela e olhou os lobos. Havia mais um entre eles, mas eram todos iguais. Caminhou pela casa esvaziada da presença do homem. Ele também, ele também — repetia. A porta aberta, os móveis destruídos, aquele hálito de vileza e solidão presente em cada canto. Tinha medo. Tinha muito medo. As palmas geladas das mãos comprimiam o rosto, apalpavam os braços, o peito, como se buscassem amparo, salvação. Mas todos os pedaços de seu corpo tinham o mesmo medo. Estou só, pensou. E com mais força: estou só. Deixou-se cair no assoalho e chorou.

Ao meio-dia uma decisão feriu seu corpo. Levantou-se. Os cabelos enormes. A porta ainda aberta, mostrando a rua, os estranhos seres que aguardavam seu momento. Apoiada à parede, os olhos desacostumados à luz direta contraíram as pupilas: encarou ofuscada um deserto de casas, as montanhas ao longe, inalcançáveis, as montanhas. Não esperava complacência. Pagaria o preço de sua obstinação. Cerrou os dentes e deu o primeiro passo. E não gritou quando duas mandíbulas agudas se fecharam sobre seu seio.

Carta para além do muro

No fundo do peito esse fruto
apodrecendo a cada dentada.

Macalé e Duda: "Hotel das Estrelas"

Olha, estou escrevendo só pra dizer que se você tivesse telefonado hoje eu ia dizer tanta, mas tanta coisa. Talvez mesmo conseguisse dizer tudo aquilo que escondo desde o começo, um pouco por timidez, por vergonha, por falta de oportunidade, mas principalmente porque todos me dizem sempre que sou demais precipitado, que coloco em palavras todo meu processo mental (*processo mental*: é exatamente assim que eles dizem, e eu acho engraçado) e que isso assusta as pessoas, e que é preciso disfarçar, jogar, esconder, mentir. Eu não queria que fosse assim. Eu queria que tudo fosse muito mais limpo e muito mais claro, mas eles não me deixam, você não me deixa. Hoje eu achei que ia conseguir, que ia conseguir dizer, quero dizer, dizer tudo aquilo que escondo desde a primeira vez que vi você, não me lembro quando, não lembro onde. Hoje havia calma, entende? Eu acho que as coisas que ficam fora da gente, essas coisas como o tempo e o lugar, essas coisas influem muito no que a gente vai dizer, entende? Pois por fora, hoje, havia chuva e um pouco de frio: essa chuva e esse frio parece que empurram a gente mais para dentro da gente mesmo, então as pessoas ficam mais lentas, mais verdadeiras, mais bonitas. Hoje eu estava assim: mais lento, mais verdadeiro, mais bonito até. Hoje eu diria qualquer coisa se você telefonasse. Por dentro também eu estava preparado para dizer, um pouco porque eu não aguento mais ficar esperando toda hora você telefonar ou aparecer, e quando você telefona ou aparece com aquelas maçãs eu preciso me cuidar para não assustar você e quando você pergunta como estou, mordo devagar uma das maçãs que você me traz e cuido meus olhos para não me traírem e não te assustarem e não ficarem querendo entrar demais no de dentro dos teus olhos, então eu cuido devagar tudo que digo e todo movimento, porque eu quero que você venha outras vezes e eles dizem que se eu me mostrar como realmente sou você vai ficar apavorado e nunca mais vai aparecer nem telefonar — eu não aguento mais não me mostrar como sou. Hoje de manhã acordei bem cedo, e depois de conversar com eles consegui permissão para caminhar sozinho no jardim, eu disfarcei muito conversando com eles porque queria muito caminhar sozinho no jardim. Àquela hora ainda não estava chovendo, ou estava, não me lembro, ou havia chovido ontem à noite, não, acho que não estava chovendo não, porque eu lembro que as folhas estavam limpas e molhadas e a terra tinha um cheiro de terra molhada: eu comecei a lembrar, lembrar, lembrar e o meu pensamento parecia um parafuso sem fim, afundando na memória, eu não suportava mais lembrar de tudo o que se perdeu, tudo o que perdi, não fui e não fiz, mas não conseguia parar. Então comecei a gritar no meio do jardim molhado com as duas mãos segurando a cabeça para que não estourasse. Aí eles vieram e disseram que não tinha jeito e que estavam arrependidos de terem me deixado sair sozinho e que aquela era a última vez e que eu disfarçava muito bem mas não conseguiria mais enganá-los. Eu disse que não tinha culpa do meu pensamento disparar daquele jeito, mas acho que eles não acreditaram, eles não acreditam que eu não consigo controlar pensamento. Então me deram uma daquelas injeções e eu afundei num sono pesado e sem saída como este espaço dentro desses quatro muros brancos. Foi depois que acordei, não sei se hoje ou amanhã ou ontem, eu te escrevo dizendo *hoje* só para tornar as coisas mais fáceis, foi depois que acordei que perguntei se você não tinha vindo nem telefonado, e eles disseram que você não viera nem telefonara. É provável que estivessem mentindo, eles dizem que eu preciso aceitar mais a realidade das coisas, a dureza das coisas, e às vezes penso que tornam de propósito as coisas mais duras do que realmente são, só pra ver se eu reajo, se eu enfrento. Mas não reajo nem enfrento. A cada dia viver me esmaga com mais força. Não sei se eles escondem de mim a sua visita, se não me chamam quando você telefona, se dizem que já fui embora, que já estou curado, não sei se você não vem mesmo e não telefona mais, não sei nada de ninguém que viva atrás daqueles muros brancos, você era a única pessoa lá de fora que entrava aqui dentro de vez em quando. É verdade que eles todos moram lá fora, mas é diferente, eles vivem tanto aqui dentro que não consigo acreditar que sejam iguais aos lá de fora, como você. Você, sim, era completamente lá de fora. Digo *era* porque faz muito tempo que você não vem, sei do tempo que você não vem porque guardei no meio das minhas roupas um pedaço daquela maçã que você me trouxe da última vez, e aquele pedaço escureceu, ficou com cheiro ruim, encheu de bichos, até que eles me obrigaram a jogar fora. Acho que os pedaços da maçã só se enchem de bichos depois de muito tempo, não sei. Parei um pouco de escrever, roí as unhas, preciso roer as unhas porque eles não me deixam fumar, reli o começo da carta, mas não consegui entender direito o que eu pretendia dizer, sei que pretendia dizer alguma coisa muito especial a você, alguma coisa que faria você largar tudo e vir correndo me ver ou telefonar e, se fosse preciso, trazer a polícia aqui para obrigá-los a deixarem você me ver. Eu sei que você quer me ver. Eu sei que você fica os dias inteiros caminhando atrás daqueles muros brancos esperando eu aparecer. Eles não deixam, acho que você sabe que eles não deixam. Não vão deixar nem esta carta chegar às suas mãos, ou vão escrever outra dizendo que eu não gosto de você, que eu não preciso de você. Mas é mentira, você tem que saber que é mentira, acho que era isso que eu queria dizer preciso escrever depressa antes que eu me esqueça do que eu queria dizer era isso eu preciso muito muito de você eu quero muito muito você aqui de vez em quando nem que seja muito de vez em quando você nem precisa trazer maçãs nem perguntar se estou melhor você não precisa trazer nada só você mesmo você nem precisa dizer alguma coisa no telefone basta ligar e eu fico ouvindo o seu silêncio juro como não peço mais que o seu silêncio do outro lado da linha ou do outro lado da porta ou do outro lado do muro

ou do outro lado ....
.... Parei um pouco de escrever para olhar pela janela e principalmente para ver se eu conseguia deter o parafuso entrando no pensamento. Acho que consegui. Porque quando começo assim não consigo mais parar, e não quero que eles me deem aquela injeção, não quero ouvir eles dizendo que não tem remédio, que eu não tenho cura, que você não existe. Eu acho graça e penso em como você também acharia graça se soubesse como eles repetem que você não existe. Depois eu paro de achar graça e fico olhando a porta por onde não entra o telefone por onde você não fala e me lembro do pedaço apodrecido daquela maçã e então penso que talvez eles tenham razão, que talvez você não venha mais, e com dificuldade consigo até pensar que talvez você não exista mesmo. Mas não é possível, eu sei que não é possível: se estou escrevendo para você é porque você existe. Tenho certeza que você existe porque escrevo para você, mesmo que o telefone não toque nunca mais, mesmo que a porta não abra, mesmo que nunca mais você me traga maçãs e sem as suas maçãs eu me perca no tempo, mesmo que eu me perca. Vou terminar por aqui, só queria pedir uma coisa, acho que não é difícil, é só isso, uma coisa bem simples: quando você voltar outra vez veja se você me traz uma maçã bem verde, a mais verde que você encontrar, uma maçã que leve tanto tempo para apodrecer que quando você voltar outra vez ela ainda nem tenha amadurecido direito.

Red roses for a blue lady

Escrito em 1969, é completamente inédito.[1] *O título veio de uma música americana chata que, na época, não parava de tocar no rádio. Sofreu vagamente alguma influência do realismo mágico latino-americano, misturado à linguagem "descontraída" de J.D. Salinger — e talvez justamente por essa mistura e certa gratuidade geral, nunca quis publicá-lo. Ao encontrá-lo perdido numa pasta em uma única versão datilografada e toda rasurada a mão, nem me lembrava de tê-lo escrito um dia.*

Para Gilberto Gawronski

---

1 Este conto foi publicado pela primeira vez em *Ovelhas negras*, de 1995, e reaparece neste volume com estas mesmas observações, feitas então pelo próprio autor (N.E.)

É verdade, sim, que recebi o diário dela. Não é natural que nesses casos a polícia sempre mande os pertences da vítima para o parente mais próximo? Sim, eu tenho vinte e cinco anos e sou, quer dizer, era filho dela. Único filho. O que não sei é se é certo ficarem chamando ela de *vítima*, e também nem sei se posso chamar de *pertences* aquelas tralhas da sacola de plástico. É que é muito pouca coisa — apenas o diário, um regador e uma tesoura. Acho que ela estava com uns sessenta anos, mas isso não tem importância nem acrescenta nada, afinal ter sessenta anos não justifica que se tenha como *pertences* um diário, um regador e uma tesoura. Andar sempre vestida de azul também não justifica nada, e ela andava, quero dizer, ela andava sempre vestida de azul, vocês compreendem? Detesto ficar repetindo essas coisas, mas acontece que eu não sei pensar antes de falar, como a maioria das pessoas, então eu vou falando e só penso depois e às vezes eu só me dou conta que falei alguma coisa que não devia depois de já ter falado, compreendem?

Como, não interessa? Se sou eu que estou falando só posso falar do jeito que eu falo, e quando eu estou falando o que não interessa tem que interessar, porque só depois de falar o que não interessa é que posso falar o que interessa. Assim mesmo, quando me dou conta já estou só no que interessa e que, como eu já disse, às vezes não interessa *para mim*, mas para os outros sim. Estou sempre tomando na bunda com essa mania, que nem é mania, mas um jeito de ser, o quê? Tá bom, respondo, podem perguntar.

Sou despachante, sim. Pego papéis, carteiras de identidade, títulos de eleitor, certificados, fotografias 3x4, a maioria agora é 5x7, os senhores sabem, essas coisas, e encaminho passaportes, erregês, essas coisas. Tem dias que eu fico muito cansado de fila, guichê, carimbo, protocolo, tem dias que chega numa hora que parece que os pés não cabem dentro das meias e dos sapatos e que meus braços estão engordando dentro do paletó, as pernas dentro das calças, das cuecas, o tronco dentro da camiseta, porque eu ando sempre de cueca e camiseta e meias, mesmo no verão, mas troco todo dia. De camisa e gravata eu também ando, e tem horas também que o meu pescoço parece que fica maior que a camisa e que tudo que cobre meu corpo, meu corpo fica maior do que tudo que cobre ele, os senhores entendem?

Aí nessas horas eu pego e sento numa praça, desabotoo tudo, tiro os sapatos, as meias e fico ali sentado, um tempo. As coisas que acontecem numa praça — não precisa nem a gente prestar atenção nelas, elas só vão acontecendo em volta, não importa que ninguém se importe. Uma vez me ofereceram erva, os senhores sabem o que é, não? Pois é, eu não quis, nem sei por quê, tem um amigo meu que diz que tudo é bom como experiência, mas tem umas experiências que eu não quero mesmo ter porque acho que tudo vai ficar muito difícil e eu não vou conseguir mais ficar dentro de mim mesmo. Se eu não conseguir mais ficar dentro de mim mesmo eu vou ficar muito sozinho, porque não estou acostumado a ficar fora de mim mesmo, isso eu não sei se os senhores compreendem, porque nem eu compreendo direito. Tem uma história que talvez explique melhor essa coisa de ficar dentro, ficar fora.

Outro dia numa dessas praças, já era quase noite e não havia mais ninguém, um cara pediu para me chupar o pau. Ele pediu dum jeito muito educado e tudo, era um cara bem-vestido, de barba, com um turbante colorido na cabeça, parecia um indiano. Bom, eu pensei, se ele quer tanto chupar o meu pau eu vou mesmo deixar, porque isso não me tira pedaço nenhum e eu posso continuar dentro de mim mesmo sem nem prestar muita atenção no que ele está fazendo. Eu não ia foder com ele nem nada, ia só deixar ele chupar meu pau, e isso de chupar pau nem precisa que você se mexa os senhores entendem? é só deixar o cara fazer e pronto, é só ficar quieto e o cara faz tudo. Por mim a gente tinha feito ali mesmo, mas ele preferiu o banheiro da praça, acho que porque o turbante chamava muita atenção.

Tinha uma mancha amarela nos azulejos da parede e eu fiquei olhando, olhando, até que a mancha amarela deixou de ser uma mancha amarela e começou a parecer uma escada que tinha na minha casa, uma escada toda de madeira, cheia daqueles bichinhos, como é mesmo o nome? ah, cupim, isso, uma escada de madeira cheia de cupim que tinha numa casa que era a minha quando eu era criança. Lembro que eu descia pelo corrimão, escorregando, os buracos da madeira e as felpas raspavam nos fundilhos das calças e os fundilhos sempre puíam, puíam até furar, aí a minha mãe cerzia e todas as minhas calças tinham os fundilhos cerzidos porque por mais que a minha mãe reclamasse eu nunca deixava de descer escorregando pelo corrimão. Ela reclamava sem ficar brava, dizia que era coisa de criança, me pegava no colo e não deixava meu pai me bater. Era sempre assim naquela casa com a escada, o meu pai querendo bater em mim e a minha mãe não deixando. Eu não gostava dele, mas não era só porque ele queria bater em mim, é que ele também batia na minha mãe e fazia outras coisas que não achava certas, mesmo quando não sabia direito o que eram.

Que coisas? Bom, uma noite eu desci bem devagar pela escada porque estava com sede e ia até a cozinha quando vi no tapete da sala meu pai e minha tia fazendo uma coisa que eu nunca tinha visto antes. Sentei no degrau e fiquei olhando, eles estavam sem roupa, ele era grande e peludo, com uma coisa dura no meio das pernas e a minha tia dava uns gemidos que parecia que estavam machucando ela, e eu não entendia por que ela ria e virava a cabeça para os lados se parecia sentir tanta dor. Numa dessas vezes que ela virou a cabeça, ela me viu sentado no degrau. Eu saí correndo e me tranquei no quarto por dentro mas não adiantou porque eu sempre sonhava que o meu pai estava me obrigando a chupar aquela coisa dura. Mas nunca nenhum deles falou daquilo comigo, e daí passou um tempo e um dia eu me olhei no espelho e vi que tinha ficado grande e peludo e com aquela coisa dura no meio das pernas, igual meu pai. Foi aí que eu saí de casa e arrumei esse trabalho de despachante e fui morar noutro lugar, porque ela não ia mais gostar de mim se visse que eu tinha ficado parecido com o meu pai, eu podia até querer começar a bater nela também.

Eu já disse que ela andava sempre vestida de azul, não é? Pois é, ela andava sim, e eu achava até bonito ela andar assim, ela dizia que era porque gostava de céu sem nuvens em dia bem claro. O meu pai? Ah, logo depois que eu fui embora, ele foi embora também, junto com aquela tia. Não, não sei pra onde, nem quero saber e tenho raiva de quem sabe. Mas naquele tempo que eu morava lá não tinha esse regador nem a tesoura, nem o diário. No jardim só tinha rosas, e as rosas tinham morrido todas com uma geada brava de julho e aí ela deu o regador e a tesoura, porque não serviam mais pra nada.

Namorada? Não, não tenho não. Tinha umas mulheres que moravam todas juntas numa casa perto da minha, da outra casa sem escada, para onde eu mudei depois que descobri que tinha ficado grande e peludo. Às vezes elas vinham me visitar e queriam fazer aquilo que meu pai fazia com minha tia no tapete. Quer dizer, elas queriam fazer na cama, tinha uma que queria fazer em pé na pia da cozinha, quem queria sempre fazer no tapete era eu. Elas só achavam esquisito e riam, elas riam muito e eu fazia com uma, duas, três, às vezes eu fazia até com as quatro, elas eram quatro. Eu era muito forte naquele tempo, só me sentia fraco quando lembrava que a geada de julho tinha matado todas as rosas no jardim de minha mãe, me enfraquecia tanto lembrar que minha mãe não tinha mais rosas para cuidar, e se ainda tivesse quem sabe de vez em quando ela se vestiria de vermelho, só para combinar, não é?

Aí aquele cara que estava me chupando o pau no banheiro da praça me perguntou por que é que eu estava olhando tanto a mancha amarela, eu falei das rosas e ele perguntou "mas eram rosas amarelas?" e eu disse "não, não, eram vermelhas, ela só gosta de rosas vermelhas". Então ele disse que tinha gostado muito de mim e que ia ajudar minha mãe, coitada, o dia inteiro vestida de azul, sozinha naquela casa, sem rosa nenhuma pra cuidar. Eu fiquei tão forte de novo que deixei ele me chupar outra vez ali no banheiro da praça, ele gostou mais ainda e os olhos dele brilhavam como os de gato no escuro, tinha as mãos muito finas e os movimentos leves como se estivesse embaralhando cartas, não sei se os senhores compreendem, e tinha também aquele turbante colorido na cabeça e uma barba fina, dentes muito brancos, mais brancos ainda contra aquela pele cor de azeitona e uma tatuagem no pulso em forma de cobra, assim dando a volta no pulso e mordendo a própria cauda. Eu disse que tinha horror de cobra e ele riu com aqueles dentes que pareciam ainda mais brancos naquela pele quase esverdeada e disse "mas não precisa ter medo, não é uma cobra de verdade".

Foi nesse momento que eu comecei a achar que ele era um sujeito muito inteligente, pois se a cobra não era de verdade eu não precisava ter medo dela, e se eu não precisava ter medo dela também não precisava ter medo dele, certo? Falei isso pra ele e aí ele tirou do bolso de dentro do casaco uma muda de roseira muito pequena e disse assim "toma, leva de presente para a tua mãe". Isso foi na segunda-feira passada, eu saí dali e levei imediatamente para a minha mãe, depois fui para a minha outra casa e não voltei mais lá.

O que eu quero dizer, mas acho que os senhores não compreendem mesmo, é que não tenho culpa nenhuma. A única coisa que fiz foi dar aquela muda de presente para a minha mãe, como ele disse, porque achei que ela ficaria feliz, e ficou, e eu também fiquei quando vi que ela ficou. Ele parecia um sujeito decente, bem-vestido, educado, parecia estrangeiro, talvez indiano com aquele turbante colorido. Como é que eu podia saber que aquelas rosas eram carnívoras?

O príncipe Sapo

Numa tarde de novembro de 1966 eu estava em meu quarto no IPA, internato em Porto Alegre, lendo Graciliano Ramos, quando vieram trazer um envelope grande chegado de São Paulo. Era um exemplar da revista Claudia *com este conto publicado e uma carta de Carmen da Silva. Há quase um ano, eu enviara o texto a ela pedindo apreciação, e não recebera resposta. A carta explicava: Carmen queria me proporcionar a surpresa da publicação, a primeira. Foi naquele momento que me tornei definitivamente escritor. Exceto por algumas palavras e parágrafos, não mudei mais nada nesta história. Tentar "melhorá-la" seria atraiçoar a inocência dos dezoito anos que eu tive.*

À memória de Carmen da Silva

Bonita mesmo ela nunca foi, sobre isso todos sempre estiveram de acordo. Ainda mais agora, já quarentona, os cabelos muito finos e lisos eternamente presos num coque sem graça, os olhos parados numa expressão estranha, misto de ironia e tristeza. Mas não se pode negar que tinha algo diferente — alguma coisa assim que transcendia o corpo e ficava pairando ao seu redor como... como uma névoa vaga de manhã de outono. (Ia dizer *auréola*, mas essa palavra lembra santa e isso eu garanto que ela nunca foi.) O fato é que ela possuía uma graça especial, talvez o modo como se debruçava à janela, ou mesmo o jeito oblíquo de sorrir apertando os lábios, como se temesse revelar no sorriso todo o seu mundo interior.

Teresa era seu nome. Nome comum que não lembra nada nem ninguém — a não ser as duas santas, a Teresinha de Jesus na música infantil e a Teresa Cristina imperatriz, com as quais aliás nem um pouco ela se parecia. Pois Teresa vinha de uma família muito numerosa. Onze irmãs. Todas com T de inicial no nome também. Teresa, sorte dela, foi das mais velhas, pois a décima segunda, esgotado o reservatório de nomes, foi batizada como Telêmaca. Mesmo essa conseguiu casar. Todas as outras conseguiram, menos Teresa. Foram-se indo aos poucos todos aqueles tês, como a água numa banheira vai sumindo, sumindo, de repente a gente depara com a banheira vazia e pergunta: "Ué, cadê a água?" Foi isso que aconteceu com Teresa. Madrinha, testemunha ou aia de todos os casamentos. Sempre sorridente, feliz com a felicidade das outras, escondendo uma ponta, só uma pontinha, de inveja boa. Os parentes já se olhando de esguelha, trocando sorrisos maliciosos, fazendo apostas ferinas: "Será que esta encalha?" As irmãs casando e Teresa sobrando, o corpo fanando, a carteira e as luvas puindo de tanto casamento. E um misto de amargura e expectativa se acumulando num fundo de alma.

"Minha vez também há de chegar", pensava, comparando-se às dez irmãs. E tirava, honestamente, um saldo a seu favor: era mais inteligente, mais desembaraçada, mais elegante. Mas ia sobrando. E a esperança — a esperança ameaçando tornar-se real no primo Gonçalo, de olhos verdes, verdes, tocador exímio de violão, seresteiro incorrigível, partido visado pelas moçoilas românticas e temido pelos papais, aquela esperança apequenando mais e mais no coração de Teresa. Foi-se de vez no nono casamento: Tanira e Gonçalo confirmam. Teresa, madrinha mais uma vez. Sorriso desta vez como pintado no rosto onde os olhos mostraram, pela primeira vez, aquele misto de ironia e tristeza. Depois a festa, os doces, as danças, os pares rodopiando, o violão, os olhos — meu Deus, tão doidamente verdes! — de Gonçalo postos nos olhos sem graça da irmã. Teresa enfiada num canto, falando de pontos de crochê para dona Anaurelina, buço cerrado, seios fartos, mãe de Gonçalo rodopiando na valsa e olhos (ainda, Deus meu!) postos nos olhos de Tanira.

À noite, sozinha na cama, amargura, culpa, choro envergonhado, desejos inconfessáveis, pensamento em Gonçalo. Olhos nos olhos de Tanira, tão desvairadamente verdes. Os noivos na cama longe dali decerto abraçados, colados, fundidos. Olhos nos olhos mesmo no escuro. A cor dos olhos dele devia brilhar no escuro, como os dos gatos, dos tigres. Um gato no cio miou lá fora, e ela revirando-se, mãos buscando água na mesinha de cabeceira, sono pesado, pesadelo verde, cheio de olhos e gatos, valsas e tigres. Na manhã seguinte, a vergonha de si mesma, das coisas que pensara durante a noite — seria doida? O medo de retratar-se em cada gesto, em cada palavra, a fazia cerrar-se áspera à menor tentativa de aproximação dos pais e das irmãs restantes. E à noite, outra vez, o corpo ardia no desejo impossível do corpo do primo. Os dias atordoados, as noites longas, suores, frustração. O tempo, remédio pra tudo, diziam, passando. As irmãs casando sem parar. Teresa ressecando. Os pais morrendo.

Quando eles morreram, o pai menos de ano depois da mãe, ela não chorou. Já havia esgotado, pensava, sua capacidade de sofrer. Mas pensando na relativamente boa situação financeira em que ficara após a morte deles, a única solteira e desamparada, não podia deixar de lembrá-los com gratidão.

*

Teresa de luto fechado, sozinha em casa com o gato. Às segundas, visita de Têmis; às terças, visita de Tânia; às quartas, de Telma; às quintas, de Tatiana; às sextas, de Tília, que as outras moravam em outras cidades.

Os sábados livres para igreja, cemitério. Domingos: banho, vestido bem-passado, talco, perfume, coque, janela. Olhos gulosos nos homens que passavam. Olhos úmidos ao ouvir as crianças de mãos dadas cantando "Se eu roubei, se eu roubei teu coração, tu roubaste, tu roubaste o meu também". Novelas no rádio e leituras para matar o tempo. No começo, desde almanaques de farmácia até livros de colégio, depois dedicou-se somente às histórias infantis. Domingo à tarde, debruçada na moldura verde da janela, em segredo punha nos vizinhos apelidos tirados dos livros. Branca de Neve era a moça branca e anêmica, diziam que tuberculosa, filha de seu Libório açougueiro, que, por sua vez, era o gigante de João e o Pé de Feijão. As irmãs Rosa Branca e Rosa Vermelha, as duas metidas filhas do médico, e a Moura Torta, a portuguesa da venda, coitada, tão boazinha apesar do narigão e da corcunda.

E foi assim que apareceu o príncipe Sapo.

Teresa adorava aquela história, já lera mais de dez vezes. "Ai como sou besta e sem fundamento", pensava, "tamanha mulher lendo e ainda por cima gostando dessas bobagens para crianças." Pensava vagamente em procurar um médico para curar a mania, ouvira falar de psicólogos, médicos de cabeça, que curam coisas assim. Mas não fazia nada. Fugia a toda hora para aquele mundo feito de casas de doce, castelos, fadas, maçãs mágicas. Sonhava com o príncipe Sapo. Negava o real, enojava-se da lembrança de Gonçalo, braços cabeludos, peito cabeludo, suado, cheiro de homem, cigarro e cerveja, banhas incipientes com o casamento. Tinha nojo, sim. Comparava-o ao príncipe Sapo — louro, delicado, perfumado, olhos azuis — não verdes, verdes não! —, tocando piano com aquelas mãos tão alvas. Gonçalo tocava violão. Teresa odiava violão, amava violão. Odiava Gonçalo, amava Gonçalo. De manhã, no espelho, chamava-se em voz alta de besta, besta, besta. Estava ficando louca e velha e feia e quase quarentona e ressecada e cínica, até cínica, meu Deus. Chorava. Recompunha Gonçalo na memória traço por traço, depois apagava tudo com as imagens dos príncipes das histórias infantis.

*

Resolveu então encontrar o príncipe Sapo. Durante três domingos procurou-o inutilmente em todos os homens que passaram sob a janela. No quarto, debruçada na janela verde, cabelos presos no coque, talco, banho recente, corpo apaziguado — pois no quarto domingo achou. Não, não era louro nem delicado, nem tinha os olhos azuis. Resumindo: em nada se parecia à gravura do livro. Em compensação, lembrava tanto um sapo que ela não pôde deixar de olhá-lo atenta.

E lá vinha ele descendo a rua, baixinho, cheio de tiques, os olhos saltados saltando para os lados. Um terno surrado dançando no corpo franzino, uma pasta embaixo do braço, caminhando como se fosse aos saltos. Um sapo perfeito.

Ela riu alto e ele quase parou, espantado com aquele riso tão claro na garganta da solteirona da janela verde. Depois se foi, baixinho, nervoso. Teresa ficou olhando até que desaparecesse na curva da rua. À noite sonhou com ele. Não mais com a figura do livro, mas com ele mesmo, o sapo. Sonhou coisas que a fizeram corar no dia seguinte, olhando-se ao espelho e chamando-se baixinho de cínica, cínica, cínica.

Indagou pela vizinhança, até descobrir. Era professor de piano, pobre, solteiro, morava na pensão da esquina. O nome: Francisco, todos chamavam de Chico. Nada lembrava príncipe, nem sapo. Professor de piano, isso gostava. Resolveu comprar um piano. Comprou. Tomásia, Tônia, Tatiana, demais tês e respectivos maridos censuraram-na por jogar fora assim a herança dos pais, coitados, tão bons, falecidos há tão pouco tempo, e ela já querendo gastar dinheiro, assanhada, ingrata, e num piano, logo num piano, coisa preta, grande e quase sem utilidade, a não ser tocar, coisa que aliás ela não sabia, profanadora do luto, arriscando-se a levar castigo divino, nem parecia que respeitava a memória deles, nem parecia que era católica apostólica rom...

— Chega! — berrou Teresa, replicando que já tinha quase quarenta anos, o dinheiro era seu, fazia o que bem entendesse dele, não seria por isso que deixaria de amar os pais, coitados, tão bons, falecidos há tão pouco tempo. — E além disso — continuou frenética —, vocês têm seus maridos e filhos para se distrair, e eu, que que eu tenho? Me digam, o que que eu tenho nesta casa vazia?

Escândalo. As irmãs saindo uma a uma, trombudas, chamando-a de cínica, cínica, cínica. Relações cortadas.

*

Mas o piano veio. Grande, rabudo, pretíssimo. Dedos cansados acariciando teclas à toa. Sons difusos, dissonantes, espalhando-se pela casa grande e deserta, entrando no coração amargurado de Teresa, ferindo-o de leve. Leve como o toque de seus dedos nas teclas frias, frias como as lágrimas pingando no assoalho escuro, escuro como a madeira envernizada do piano na qual ela passava a mão como se fosse uma pele de gente.

Não perdeu tempo. Em seguida, as aulas. O príncipe Sapo batendo tímido na porta. Olhos baixos, pés esfregados no capacho. E escalas, escalas e mais escalas. Notas, sustenidos, bemóis, cachorro vai, dó-ré-mi, claves, mi-dó-ré, pauta, compasso, cachorro vem, ré-mi-dó. Teresa deslumbrada, como se tivesse em suas mãos a chave do cofre onde o mundo esconde seus tesouros. Quase esqueceu-se do verdadeiro motivo pelo qual comprara o piano, tanto gostava de música. A solidão nem mais pesava. Havia agora um amanhã, um ontem, um hoje. Havia o piano, as lições, os exercícios. Esqueceu o gato, a janela no domingo, os livros infantis, as novelas. Havia o piano. E havia também o príncipe, o Sapo.

No começo tinha nojo dele. O homenzinho apagado demais, humilde demais, sempre quieto, como consciente do desprezo que provocava, e por isso mesmo mais desprezível. Mas ao cair de uma tarde Teresa surpreendeu-se a olhá-lo com pena, depois com compreensão, depois com simpatia, depois... Bem, noutro dia suas mãos tocaram-se rápidas sobre o teclado. Afastaram-se logo. A dele trêmula, nervosa; a dela hesitante; ambas encabuladas. No dia seguinte buscaram-se discretamente, tocando-se como que por acaso, as quatro mãos. Uma semana mais tarde olharam-se nos olhos. Olhos fatigados, de gente quase velha, quase sem ilusões.

O piano cantava cada vez com mais alegria, os rumores na rua cresciam, todo mundo comentando a pouca-vergonha. Mas Teresa feliz, feliz, feliz. Uma página inteira feliz. Um livro inteiro feliz. Um mundo inteiro, Teresa feliz.

*

Até que Gonçalo, sempre o cunhado mais decidido, veio falar com ela. Tranquila, Teresa ouviu.

— Olha, não temos nada com a sua vida, nem eu nem sua irmã, mas achamos que devemos... — pigarreou, tossiu, meio engasgado com as palavras difíceis ensaiadas antes — ...devemos zelar pelo bom nome da família, tão representativa na sociedade local. Afinal de contas, seus pais...

— ...coitados, tão bons, falecidos há tão pouco tempo — interrompeu Teresa distraída.

Gonçalo parou, surpreso. Ela sorriu com o canto da boca. Ironia, ele desconfiou. Mas prosseguiu:

— Pois é, isso. Eles não haviam de gostar.

— Mas gostar de quê?

— Desses rumores.

— Quais *rumores*, Gonçalo?

Ele começou a perder a paciência. Os olhos — antigamente tão incrivelmente verdes! ela pensou com pena — ganharam um brilho frio e mau e opaco de vidro sujo, fundo de garrafa.

— Ora, Teresa, não se faça de inocente. Você já não é mais nenhuma criança, já tem trinta e cinco anos e...

— Trinta e oito.

— Pois é, isso. Não é mais idade de andar namoricando com esse tal de professor que não tem nem onde cair morto, e deve estar de olho mesmo é no seu dinheiro, esse...

— Príncipe Sapo.

— Hein?

— Príncipe Sapo, ora.

Gonçalo olhou melhor para ela. E adoçou a voz como quem fala com uma criança — ou uma louca —, os olhos retomando por segundos aquele verde bom de antigamente.

— Que príncipe, Teresa?

— Sapo, já disse. Que coisa, parece surdo. Aquele que pegou a bola de ouro da princesa e pediu para ir com ela, comerem juntos, dormirem juntos, você sabe.

Gonçalo desviou os olhos e deslizou-os pela sala, o piano enorme e o retrato de Chico Francisco príncipe Sapo sobre ele. Teresa acompanhou seus olhos pensando — "Gonçalo, eu amei você. Seus olhos verdes, seu violão. Amei a serenata que você nunca me fez". Depois foi falando devagar, sílaba por sílaba, como se o que dissesse fosse algo muito frágil:

— Eu vou me casar com o Chico — "Francisco príncipe Sapo", completou mentalmente. E mentiu, deixando-se embalar pelas próprias palavras:— Já mandei até ver o vestido, branco, comprido, com uma cauda deste tamanho. Vou casar de noiva, dos pés à cabeça.

Gonçalo suspirou. Já ouvira falar de muitos casos assim, essas moças passadonas, solitárias. Podia ficar ainda mais grave com o passar do tempo. Não tinha cura. Pediu licença, levantou e se foi, levando para sempre seu olhar já nem tão verde e a serenata frustrada.

*

Pausa de uma lição. Sobre o guardanapo branco do piano, chá e bolinhos. Zumbido de mosca voando, entontecida pelo calor. Teresa com os dedos que há pouco ensaiaram no teclado, sem erro, a primeira parte de *Pour Élise* descansados no regaço. Feliz, feliz, feliz.

— Chico — disse de repente —, nós vamos nos casar.

Silêncio. Teresa envolveu com olhar terno aquele homem pequenino demais, humilde demais — mas tão seu, o único que a vida lhe dera. A mosca zumbia mais, o calor aumentava, cinco da tarde de janeiro. Então ele olhou bem fundo nos olhos dela. Tinha uns olhos pardos, salientes, caídos, infinitamente tristes.

— Eu não posso, Teresa. Não posso casar com você. Nem com ninguém.

E foi explicando aos trancos, a voz ainda mais baixa, mais cansada.

— Foi no quartel, há muitos anos. Uma granada, você sabe, explosão, um acidente, estilhaços. Não sou homem inteiro. Só meio homem, entende, Teresa? Não me obrigue a falar nisso!

Teresa endureceu o rosto, imóvel na cadeira. Antes que ela falasse, o príncipe Sapo foi saindo exatamente como entrara: cabeça baixa, meio tropeçando no capacho. Na porta ainda parou e olhou para trás. E achou-a tão bonita ali sentada na sala clara, ao lado do piano, aquele olhar triste e irônico, os cabelos finos e lisos presos no eterno coque, as mãos cruzadas no regaço, tão bonita que não pôde deixar de sorrir.

Foi esse sorriso que doeu em Teresa. Doeu pelo resto da vida.

Ah, pobre Teresa, irmã de mil outras teresas do mundo inteiro. Piano vendido num leilão. Domingo à tarde, cabelos num coque, banho recém-tomado lavando mágoas e suores. Teresa na janela verde. Teresa olhar irônico e triste. Teresa olhar guloso em todos os homens que passam. Teresa de olhos úmidos ouvindo as crianças a esganiçar "Rua da solidão". Fogueira no corpo ainda virgem de quase quarenta anos, fogueira no fundo do pátio incendiando livros e sonhos, bruxas e príncipes. Vontade de gritar, gritar bem alto e bem forte, sozinha à beira do fogo. O vento bate e salva do fogo uma página colorida e sopra-a pela rua afora. Ah, outra vez essa vontade de gritar um grito alto e triste que dobre lá longe, junto com a folha colorida em chamas, na mesma esquina onde dobrou para sempre Francisco Chico príncipe Sapo última esperança.

A maldição dos Saint-Marie

No ginásio, em Santiago, tive a sorte de ter um professor de português muito bom — José Cavalcanti Jr. Certa vez ele realizou um concurso de romances; e este meu foi o vencedor. Foi em 1962, eu tinha 13 ou 14 anos. O sucesso foi enorme: as meninas faziam fila para ler (só havia uma cópia, escrita em caderno Avante com caneta Parker 51). É evidente que a história cheia de clichês, influenciada por radionovelas, fotonovelas e melodramas mambembes do Circo-Teatro Serelepe, não presta, mas talvez possa render algumas risadas. Anos mais tarde, foi a base para Luiz Arthur Nunes e eu escrevermos a peça teatral A maldição do Vale Negro. *Não mudei absolutamente nada do original: a graça aqui, creio, está justamente no tosco e no tolo.*

Para Ilone Madalena Dri Almeida, minha primeira leitora

Capítulo I

Adriana estava sentada em uma poltrona, folheando um livro sem muito interesse. Suas roupas eram modestas, mas não pobres, tinha longos cabelos negros que nunca prendia e seus olhos também eram negros, dando-lhe uma expressão triste que jamais se apagava, nem mesmo quando ela sorria.

Subitamente, uma batida à porta. Adriana assustou-se, mas logo levantou correndo para abrir, não sem antes arrumar os cabelos com as delicadas mãos.

— Boa noite, Adriana — disse o homem a quem a jovem atendeu.

— Oh, Fernando! — falou ela, com sua voz quente e vibrante. — Fernando, tenho tanta coisa para contar...

O homem entrou. Estava ricamente vestido, mas seu rosto era vulgar. Tinha a testa muito larga, contrastando com os olhos miúdos e vivos que examinavam a moça com avidez.

Adriana fê-lo sentar e, tomando as mãos dele entre as suas, levou-as à boca, roçando-as suavemente com os lábios.

— Querido — ela disse comovida —, há mais uma estrela no céu, há mais um anjinho aos pés da Virgem Maria...

— Que significa isso, Adriana? — perguntou Fernando, com o largo sobrecenho franzido.

A moça, surpreendida com a reação, não conseguiu falar e fez um quase imperceptível aceno com a cabeça. Por fim conseguiu balbuciar timidamente algumas palavras.

— S-sim, Fernando... Agora poderemos nos casar e... então nós iremos viver no seu castelo, Fernando... no castelo de Saint-Marie... nós e nosso filhinho...

Fernando, furioso, deu-lhe um empurrão gritando:

— Idiota! Você pensava que eu, o senhor de Saint-Marie, iria casar-me com você? Com você, uma *zinha qualquer*. Mulheres iguais a você, Adriana, encontram-se aos montes em qualquer lugar, mulheres que com um gesto oferecem-se a qualquer homem!

Adriana estava em pé. Sua aparência tão doce transformara-se em uma máscara onde se estampavam simultaneamente o ódio, o desespero e o desprezo. Levantando a cabeça, ela olhou fixamente para Fernando e em voz rouca, entrecortada pelas lágrimas, gritou-lhe:

— E homens iguais a você, Fernando de Saint-Marie, não se encontram todos os dias. Homens que em sua suja alma não têm um pingo de moral, uma gota de honra nem de dignidade. Homens que não pensam nas mulheres puras e honradas que sacrificam-lhes toda a sua pureza para que eles satisfaçam os seus desejos sexuais, desejos de bestas. E depois de saciados não hesitam em abandonar uma pessoa que sofreu todos os seus sofrimentos, deixando também o sangue de seu sangue, a carne de sua carne que germinou no ventre de quem o amou. Você, Fernando, estava num alto pedestal. Por você eu abandonei tudo, mas agora o pedestal caiu e o ídolo caiu ao chão esfacelando-se.

Cinicamente, o homem contemplava Adriana. Por fim levantou-se, furioso com as últimas palavras da jovem e, dando-lhe uma violenta bofetada, atirou-a ao chão.

— Prostituta! — gritou. — Prostituta é a palavra que serve para você, Adriana!

Em seguida tirou algumas notas da carteira e atirou-as no rosto de Adriana, lavado em sangue e lágrimas.

— Infeliz! — gritou a moça. — Hei de vingar-me, e minha vingança será terrível, Fernando de Saint-Marie. Hei de ving...

Com um gemido, Adriana perdeu os sentidos. Fernando apanhou o chapéu e o sobretudo e saiu assobiando.

Pouco depois, a moça voltou a si do desmaio e arrastando-se penosamente pelo tapete manchado de sangue conseguiu chegar a uma mesinha, sobre a qual estava uma imagem da Virgem com Jesus ao colo. Erguendo o belo rosto para a imagem, Adriana juntou as mãos pálidas e rogou:

— Virgem Santíssima, o que mais quero na vida é que meu filho nasça. Por favor, senhora, deixe-o nascer... deixe-o nascer...

E proferindo essas palavras caiu novamente desmaiada.

Capítulo II

Ali, nas montanhosas escarpas dos Pireneus, erguia-se o imponente castelo Saint-Marie, nome que também designava a família possuidora do castelo. À frente do casarão havia uma alameda que, descendo as escarpas dos Pireneus, encontrava a estrada que levava até um pequeno povoado. Dos lados e atrás do castelo existiam terríveis precipícios e, alguns quilômetros depois, um regatozinho onde as lavadeiras trabalhavam.

Vamos encontrar Fernando de Saint-Marie, o futuro proprietário do castelo, subindo pela alameda que conduzia à morada. Neste instante ele batia à porta com a pesada e severa aldrava em forma de cabeça de leão.

Uma criadinha apressou-se a abrir. Fernando entregou-lhe o sobretudo, o chapéu, e entrou na imponente mansão. Logo à frente da porta havia uma escadaria que, mais acima, dividia-se em duas. O futuro senhor de Saint-Marie subiu essas escadas com passadas fortes, que retumbavam no silêncio do castelo. Tomou a escada da direita e subiu até um amplo *living* onde se encontravam cinco pessoas.

Uma delas era a senhora Ilsa de Saint-Marie, mulher de sessenta anos, de fisionomia bondosa e acolhedora. A outra era Eleonora, parente longínqua da família e que há quatro anos vivia ali, desde que completara quinze anos. Era uma jovem magra, assustada, mas não era feia. Tinha cabelos louros presos num coque e dois olhos enormes e azuis. A outra pessoa na sala, além do avô de Fernando e do mordomo, Jacques, era a governanta Amália, uma mulher orgulhosa e vaidosa e que, apesar de ter mais de quarenta anos, nunca se casara, por isso tornando-se amarga e triste. Foi ela quem criou Fernando desde que este nasceu.

Dona Ilsa de Saint-Marie virou-se para o filho com a fisionomia alegre. Com dificuldade levantou-se da poltrona para beijar Fernando:

— E então — perguntou —, como foi seu passeio? — Mas sem dar tempo ao moço de responder, continuou: — Não sei por que esses passeios noturnos, nunca gostei deles. Você sabe, meu filho, que não somos vistos com bons olhos na vila...

— Deixe o rapaz sossegado, dona Ilsa! — exclamou Amália. — Ele já é um homem, sabe o que faz!

Fernando estava alheio a essas conversas. Lembrava das palavras de Adriana ao sair da casa dela.

Eleonora, noiva de Fernando, amava-o muito, mas ao mesmo tempo sentia certo medo dele. Agora estava triste, pois o rapaz não lhe dirigira um olhar sequer desde que chegara. Adiantou-se intimidada, tomou a mão da senhora Ilsa e levou-a aos lábios.

— Até logo, titia — disse. — Vou para meus aposentos, se me permite.

A velha senhora de Saint-Marie tinha um sorriso malicioso nos lábios quando perguntou:

— Já, Eleonora? Não vai conversar um pouco com seu noivo? Ou será que vocês estão brigados?

A tímida jovem murmurou um trêmulo *não* e saiu quase correndo da sala.

— E você, Amália — continuou dona Ilsa —, já encontrou a moça que precisava para ajudá-la no serviço?

— Não — foi a seca resposta da governanta. — Mas mandei avisar no povoado.

Fernando avançou e, dando um beijo na enrugada face da mãe, disse:

— Vou seguir o exemplo de Eleonora, mãe. Também vou deitar-me. Estou muito cansado.

Fernando retirou-se. E Amália fez o mesmo, seguida pela senhora Ilsa e pelo mordomo que empurrava a cadeira de rodas do senhor de Saint-Marie.

O silêncio caiu sobre o castelo de Saint-Marie.

Capítulo III

Em seus aposentos, Fernando tinha os pensamentos voltados para Adriana:

— O que pensará ela fazer? Qual será a sua vingança? Ah, mas eu não deveria estar receando alguma coisa da parte de uma mulherzinha vulgar e inculta, apesar de muito bela... Mais bela que minha noiva Eleonora...

Esse último pensamento de Fernando ocorreu-lhe sem que o quisesse. Mas, na verdade, não se podia comparar a beleza de Adriana à de Eleonora.

Uma era ardente, sensual, um verdadeiro vulcão prestes a explodir; a outra, tímida, frágil e delicada. Duas mulheres totalmente opostas uma da outra.

"E se ela contar à minha mãe que eu, o futuro senhor de Saint-Marie, sou o pai de seu filho?"

Perto dali, Eleonora tinha seus pensamentos voltados para Fernando. Abraçada ao macio travesseiro, imaginava por que motivo o jovem não retribuía seu amor:

"Será que ele ama outra, meu Deus? Mas quem, quem poderia ser? Fernando quase não sai do castelo, passa os dias trancado no escritório. E quando sai" — pensava ela com amargura — "...quando sai não se digna a lançar-me um olhar, um gesto, um nada. E eu... eu o amo tanto, tanto... Daria a minha vida para vê-lo feliz..."

E enterrando a loura cabeça no travesseiro, ela começou a soluçar baixinho, deixando as lágrimas correrem livremente. Por fim, receando que a cruel Amália a ouvisse, silenciou e adormeceu.

*

Lá embaixo, no povoado, Adriana tinha pensamentos muito diferentes dos da doce Eleonora:

"Fernando odeia-me... e eu também o odeio. Não sei como pude entregar minha virgindade a um homem mau que só tem pensamentos voltados para o dinheiro. Preciso vingar-me, preciso fazê-lo sofrer tudo o que estou sofrendo... Sei que Amália, a governanta do castelo, andou pela vila anunciando que necessitava de uma ajudante. Pois bem, eu me empregarei no castelo até que meu filho nasça e então me vingarei de você, Fernando de Saint-Marie. Você há de pagar bem caro o que me fez!"

E Adriana cerrou com ódio os punhos. Quando os abriu, tinha as mãos crispadas e no rosto uma expressão de fúria. Foi com dificuldade que conseguiu acalmar-se para poder dormir.

*

Mas voltemos ao castelo de Saint-Marie, justamente no momento em que um grito horrendo feriu os ares.

Passos ressoaram pelos corredores. Era Amália dirigindo-se ao quarto de Eleonora, de onde partira o grito. Entrou e deparou com a moça sentada na cama, com uma expressão de horror no rosto.

— Que aconteceu? — perguntou a governanta.

— Foram eles — respondeu Eleonora com uma expressão de loucura — ...foram os fantasmas... eu os vi... ali, na janela... vultos brancos movimentando-se no ar...

— Essa é a maldição que pesa sobre nós, os Saint-Marie — disse a voz da senhora Ilsa, que acabara de entrar.

Eleonora rompeu a chorar e, enquanto dona Ilsa a consolava, Amália falou com desprezo:

— Maldição, fantasmas... Fantasmas não existem, minha cara Eleonora. Você sonhou. Ou então...

Notando a pausa feita pela governanta, a senhora Ilsa procurou completar, perguntando friamente:

— ...ou então o quê, Amália?

— Ou então Eleonora está enlouquecendo — concluiu Amália saindo do aposento.

Eleonora levantou a cabeça e disse quase gritando:

— Eu sei que não sou louca! Eu os vi... Ali, ali... Eram brancos... sim, muito brancos... e dançavam...

Dona Ilsa encostou a mão na testa da jovem. Estava quente, sim, muito quente. Mas a bondosa senhora não se assustou, e ali permaneceu embalando a pobre moça até que ela dormisse, e então, na ponta dos pés, apagou a luz e retirou-se para seus aposentos.

E a noite cheia de mistérios e segredos envolveu o castelo até o romper de um novo dia.

Capítulo IV

A manhã já chegou àquela região da França. O dia amanheceu tão bonito que parecia quase impossível existirem ódios naquela linda região. No povoado as donas de casa já andavam pelas ruas carregando sacolas, todas cumprimentando-se alegremente. Longe da vila, na fonte, as lavadeiras trabalhavam enquanto cantarolavam canções regionais. Quase todos estavam contentes. Somente no imponente castelo dos Saint-Marie é que parecia não haver uma janela ou porta abertas que pudessem permitir a entrada da felicidade.

No castelo, todos já estavam em pé, à exceção do idoso senhor Danilo de Saint-Marie, que era paralítico e não se encontrava disposto a levantar-se.

No saguão da morada, a orgulhosa governanta Amália conversava com uma jovem totalmente vestida de preto. Era Adriana.

— Então? — perguntou a governanta. — Você sabe o que tem a fazer aqui?

— Não, senhora — respondeu Adriana. — Apenas sei que desejava uma ajudante, não sei o que tenho a fazer.

— Não é muita cousa. Apenas fiscalizar o trabalho das criadas e servir o café da senhora Ilsa, do senhor Danilo, de Eleonora e de Fernando.

Adriana não se mostrou nervosa nem mesmo quando ouviu Amália dizer o nome de Fernando. Ela imaginava o que faria o rapaz quando a visse.

— E então? Aceita? Além de seu salário, terá casa e comida.

— Oh, sim, senhora. Permita que eu me retire para ir ao povoado buscar minhas roupas?

A governanta fez um gesto indiferente, e Adriana retirou-se. Amália não simpatizara com a moça, e não procurou esconder isso. Pouco depois a senhora Ilsa entrou no recinto acompanhada de Eleonora. Seu rosto estava alegre e, sacudindo no ar um envelope, disse à governanta:

— Amália, imagine o que diz aqui! George acabou seus estudos e vem morar conosco, não é maravilhoso?

Amália não concordava, ela nunca gostara de George, o outro filho de dona Ilsa. Sempre mostrara clara preferência por Fernando.

Eleonora ainda não conhecia George, por isso mostrava-se animada. Sua palidez habitual quase a abandonara. Mas fingindo mostrar-se interessada, Amália indagou:

— E quando ele chega?

— Hoje mesmo, Amália — respondeu a senhora Ilsa. — Após o meio-dia. Não esqueça de arrumar o quarto dele. A propósito, já conseguiu a ajudante?

— Sim. É jovem ainda e muito bonita, por isso creio que não goste de trabalhar.

A senhora Ilsa ergueu uma sobrancelha, ela conhecia Amália há quase vinte anos e notou que esta não simpatizara com Adriana. Sabia que teria que suportar intrigas e mentiras da parte da governanta para que se zangasse com a moça.

Eleonora pensava em seu noivo. Sabia que ele estava trancado no escritório, como sempre, de onde só sairia para o almoço, mas mesmo assim perguntou timidamente:

— E... Fernando?

— Ora — foi a resposta impertinente de Amália —, está no escritório. Onde mais poderia estar, minha cara Eleonora?

A jovem corou, baixando os olhos, e a governanta deu um sorriso maldoso. Ela considerava Fernando quase como propriedade sua, e não admitia que lhe tomassem seu afeto. Ficou alguns instantes parada e depois, pedindo licença, saiu dali.

A senhora Ilsa e Eleonora também se retiraram para o jardim e o saguão ficou vazio.

*

Em seu escritório, no meio de uma papelada, Fernando escrevia nervosamente. Ele procurava concentrar-se no trabalho sem conseguir, seu pensamento fugia para Adriana. Levantou-se e passeou de um lado para outro fumando, fumando incessantemente, depois chegou à janela e ficou a olhar para fora. Assim permaneceu algum tempo, até que um carro parou no jardim e prendeu-lhe a atenção. De dentro do carro desceu uma moça morena, vestida de preto.

Os olhos de Fernando não conseguiam acreditar no que viam, mas era verdade, a terrível verdade. Aquela moça é Adriana! Fernando sentiu-se cambalear e precisou sentar. Passou a mão pela testa e sentiu o suor escorrendo-lhe pelo rosto.

Capítulo V

Adriana caminhava rapidamente pelos longos corredores do castelo, nas mãos uma pequena valise onde estavam guardadas suas poucas roupas. Neste momento, ela passava justamente pelo escritório de Fernando quando a porta se abriu.

— Adriana — disse Fernando, agarrando a jovem pelo braço. — Adriana, o que é que você está fazendo aqui?

A moça assustou-se, mas recobrou a calma e fitou friamente aquele homem. Deu um safanão no braço e disse:

— Estou empregada aqui, Fernando, e aqui ficarei até o meu filho nascer.

Adriana deu uma entonação especial às três últimas palavras, e gozou com o desespero de Fernando.

— Mas você... você não vai... — gaguejou ele.

— Não, Fernando. Não vou contar nada à sua mãe. Por enquanto, não. E agora largue-me, tenho o que fazer.

E a moça, com um gesto de desprezo, retirou-se caminhando de cabeça erguida.

*

As horas passaram-se. No grande salão, todos, menos o senhor Danilo de Saint-Marie, estavam reunidos para o almoço. Adriana servia a mesa. A senhora Ilsa mostrava-se muito excitada, pois George poderia chegar a qualquer momento. Subitamente uma batida na porta fez a senhora levantar-se.

— É George, eu sei! Meu coração diz que é ele!

Dona Ilsa fez questão de abrir ela mesma a porta.

Ali estava parado um jovem moreno, alto, vestido com cuidado, e seus olhos inteligentes tinham um tom esverdeado. Dona Ilsa abriu a pesada porta e o rapaz atirou-se nos seus braços.

Depois ele cumprimentou Amália, Fernando, Eleonora e... Adriana. Nestas duas últimas, o seu olhar parou, ele não as conhecia. Eleonora estendeu-lhe a mão e disse:

— Eu sou Eleonora, George.

O jovem beijou-lhe a mão, mas seus olhos não se desviaram de Adriana.

— Quem é essa moça? — perguntou.

— Oh — Amália apontou Adriana —, é a minha nova ajudante. Começou a trabalhar hoje.

George sorriu para Adriana, simpatizara com ela.

A moça retribuiu-lhe o gesto, sorrindo timidamente.

E ficariam ali a fitar-se se dona Ilsa não os interrompesse.

— Venha, George — disse ela —, você deve estar cansado. Vamos até o seu quarto.

Adriana ficou parada, seu coração batendo descompassadamente. Sentia algo que não podia definir, como uma vontade louca de correr, de olhar o céu, o sol, as flores. Mas a fria Amália interrompeu os seus pensamentos perguntando:

— Adriana, você não vai servir Fernando?

A moça estremeceu e pegou uma vasilha. Fernando notara como ela ficou impressionada com o seu irmão, e uma onda de ciúme, de ódio, de rancor invadiu-lhe o coração. Sim, ele não conseguia esconder seus sentimentos: Fernando amava Adriana.

*

A tarde passou sem novidades até a hora do jantar, quando todos voltaram a reunir-se em volta da mesa.

— E George? — perguntou Amália.

— George está muito cansado — respondeu a senhora Ilsa. — Ele ficou em seus aposentos. Adriana vai levar-lhe o jantar.

Adriana estremeceu, mas pegou uma bandeja e, subindo as escadas, bateu à porta do quarto do rapaz.

— Entre — disse ele.

Adriana entrou. O rapaz estava deitado lendo um livro mas, ao vê-la, passou a mão pelos cabelos e colocou o livro sobre a mesinha de cabeceira.

— Vim trazer-lhe a janta, senhor George.

A moça colocou a bandeja sobre a mesa. Ao fazer isso, seus olhos encontraram-se com os de George. Este, sentando-se na cama, perguntou:

— Por que está tremendo, Adriana?

— Por nada — disse ela nervosamente. — Sou uma tola.

— Sabe que é muito bonita?

Adriana corou, mas nada respondeu e, abrindo a porta, saiu do quarto. Seu coração voltara a florir: Adriana sentia que encontrara o seu verdadeiro amor e estava feliz. Ela amava George como nunca tinha amado ninguém. Era um sentimento puro, calmo, belo, muito diferente da violenta paixão que sentira por Fernando.

Capítulo VI

Amanheceu mais um dia na França. Lá no alto, no castelo dos Saint-Marie, a vida de intrigas, ciúmes e desconfianças continuava. Ainda não eram nove horas e todos continuavam em seus aposentos, à exceção da governanta Amália, que dava ordens na cozinha, e de Adriana. Adriana já levou o lanche a todos, menos a Eleonora e a George, e o de Fernando, Amália fez questão de levar.

Neste momento Adriana subiu para servir George. A bandeja tremia em suas mãos e o seu coração batia nervosamente. Ela contou lentamente os degraus até chegar lá em cima e bateu à porta, depois entrou sem esperar resposta.

— Bom dia, senhor George.

— Bom dia, Adriana. Sabe que esta noite sonhei com você? Ora, não precisa ficar vermelha assim...

Adriana baixou a cabeça e murmurou:

— Senhor George, eu... eu sou apenas uma criada, nada mais que isso.

George a olhou sorrindo, mas não se conteve e disse:

— Adriana, sabe que a amo?

A moça ergueu o rosto muito pálido e ficou a olhar o másculo rosto do rapaz. Mas eis que surgiu como um turbilhão e, sem que ela pudesse explicar como, seus lábios encontraram-se com os de George e um doce beijo os uniu.

— Adriana, desde que a vi senti que minha vida ia mudar. Eu a amo muito... muito...

Enlevada, Adriana repetiu as últimas palavras do rapaz:

— Eu o amo muito... muito...

Mas subitamente lembrou-se que já pertencera a outro, e afastou-se bruscamente saindo do quarto a correr. Chegando às escadas, começou a chorar, mas secou as lágrimas com as mãos e desceu.

Enquanto isso, na cozinha, uma mão segura um pequeno frasco e despeja um pó branco no café destinado a Eleonora.

*

A manhã passou tranquilamente. No almoço, Adriana procurou evitar que seu olhar se encontrasse com o de George, mas ficou tão nervosa que derramou um prato de sopa, levando uma repreensão da dura Amália. Findo o almoço, a senhora Ilsa propôs um passeio pelos campos, mas somente Eleonora e George animaram-se com a ideia. E os três convidaram Adriana para acompanhá-los.

Saíram a caminhar. Adriana acompanhava a senhora Ilsa; mais a frente George caminhava com Eleonora, olhando de vez em quando, furtivamente, para trás.

— Adriana — disse a senhora Ilsa arquejando —, acho que não posso mais, vamos sentar um pouco?

A jovem sorriu e procurava ajudar dona Ilsa quando tudo escureceu, e ela precisou segurar na mão da velha senhora para não cair.

— O que houve, Adriana? — perguntou dona Ilsa. — Está se sentindo mal?

— Oh, não — respondeu a moça, passando a mão pela testa —, foi apenas uma tontura... Já passou...

Dona Ilsa notou a palidez da jovem, e procurou dar à voz um tom normal quando disse:

— Minha filha, sou velha e experiente, não procure esconder nada de mim. Eu sei o que há. Você... você vai ter um filho, não é isso?

Adriana não respondeu, desejaria estar muito longe dali, desejaria não ter que contar sua amarga história à bondosa senhora Ilsa. Pensando nisso, começou a chorar convulsivamente.

— Chore, minha filha, chore que isso só lhe fará bem. Mas não se preocupe, não a mandarei embora. O seu filho terá um lar.

A moça levantou os olhos cheios de gratidão e abraçou dona Ilsa. Nesse momento, Fernando assomou à janela do castelo e ficou intrigado ao ver aquela inesperada cena.

Vendo aquilo, George e Eleonora também voltaram-se, e o rapaz perguntou trêmulo:

— O que houve com Adriana, mamãe?

— Houve que... que Adriana vai ser mãe...

— ...vai ser mãe?! — repetiram Eleonora e George juntos.

A senhora Ilsa acenou com a cabeça e, abraçada a Adriana, voltou-se e começou a caminhar de volta ao castelo dos Saint-Marie.

Capítulo VII

Mais uma noite cobriu a França e todo o Ocidente. Os cães e lobos começaram a entoar sua costumeira canção à lua que, naquele dia, nega-se a aparecer e com ela, também as estrelas. O céu estava sem nuvens, negro, totalmente negro, e a angústia parecia pairar sobre o mundo, principalmente na velha mansão da tradicional família dos Saint-Marie, onde um manto de desgraça envolvia tudo. Aos lados e atrás do castelo, os ameaçadores precipícios dos Pireneus aumentavam a tristeza do cenário.

A refeição noturna estava sendo servida. Ao redor da mesa agrupa-se toda a família, até mesmo o senhor Danilo, que se sentia melhor. Amália, a fria governanta, também está à mesa, pois é quase uma Saint-Marie. Adriana servia os pratos, ajudada por uma criada macilenta que parecia estar sempre receando uma repreensão.

— Toda a família reunida, hein? — disse George, tentando alegrar o ambiente.

Amália teve vontade de dar uma de suas costumeiras respostas. Chegou a abrir a boca para falar, mas a senhora Ilsa, como que prevendo o que ela diria, lançou-lhe um olhar e o silêncio se restabeleceu.

A suave Eleonora olhava Fernando que, calado como sempre, não lhe prestava atenção. A jovem reprimiu um soluço e levou o garfo aos lábios, mas uma garra de ferro pareceu comprimir-lhe a garganta. Ela soltou um gemido que se transformou num grito lancinante e depois tombou.

— Eleonora! — gritou dona Ilsa, levantando-se.

— Eleonora, o que houve? — falou George, auxiliando a jovem a levantar-se. E voltando-se para Adriana, pediu: — Adriana, pegue um copo d'água, depressa, por favor!

Todos estavam nervosos e falavam ao mesmo tempo, apressadamente. Amália esquivou-se e subiu as escadarias quase correndo. O terror e a alegria estampavam-se ao mesmo tempo em seu rosto perverso.

— Outra vez — gemeu Eleonora —, outra vez...

— Mas por Deus — gritou George borrifando-lhe as faces com água —, o que aconteceu?

— Confie em nós, minha filhinha — pediu a senhora Ilsa. — Diga-nos o que aconteceu.

Até mesmo Fernando aproximou-se e tomou a mão da moça. Eleonora sorriu, dizendo depois:

— Foi só um mal-estar... Não se preocupem, já estou bem...

O velho senhor Danilo de Saint-Marie aproximou-se em sua cadeira de rodas e falou tremulamente:

— Minha filha, ouça um conselho ditado por um homem velho e experiente. O que você tem sempre aconteceu com as noivas dos Saint-Marie, algumas chegaram a morrer antes de casar e...

Com lágrimas nos olhos azuis, Eleonora gritou:

— E... Continue, por favor, diga que estou enlouquecendo!

O velho sorriu, mostrando as gengivas murchas e descoradas:

— Não, Eleonora, não é isso... É a maldição dos Saint-Marie! Por causa dela estamos todos refugiados neste castelo, reduzidos a este mísero grupo. Nós... que já dominamos quase toda a França!

— Então é isso — gritou Eleonora. — É a maldição de que nunca quiseram falar!

Dona Ilsa procurava acalmar a jovem, acariciando-lhe as louras mechas do cabelo. Fernando aproximou-se do velho senhor e perguntou:

— E o que o senhor aconselha?

O velho deu um sorriso enigmático e disse:

— Casar-se, casar-se o quanto antes... Antes que sua noiva seja levada pela morte!

E afastou-se rindo alto. Enquanto isso, Amália regressou fingindo um nervosismo que estava longe de sentir. A senhora Ilsa ergueu-se, tinha o ar solene, o ar que adotava nos momentos importantes.

— Pois o casamento deve realizar-se o quanto antes — disse. — No máximo, dentro de um mês.

Fernando fez um gesto de pouco caso, que feriu Eleonora, feliz com a realização de seu sonho.

A um canto, Adriana sentia-se mais do que nunca como uma simples criada, como uma mulher ultrajada que procura vingar-se. Sem querer, olhou ternamente para George e, para sua surpresa, o rapaz lhe devolveu o olhar. Olhar este que não passou desapercebido. Amália o notou.

A família ainda ficou reunida mais algum tempo a conversar, a fazer planos para o casamento de Fernando e Eleonora. Mas logo recolheram-se, e todas as luzes se apagaram.

Capítulo VIII

Adriana caminhava pelos longos corredores do castelo. A escuridão a assustava, e só ao lembrar-se que tem que subir ao último andar, onde fica seu quarto, tem um arrepio de medo. Agora ela passava pelo quarto da senhora Ilsa Saint-Marie, logo além ficavam os aposentos de George. Mas de repente parou, e foi com espanto na voz que perguntou:

— George! O que está fazendo aqui?

— Adriana — disse o rapaz num sussurro —, não posso mais... Eu a amo muito, temos que nos casar!

Espantadíssima, Adriana só conseguiu gaguejar:

— E-eu t-também... amo você, George... mas v-você sabe que... q--que eu...

— Sim, eu sei que você vai ter um filho, Adriana. Mas creia, eu a amo muito e isso não faz diferença. Sei que você ainda conserva a pureza da alma e se cometeu alguma... alguma loucura... foi num momento de embriaguez, num momento de paixão.

O rapaz falava ansiosamente, olhando bem dentro dos negros e tristes olhos da infeliz Adriana. Esta sussurrou:

— George, nosso amor é puro, sim, mas nunca seria feliz. Sempre haverá aquela sombra em meu passado... e você não sabe quem é o pai de meu filho...

— Adriana, não me torture... Nós poderemos esquecer isso, e o pai de seu filho, o canalha que a maculou, não se interporá jamais entre nós. Quando a criança nascer nós já estaremos casados!

Adriana pensou na felicidade de que poderia usufruir. O futuro estava em suas mãos, e por um instante ela quase esqueceu por que estava ali.

— Não, George, eu o amo também... mas tenho outro objetivo em mente. Só poderemos casar quando eu já o tiver alcançado, e isso será muito breve, creia-me.

George espantou-se com o tom em que eram ditas aquelas palavras, e mais estupefato ficou quando Adriana saiu a correr, sem lhe dar explicações. Mas ele conseguiu alcançá-la.

— Adriana, não sei que objetivo será esse. Mas quero que me prometa o seguinte: dentro de um mês, no casamento de meu irmão, anunciaremos o nosso noivado, está bem?

A jovem concordou com a cabeça. Sim, que melhor vingança poderia desejar? O despeito e o ciúme de Fernando ao saber que ela, Adriana, seria uma Saint-Marie, e que o seu filho poderia ser o senhor de tudo um dia. Mas não apenas por isso casaria com George, não: ela também o amava.

Com um beijo rápido, despediu-se de George e foi para seu quarto.

O resto da noite passou com o horror de costume. Isto é, os fantasmas apareceram novamente para Eleonora, que outra vez gritou, pedindo socorro. Todos acudiram a seus gritos, e a senhora Ilsa, olhando pelo janelão, nada conseguiu ver, embora desejasse estar enganada. A senhora Ilsa julgava, assim como todos os outros, que a pobre moça estava mesmo ficando louca.

*

E as horas, os dias, as semanas passaram rapidamente. Agora faltam apenas dois dias para o enlace de Eleonora e Fernando, e também para o noivado de George e Adriana. Cerca de vinte empregados movimentavam-se pelo castelo arrumando, limpando, enfeitando. Apesar dos protestos de Amália, a senhora Ilsa fazia questão de que fosse realizada uma festa de arromba.

Passou-se mais um dia. À noite, Eleonora teve novamente suas visões, e no dia seguinte, à hora do almoço, recusou o alimento. A senhora Ilsa, Adriana e George mostravam-se preocupados com a jovem, que definhava a olhos vistos.

Mas o tempo é inexorável, e o sol descambou mais uma vez.

Capítulo IX

Finalmente chegou o esperado dia. Desde cedo Adriana estava em pé, e não só ela, Amália, George, a senhora Ilsa, Fernando e até o senhor Danilo de Saint-Marie fizeram questão de madrugar. Eleonora, por insistência de dona Ilsa, permanecia em seus aposentos.

Deitada em seu leito, Eleonora pensava:

"Afinal chegou o dia, o grande dia de meu casamento. Eu devia estar feliz, mas não sei por que não estou. Sinto algo... algo que me diz que Fernando não é como eu penso... Oh, mas como sou tola, pensando sempre em coisas tristes."

E tentou mudar seus pensamentos, mas não o conseguiu. Permaneceu então deitada até que uma batida à porta a sobressaltasse.

Era Adriana, com uma cestinha de onde retirou uma escova e um pente.

— Bom dia, Eleonora, vim prepará-la para a cerimônia.

Eleonora olhou para o vestido de noiva sobre uma poltrona. Era lindo, sim, lindíssimo e muito antigo: fora usado pela primeira Saint-Marie e seria usado pela última, rezava a tradição da família. A moça tentou levantar-se, mas estava muito fraca e quase não conseguia sair da cama.

Adriana ajudou a moça a vestir-se, e começou a passar-lhe o pente pelos louros cabelos, enquanto conversava alegremente. De súbito, Eleonora perguntou-lhe:

— Adriana, por que você está sempre vestida de preto? Morreu alguém de sua família?

Adriana teve um sobressalto, e foi com a voz repassada de tristeza que respondeu:

— Não, minha amiga, não morreu ninguém de minha família, pois já não a tenho. O que não existe mais é... um ídolo ou um homem que do mais alto degrau passou para o mais baixo... e acabou esfacelando-se e misturando com a poeira do chão...

Eleonora não entendeu, mas, percebendo que o assunto entristecia Adriana, calou-se.

*

As horas passaram. A senhora Ilsa veio bater à porta do quarto de Eleonora.

— Eleonora, minha filha, apresse-se! Só estamos esperando por você.

Adriana abriu a porta e a noiva saiu do recinto, belíssima, parecendo um anjo caído há pouco do céu. A senhora Ilsa extasiou-se com a beleza da jovem e George, que passava por ali, soltou um assobio de entusiasmo.

— Você está lindíssima, prima! E você, Adriana, não vai se arrumar também?

A moça fez um aceno com a cabeça e saiu em direção a seu quarto. Dona Ilsa e George acompanharam a frágil Eleonora até a capela dos Saint-Marie, onde já estavam os convidados. A aparição da noiva fez um murmúrio de admiração erguer-se no ar.

George estava impaciente e, quando viu Adriana entrar, puxou-a para o altar e disse:

— Senhores, em breve outro casamento realizar-se-á aqui. Tenho o prazer de comunicar-vos que estou noivo da senhorita Adriana Legrange!

Um murmúrio ergueu-se novamente. Todos estavam espantados com George de Saint-Marie casar-se com uma pobretona, além de tudo no estado em que se encontrava. Mas dona Ilsa mostrou-se feliz, e não se cansava de beijar e abraçar a noiva. Todos da família aprovavam o casamento, apenas Fernando parecia descontente e Amália mordia os lábios de despeito.

A cerimônia começou. Transcorreu tudo normalmente e, depois de realizado o casamento, todos dirigiram-se para o castelo, onde um lauto almoço será servido aos convidados. Adriana já não era mais uma criada, mas a noiva de George.

Todos pareciam tranquilos e felizes, mas eis que um horrendo grito interrompeu a tagarelice das mulheres.

— Vejam! — gritou um convidado, apontando um vulto branco que despencava no precipício.

Uma mão invisível pareceu tapar a boca de todos. Um silêncio mortal envolveu o castelo de Saint-Marie. O vulto branco era Eleonora.

— Eleonora! — gritou a senhora Ilsa. — Eleonora, minha filha querida!

E fez menção de jogar-se também no precipício.

Fernando conseguiu segurá-la a tempo. Entre lágrimas, George balbuciou:

— Ela era um anjo, e os anjos não pertencem à Terra.

Capítulo X

Após o frustrado casamento de Fernando, uma profunda mudança ocorreu em Saint-Marie. A senhora Ilsa tornou-se uma mulher triste e calada, a maior parte do dia rezando na pequena capela ou no túmulo de Eleonora. Amália tornou-se ainda mais fria e insensível, parecendo intimamente muito satisfeita. Adriana agora já não era apenas uma criada, não mais servia à mesa ou tirava o pó dos móveis, e ocupava seu tempo a fazer roupas para o filho. George continuava a ser aquele rapagão alegre, mas sua alegria às vezes parecia forçada. Fernando não mudou: a morte de Eleonora não o comoveu absolutamente.

Mas tomemos uma noite da mansão e vejamos o que acontece.

Adriana não conseguia dormir, revirando-se na cama. Subitamente olhou para a janela e viu vultos brancos esvoaçando. "Fantasmas", pensou ela, e de sua garganta saiu um grito aterrorizado.

Quase imediatamente surgiram a senhora Ilsa, Amália e George.

— Ali... — disse ela, trêmula — ...ali na janela... os fantasmas... E rompeu num choro convulsivo.

— É a maldição — disse soturnamente Amália. — Ela está noiva de um Saint-Marie e...

Dona Ilsa interrompeu a governanta para consolar Adriana.

— Não chore, filhinha — disse ternamente —, isso não é bom no seu estado, não se preocupe.

George também consolava Adriana:

— Querida, acalme-se, pense em nosso filho.

A moça ficou satisfeita ao ouvir o *nosso*, e acalmou-se, adormecendo novamente.

*

Como Amália estava sozinha para atender toda a mansão, uma nova criada substituiu Adriana. No seu primeiro dia, levou o café da manhã para a moça.

— Bom dia — disse Adriana —, vejo que é nova aqui. Como se chama?

— Lili, madama — respondeu a figurinha magra e irrequieta. — Mas se quiser pode me chamar de Noeli, que é meu verdadeiro nome, eu porém prefiro...

— Sei, sei — respondeu Adriana, rindo da maneira truncada da mocinha falar. — Dê-me o café, Lili.

A empregadinha, sempre rindo muito, perguntou:

— E o seu nome, madama? Não é a dona Driana?

— Adriana — corrigiu a moça —, mas dê-me logo o café e deixemos de tagarelar.

— Sim senhora, olha, eu trouxe até um pão com *mantêga* pra madama tão bonita.

— Manteiga, Lili, manteiga.

Adriana tomou seu café, depois entregou a bandeja a Lili, que saiu do quarto muito espevitada.

O dia estava lindo. A senhora Ilsa levantou-se muito cedo e foi fazer sua visita matinal ao túmulo de Eleonora. Adriana saiu a passeio com George, só voltando ao meio-dia. Ao sentar-se à mesa, Amália fitou-a com olhos estranhos. Subitamente a moça soltou um grito e caiu ao chão desfalecida.

— Adriana! — gritou George desesperado. — Oh, não!

Está acontecendo com ela o mesmo que com Eleonora!

— Minha querida — disse dona Ilsa maternalmente —, tome este copo d'água e logo ficará boa.

Fernando retirou-se bruscamente da sala. Amália disse, vitoriosa:

— É a maldição! Dela ninguém escapa, ninguém!

O senhor Danilo de Saint-Marie aconselhou:

— Vocês têm que casar-se logo, antes que o precipício chame Adriana, como fez com Eleonora.

O velho senhor era muito respeitado, sua sugestão era a única aconselhável. Ficou decidido então que a cerimônia seria logo realizada, um casamento simples, quase em segredo.

*

No dia seguinte George foi ao povoado arrumar os papéis necessários para o casamento. Adriana ficou no castelo, tricotando e conversando com Lili, a criadinha, com quem fez grande amizade.

Amália caminhava sozinha pelos corredores. Suas passadas retumbavam no silêncio, ela parecia preocupada com alguma cousa.

Ao anoitecer, George voltou ao castelo, cansado mas feliz. Dentro de uma semana será realizado o casamento.

Capítulo XI

Passaram-se cinco dias de tensão em Saint-Marie. Adriana tinha visões e desmaios cada vez mais frequentes. Certa noite ouviu-se um grito louco no castelo, mas não vinha dos aposentos de Adriana, e sim do quarto de Amália.

Todos correram para lá. A peça estava cheia de fumaça negra, uma língua de fogo lambia o teto.

— Tia Amália! — gritou Fernando penetrando no aposento. — Tia Amália, onde está a senhora?

Nesse momento ouviu-se um estrondo na parte norte da mansão, aquela parte do castelo acabara de ruir.

Subitamente uma horrenda gargalhada assustou a todos. Amália, correndo pelos corredores com um toco de vela na mão, parecia totalmente louca. Com uma expressão de fúria, ela gritou:

— Eleonora morreu! E Adriana morrerá também! Os Saint-Marie morrerão todos! Eu os matarei um a um! Sempre fui tratada como uma criada, mas me vingarei! Hei de matar a todos, todos!

George agarrou a infame governanta e puxou-a para fora da mansão. Adriana, a senhora Ilsa e Danilo de Saint-Marie, com sua cadeira de rodas empurrada pelo mordomo, Jacques, seguiram atrás. Lili já se encontrava lá fora.

— Jacques — pediu George —, segure Amália enquanto vou buscar Fernando.

E entrou novamente no castelo envolto em nuvens de fumaça. Adriana gritou por ele, mas o corajoso rapaz não a atendeu.

— George — chorava dona Ilsa —, George, não... Perdi minha querida Eleonora, Fernando e agora George. Não, meu Deus, é demais para mim.

— Acalme-se, filha — disse o idoso senhor Danilo.

— George voltará e trará Fernando também.

Dona Ilsa chorava desconsoladamente. Adriana não sabia o que fazer. Amália acalmou-se, e lágrimas caíam-lhe dos olhos enquanto pronunciava palavras desconexas.

— Veneno, veneno... meu amor... Eleonora... Fernando... eu me vingarei... o pó... sim, o pó está lá dentro... deixem-me buscar o pó... os lençóis... os fantasmas... a maldição... ninguém escapa da maldição...

E sacudia a cabeça desgrenhada violentamente.

Nesse momento um formidável estrondo retumbou no silêncio da noite. O castelo de Saint-Marie já não existia. E... George?

— George! — gritou Adriana. — George, querido, onde está você?

Um grito respondeu ao chamado de Adriana: era George, curvado sobre o corpo inanimado de Fernando. Adriana correu para lá. Ao ver a moça Fernando sussurrou:

— Adriana... você... você me perdoa?

Adriana limpou com o lenço o sangue que escorria do peito de Fernando, acenando com a cabeça. "Sim", murmurou, mas o homem já nada escutava. Fernando de Saint-Marie estava morto.

A senhora Ilsa chorava mansamente enquanto acariciava os cabelos do rapaz.

— O que é que você perdoa, Adriana?

— Fernando era o pai de meu filho — murmurou Adriana.

E ante os olhos estupefatos dos outros a moça desfiou a sua longa e triste história. Dona Ilsa a abraçou, dizendo entre lágrimas:

— Você é uma Saint-Marie, Adriana. — E virando para Amália, perguntou friamente: — E você, o que tem a dizer?

Amália não oferecia mais resistência, e respondeu:

— Eu amava Fernando e odiava todos os Saint-Marie. Por isso suspendia lençóis à janela do quarto de Eleonora, e depois de Adriana. Uma negra velha da aldeia deu-me um pó branco que eu colocava nos alimentos de Eleonora e de Adriana, daí provinham os desmaios e tonturas.

—Terminou? — perguntou George, espantado com a revelação.

—Sim, terminei.

Lili comentou:

— Puxa, que mulher ruim!

Jacques, o mordomo, levou Amália ao povoado para deixá-la na delegacia.

— Perdi Eleonora — lamentava-se dona Ilsa —, e agora perdi também Fernando...

— Não chore, mamãe — disse George. — A senhora ganhou uma filha.

Dona Ilsa levantou os olhos cheios de lágrimas para Adriana, procurando sorrir.

— Está feliz? — perguntou George a Adriana.

— Oh, George! — soluçou a moça. — Como posso estar feliz? Não mereço o seu amor. O meu coração estava cheio de ódio por Fernando, eu só pensava em vingança. Você me perdoa?

Como resposta, o rapaz abraçou-a e deu-lhe um leve beijo nos lábios. Talvez agora eles possam ser felizes, a pérfida Amália não fará mal a mais ninguém.

A aurora já põe os dedos cor-de-rosa no puro azul do firmamento. Contra o horizonte destaca-se a outrora mansão dos Saint-Marie, agora transformada em ruínas. Mais atrás vê-se a silhueta de dois jovens abraçados, parecendo uma promessa de esperança e fé no futuro.

CORRESPONDÊNCIA
(1970-1979)

A Hilda Hilst

PORTO ALEGRE, 4 DE MARÇO DE 1970

Hildinha, acabo de receber a tua carta. A demora não me surpreendeu: eu sabia que devias estar muito abatida com a morte de Lupe.[1] Eu próprio fiquei muito chocado, não sabia que ela estava doente. Aliás, aconteceu uma coisa mais ou menos estranha antes de eu saber que ela havia morrido: uma noite, conversando com um amigo meu, sem motivo aparente, comecei a falar sobre ela, que era muito amiga tua e de Lygia,[2] boa poeta, muito bonita etc. Fiquei horas falando, quando voltava para casa comprei o jornal e lá estava a notícia. Senti como nunca a precariedade da existência humana. Ela estava aí, escrevendo, ganhando prêmios — e de repente já não está mais. Não consigo aceitar nem compreender isso; não consigo sobretudo deixar de pensar que a mesma coisa pode acontecer daqui a pouco comigo ou contigo.

As coisas realmente não andam boas. Parece que quando tudo começa a degringolar não há o que segure. Primeiro no plano político: a portaria do ministério sobre censura de livros me deixou besta. Não pensei que

---

1 A poeta Lupe Cotrim Garaude, que dá nome ao centro acadêmico da Escola de Comunicações e Artes da Universidade de São Paulo (USP), da qual foi professora. (N.E.)

2 A escritora Lygia Fagundes Telles, que prefaciou *O ovo apunhalado*, livro de Caio que seria publicado em 1973. (N.E.)

chegássemos a tanto, é a degradação completa, o medievalismo e a inquisição reinstaurados. A seguir, a perseguição dos hippies, como se fossem criminosos ou cães hidrófobos. Cada dia, quando abro o jornal, tenho um novo choque e uma revolta que se acumula e, logo após, uma terrível sensação de inutilidade. A.K. está preso em São Paulo: invadiram o Gigetto e o levaram, por tráfico e consumo de LSD. O grotesco da história é que nas chamadas "leis" não existe *nada* sobre LSD. Porto Alegre sempre foi uma cidade nazista, cheia de grupos de defesa familiar e coisas do gênero: tudo isso repercute aqui da maneira mais alvissareira (do ponto de vista *deles*) possível. Os lugares onde eu costumo ir, bares onde se reúne gente de teatro e outros desgraçados, estão cheios de espiões — não se tem a menor segurança para falar sobre qualquer assunto menos "familiar".

Outras notícias igualmente más: logo depois que meu primo foi embora, o pai adoeceu gravemente. Veio o médico e deu aquele susto em todo mundo: tuberculose ou câncer no pulmão. A mãe ficou baratinadíssima, chorando pelos cantos. Ele está em observação, parece que a hipótese do câncer está afastada — resta a outra.

Eu também estou doente, desde sábado. Passei um dia inteiro com febre de quase quarenta graus, delírios e coisas assim. O médico achou que fosse pneumonia, mas como os remédios que tomei fizeram efeito, acho que não passa de uma gripe muito forte. A dor nas costas foi insuportável. Agora passou um pouco, estou meio sobre o deprimido, sem vontade de nada, perdi dois quilos nesses dias.

Quanto ao livro,[3] não soube nada. Creio que vou ter mesmo que pagar a edição — mas me revolta a ideia de ter que submeter os originais à censura, obviamente grossa e sem condições para julgar sequer J.G. de Araújo Jorge. Para aproveitar os dias de cama, tenho lido bastante. Comprei o livro de contos daquela moça da *Folha*, Alcione T. Silva, *Flashback dimensão de memória* — um lixo total; o que ela chama, muito mariodeandradementе, de contos não passa de um amontoado de frases pseudointelectuais, tudo sem a menor unidade, sem sequer dimensão ficcional. Li também

[3] *Inventário do ir-remediável.* (N.E.)

Ninguém escreve ao coronel, do García Cem Anos de Solidão Márquez, pareceu-me não ir além de um negócio de consumo, raso, gostoso de ler. Mas só. Falta *linguagem*. Agora estou relendo os contos da Mansfield, *Felicidade* (*Bliss*), e descobrindo mais coisas. A mulher foi sem dúvida uma grande contista, seu único defeito é um certo feminismo. Mas adoro. E me identifico tanto com ela.

Sofri a morte da Preta. Mas tu podes estar certa que, no que depender da minha lembrança, ela ficará para sempre naquele limbo gostoso para onde os animais vão. Deve ser bom para ela, lá. Mais do que aqui. Agora já não tenho filha, estou de novo sozinho.

Recebi uma cartinha da Myriam Campello, escrita em Teresópolis, da casa da Nélida. Estão ambas revoltadas com a censura, embora eu ache que a Nélida não tem nada a temer. Pergunta por ti na carta, gosta muito de ti.

Acho que o casamento da Maria com o Apolinário foi um negócio acertado. Tenho certeza que ela vai ficar menos neurótica, menos insegura. E muito provável que já tenha descoberto que existem coisas mais sérias e mais problemáticas do que lecionar história. O que me contas da Ana também é ótimo, esse negócio de viajar vai-lhe proporcionar coisas maravilhosas. Fico feliz por ela, só espero que não pretenda largar o teatro.

Obrigado por teres feito a minha propaganda para o Thomaz Souto Corrêa, é ele quem manda e desmanda na *Cláudia*. Eu o conheci por intermédio da Carmen da Silva, já tinha certos preconceitos contra o cujo por causa de certos contos monstruosos que ele andou publicando, e pareceu-me um pouco sobre o mau-caráter, como todos os "por cima" da Abril.

Ainda não li o *Fundador* da Nélida, só olhei por cima na casa do Carlos Jorge Appell, que estava irritadíssimo com o que chama de "falta de espaço" das coisas de la Piñon. Segundo ele, as personagens dela parecem fantasmas se movimentando num lugar todo branco e sem forma. Aliás, no prefácio do *Tempo das frutas* a Maria Alice Barroso aponta isso como uma qualidade — mas todos nós sabemos que a Maria Alice é uma boa besta, talvez por isso mesmo esteja na presidência do Instituto Nacional do Livro. Gozado é que olhando o livro lembrei que a Nélida havia se referido com desprezo às capas sem desenho, somente com letras, falando também que prefácio não dava mais pé. Pois bem, o *Fundador* tem uma capa *só* de letras e um prefácio enorme da Eliane Zagury, tradutora dos *Cem anos*.

Sabe, não quero te desanimar nem nada, mas acho que as tuas novelas não passarão na censura — pelo menos o *Osmo*. Nas outras novelas, as coisas todas são menos evidentes e a censura-teresinha não é inteligente ao ponto de descobrir essa dimensão. No *Osmo* as intenções agressivas e desmistificadoras se expressam a partir da própria linguagem, isto é, qualquer um percebe. Até a censura. Se isso que estou prevendo acontecer, por favor, Hildinha, não te abaixa, não faz correções no texto, não corta os palavrões. Espera que tudo mude, ainda que isso não aconteça antes de 20 anos. Eu estou confuso, achando que submeter originais à censura é compactuar com ela. Fico pensando se não seria melhor todo mundo desistir de publicar coisas, guardar os seus calhamaçozinhos nas gavetas. Acho que qualquer publicação "liberada pela censura" será, *a priori*, considerada como *a favor do regime*. Horrível, não? Não seria esta a hora exata dos escritores se reunirem e tomarem uma posição rígida e irreversível? O problema é que não existe classe mais calhorda, mais desunida — desse ponto de vista, o pessoal do teatro é bem melhor, talvez porque o próprio teatro seja coisa de equipe, não sei. A nossa antologia, que sairia em março, não sei como está: será doloroso se for trancada, pois a gráfica está quase concluindo o serviço; por outro lado, será igualmente horrendo se for liberada — o que pressupõe que será inócua e não pervertedora dos costumes e da moral da tradicional família. Por aí tu vês como estou confuso, o meu consolo (nem tanto) é que suponho que todo mundo deve estar na mesma.

Felizes são os que estão fora daqui: recebi do Maciel uma carta enorme contando maravilhas da Europa. Ele está muito bem, com dois convites para exposições, uma em Londres, outra em Paris, preparando trabalhos para a Bienal de Veneza. Mas não quer mais nada com a Espanha, pensa em se mandar muito brevemente para Londres, Paris ou Roma. Outra coisa interessante que ele conta é a respeito dos convites de homossexuais ricos e velhos a turistas americanas igualmente velhas e ricas para viver com os cujos. São vidrados nos *latin-lovers*. Os nomes europeus que ele cita na carta, os lugares, as perspectivas — tudo isso mexe com a minha imaginação, com o meu "ser nômade". Morro de vontade de escapar mas, pelo visto, isso jamais será possível. Não tenho e nunca terei dinheiro, bolsas de estudo são coisas que acontecem somente aos outros, nunca a mim. Turistas americanas não existem em Porto Alegre, no máximo umas uruguaias e argentinas muito rastaqueras. Mesmo a São Paulo ou ao Rio creio que não terei oportunidade de ir durante muito tempo. Isso aqui é uma espécie de exílio.

Com essa maré toda contra, não tenho escrito absolutamente nada. É terrível. Tu sabes como é, a gente fica pensando aquela porção de coisas destrutivas, que nunca mais vai conseguir, que secou completamente etc. Tenho algumas ideias, várias anotações, tudo meio caótico e superdesorganizado — mas acho tudo pálido, tudo insuficiente e inútil nesse momento que a gente está vivendo. Ando me sentindo ex-escritor, ex-amigo de qualquer pessoa, ex-gente — me lembro sempre de teus versos (teu livro está sempre na minha cabeceira, sempre leio coisas antes de dormir, às vezes gravo, outro dia eu e um amigo fizemos um recital inteiro dos teus poemas, a boneca terminou em prantos): "Iniciei mil vezes o diálogo. Não há jeito. Tenho me fatigado tanto todos os dias vestindo, despindo e arrastando amor, infância, sóis e sombras." A verdade é que não me sinto capaz de nada. Não é fossa. Fossa dá ideia de uma coisa subjetiva e narcisista. São motivos bem concretos, que inclusive transcendem o plano pessoal. E tudo tão insolúvel que a gente só pode fugir, porque ficar não adianta nada. A minha maneira de fugir, tu sabes, é dormindo. Andei dormindo até quinze horas por dia, durante quase duas semanas. Nos contatos que tenho com gente da minha geração, ou de outras, mas unidos pela mesma lucidez, percebo de maneira intensa a mesma sensação de abandono e de inutilidade. Sobretudo de impotência. O consumo de drogas como meio (ótimo) de alienação e como meio (falso) de libertação é uma coisa incrível, assustadora mesmo. A maconha rola em Porto Alegre, as "picadas" também, agora descobriram mescalina em Santa Catarina e uns conhecidos meus, pintores, estão fazendo tráfico e vendendo para toda a "classe artística" de PA. E o mais assustador nessa estória de drogas é que são consumidas justamente pela parte mais esclarecida da população, pelos que poderiam fazer alguma coisa. Os outros, as camadas mais baixas, têm a televisão, as novelas, as revistinhas de amor. Eu tenho o sono, talvez a fuga mais saudável, se bem que igualmente desesperadora.

Sei que vais te preocupar com esta carta, mas eu não poderia escrevê--la de outra maneira. Se essas coisas não são boas de serem lidas, não são também boas de serem escritas. A verdade é que tudo está muito duro para todos nós. E a verdade ainda mais insuportável é que somos justamente nós os culpados: a situação não teria ficado assim se esse rebotalho humano oficialmente conhecido como "povo brasileiro" não tivesse permitido, desde o início. Sabes qual é a imagem que me vem à mente quando penso nisso tudo? É assim: o Fascismo, um sujeito enorme, peludão, gênero estivador, botando na bunda do Povo Brasileiro, um sujeitão magro, pálido, subdesenvolvido e preguiçoso como Macunaíma. No começo o Povo Brasileiro deixa, por preguiça, só um pouquinho não faz mal, por medo de levar porrada e, mesmo, no começo não dói muito. Mas acontece que o Fascismo tem um SENHOR pau, e não se contenta em botar um pouquinho, quer empurrar tudo. E vai empurrando cada vez mais. O Povo Brasileiro começa a se sentir incomodado, pensa vagamente em reclamar, mas conclui que, afinal, homossexualismo é uma coisa válida e se tantos suportam (pensa rapidamente no seu amigo Povo Espanhol, que virou bicha louca) ele pode também suportar. Aí, de repente, o Fascismo empurrou tanto que não é mais possível tirar. Ficou entalado. E goza trezentas e quarenta e cinco vezes seguidas enquanto o Povo Brasileiro morre de hemorragia anal. *The end*.

É só, Hildinha, não sei quando mandarei a carta porque não posso sair de casa. Carinhos mil para o Dante, para Edina e A casa, para todos os cachorrelhos, Papéti, Maria Preta e demais dependentes. Todo o carinho do sempre teu

Caio

PS: Escreve para o endereço da minha avó, ainda não nos mudamos: Bto. Gonçalves, 315, casa 4. Vibrei com a estória do tradutor alemão. Li uma matéria no *JB* sobre o cara, parece que é bom paca. Tomara que dê certo. Logo que Zama devolver a cópia, manda. Quero demais ler. Vou providenciar cópia das minhas últimas coiselhas.

PS: Quando vires a Lygia, diz que mando um grande abraço. Gosto demais dela.

A Hilda Hilst

PA, 29.12.70

Hildinha, a carta para você já estava escrita, mas aconteceu agora de noite um negócio tão genial que vou escrever mais um pouco. Depois que escrevi para você fui ler o jornal de hoje: havia uma notícia dizendo que Clarice Lispector estaria autografando seus livros numa televisão, à noite. Jantei e saí ventando. Cheguei lá timidíssimo, lógico. Vi uma mulher linda e estranhíssima num canto, toda de preto, com um clima de tristeza e santidade ao mesmo tempo, absolutamente incrível. Era ela. Me aproximei, dei os livros para ela autografar e entreguei o meu *Inventário*. Ia saindo quando um dos escritores vagamente bichona que paparicava em torno dela inventou de me conhecer e apresentar. Ela sorriu novamente e eu fiquei por ali olhando. De repente fiquei supernervoso e saí para o corredor. Ia indo embora quando (veja que GLÓRIA) ela saiu na porta e me chamou: "Fica comigo." Fiquei. Conversamos um pouco. De repente ela me olhou e disse que me achava muito bonito, parecido com Cristo. Tive 33 orgasmos consecutivos. Depois falamos sobre Nélida (que está nos States) e você. Falei que havia recebido teu livro hoje, e ela disse que tinha muita vontade de ler, porque a Nélida havia falado entusiasticamente sobre o *Lázaro*. Aí, como eu tinha aquele outro exemplar que você me mandou na bolsa, resolvi dar a ela. Disse que vai ler com carinho. Por fim me deu o endereço e telefone dela no Rio, pedindo que eu a procurasse agora quando for. Saí de lá meio bobo com tudo, ainda estou numa espécie de transe, acho que nem vou conseguir dormir. Ela é demais estranha. Sua mão direita está toda queimada, ficaram apenas dois pedaços do médio e do indicador, os outros não têm unhas. Uma coisa dolorosa. Tem manchas de queimadura por todo o corpo, menos no rosto, onde fez plástica. Perdeu todo o cabelo no incêndio: usa uma peruca de um loiro escuro. Ela é exatamente como os seus livros: transmite uma sensação estranha, de uma sabedoria e uma amargura impressionantes. É lenta e quase não fala. Tem olhos hipnóticos, quase diabólicos. E a gente sente que ela não espera mais nada de nada nem de ninguém, que está absolutamente sozinha e numa altura tal que ninguém jamais conseguiria alcançá-la. Muita gente deve achá-la antipaticíssima, mas eu achei linda, profunda, estranha, perigosa. É impossível sentir-se à vontade perto dela, não porque sua presença seja desagradável, mas porque a gente pressente que ela está sempre sabendo exatamente o que se passa ao seu redor. Talvez eu esteja fantasiando, sei lá. Mas a impressão foi fortíssima, nunca ninguém tinha me perturbado tanto. Acho que mesmo que ela não fosse Clarice Lispector eu sentiria a mesma coisa. Por incrível que pareça, voltei de lá com febre e taquicardia. Vê que estranho. Sinto que as coisas vão mudar radicalmente para mim — teu livro e Clarice Lispector num mesmo dia são, fora de dúvida, um presságio.

Fico por aqui, já é muito tarde. Um grande beijo do teu

Caio

A Vera e Henrique Antoun

Porto Alegre, 23 de dezembro de 1971

Vera e Henrique,

meus queridos: imaginem um mundo de coisas limpas e bonitas, onde a gente não seja obrigado a fugir, fingir ou mentir, onde a gente não tenha medo nem se sinta confuso (não haverá a palavra nem a coisa confusão, porque tudo será nítido e claro), onde as pessoas não se machuquem umas às outras, onde o que a gente é apareça nos olhos, na expressão do rosto, em todos os movimentos — acrescentem a esse mundo os detalhes que vocês quiserem (eu me satisfaço com um rio, macieiras carregadas, alguns plátanos e uma colina — ou coxilha, como se diz aqui no Sul — no horizonte), depois convidem pessoas azuis para se darem as mãos e fazerem uma grande concentração para concretizar esse mundo — e, então, quando ele estiver pronto, novo e reluzente como se tivesse sido envernizado, então nós nos encontraremos lá e eu não precisarei explicar nada, nem contar nenhuma estória escura, porque estórias claras estarão acontecendo à nossa volta e nós estaremos sendo aquilo que somos, sem nenhuma dureza, e o que fomos ficou dependurado em algum armário embutido, junto com sapatos (quem precisará deles para pisar na grama limpa dessa terra?), roupas e enfeites (quem precisará de panos, contas ou cores na terra onde o ar será colorido e enfeitará nossos corpos?) — lá, eu digo, nós nos encontraremos entre centauros, sereias, unicórnios e duendes, e sem dizer nada, com um olhar verde (uma das minhas grandes frustrações sempre foi não ter olho verde — mas lá eu terei) eu direi o quanto gosto de vocês, e voaremos de tanta boniteza — combinado?

Corte rápido e traumatizante. Um cigarro queimando num pilão de jacarandá. Ruídos de televisão na sala. "Mas-agora-nós-seremos-felizes-para-sempre-eu-comprei-o-refrigerador-não-sei-o-quê"; "Compre no Natal e pague no carnaval". Uma voz (a doce e repressiva voz materna): "Venham jantar, venham jantar." Vou. O resto da carta talvez saia com gosto de feijão. Desculpas antecipadas. *Stop*.

Bem, agora vamos aos fatos (meu Deus, eles existem!). Há cerca de dois meses precisei "fugir precipitadamente" (chique, não?) do Rio: a polícia havia batido no apartamento onde eu morava, em Sta. Teresa, FORJARAM um flagrante de fumo, fui preso, me bateram, no fim a Bloch Editores em peso foi envolvida, acabei sendo demitido, e estava tão apavorado que precisei voltar. É difícil contar a vocês tudo isso, e tudo que aconteceu depois — além de ser complicado, é desagradável e triste. Mas, enfim, estou aqui em Porto Alegre, na minha casa, sem fazer coisa nenhuma, a não ser ler, comer, dormir e ver filmes antigos e cafonas na televisão. A travessia está sendo difícil. Estou perturbado, confuso e sozinho. Depois de um ano de ausência (o tempo que fiquei fora), tudo muda muito, as pessoas e a gente mesmo, principalmente, e é difícil conversar quando a maioria das conversas é na base do "tente passar o que eu estou passando". Sei lá. De muitos pontos de vista (talvez todos), eu já era. Eliminei a palavra oral, e quase não falo, um pouco porque estou cercado de habitantes de outro planeta ou, no mínimo, outra concepção de vida, outra escala de valores, outros processos. Porto Alegre é muito bonita, mas essas coisas não têm importância quando a gente está todo esfarrapado por dentro. De repente eu me vi adulto e de mãos vazias, sem sequer um eletrodoméstico para satisfazer essas pessoas que nos exigem realizações o tempo todo.

Não sei como vai ser. Do tempo passado no Rio sobraram certezas duras e vários assassinatos; das pessoas, sobraram só vocês dois. Crianças, eu amo muito vocês. Esta pseudocarta é só pra dizer isso. Vou passar janeiro na praia, com *the family* — mas me escrevam, eu escreverei quando voltar. E estou precisando muito que vocês me contem coisas. Lembranças para a mãe de vocês, que é muito bonita. Beijões do seu

Caio

A Nair e Zaél Abreu

ESTOCOLMO, 30 DE MAIO DE 1973

Queridos pais:

Há dois dias fez exatamente um mês que saí do Brasil — e já parece muito tempo. Recém agora começo a tomar consciência da distância e do estar no estrangeiro: é uma sensação gozada; nem boa nem má, apenas com um gosto de aventura, do desconhecido. Mas estou bem. Andei meio assustado a semana passada. Augusto e eu caminhávamos quilômetros pedindo emprego, sem conseguir nada. A minha cuca não parava de imaginar coisas horríveis. Até que ontem pintou. Augusto está numa fábrica, longe da cidade — e eu consegui um lugar de lavador de pratos num bar, no centro de Estocolmo. Comecei ontem, hoje foi meu segundo dia de trabalho. É uma experiência *maravilhosa*. Fico umas 8 horas em pé, com umas luvas de borracha até o cotovelo, lavando TONELADAS de pratos, bandeja, copos, panelas. O pagamento é de nove coroas e meia por hora — mais de 15 cruzeiros. Falam sueco o tempo todo, e não entendo praticamente nada — quem me quebra o galho é um boliviano chamado David. Junto comigo há dois japoneses, mais um africano engraçadíssimo. Eu sei lá, mas acho que estou vivendo uma baita experiência: o orgulho e a vaidade que eu pudesse ter têm escorrido pelo ralo da pia, junto com a água e o detergente das panelas. No mínimo, é um tremendo exercício de humildade — e eu me sinto mais forte, mais humano.

Graça mandou-me um recorte com o resultado do prêmio, a semana passada. Claro, fiquei meio decepcionado mais pelo dinheiro, já que em termos profissionais a menção honrosa é ótima.[1] Segundo li no recorte, o INL vai publicar o livro, em convênio com uma editora do Rio. Acho isso muito bom. Escrevi à diretora do Instituto, no Rio, Maria Alice Barroso, para saber detalhes sobre isso — estou esperando resposta. Dei o endereço aí de casa pra ela e falei na procuração — portanto, qualquer negócio de assinar contrato e tal será feito através da sra. Por favor, mandem me contar coisas sobre o prêmio — se saiu algo nos jornais daí, se veio correspondência oficial comunicando.

Como li no recorte que o livro seria publicado até o fim do ano, estou pensando em voltar mais ou menos em setembro, para o lançamento. Antes, dependendo de quanto levantar em dinheiro por aqui, tinha vontade de ir até a Grécia ou Ibiza, uma ilha espanhola muito badalada. Queria lançar bem esse livro — acho que é a minha oportunidade de ganhar dinheiro com literatura.

O tempo aqui é uma loucura: o sol se põe quase às 10 da noite e não chega a escurecer completamente — o ar fica da cor da madrugada até as 2, quando o sol sai outra vez, já esquentou bastante e é possível até sair de manga curta. Domingo passado fizemos um piquenique, num bosque perto dum fiorde, onde está o castelo de verão do rei Gustavo Adolfo. É uma maravilha, parece coisa de história de fada, cheia de jardins com amores-perfeitos imensos e tulipas, que não existem no Brasil. Vi um esquilo bem de pertinho, eles andam soltos, junto com ovelhas e cervos. Uma glória.

Por favor, mandem notícias LOGO. Amanhã nos mandamos para [...], estou mandando o endereço novo e dificílimo — até + ou - 15 de agosto, no verso do envelope.

Beijos para todos. Seu

Caio

[1] *O ovo apunhalado* recebeu menção honrosa do prêmio Nacional de Ficção. (N.E.)

A Nair e Zaél Abreu

Londres, 4 de setembro de 1973

Queridos pai e mãe: enfim, estou aqui, depois de um pequeno passeio pela Holanda e Bélgica. Tá tudo bem, estou com Augusto e Marisa, parando na casa de um rapaz aí de PA, que está aqui faz uns três anos, Ronaldo. Eu estou muito melhor: a Suécia foi uma experiência bastante dura, é um país completamente diferente de tudo que eu tinha visto, tudo muito arrumado, as pessoas fechadíssimas. Eu cheguei a pensar que *toda* a Europa era assim. Mas bastaram alguns dias fora de lá para ver que não era nada disso. Não penso mais em voltar, pelo menos tão logo. Amanhã mesmo vamos nos matricular num curso de inglês, e estamos procurando um pequeno apartamento para morar os três.

Londres é fascinante. Uma cidade imensa, mas incrivelmente tranquila a gente anda nas ruas como se estivesse em um bairro de Porto Alegre. Já vimos alguns lugares famosos, como Carnaby Street, a rua das butiques, o Hyde Park, que tem gramados lindos, e a feira de Portobello Road, onde tem tudo que se possa imaginar, por preços incrivelmente baixos. Os ingleses são gentis — ao contrário dos suecos — e por toda parte se vê uma descontração muito grande. Amsterdam é outra cidade legal, com as casinhas todas tortas e cheia de gente maluca pela rua. Se vê de tudo: cabelos e unhas verdes e roxos, roupas louquíssimas. Em Londres, a última moda são roupas dos anos 30 — casacos com ombreiras, calças largas, boquinhas de coração. A gente encontra de tudo pelas ruas, e ninguém olha, ninguém faz comentários — tudo é encarado com a maior naturalidade.

Eu acho que aqui vou poder fazer as coisas que quero — estudar, ler muito, escrever. Sinto um grande alívio por ter saído de Estocolmo. Trouxe algum dinheiro para sobreviver durante os primeiros tempos, mas dentro de algumas semanas terei que voltar a trabalhar — o que não me assusta, a gente aprende a se defender e a lutar pelas coisas que quer. Mandei de Estocolmo mais algum dinheiro para o pagamento da passagem — calculei uns seis meses — em abril do outro ano mandarei o restante. Uma coisa: a *Planeta* tinha ficado de publicar o meu conto em julho, não sei se publicou ou não. Talvez o pagamento, no caso de ter sido mesmo publicado, seja suficiente para a passagem. Mande me dizer alguma coisa sobre isso.

É isso aí. Esta carta é mais para tranquilizá-los a meu respeito. Tanta coisa para contar, mas impossível de ser contada numa carta só. Espero que esteja tudo bem, com todos. A droga é não ter endereço ainda. Podia mandar o do Ronaldo. Mas ele vai mudar daqui em seguida, a carta podia se perder. Sinto muita saudade — mas tem uma coisa dentro de mim me dizendo que o meu caminho é exatamente este, e que não posso nem devo tentar modificá-lo. Tem sido duro para encontrar um apartamento, logo que a gente achar vai o endereço — certo? Beijos para todos. Um grande abraço do seu filho

Caio

A Vera Antoun

London, 19/10/73

"Fui o único culpado da nossa separação
Por isso tenho amargado, margando na solidão
Mas tenho os olhos tranquilos, de quem sabe seu preço,
Vou navegando, vou temperando,
Pra cima a coisa toda muda.
Pra baixo todo santo ajuda."

Outro dia senti frio na alma. Foi no Holland Park, pisando num enorme tapete de folhas douradas. Aí senti o outono, o cinzento se acentuando nas coisas, as pessoas se virando para dentro — o inverno chegando depressa, um frio de rachar. Na alma mesmo. As tuas 1.001 cartas cheias de *sunshine* clareavam um pouco os dias, as transas. Que te dizer? Que te amo, que te esperarei um dia numa rodoviária, num aeroporto, que te acredito, que consegues mexer dentro-dentro de mim? É tão pouco. Não te preocupa. O que acontece é sempre natural — se a gente tiver que se encontrar, aqui ou na China, a gente se encontra. Penso em você principalmente como a minha possibilidade de paz — a única que pintou até agora, "nesta minha vida de retinas fatigadas". E te espero. E te curto todos os dias. E te gosto. Muito.

Tô morando, trabalhando, estudando e amando. Esses são os quatro foles da minha vida, no momento, e sobre cada um deles eu teria milhares de páginas a preencher. Sei lá, menina, tá tudo tão legal — e um legal tão batalhado, um legal merecido, de costas e pernas doendo, mas coração tranquilo. Augusto, Marisa e eu conseguimos um apartamentinho lindo, num lugar ótimo, no aluguel se foi todo nosso dinheiro, Augusto começou a trabalhar logo, eu e Marisa ficamos duríssimos. Foi chato, apanhei uma gripe e alguns grilos — até que esta semana comecei a fazer limpeza numas casas. O primeiro dia foi terrível: eu tinha medo de não saber fazer nada, de não entender nada. Não dormi à noite, tive dor de barriga. Aí me desdobrei, fiz tudo direitinho — o meu inglês aos poucos está começando a fluir e, se ainda não consigo ter uma conversa, pelo menos já me comunico. Isso me deixa feliz à beça, eu tava me sentindo meio retardado, meio analfabeto. Fluência agora é uma questão de tempo.

No meio de tudo isso, pintou uma pessoa. É um menino cubano chamado Nelson — ele saiu de Cuba aos 11 anos, morou nos Estados Unidos uma porção de tempo e agora está aqui, estudando dança moderna. É Libra, ascendente Virgem — eu sou Virgem ascendente Libra. Foi, está sendo, lindo. Sei lá, eu tava me sentindo muito cansado, muito carente — e me recusava a procurar qualquer transa. Estava completamente só, há quase seis meses. Eu sabia que ia pintar — eu vim para Londres porque sabia que aqui ia pintar. E pintou. Foi a maior força possível — me recuperei completamente do complexo de inferioridade e de abandono, senti outra vez aquelas coisas, lembrei de todas as letras do Roberto Carlos — fiquei, enfim, meio cafona como sempre fico nessas situações, mas agora já voltei a pisar na terra — tudo fica mais concreto, e eu compreendo melhor.

Dei pulos com o endereço da Sílvia — eu não sabia que ela estava aqui. Como não tem telefone, escrevi uma carta ontem. Acho que ela vai pintar aqui neste fim de semana. Vai ser um pouco como rever você, sabe?

Acho que você vai gostar de saber: estou há quase dois meses firme na macrobiótica. Não é uma dieta rígida porque, trabalhando, não há mesmo condições. Mas cortei completamente a carne, como arroz integral e muitos vegetais, chá de Mu — não tomo refrigerantes nem café. Só não consigo cortar o cigarro. Mas parei também com o haxixe, porque a minha cuca anda ficando meio pirada ao natural — e eu acho que realmente já passei por tudo isso.

Outra coisa: a vontade de escrever VOLTOU. Não sei se foi o impulso que o Nelson me deu, ou mesmo Londres — a verdade é que voltou. Só que eu não consigo escrever a mão — não dá mesmo, uma carta ainda sai, mas um conto não tem jeito — é primitivo e lento demais. Estou tentando economizar para comprar uma máquina de escrever — é o meu sonho atual, bem humildezinho como você vê. Voltei a ver o tarot, depois de deixá-lo descansar por uns dois meses. Parece que Medeia recuperou os seus poderes. Olha, estou com a sensação de estar escrevendo uma carta muito besta. Vou parar. Abro à toa o Fernando Pessoa e peço uma mensagem para ti. Ele manda dizer isto:

> "Tuas mãos esguias, um pouco pálidas, um pouco minhas,
> Estavam naquele dia quietas pelo teu regaço de sentada,
> Como e onde a tesoira e o ideal de uma outra.
> Cismavas, olhando-me como se eu fosse o espaço.
> Recordo para ter o que pensar, sem pensar.
> De repente, num meio suspiro, interrompeste o que estavas sendo
> Olhaste conscientemente para mim e disseste:
> 'Tenho pena que todos os dias não sejam assim'."

Podem voltar a ser, quem sabe? Acendo vela, queimo incenso — falo de você para Augusto e Marisa, lembro Leme, Botafogo, coloco o disco da Gal e fico ouvindo "The archaic lonely blues" — eu sei não me diga.

Verinha, tudo passa, tudo vai embora — a gente tem que se encontrar. Meu livro deve sair no Brasil talvez até o fim do ano — eu ganharia + ou - 2.000 com a publicação — a gente podia usar esse dinheiro para a tua passagem, não é? Mas, sei lá, não queria que você viesse apenas por mim, entende? Em qualquer circunstância, eu acho, a experiência Europa é fundamental — desde que não se corte nenhum processo importante por aí. E pelas minhas cartas suecas você deve ter percebido que não é absolutamente uma coisa leve. A gente sangra e geme — mas sai mais vivo, "com a vida dividida pra lá e pra cá". O que não queria é que você futuramente talvez me culpasse, entende? Mas acho que é besteira ficar tentando desvendar o futuro — apesar do tarot e do I Ching. Ao mesmo tempo gostaria que tomássemos alguma providência REAL sobre a sua vinda. Mande me dizer o que você pensa de tudo isso — mas pense bem, é uma coisa séria — muito mais do que a gente pensa quando está aí.

Vou dormir. Amanhã é sábado, tem Portobello. Estou morto de cansaço, e minha cuca dói de tanto esforço, o dia inteiro, para pensar, falar e entender inglês. Às vezes, falando ou escrevendo em português, tenho uns brancos — só vem inglês. Ou acabo apanhando uma antipatia mortal por essa língua ou viro o maior admirador da face da Terra. Quero sonhar com você, com o sol e o cometa que vem no fim do ano — eu tô sabendo.

21.10.73 — Domingo. Noite. Televisão ligada: Clark Gable. Homero e Augusto. Sempre entre polos que não me agradam: o desbunde dum lado, a frescura do outro. Fico no meio. Sinto falta de solidão, de silêncio. Estou um pouco angustiado por causa disso. Consigo manter apenas o quarto razoavelmente calmo e limpo, com vela acesa e incenso. Mas não tenho tempo para mim. É tudo demais pela metade, compartilhado. Não sei se aguento muito tempo mais. Tento conviver — convivo — mas é, quase sempre, uma violação incrível. Tenho vontade de ter segredos outra vez. Guardo segredos pequenos — as coisas que penso ou sinto, pequenos acontecimentos que não descrevo à "comunidade".

Ontem dormi demais, não fui a Portobello encontrar Nelson. Ele me mandou um pequeno cactus dentro dum vasinho de cerâmica. Fiquei espantado: nunca tinha recebido um vegetal vivo de presente — e senti pena de não ter ido. Depois, os telefones ocupados, os desencontros de ontem e hoje. *Sunday, bloody Sunday*. É tão difícil me comunicar com ele. Às vezes eu penso em desistir, eu acho que não aguento essa aprendizagem toda outra vez — fico tentado a desistir. Não sei bem por que insisto, posso dizer apenas frases feitas sobre isso, mas na verdade não sei. Na cozinha, lavando pratos, lembro muito de minha mãe — compreendo tanto mais ela, agora. Compreendo tudo muito mais. Dói e é incômodo. Vontade de não saber perdoar, de não ser compreensivo, tolerante — de não me contentar com o pouco — "amor malfeito, depressa, fazer a barba e partir".

O domingo tá acabando — já é tarde — amanhã a gente começa de novo. Eu me sinto às vezes tão frágil, queria me debruçar em alguém, em alguma coisa. Alguma segurança. Invento estorinhas para mim mesmo, o tempo todo, me conformo, me dou força. Mas a sensação de estar sozinho não me larga. Algumas paranoias, mas nada de grave. O que incomoda é esta fragilidade, essa aceitação, esse contentar-se com quase nada. Estou todo sensível, as coisas me comovem. Tenho regressões a estados antigos, às vezes, mas reajo, procuro me manter ligado às coisas novas que descobri. Mas tudo fica e se sucede — quase nunca dá tempo de você se orientar, escolher — não gosto de me sentir levado — e aqui não dá tempo. Muitos grilos agindo, muita dúvida, umas voltas de insegurança. Faz tempo ando transferindo uma porção de providências — como é que a gente faz pra se manter sempre alerta? Eu não aguento tanta atividade física e mental.

Quando escrevo pra você é como se escrevesse pra mim mesmo — às vezes o jeito me escapa, e é então que as cartas ficam parecendo bestas. Tento ler, não consigo. Uma carta é difícil — imagine um conto. Às vezes odeio ouvir e/ou falar inglês — coloco uma barreira na cuca e fico surdo-mudo o máximo possível. Não consigo ser verdadeiro o tempo todo. Mas você me saca, eu sei.

Agora Marisa saiu com Peter — Augusto foi deitar, Homero resolveu dormir e foi deitar também. Eu fiquei sozinho na sala, com o barulho do relógio e um pote de flores amarelas.

Vera, esse negócio com o Nelson tá me machucando muito. Eu fiquei uma porção de tempo tentando ser "legal e maduro", "uma presença leve e agradável" — porque eu tô ainda muito inseguro de mim mesmo, e não acreditando absolutamente que alguém possa me curtir bem assim como eu sou. Eu não tenho quase experiência dessas transações, me enrolo todo, faço tudo errado — acabo me sentindo confuso. Tudo isso é tão íntimo, e eu já estou tão desacostumado de me contar inteiramente a alguém, tão desacreditando na capacidade de compreensão do outro, sei lá, não é nada disso, sabe? Conviver é difícil — as pessoas são difíceis — viver é difícil paca. Estar transando com alguém sempre me funde um pouco — eu fico muito pobre, acho, muito carente, e muito rico de outras coisas. Queria botar um *tarot* pra mim, mas os guris estão no quarto, dormindo.

Ontem à noite fui a um *meeting* do *gay liberation*. Grotesco.

Sabe o que eu sinto? Tem duas coisas me puxando, dois tipos de vida — e eu não quero nenhum deles. Quero um terceiro, o meu. Que ninguém tá curtindo. A gente tem uma porção de amigos brasileiros, todos legais, mas nenhum realmente próximo, é estranho. E eu não tô querendo viver como eles vivem — não tô conseguindo viver como eu gostaria — e não tenho coragem de ficar sozinho e tentar, você me entende? Acho que não. Eu vou levando, tenho horas de soluções drásticas, vou levando. Mas não sei até quando. Mesmo Nelson, que podia ter uma certa importância nesse sentido, de impulsionar uma escolha — ou pelo menos dar força — mesmo ele, consegue não ter peso nenhum, não interferir, não modificar nada. E eu fico muito comigo mesmo nisso tudo — cada vez mais sufocado, mais necessitado que pinte um VERDADEIRO ENCONTRO com outra pessoa, seja em que termos for. Parece que ou eu ou os outros não somos mais tão disponíveis. Será que estou fechando, perdendo a curiosidade? Eu não sei. Vou dormir. Amanhã te escrevo mais um pouco. Sílvia não apareceu. Eu tava esperando me entender um pouco com ela.

A Nair Abreu

LONDON, 24.12.73

Querida mãe: acabo de receber sua carta, com os jornais e a revista. Fiquei um pouco chocado, não sei se a senhora percebeu o que houve: meu conto foi *proibido pela censura*. Isso me dá a medida de como deve estar a situação por aí. Estou preocupado com a senhora, mãe. Tia Amélia me disse que a senhora torceu o pé — foi grave, mãe? Por favor, cuide-se e veja se a senhora descansa bastante agora nas férias.

Hoje é a noite de Natal — e eu estou com muita saudade de todos. Uma vontade enorme de abraçá-los, de estar perto. Em pensamento e em emoção, estarei. Mas acho que não basta. Falleiro e Maciel estão aqui, ambos muito bem, vieram para o Natal. Falleiro lhe manda um grande abraço, Maciel outro.

Mãe, aqui não tá fácil. Eu precisei sair do emprego no restaurante. Com a crise, não tinha calefação nem água quente. Era um gelo. Além disso, o chefe, um alemão, humilhava muito a gente. Foi duríssimo. Eu estou sem um tostão furado — e correm boatos de desemprego e coisas assim. Ao mesmo tempo, dizem que a situação aí na América Latina também está horrível. A crise mais séria aqui é mesmo na Inglaterra. Outro dia fiquei uma hora esperando metrô, não tinha energia. Tem pouquíssima luz nas ruas e explodem bombas por todo lado. Eu estou querendo ir para Paris.

Falleiro disse que lá tá melhor. Ando nervoso, esperando que venha logo esse dinheiro da Planeta para que eu possa me mudar. Com a situação assim, acho perigoso ficar aqui, numa ilha. Até depois do Natal tá tudo parado, só vou poder recomeçar a trabalhar daqui a uma semana. Tenho muitas dívidas, não tenho dinheiro pra pagar o aluguel deste mês. Tenho horas de pedir, mas por favor fale com a tia Silena, veja o que ela pode fazer por mim. Sobre a Planeta, não sei o que fazer, uma carta daqui leva anos para chegar aí. Outro dia eu tava tão baratinado que quase escrevi pedindo uma passagem. Resisti. Não é hora de voltar, agora, a senhora sabe. Por mais que tudo pareça difícil, eu acredito que é só um período, que vai melhorar tudo. Mas não volto derrotado, sem um tostão.

Graças a Deus, os problemas são só materiais. Dentro da minha cuca e do meu coração tá tudo em paz. Eu acho que poucas vezes estive tão bem, tão otimista. Não se preocupe demais, a gente tá bem. O Augusto andou meio ruim, mas agora tá legal. Outro problema é o frio. Mas a gente se sente livre aqui, isso é o mais importante.

Se Deus quiser, no próximo Natal estaremos todos juntos outra vez, felizes e amigos. Abraços para todos.

Um beijo do seu

Caio

A Nair Abreu

LONDON, 14.2.74

Querida mãe — Ana esteve aqui ontem, na nova casa. Contou que a senhora havia escrito a ela pedindo notícias minhas. Escrevi duas cartas em janeiro, não entendo como não chegaram. Andava muito preocupado com o silêncio de vocês — outro dia tive um pesadelo onde o pai estava doente, um bode. Mas quanto a mim as notícias são, felizmente (e finalmente) as melhores. Veja só:

1º) Arrumei um emprego sensacional, como modelo numa escola de Belas Artes (*com* roupa). É só ficar numa determinada posição durante 4 horas, 3 vezes por semana. Pagam o equivalente a + ou - 15 cruzeiros por hora — o que é muito bom. É um pouco cansativo, claro, mas bem melhor do que fazer limpezas ou apertar parafusos em fábricas. Além disso, há pessoas encantadoras e o ambiente é ótimo.

2º) Arrumamos uma casa maravilhosa, uma verdadeira mansão, perto do Tâmisa. Tem 3 terraços, dez quartos, duas salas, três banheiros. Água quente e aquecimento a gás. O aluguel? Nada. A casa estava abandonada. Fomos ao BIT, que é o órgão que cuida dessas casas, e a ocupação é perfeitamente legal. Podemos ficar até a casa ser demolida — o que pode acontecer dentro de 1 mês, 1 ano ou 10 anos. Tenho um quarto MEU. É o último, no sótão. Arrumei todo ele, com coisas incríveis, encontradas em outras casas vazias.

Está lindíssima, parece um negócio de filme. As outras pessoas da casa são muito legais, 10 brasileiros e uma moça inglesa, Sarah, que me dá aulas de inglês e astrologia.

3º) Com tudo isso, *voltei a escrever*! À mão mesmo, já que não tem outro jeito. Primeiro pintaram uns poemas, depois dois contos e, agora, uma peça teatral, que estou escrevendo. Acho que vai se chamar PODE SER QUE SEJA SÓ O LEITEIRO. Tem umas músicas — eu escrevo as letras e o Ruy e Rosana, a música. Ruy está me ensinando violão.

4º) Conheci uns caras sensacionais, que transam um negócio chamado ARICA. É uma espécie de síntese de conhecimentos esotéricos e mágicos — com base na ioga, na macrobiótica, no budismo Zen, astrologia, física nuclear etc. O treinamento todo, que dura 40 dias, é muito caro, £ 200 — mas estou fazendo uma hora por semana, gratuitamente. Depois quero fazer 4 horas aos sábados, são £ 8 por mês. Os resultados são incríveis: a mente se abre para a magia, para o oculto, o corpo se equilibra — e o estágio final é o estado de SATORI, a iluminação ou o encontro com Deus dentro da gente mesmo.

*

Com tudo isso, mãe, já nem sei mais quais os meus planos em relação ao futuro. A vontade é de ficar por aqui, batalhar, conseguir grana para fazer os 40 dias de Arica. Ao mesmo tempo, sinto muita — muita saudade. Mas aos poucos aquela sensação de não poder fazer as minhas coisas vai-se indo e tudo se arruma. A cidade e suas transas a gente desenrola aos poucos, como um novelo. Estou aprendendo muito inglês. Tenho até 2 grandes amigos, Laiale e Richard, que está aqui, tomando chá e tocando violão. Queria aprender mais, a língua me encanta com sua musicalidade, sua exatidão. Já estou lendo livros e jornais, estou traduzindo um poeta, EZRA POUND, para o português. Ando muito místico (como sempre) e a minha fé em Deus e na magia das coisas, mais o meu tarot (que desenvolvi muito) foi o que me amparou nos momentos mais difíceis. Na verdade, desde que vim para cá nunca me senti tão bem. Depois de todas as inseguranças e dificuldades — ou mesmo por causa delas, e por, bem ou mal, tê-las separado — agora pintou uma segurança, uma paz muito grandes. Eu quero mantê-las, aprofundá-las — parece que estou encontrando as condições ideais nesta casa, e o método certo na Arica.

Ana falou que a senhora teria algum dinheiro para me mandar. Ótimo, é sempre uma força. Como falei, a situação da casa é instável. Então pensei que a senhora poderia mandar para o endereço de Augusto.

Numa das cartas que acho não chegou aí, eu lhe pedia para procurar a Lygia Averbuck, para tratar sobre a publicação do livro. Eu gostaria que fosse feito em convênio entre o INL e a Livraria do Globo (isto é, a editora). Pode ser a Movimento, também. Converse por favor com a Lygia e veja se ela poderia tratar disso. O endereço particular dela é: [...] Diga também que mando um grande abraço e, se puder, que me envie o livro da Ieda Inda. E, se puder, também, algumas outras publicações do IEL. Tenho um amigo na Suécia que poderia divulgá-los em Portugal, ele é artista plástico e crítico literário.

Estou mandando junto 2 cartões, um para o Felipe, outro para o Gringo. As coisas andaram pretas e, no tempo certo, eu não tive dinheiro nem para o selo. Vão agora com um mês de atraso — mas vão. Peça ao Felipe que me escreva — diga a ele que no fim do mês vou assistir a um concerto do Alice Cooper.

Se a senhora puder, *please*, escreva-me uma longa carta, contando sobre o verão, o sol, o mar, as pessoas, tudo. Aqui começou a soprar um vento que vem do País de Gales, e que, dizem, é mágico e pressagia a chegada da primavera. Ontem vi uma cerejeira toda florida, mas continua frio.

Quero saber das gurias, penso muito nelas. Queria também algumas fotos de todo mundo, da casa, peça para o Gringo tirar. Eu queria mandar algumas minhas, da casa, das pessoas — Sandra tirou várias, mas ainda não foram reveladas.

Acho que é só. Um grande abraço para o pai, penso muito nele. Beijos para todos. Um beijo do seu

Caio

A Vera Antoun

London, London — insone quase manhã de abril [de 1974]

Desisti enfim de tentar dormir, abri as cortinas para mais um dia cinzento de primavera (primavera inglesa, é claro), sentei na mesa e fico olhando a paisagem de casas semidemolidas e chaminés até onde o olho alcança. Fumei o último cigarro (Number Six), sinto fome — não tem nada aberto a essa hora e, mesmo, só tenho 80 pences que precisam durar até amanhã. Homero saiu para trabalhar, me deixou o relógio. Vezenquando um ventinho entra pelas frestas da janela e faz musiquinha nos sinos chineses que dependurei no teto. As tulipas que roubei do parque de Swiss Cottage desbundaram definitivamente — só ficaram duas amarelas, levemente bodiadas.

Tua carta chegou ontem. Minuano é um vento que só existe no Rio Grande do Sul e que, dizem, sopra nos Andes. Em Porto Alegre só tem raramente, mas em Santiago do Boqueirão, onde nasci, tinha sempre. Zune fininho nas portas e janelas, corta os lábios e atravessa qualquer roupa. Minuano é cortante, impiedoso, gelado.

Tenho medo de te ferir. Mas acho que precisamos "falar seriamente". Desculpe, mas acho que sim, sem fantasia, sem comicidade. Me pergunto sempre se você não teceu em volta de mim uma porção de coisas irreais — se você não estará projetando em mim qualquer coisa como um príncipe encantado — esperando a minha volta como quem espera a salvação. Você diz que me ama. Eu digo que você não pode amar a uma pessoa com quem transou há três anos atrás, e que viu rapidamente num aeroporto, e que escreveu e recebeu cartas durante um ano. Verinha, sei lá, amor a gente transa cara a cara, corpo a corpo. Não sei se te amo. Saberei isso quando a gente se encontrar outra vez e começar a transar, e der certo ou não.

Você fala em casar. Algum tempo atrás falei nisso talvez por romantismo, por solidão ou brincadeira, ou mesmo seriamente. Não quero casar. Casamento é uma coisa completamente estúpida — e sua explicação de comprar a aprovação das famílias não tem o menor sentido. Se você me amar e eu te amar, não precisamos da aprovação de ninguém para ficar juntos, como também não precisamos assinar nenhum papel ou aceitar qualquer espécie de jogo. Não acredito que maus fluidos, por mais fortes que sejam, consigam destruir um amor bonito, limpo. E um filho só teria problemas com o fato dos pais não serem casados apenas no caso de ter sido educado muito caretamente — o que não acontecerá se um dia eu tiver um filho.

Há também uma outra coisa muito séria que você não pesou bem até agora. E sou muito franco com você: tenho um componente homossexual muito forte. Até hoje, minhas relações heterossexuais sempre foram, sei lá, meio idiotas — porque, realmente, afora você e uma outra garota gaúcha, M., o corpo feminino é uma coisa que não consegue me entusiasmar. Nunca fui exclusivamente homossexual ou exclusivamente heterossexual — creio que nunca serei. Mas também me pergunto até que ponto você REALMENTE poderia aceitar isso em mim. Pense com você mesma e procure ser muito honesta na resposta.

Verinha, estou mesmo voltando e tudo começa a ficar muito real. Não posso mentir a você, não quero, sei lá, que você entre numa errada comigo. Que você se machuque ou, como diziam minhas tias quando eu era guri, "tenha uma desilusão". Mas a verdade é que ainda não quero me prender a nada, a nenhum lugar, a ninguém — a não ser que isso pinte com muita força, o que é impossível de acontecer por carta. Além disso, sou terrivelmente instável e entender as minhas reações é coisa que às vezes nem eu mesmo consigo.

Não posso mentir a você, não quero. Mas por favor não fantasie, menina, não seja demasiado adolescente. Como eu te escrevi várias vezes, é no nosso encontro, cara a cara, olho a olho, que as coisas vão se definir. Veja se você consegue separar o sonho da realidade. Ariel, por exemplo, é um sonho. É um sonho que trago comigo há muito tempo e que comuniquei a você — e que não é hora ainda de ser realidade, porque não tenho absolutamente nada além da minha cuca — você me entende? Minha profissão é essa coisa absurda de escritor, que não dá dinheiro nenhum, estou sempre recomeçando e recomeçando e recomeçando. É muito duro. Ontem por exemplo só tomei um café — hoje vai ser o mesmo. Eu aguento — mas um bebê, Vera?

Menina, menina, tenho uma ternura enorme por você — e para mim é muito difícil isolar essa ternura da razão, quando te escrevo. Como fiz agora. Talvez tenha te parecido duro ou demasiado frio. Mas acho, honestamente, que você não deve se arriscar a ter uma tremenda decepção, depois de um ano inteiro de sonhos. Nós vamos nos ver, nós vamos conversar, sair juntos, provavelmente nos tocar — e de repente tudo pode realmente ser. Ou não. Mas de jeito nenhum quero, sei lá, ser irresponsável ou não medir as consequências dum negócio que pode ser muito sério.

(Não aguento de fome e de vontade de fumar. Volto já).

Voltei. São 8h30, comi um sanduíche no grego, comprei cigarros no hindu e voltei cantando em espanhol ("Perfídia"). Londres é assim.

Sabe que eu tô muito velho? Outro dia me deram 30 anos. A minha cara tá cheia de marca, ruguinhas. O meu olho caiu ainda mais e tem uma expressão de cansaço absoluto. O cabelo, que era minha maior "arma", caiu muito, tem entradas incríveis e nenhum brilho. Rio pouco e quase não falo. Pense também nisso, tire a sua cabecinha da lua: você não vai encontrar nenhum modelo de beleza na sua frente. Europa marcou fundo, e aquele menino cheio de vida e acreditando em tudo que você conheceu em 71 ficou perdido entre pilhas de pratos e panelas sujas num restaurante sueco, no verão passado. Já não sou o mesmo, como você também não é. Endureci um pouco, desacreditei muito das coisas, sobretudo das pessoas e suas boas intenções. Dar um rolé em cima disso não vai ser nada fácil. E as marcas ficarão — tatuagens.

Quero muito te amar e me encontrar contigo. Mas não sei se conseguiremos — e tenho medo.

Atravessando duas semanas muito duras. A escola onde trabalho como modelo entrou em férias — e só reabre segunda, dia 22. Resultado: fiquei sem emprego. Descolei umas limpezas na casa dum ator, mas dá pouquíssimo e no fim de semana gastei tudo num passeio péssimo à ilha de Wight. Provavelmente irei lá pelo dia 15 de maio. Quero ir com o Sol ainda em Touro, tenho bode de Gêmeos. Provavelmente também não poderei ficar no Rio. Não consigo economizar nada. Além disso, vou chegar muito horroroso, branco deste inverno que não acaba (oito meses) e exausto. Meu plano é passar um mês no Sul, tratar do meu livro e mil coisas, também descolar dinheiro para poder ir ao Rio + tarde. Hilda — aquela minha amiga escritora de Campinas — mandou dizer que talvez possa me dar uma for$a no fim de maio. Então talvez a gente possa se ver em junho (julho, nas tuas férias — queria muito ir à Bahia contigo).

Tenho escrito. Voltou o demônio (ou o anjo, não sei). Da peça, já tenho uma meia hora escrita e o resto na cuca. Estou gostando, os diálogos estão ficando bons. Por enquanto o título é *Vamos fazer uma festa enquanto o dia não chega?*. É muito amarga, eu acho, talvez demais. Sinto uma falta medonha da minha máquina de escrever — acho que é o que mais amo no mundo.

Intento uma macrobiótica meio fajuta — cortei carne, açúcar, gorduras. Tenho comido quase só arroz integral, vegetais e frutas. Queijo e pão. Não encontro ban-chá em Londres. Só chá de Mu, que é meio enjoativo. Mas tenho um vício realmente péssimo: latinhas de coca-cola. Não consigo resistir.

Não sei se te falei de Serginho. Creio que sim. Ele foi preso de novo, está incomunicável, vai ficar 2 meses, depois será deportado para o Brasil. Um dia te falarei muito sobre ele. Procure ouvir "Angie" com Mick Jagger. As pessoas estão indo embora. Amsterdam, Paris, Suécia, Escócia. Augusto, Orlando, Lize, Zé, Rogério, Paulo Afonso, Débora. É triste, porque chega ao fim mais um ciclo que não se repetirá — mas é bom porque todos estão tão machucados, tão...

(9h. Esquento panelões de água — a água quente pifou — pra tomar banho e ir ao dentista às 11h.)

Do outro lado da rua passa um garoto gordo com casaco verde. Acho que os garotos gordos devem sofrer muito.

Leio *Alice's Adventures in Wonderland* — também conhecido como *Alice no País das Maravilhas* — em inglês — uma batalha vencida pouco a pouco. Homero rouba porradas de livros sobre Gertrude Stein e Alice B. Toklas — quer escrever um ensaio sobre o caso das duas. Na outra página te mando um poema que escrevi há alguns meses. O título é uma tampinha de caixa de sal — reproduzo o desenho porque, no momento, não tenho nenhuma das referidas caixas à mão.

Te beijo.

Te espero em carta.

Caio

(here comes the sun little darling it's all right now)

Estavam ali as portas
Janelas e varandas.
Estavam ali
Na fronteira do olhar
Onde o de dentro encontra
Justamente
Com o de fora.
Nesse ponto exato
Elas estavam:
Bastava um gesto.
Mas o meu estar parado
Era maior que eu.
Estar parado
Estar vivo:
A mesma incompreensão
E medo

Entre mim
E aquele estar das coisas.
Estar ali
Como nunca ter chegado.
Estar ali
Por estar ali
E além de mim
O que eu não ousava.
Ah
Relembro a amplidão dessas varandas intocadas
Os pequenos raios de luz
Nos vidros coloridos das janelas.
Revejo a dura consistência da porta
Cerrando seu segredo.
E me retomo
No imóvel do gesto que não fiz.
Como se pudesse
Agora
Escancarar portas e janelas
Para sair nu pelas varandas
Desvairado e nu
Profeta, louco, infante.
Sair para o vento
O sol, as tempestades, as neves,
As quedas de estrelas e Bastilhas,
O cheiro de jasmins
Entontecendo os quintais.
(pudesse retomar manhãs, amigo,
manhãs perdidas como tudo
que não fui)
Mas continuo
Ali.
Aqueles espaços

Permanecem mortos dentro de mim.
Como um corpo que se ama
E não se toca.

Londres 4.2.74

(Fiz depois duma bad lisérgica e dum papo muito duro com Serginho. Você gosta?)

Dia seguinte:

Saindo da prisão

Fui ao dentista, depois encontrei com Homero e Fê para roubar umas coisinhas. Tudo bem. Os lugares de sempre. Biba, Pin Import, Kensington Market. Eu tava cansado, queria vir embora. Homero quis ir ainda a uma livraria. Fomos. Aí fiquei alucinado por uma biografia de Virginia Woolf, com fotos belíssimas, dois volumes. Apanhei um, Homero outro. Saímos. Dois caras nos viram, nos seguiram. Nos apanharam na esquina. Dormimos na prisão. Fomos julgados hoje de manhã. Resultado: 30 libras de multa, que equivale a mais ou menos 500 contos. Temos três semanas para pagar.

Na escola, ganho 20 libras por semana. Creio que poderei pagar. Mas é duro. Ainda tenho outra conta do dentista de 10 libras. Vou chegar no Brasil sem dinheiro nem pro táxi. Também não posso recorrer a meus pais — ia ser um bode se eles soubessem. Estou muito deprimido, muito cansado.

Ah, por favor — não fale disso a ninguém. É muito feio. Também não entra numa de me mandar um dinheiro que você não tem. Pediria uma coisa só. Arranje umas flores brancas e jogue no mar pra Iemanjá, que é minha mãe. Peça por mim, que ilumine meu caminho — que me tire desta maldita Londres que está acabando comigo. Pode ser que ela atenda.

Te beijo outra vez.

Não se preocupe.

A Luiz Fernando Emediato

Porto, 8.3.77

Emediato, companheiro:

Outro dia Julio Cesar ligou pro jornal e batemos um bom papo, fiquei sabendo de todas as novas — desde o lançamento da antologia, programado para o fim de abril, até a remessa das *Edições marginais*, pelo Jeferson[1] (que não chegou mesmo, não entendo). Tudo bem, então, tudo andando.

Você me dá belas notícias — livros, editoras (Ática e Alfa-Ômega são ótimas) — com exceção do filme, não é? Creio que você já havia me escrito qualquer coisa a respeito — Eduardo Escorel creio que foi o diretor de *Lição de amor* — e semana passada li no *Jornal da Tarde* algo a respeito do filme e seu nome não estava lá. Estranhei. Sacanagem ou irresponsabilidade, seja como for, uma pena.

O livro que aprontei,[2] em princípio, tem editora. Deve ser mesmo a Globo, que tem uma distribuição péssima — mas eu tenho uma preguiça enorme de batalhar outra. Durante o carnaval trabalhei bastante, houve um bom período de folga — mas agora ficou duro de novo. Trabalho, traba-

---

1 O jornalista Jeferson Ribeiro de Andrade. (N.E.)

2 *Pedras de Calcutá.* (N.E.)

lho, trabalho. Recomeçaram as estreias, o movimento teatral todo e, ainda mais, como agora, depois de quase sete meses de trabalho, resolvi "endurecer" um pouco minhas críticas (que usavam muitos "panos quentes", em função da minha insegurança, principalmente), tenho tido problemas e mais problemas. Desde crises de consciência (sempre me culpo por possíveis injustiças) até situações desagradáveis com pessoas da "classe". Enfim, tudo isso me esgota muito e me dá uma vontade danada de ir embora. Para qualquer lugar, desde que seja para longe do estado. Completei um ano de terapia e, com a loucura já mais ou menos sob controle, talvez até o fim deste ano me sinta em condições de partir. Coisa que, objetivamente, fica cada vez mais difícil...

Forças!

Tô mandando procê o número 3 da *Paralelo*, que saiu hoje — o primeiro pós-Censura Prévia. Não houve grandes problemas para este número, cortaram pouca coisa. Mas a barra de grana da revista é que tá pesada. E pessoas desanimando, caindo fora do barco. Sei lá, não acredito que vá além do número 5. Uma pena. Parece que os nanicos entraram quase todos em crise. E agora olhei pro meu lado direito e vi o recorte duma entrevista de Ernesto Sábato, com este trecho (sobre a situação da Argentina) se aplicando tão bem ao Brasil: "*Cuando un país está en decadencia, como este; cuando un país está angustiado, como este (y le ruego que coloque exactamente lo que digo); cuando un país está destruyéndose en todos los sentidos, física y espiritualmente, como este; cuando un país ha llegado al grado de destructividad y autodestructividad, como este...*" Pois é.

Olhe, na cópia que você enviou do *Manifesto neorrealista* aconteceu um engano: as duas folhas enviadas são cópias da mesma folha, entende? Isto é: as duas são a segunda página do manifesto, pegando creio que o final do item cinco até o oito. Portanto, não deu pra fazer uma ideia. Mas vou ser bem franco: eu realmente não sei. Sou cético, pessimista — acho que somos todos bons escritores, mas acho também meio megalômano nos supormos a nata das natas, saca? Acho inclusive uma atitude elitista. Somos bons, mas somos jovens e só o tempo é que pode dizer se a gente vai conseguir, pelo menos, continuar escrevendo. E às vezes, confesso, até mesmo isso me parece muito difícil. Então não sei, companheiro. Também tenho uma dificuldade incrível para me definir. A primeira frase, "contra o individualismo", de cara já me grila. Eu não sei MESMO se eu sou contra o individualismo. Em processo terapêutico, e com uma formação literária onde as influências maiores creio que foram Lispector, Virginia Woolf, Proust, Drummond, Pessoa, por aí — não sei se posso afirmar isso, me entende? Pelo menos agora, eu não me sinto seguro. Por outro lado, há itens inteligentíssimos: "... literatura nacional, mas não xenófoba, populista ou demagógica. Assimilar e deglutir de forma crítica o que, não sendo nacional, for universalmente necessário" — por exemplo, acho perfeito. Quem sabe uma reformulação, não sei — também precisava ler a primeira parte, não é? Mande, por favor. Se vocês acharem que não é possível reformular, vamos supor, e eu discorde de *muitas* outras coisas, vai sem o meu nome, por mim tudo bem.

Em abril, irei até o Rio, seja como for. Eu tinha inclusive direito a uma semana de férias que aproveitaria agora em fevereiro. Pintaram mil caronas para o Rio e eu segurei, pensando justamente no lançamento, "economizando" as feriazinhas, Julio Cesar já falou que posso ficar lá. Uma vontade INCRÍVEL de conhecer vocês. Curioso o que você diz do Pellegrini, é de se conferir pessoalmente. "Seguro e saudável" — acho que sobre mim você poderia dizer "inseguro e doentio"... Mas tenho, também, meus bons momentos. Só não suporto cara machão (também não suporto mulher fêmea demais), gente barulhenta, agitada e neurótica. Um mínimo de silêncio, um pouco de ambiguidade (ai, a formação europeia...).

Tenho lido muito. Saí duma fase de ficção científica para os contos completos de Andersen (uma higiene mental de primeira ordem) e, pra reagir, caí fundo nas *Memórias do cárcere*, de Graciliano. Tenho também escrito coisas novas, depois de um longo tempo, retomando. Alguns contos, uma novela ainda em planos e notas (se pudesse me dedicar por uns três meses só a ela...), uma peça teatral. Farrapos, molambos. Tão difícil.

Olha, até o fim do mês talvez mude daqui. O meu companheiro vai morar com outros amigos, numa casa, e eu estou em dúvida entre ficar com este ap. ou batalhar, também, uma casa. O ap. é legal, mas pelas janelas você só vê paredões de concreto (o prédio do INPS do lado faz com que eu vezenquando me sinta a própria "rainha dos cárceres da Grécia"),[3] cultivo plantinhas e tal — mas sinto uma SEDE de pisar descalço na grama, barulhinho de grilo, sol, terra. Além disso o ap. fica em pleno centro, vantajoso dentro dumas, pelos contatos, locomoção e tal, mas ALTAMENTE neurotizante — decibéis altíssimos, sujeira, roubo, miséria. Dói pra caralho. Mas o que eu ia dizer, e comecei a me queixar, é que seria mais seguro, então, você mandar pro endereço dos meus pais. Certo? Vou lá no mínimo uma vez por semana.

Acho que é isso aí. Diga pro Jeferson que estou escrevendo pra ele. Vai logo. Um abraço do seu companheiro

Caio

PS: Recebi um *Edições marginais* (um exemplar). Não cheguei a ler todo e uma amiga minha carregou, Mary, fascinada pelo seu conto — que eu nem tinha lido ainda. Achei excelente o "Raízes", do Domingos. Poesia, simplicidade, síntese, limpeza: lindo.

---

3 A *rainha dos cárceres da Grécia* é o título de um livro de Osman Lins. (N.E.)

A Nair Abreu

Sampa, 11.8.78

Querida mãe, tô sem tempo pruma carta. Mas tá tudo bem. Comecei hoje a fazer psicodrama, tô contente. Olhe, por favor, não se preocupe com o $$$. Mesmo. Tá tudo bem. Tô feliz com os 30: acho que fiz tudo do jeito melhor, meio torto, talvez, mas tenho tentado da maneira mais bonita que sei. Até uma carta, vai outro poema daquela mineira, a Adélia Prado, que eu já tinha mandado um pra senhora. Pense nele quando a senhora tiver muitos problemas. E se poupe.

Ensinamento
Minha mãe achava estudo
a coisa mais fina do mundo.
Não é.
A coisa mais fina do mundo é o sentimento.
Aquele dia de noite, o pai fazendo serão,
ela falou comigo:
"Coitado, até essa hora no serviço pesado."
Arrumou pão e café, deixou tacho no fogo com água quente.
Não me falou em amor.
Essa palavra de luxo.

Terminei a peça teatral que eu vinha escrevendo há dois anos. Chama-se *Zona contaminada*. Voltei a escrever! Não vou parar nunca, por mais inútil que seja (e talvez não seja). Beijos pra todos. Seu filho e amigo

Caio

PS: Mudou o número do telefone daqui: 64-76-54.

A Nair Abreu

São Paulo, 25.8.78

Querida mãe,

parece mentira, mas só hoje, quase duas semanas depois de ter estado aí, é que consigo um tempo livre para escrever. Foi uma corrida louca: o avião atrasou, saiu daí ao meio-dia, e eu só tive tempo de deixar a bagagem em casa e correr para a redação. Não tive mais nenhum minuto livre, desde então. Mas vai tudo bem. Voltei com uma certa culpa, acho que algumas vezes fui um pouco agressivo com a senhora. Me perdoe, não foi maldade, apenas nervosismo, tensão. Isso foi outra coisa que percebi — ando extremamente tenso. É o ritmo de São Paulo, muitas corridas, falta de tempo, que nada tem a ver com o ritmo de Porto Alegre.

Tenho saído muito pouco, desde que voltei. Faz muito frio. E também não tenho vontade. Hoje pensei em ir a Campinas, mas me convidaram para uma festa, logo à noite, e ando tão isolado que acho que uma festa me fará mais bem do que a fazenda. Acho que estou ficando velho. Setembro vem aí com os meus 30 anos, e parece incrível, tão rápido, ainda ontem tinha 20... Isso era uma coisa que eu gostaria de dizer ao Felipe, à Márcia e Cláudia, que aproveitem, que passa tudo muito mais depressa do que a gente imagina.

Mãe, com o gasto da passagem até aí, fiquei um pouco duro. Então lembrei daquela grana do imposto de renda, mas ATENÇÃO: não faça nenhum sacrifício, só mande se realmente a senhora tiver. Tenho o suficiente para me mover até o dia 10, quando recebo. O problema é que estou quase que sem roupas, preciso comprar algumas, nada de grave, pode esperar. Pode esperar *mesmo*, ouviu?

No dia que eu vinha, encontrei o Moacyr Scliar no avião, que me disse que a Globo também tinha direitos autorais pra me pagar. Escrevi também a eles, e a uma outra revista daí, a *Cultura Contemporânea*, que me deve 1.000 cruzeiros. Ainda não veio resposta, a senhora sabe como é, mas deve vir.

Por favor, não me deixe sem notícias muito tempo. Dê um abraço muito grande no pai — que ele se cuide, achei-o muito triste. Beijos para todos. Do seu filho,

Caio

A Nair Abreu

São Paulo, 21.9.78

Querida mãe,

recebi ontem o pacote com cartas — obrigado. Fiquei sem tempo nenhum para escrever, só hoje pintou esta horinha. Está tudo bem, bem mesmo. Andei meio preocupado com grana, também o aluguel do ap. foi para oito milhas, uma loucura (aqueles impostos todos de fim de ano). Mas aí recebi um aumento na Abril, foi para 20 mil. Uma outra preocupação era como pagar o psiquiatra (tava 900 a hora), daí hoje ele me falou que achava melhor eu passar pra um grupo (e eu também acho), com ele mesmo — a hora com o grupo é 350. Então, depois de um aperto, aliviou. Ótimo.

Meu aniversário foi ótimo. Ganhei três bolos de chocolate: um à tarde, na *Pop*. Outro da Ana, outro do Celso. Umas pessoas começaram a falar que vinham aqui à noite e, meio sem planejar, acabou pintando uma festa muito gostosa. Foi bom perceber que, em tão pouco tempo, já tenho amigos em São Paulo e, de certa forma, uma vida nova já se criou. Fico feliz com isso.

Hoje à noite eu ia ao teatro, mas fui ficando por aqui mesmo. Me deu vontade de dormir cedo, ler um pouco. Também, estou viciado em assistir ao *Dancin' Days* — acho que é a primeira telenovela que me ligo.

Semana da Pátria passei uns dias na fazenda de Hilda, foi muito bom. Os problemas todos de loteamento se resolveram, e ela está bem de novo. Fiquei quatro dias lá, despoluindo, uma delícia.

O mais a gente leva. Estou com vontade de passar uns dias no Rio. Agora vou ficar mais folgado e posso fazer umas pontes aéreas. Começou a esquentar muito aqui, preciso de sol.

Vou ficando por aqui. Espero que estejam todos bem. Cuide-se. Beijos para todos. Do seu

Caio

A Nair Abreu

SAMPA, 7.2.79

Querida mãe,

estou aproveitando a ida do Augusto para mandar esta carta, escrita na redação mesmo, a senhora sabe, aquelas corridas de sempre. Ando sentindo falta de notícias daí. Como tenho viajado muito, pensei até que a senhora poderia ter telefonado sem eu estar em casa. Então, por favor, escreva ou telefone (a melhor hora pra me encontrar é mesmo por volta das 9 da manhã).

Aqui tá tudo bem — hoje tá um dia de sol lindo, nem parece São Paulo. Acordei às 7 e meia da manhã com a dona Francisca chegando: é uma "peoa" ótima que arrumei. Era empregada de um amigo meu, ele resolveu dispensá-la enquanto procura uma que durma em casa, e passou-a pra mim. Tem ido duas vezes por semana, pago 150 de cada vez e ela faz horrores — lava roupa, passa, conseguiu desencruar a sujeira da cozinha, que tava um horror.

Estou sozinho em casa (hoje chega o Luiz Arthur, que vai ficar uns dias aqui) — Rofran foi fazer um filme em Pirapora, no interior de Minas Gerais, e eu estou até um pouco preocupado, porque Minas inteira está embaixo d'água, e Pirapora é uma das cidades mais atingidas. Ele ficou de telefonar e não telefonou, acho que a equipe de filmagem deve estar ilhada lá.

Fiquei muito contente com a aprovação das gurias no vestibular. Vai ser ótimo para elas, só espero que a Cláudia aguente aqueles demônios do curso de letras, como a Rebeca ou o Bunse, professor de linguística.

Interrompi, tivemos uma reunião, agora já é de tarde. Tá uma bagunça isso aqui. Saíram algumas pessoas da revista, acumulou trabalho, ficou meio baixo-astral. Durante a reunião tive uma discussão meio forte com a patroa. Ando meio ofendido com certas coisas — como o diretor marcar uma reunião pras 9 da manhã, eu e os outros chegamos antes das 9, e ele só pinta às 10 e meia, muito apressado, falando que a revista tá péssima, coisas assim. Falou que tínhamos que reduzir os textos, aumentar as fotos e o visual, que "o leitor não gosta de ler". Eu disse que tinha irmãs adolescentes que adoravam ler, e que achava que a gente não devia colaborar com a alienação. Ele me chamou de *obsoleto*, eu fiquei puto e repliquei que minha formação foi feita antes de 64, e que se ele achava que cultura e leitura eram coisas obsoletas então íamos muito mal — e que se ele tava a fim de colaborar com o processo de castração mental da juventude brasileira pós-64, eu não estava. Por aí foi. Numa certa altura, até a senhora acabou entrando na briga. Ele disse que meus títulos pareciam livro antigo de história. Eu falei "minha mãe é professora de história, eu estudei muita história e se a juventude de hoje não sabe nem quem foi Getúlio Vargas é porque não se estuda mais história". Voou pena. Suei, gritei. Todo mundo quieto em volta. Aí resolvi calar a boca. Afinal, como na fábula do lobo e do cordeiro: contra a força não há argumentos.

Mas ando de saco muito cheio com essas coisas. De repente tô trabalhando num lugar que me obriga a ir contra tudo que penso e sinto. Não sei como resolver tudo isso. Mas tudo bem, tô calmo e ponderado, embora a vontade seja de agredir todo mundo, dizer meia dúzia de verdades e sair pisando duro. Não vou fazer nenhuma loucura.

Queria lhe pedir uma coisa: por favor, mande pelo Augusto os exemplares de *Pedras de Calcutá* que ainda existirem por aí — acho que tem um ou dois pacotes no meu quarto. Também: procure um livro de capa azul, chamado A *negação da morte*, o autor chama-se Ernest Becker ou Fischer, eu não tenho certeza. Se a senhora não achar, não tem importância.

É só. Tô escrevendo meio na corrida. Hoje à noite é a estreia da peça da Suzana Saldanha, tô muito curioso pra ver.

Beijos para todos. Por favor, dê notícias logo.

Do seu filho

Caio

A Suzana Saldanha

SAMPA, 9.4.79

Suzy, baby,

andei com vergonha docê... Veio aquela carta tão bonita, e eu sem nenhum tempo de responder, passei um fonograma, coisa tão fria, e fui curtindo essa vergonha de não ter tempo até pintar a carta do Isaías. Bom, deixa eu ser objetivo primeiro (depois vêm as continuações): aí vai a declaração, devidamente assinada (fiquei com uma cópia para mim). Adorei a equipe — não conheço todo mundo, mas Elton, Carmem Leonora, Isaías, Samuel e Tânia, mais Léo: maravilha.

Fiquei pensando se o Juarez Farinon será um quase-loiro-de-olho-verde, que viveu um tempo no Peru? Seja como for, com cabeças como essas, o astral só pode ser o mais alto. Em princípio, estarei aí para assistir à estreia, mas me avisem de alguma modificação nas datas.

Suzy, fico chateado de não ter reescrito a canção final, como você pediu. Não deu mesmo. Ritmo de Sampa é o seguinte. Andei trabalhando feito um cão, vezenquando acontecia de olhar pra minha mão e pensar "nossa, que unha grande & suja" — sabe o que era? Falta de tempo pra cortar. Uma corrida, dum lado pro outro, e eu me perguntando se tudo isso vale a pena. Sem tempo pra ler, pra escrever, pra visitar ninguém, pra olhar pro céu, um olho nos jornais, outro no coração das pessoas — e tudo tão rebentado (ou arrebentando)... Enquanto a bolha radioativa ameaça escapar do reator, o velhinho simpático do apartamento em frente abre o gás. Na real, de verdade. Enquanto o *ayatollah* fuzila homossexuais e obriga as mulheres a usarem véu, o Capitão Foguete morre de tuberculose e excesso de drogas, aos 29 anos. Dói de todos os lados, os de fora, os de dentro, de baixo e de cima, nenhuma saída, e você meio cego, meio tonto, só sabe que tem que continuar, meio sem esperança, as ilusões despedaçadas, o coração taquicárdico, língua seca, e continuando. Continuando. Resistimos, aos trancos, já nem sei se foi escolha ou solavanco. Difícil arrancar uma certa lucidez disso tudo. Mas sinto que o coração se depura (é tão antigo falar em coração...) um pouco mais, em cada porrada. Meu olho compreende cada vez mais. Pode ser útil, mas gosto assim, aqui, no meio de todos os sacos de lixo que a greve dos lixeiros deixou amontoados pela cidade (as escadarias do Theatro Municipal estão cheias, o que acho muito expressivo). E resisto. Gosto de mim assim, e mesmo que não houvesse mais, só por isso. Por resistir. Quando o mais coerente seria estar talvez numa clínica psiquiátrica.

Ai, que fel! Porra, corta.

Consegui férias, de 15 de maio a 15 de junho. Acho que vou para Olinda escrever. Estou precisando *desesperadamente* escrever. Comecei um negócio muito ambicioso, e decidi que vou em frente, de qualquer jeito. É quase trágico, às vezes, sentir que sacrifico a literatura em função do trabalho jornalístico para sobreviver. Mas concluí que talvez justamente esse seja o grande desafio da minha vida. E vamos lá. Adoro desafios.

De Portinho, não sinto saudade alguma. Só do ar, de alguns pores do sol, dos verdes. E das pessoas.

Quando posso, vou ao cinema. E todo filme que vejo lembro do cinemaníaco Roberto. Vi, entre outras coisas boas, *Uma mulher descasada* (você vai amar), *Amargo regresso*, *A fúria* (um daqueles Brian de Palma medonhos), *O céu pode esperar* e, numa sessão especial, *25* (aquele filme do Zé Celso Martinez sobre Moçambique), durante um *happening* louco de reabertura do Oficina. Teatro aqui, coisa cansada e pouca. Gostei de *Nó cego*, do Vereza, e este fim de semana vou ao Rio assistir *Lola Moreno*.

Faz frio. Parece agosto no Sul. Liguei pra casa hoje, e fiquei tão comovido com a voz de minha irmã que de repente não tive o que dizer e desliguei.

Qualquer coisa que ocê precisar, prenda o grito, chê. Dentro das minhas limitações, tô aqui mesmo. De cabeça, envio o que tenho de bom pra equipe. E beijos, muitos beijos.

Seu amigo

Caio

PS: Beijos pra Luizar, Guto e, quando cruzar, Tuio Becker, de quem gosto muito.

A Nair Abreu

São Paulo, 15 de agosto de 1979

Querida mãe,

quero ver se tenho tempo de colocar esta no correio amanhã — já lhe escrevi duas cartas, que acabei rasgando, foram ficando na gaveta e acabaram envelhecendo. Aqui vai tudo bem, o trabalho na *Nova* andando razoavelmente, às vezes fico muito cansado, é um ambiente um pouco tenso, burocrático, muito diferente do da *Pop*. Mas fico na minha o dia inteiro, evitando as fofocas que aqui por dentro correm soltas.

Não tive tempo de tratar dos documentos ainda. Estou enviando uma folha em branco, assinada, que o pai pediu para ver se conseguia tratar do título eleitoral. Também estou precisando de um tratamento dentário, e não tenho jeito de ir. Há duas semanas atrás fui ao Rio passar o fim de semana e acabei ficando de cama, com uma dor de dentes medonha.

Às vezes dá vontade de desistir de tudo, não sair mais de casa, dormir e dormir. Acabo sempre acordando cedo no dia seguinte, continuando tudo da mesma forma, na verdade não sei bem pra quê, se não estou fazendo a única coisa que realmente me interessa: escrever.

Fiquei um pouco preocupado com o noivado da Cláudia. Acho que ela é muito criança ainda. Depois pensei um pouco mais, e achei que a minha preocupação era também a sensação de estar ficando velho, e portanto uma sensação egoísta. Afinal, me parece tão pouco tempo que ela era uma garotinha... Acho que a vida é assim mesmo, a gente precisa ir-se acostumando com o tempo que passa e vai fazendo as situações mudarem sempre. Mas desejo felicidade a ela e ao Jorge.

Andei fazendo umas compras com a minha devolução do imposto de renda. Investi numa TV colorida, afinal pouco tenho saído de casa. Comprei à vista, tenho assistido alguns programas. Comprei também um tapete ótimo para o meu quarto, que ficou bem mais agradável.

Hoje à noite vou fazer uma visita ao Zé Luiz, aquele amigo da Hilda — ele fez o transplante de rim, há umas duas semanas. Deu tudo certo, ele já saiu do hospital e está em casa. Só precisa ficar em observação uns seis meses, porque há perigo de rejeição.

O Zé Márcio voltou de Belo Horizonte domingo, perguntou muito por vocês todos, e manda um abraço especial para Cláudia e Jorge, com os cumprimentos pelo noivado.

Vou ficando por aqui. Mande notícias. Gosto mais por carta, telefone é uma coisa muito seca e rápida.

Beijos para todos. Seu filho.

Caio

A Nair Abreu

São Paulo, 2 de outubro de 1979

Querida mãe,

estou com muita saudade de vocês todos daí, não tenho recebido notícias desde o dia de meu aniversário. Aliás, foi ótimo falar com todos, gostei demais. Aqui, as coisas vão indo, tudo razoavelmente bem, pelo menos nos últimos tempos tenho conseguido escrever um pouco. Só o trabalho no meio desses demônios neuróticos é que tem me esgotado bastante. Mas já estou dando um jeito. Recebi um convite do meu ex-chefe da *Pop* para trabalhar novamente com ele, no departamento de fascículos (aquelas coisas sobre artes plásticas, mitologia grega, filosofia). Pensei um pouco, e acabei aceitando: ganharei um pequeno aumento e (ele jura) uma contratação. Por enquanto, é segredo, mas creio que até o fim de outubro estarei lá. Já conheço algumas pessoas, o ambiente é bem mais sadio, e também há menos trabalho. Aqui realmente é impraticável, há um clima constante de tensão, as pessoas falando muito mal umas das outras.

Em casa, está tudo em ordem. Tenho ficado praticamente sozinho o tempo todo, com dona Rosa, que anda muito eficiente. Ando saindo muito pouco. Antes de começar nos fascículos, quero ver se consigo me dar uma semana de férias, gostaria de ir para a fazenda de Hilda, ver se termino uma novela que estou escrevendo.

Continuo com o psicodrama, está muito bom. O dia anterior ao meu aniversário, eles me ofereceram um jantar. Sinto que evoluí muito. Nos últimos tempos, nem tenho colocado meus próprios problemas, fico mais ajudando os outros, ouvindo, tentando compreender. É incrível como há problemas de relacionamento entre casais, todos em crise, separando, querendo separar.

Mãe, estou enviando essa cedência de direitos para que a senhora me faça o favor de reconhecer a firma (tenho firma naquele cartório meio trambiqueiro na frente do cinema Vitória — não na Borges, creio que a rua chama-se Andrade Neves). Há uma certa urgência, porque o diretor do filme, Flávio, quer inscrevê-lo num festival de cinema promovido pelo *Jornal do Brasil*, e as inscrições encerram no dia 30 de outubro. A senhora pode fazer isso para mim?

Zé Márcio pergunta sempre por vocês. Ele está ótimo, acabou de escrever um dos episódios de *Malu Mulher*, para a Globo. Semana passada, foi ao Rio entrevistar o Chico aqui para a *Nova* — é uma reportagem que eu tenho que editar, aí consegui que dessem hotel e passagem pra ele fazer.

Sinto falta de notícias mais frequentes. Por favor, escreva. Não sei quando poderei ir aí outra vez, provavelmente só no Natal. Gosto muito das suas cartas. Na última, fiquei um pouco preocupado quando a senhora dizia que tem pensado muito na educação que nos deu, e tem reconhecido alguns erros. Ô, mãe, não fique se autopunindo nem culpando. De minha parte, não tenho queixa alguma. Mesmo. As situações difíceis que passei há alguns anos foram consequências de escolhas exclusivamente minhas — e só saí delas graças à boa formação, sadia, sólida, que recebi em casa. Acho que acontece o mesmo com o Gringo, Felipe, Márcia e Cláudia. O relacionamento do Gringo com Suzana independe da senhora: foi escolha dele. Por favor, não se culpe, tenho uma grande admiração pela sua coragem, pela sua força de vontade, pela sua extraordinária energia. Sinto apenas — e insisto nisso — que a senhora deveria cuidar um pouco mais de si própria. Mãe, a senhora já não tem idade para trabalhar fora e fazer todo o serviço caseiro. Eu ficava horrorizado de vê-la no tanque, na cozinha. Acho que a senhora precisa descansar, divertir-se. É mais do que tempo. Sua vida foi toda de trabalho. Agora que estamos todos adultos, é hora da senhora descansar um pouco. Dentro de algum tempo, quando tiver condições, eu gostaria de alugar um apartamento e morar só. Gostaria então que a senhora e o pai passassem algum tempo aqui — São Paulo é uma cidade fascinante.

Vou ficando por aqui. Um grande abraço no pai. Beijos para todos. Muito carinho do seu filho,

Caio

A José Márcio Penido

Porto, 22 de dezembro de 1979

Zézim,

cheguei hoje de tardezinha da praia, fiquei lá uns cinco dias, completamente só (ótimo!), e encontrei tua carta. Esses dias que tô aqui, dez, e já parece um mês, não paro de pensar em você. Tou preocupado, Zézim, e quero te falar disso. Fica quieto e ouve, ou lê, você deve estar cheio de vibrações adeliopradianas e, portanto, todo atento aos pequenos mistérios. É carta longa, vai te preparando, porque eu já me preparei por aqui com uma xícara de chá Mu, almofada sob a bunda e um maço de Galaxy, a decisão pseudointeligente.

Seguinte, das poucas linhas da tua carta, 12 frases terminam com ponto de interrogação. São, portanto, perguntas. Respondo a algumas. A solução, concordo, não está na temperança. Nunca esteve nem vai estar. Sempre achei que os dois tipos mais fascinantes de pessoas são as putas e os santos, e ambos são inteiramente destemperados, certo? Não há que abster-se: há que comer desse banquete. Zézim, ninguém te ensinará os caminhos. Ninguém me ensinará os caminhos. Ninguém nunca me ensinou caminho nenhum, nem a você, suspeito. Avanço às cegas. Não há caminhos a serem ensinados, nem aprendidos. Na verdade, não há caminhos. E lembrei duns versos dum poeta peruano (será Vallejo? não estou certo): "*Caminante, no hay camino. Pero el camino se hace al andar.*"[1]

Mais: já pensei, sim, se Deus pifar. E pifará, pifará porque você diz "Deus é minha última esperança". Zézim, eu te quero tanto, não me ache insuportavelmente pretensioso dizendo essas coisas, mas ocê parece cabeça-dura demais. Zézim, não há última esperança, a não ser a morte. Quem procura não acha. É preciso estar distraído e não esperando absolutamente nada. Não há nada a ser esperado. Nem desesperado. Tudo é maya/ilusão. Ou samsara/círculo vicioso.

Certo, eu li demais zen-budismo, eu fiz ioga demais, eu tenho essa coisa de ficar mexendo com a magia, eu li demais Krishnamurti, sabia? E também Allan Watts, e D.T. Suzuki, e isso frequentemente parece um pouco ridículo às pessoas. Mas, dessas coisas, acho que tirei pra meu gasto pessoal pelo menos uma certa tranquilidade.

Você me pergunta: que que eu faço? Não faça, eu digo. Não faça nada, fazendo tudo, acordando todo dia, passando café, arrumando a cama, dando uma volta na quadra, ouvindo um som, alimentando a Pobre. Você tá ansioso e isso é muito pouco religioso. Pasme: acho que você é muito pouco religioso. Mesmo. Você deixou de queimar fumo e foi procurar Deus. Que é isso? Tá substituindo a maconha por Jesusinho? Zézim, vou te falar um lugar-comum desprezível, agora, lá vai: você não vai encontrar caminho nenhum fora de você. E você sabe disso. O caminho é *in*, não *off*. Você não vai encontrá-lo em Deus nem na maconha, nem mudando para Nova York, nem.

Você quer escrever. Certo, mas você *quer* escrever? Ou todo mundo te cobra e você acha que *tem* que escrever? Sei que não é simplório assim, e tem mil coisas outras envolvidas nisso. Mas de repente você pode estar confuso porque fica todo mundo te cobrando, como é que é, e a sua obra? Cadê o romance, quedê a novela, quedê a peça teatral? DANEM-SE, demônios. Zézim, você só tem que escrever se isso vier de dentro pra fora, caso contrário não vai prestar, eu tenho certeza, você poderá enganar a alguns, mas

[1] Os versos na verdade são do poeta espanhol Antônio Machado. (N.E.)

não enganaria a si e, portanto, não preencheria esse oco. Não tem demônio nenhum se interpondo entre você e a máquina. O que tem é uma questão de honestidade básica. Essa perguntinha: você quer mesmo escrever? Isolando as cobranças, você continua querendo? Então vai, remexe fundo, como diz um poeta gaúcho, Gabriel de Britto Velho, "apaga o cigarro no peito/diz pra ti o que não gostas de ouvir/diz tudo". Isso é escrever. Tira sangue com as unhas. E não importa a forma, não importa a "função social", nem nada, não importa que, a princípio, seja apenas uma espécie de autoexorcismo. Mas tem que sangrar a-bun-dan-te-men-te. Você não está com medo dessa entrega? Porque dói, dói, dói. É de uma solidão assustadora. A única recompensa é aquilo que Laing diz que é a única coisa que pode nos salvar da loucura, do suicídio, da autoanulação: *um sentimento de glória interior.* Essa expressão é fundamental na minha vida.

Eu conheci razoavelmente bem Clarice Lispector. Ela era infelicíssima, Zézim. A primeira vez que conversamos eu chorei depois a noite inteira, porque ela inteirinha me doía, porque parecia se doer também, de tanta compreensão sangrada de tudo. Te falo nela porque Clarice, pra mim, é o que mais conheço de GRANDIOSO, literariamente falando. E morreu sozinha, sacaneada, desamada, incompreendida, com fama de "meio doida". Porque se entregou completamente ao seu trabalho de criar. Mergulhou na sua própria *trip* e foi inventando caminhos, na maior solidão. Como Joyce. Como Kafka, louco e só lá em Praga. Como Van Gogh. Como Artaud. Ou Rimbaud.

É esse tipo de criador que você quer ser? Então entregue-se e pague o preço do pato. Que, frequentemente, é muito caro. Ou você quer fazer uma coisa bem-feitinha pra ser lançada com salgadinhos e uísque suspeito numa tarde amena na Cultura, com todo mundo conhecido fazendo a maior festa? Eu acho que não. Eu conheci/conheço muita gente assim. E não dou um tostão por eles todos. A você eu amo. Raramente me engano.

Zézim, remexa na memória, na infância, nos sonhos, nas tesões, nos fracassos, nas mágoas, nos delírios mais alucinados, nas esperanças mais descabidas, na fantasia mais desgalopada, nas vontades mais homicidas, no mais aparentemente inconfessável, nas culpas mais terríveis, nos lirismos mais idiotas, na confusão mais generalizada, no fundo do poço sem fundo do inconsciente: é lá que está o seu texto. Sobretudo, não se angustie procurando-o: ele vem até você, quando você e ele estiverem prontos. Cada um tem seus processos, você precisa entender os seus. De repente, isso que parece ser uma dificuldade enorme pode estar sendo simplesmente o processo de gestação do sub ou do inconsciente.

E ler, ler é alimento de quem escreve. Várias vezes você me disse que não conseguia mais ler. Que não gostava mais de ler. Se não gostar de ler, como vai gostar de escrever? Ou escreva então para destruir o texto, mas alimente-se. Fartamente. Depois vomite. Pra mim, e isso pode ser muito pessoal, escrever é enfiar um dedo na garganta. Depois, claro, você peneira essa gosma, amolda-a, transforma. Pode sair até uma flor. Mas o momento decisivo é o dedo na garganta. E eu acho — e posso estar enganado — que é isso que você não tá conseguindo fazer. Como é que é? Vai ficar com essa náusea seca a vida toda? E não fique esperando que alguém faça isso por você. Ocê sabe, na hora do porre brabo, não há nenhum dedo alheio disposto a entrar na garganta da gente.

Ou então vá fazer análise. Falo sério. Ou natação. Ou dança moderna. Ou macrobiótica radical. Qualquer coisa que te cuide da cabeça ou/e do corpo e, ao mesmo tempo, te distraia dessa obsessão. Até que ela se resolva, no braço ou por si mesma, não importa. Só não quero te ver assim engasgado, meu amigo querido.

Pausa.

Quanto a mim, te falava desses dias na praia. Pois olha, acordava às seis, sete da manhã, ia pra praia, corria uns quatro quilômetros, fazia exercícios, lá pelas dez voltava, ia cozinhar meu arroz. Comia, descansava um pouco, depois sentava e escrevia. Ficava exausto. Fiquei exausto. Passei os dias falando sozinho, mergulhado num texto, consegui arrancá-lo. Era um farrapo que tinha me nascido em setembro, em Sampa. Aí nasceu, sem que eu planejasse. Estava pronto na minha cabeça. Chama-se *Morangos mofados*, vai levar uma epígrafe de Lennon & McCartney, tô aqui com a letra de *Strawberry fields forever* pra traduzir. Zézim, eu acho que tá tão bom. Fiquei completamente cego enquanto escrevia, a personagem (um publicitário, ex-hippie, que cisma que tem câncer na alma, ou uma lesão no cérebro provocada por excesso de drogas, em velhos carnavais, e o sintoma — real — é um persistente gosto de morangos mofados na boca) tomou o freio nos dentes e se recusou a morrer ou a enlouquecer no fim. Tem um fim lindo, positivo, alegre. Eu fiquei besta. O fim se meteu no texto e não admitiu que eu interferisse. Tão estranho. Às vezes penso que, quando escrevo, sou apenas um canal transmissor, digamos assim, entre duas coisas totalmente alheias a mim, não sei se você entende. Um canal transmissor com um certo poder, ou capacidade, seletivo, sei lá. Hoje pela manhã não fui à praia e dei o conto por concluído, já acho que na quarta versão. Mas vou deixá-lo dormir pelo menos um mês, aí releio — porque sempre posso estar enganado, e os meus olhos de agora serem incapazes de ver certas coisas.

Aí tomei notas, muitas notas, pra outras coisas. A cabeça ferve. Que bom, Zézim, que bom, a coisa não morreu, e é só isso que eu quero, vou pedir demissão de todos os empregos pela vida afora quando sentir que isso, a literatura, que é só o que tenho, estiver sendo ameaçada — como estava, na *Nova*.

E li. Descobri que ADORO DALTON TREVISAN. Menino, fiquei dando gritos enquanto lia A *faca no coração*, tem uns contos incríveis, e tão absolutamente lapidados, reduzidos ao essencial cintilante, sobretudo um, chamado "Mulher em chamas". Li quase todo o Ivan Ângelo, também gosto muito, principalmente de O *verdadeiro filho da puta*, mas aí o conto-título começou a me dar sono e parei. Mas ele tem um *texto*, ah se tem. E como. Mas o melhor que li nesses dias não foi ficção. Foi um pequeno artigo de Nirlando Beirão na última *IstoÉ* (do dia 19 de dezembro, *please*, leia), chamado "O recomeço do sonho". Li várias vezes. Na primeira, chorei de pura emoção — porque ele reabilita todas as vivências que *eu* tive nesta década. Claro que ele fala de uma geração inteira, mas daí saquei, meu Deus, como sou típico, como sou estereótipo da minha geração. Termina com uma alegria total: reinstaurando o sonho. É lindo demais. É atrevido demais. É novo, sadio. Deu uma luz na minha cabeça, sabe quando a coisa te ilumina? Assim como se ele formulasse o que eu, confusamente, estava apenas tateando. Leia, me diga o que acha. Eu não me segurei e escrevi uma carta a ele dizendo isso. Não sou amigo dele, só conhecido, mas acho que a gente deve dizer.

Escrevendo, eu falo pra caralho, não é?

Aqui em casa tá bom. É sempre um grande astral, não adianta eu criticar. O astral ótimo deles independe da opinião que eu possa ter a respeito, não é fantástico? A casa tá meio em obras, Nair mandou construir uma espécie de jardim de inverno nos fundos, vai ligar com a sala. Hoje estava puta porque o Felipe não vai mais fazer vestibular: foi reprovado novamente no 3.º colegial. Minha irmã Cláudia ganhou uma Caloi 10 de Natal do noivo (Jorge, lembra?), e eu me apossei dela e hoje mesmo dei voltas incríveis pelo Menino Deus.[2] Márcia tá bonita, mais adultinha, assim com um ar meio da Mila. Zaél cozinhando, hoje faz arroz com passas para o jantar.

Povos outros, nem vi. Soube que *A comunidade* está em cartaz ainda e tenho granas pra receber. Amanhã acho que vou lá.

Tô tão só, Zézim. Tão eu-eu-comigo, porque o meu eu com a família é meio de raspão. Tá bom assim, não tenho mais medo nenhum de nenhuma emoção ou fantasia minha, sabe como? Os dias de solidão total na praia foram principalmente sadios.

Ocê viu a *Nova*? Tá lá o seu Chico, tartamudeante, e uma foto muito engraçada de toda a redação — eu com cara de "não me comprometam, não tenho nada a ver com isso". Dê uma olhada. Falar nisso, Juan passou por aqui, eu tava na praia, falou com Nair por telefone, estava descendo de um ônibus e subindo noutro. Deixou dito que volta dia três de janeiro ou fevereiro, Nair não lembra, pra ficar uns dias. Ficará? E nada acontecerá. Uma vez me disseram que eu jamais amaria dum jeito que "desse certo", caso contrário deixaria de escrever. Pode ser. Pequenas magias. Quando terminei *Morangos mofados*,[3] escrevi embaixo, sem querer, "criação é coisa sagrada". É mais ou menos o que diz o Chico no fim daquela matéria. É misterioso, sagrado, maravilhoso.

---

2 Bairro de Porto Alegre onde Caio morou com os pais. Em 2005, moram na casa Cláudia, irmã de Caio, e seu marido, Jorge, com os filhos. (N.E.)

3 Publicado em 1982, *Morangos mofados* se tornou um dos maiores êxitos da literatura brasileira da década de 1980. (N.E.)

Zézim, me dê notícias, muitas, e rápido. Eu não pensei que ia sentir tanta falta docê. Não sei quanto tempo ainda fico, mas vou ficando. Quero escrever mais, voltar à praia, fazer os documentos todos. Até pensei: mais adiante, quando já estivesse chegando a hora de eu voltar, você não queria vir? A gente faria o mesmo esquema de novo, voltaríamos juntos. A família te ama perdidamente, hoje pintaram até uns salseirinhos rápidos porque todo mundo queria ler a matéria do Chico ao mesmo tempo.

Let me take you down
cause I'm going to strawberry fields
nothing is real, and nothing to get hung about
strawberry fields forever
strawberry fields forever
strawberry fields forever

Isso é o que te desejo na nova década. Zézim, vamos lá. Sem últimas esperanças. Temos esperanças novinhas em folha, todos os dias. E nenhuma, fora de viver cada vez mais plenamente, mais confortáveis dentro do que a gente, sem culpa, é. *Let me take you: I'm going to strawberry fields.*

Me conta da Adélia.

E te cuida, por favor, te cuida bem. Qualquer poço mais escuro, disque 0512-33-41-97. Eu posso pelo menos ouvir. Não leve a mal alguma dureza dita. É porque te quero claro. Citando Guilherme Arantes, pra terminar: "Eu quero te ver com saúde/sempre de bom humor/e de boa vontade."

Um beijo do

Caio

PS: Abraço pro Nello. Pra Ana Matos, e Nino também.

DEPOIMENTOS

Eu me sinto superfeliz quando encontro uma pessoa tão confusa quanto eu

Me perguntam, assim, o que tu achas de tal coisa. Pô, eu não sei o quê que eu acho. Na hora eu acho uma coisa, meia hora depois eu posso achar outra. Eu não tenho opinião definida sobre nada. Não acho que isso seja insegurança. Acho que é abertura, acho que tudo é passível de uma outra interpretação.

Dentro da engrenagem, ser *hippy* é a única forma digna de sobreviver. Eu acho que poderia comparar os *hippies* brasileiros com os dos países desenvolvidos. Dentro de um certo limite, claro. Na Europa, os *hippies* são revoltados contra uma sociedade superdesenvolvida. No Brasil, não se pode dizer que eles são revoltados contra uma sociedade subdesenvolvida, porque o Brasil não é um país subdesenvolvido. É um país maldesenvolvido, com partes subdesenvolvidas e partes completamente subdesenvolvidas. Então, um *hippy* paulista é igual a um *hippy* inglês ou parisiense, mas ninguém consegue imaginar um *hippy* amazonense. No Amazonas ele não tem por que se marginalizar, se ele já é um marginal.

No último festival de Woodstock, ou no da ilha de Wight, os *hippies* mostraram a força que eles têm. Foi um mundo de gente pra lá. Mas eles não iam fazer nada lá, iam só se divertir. O caso do Charles Manson está sendo usado como um exemplo moralista e fascista de que o *hippy* é um assassino, um devasso, um destruidor, quando não é nada disso. A essência da filosofia *hippy* é a procura do amor. O assassinato jamais seria procura de amor. Acho que teríamos que ter uma nova ordem, baseada numa nova escala de valores. Mas precisaria ser uma ordem, não pode ser o caos, a destruição pura e simples. Seria uma nova ordem de valores, onde o consumo não fosse a palavra-chave, entende?

Eu fico completamente baratinado quando começam a me perguntar o que vai ser, o que vai acontecer com tal coisa. Sei lá, eu não sei onde é que eu vou estar amanhã. Eu sei o quê que eu tô fazendo hoje, agora, o resto não interessa.

Talvez o mal é que a gente pede amor o tempo todo. Não se preocupa nunca em dar amor, sem esperar reciprocidade. O meu livro está cheio de dedicatórias. Quando eu escrevo alguma coisa que sai de dentro, lá do fundo, dilacerada, e eu dedico a alguém, eu dou tudo aquilo que eu vivi, que eu senti, pra essa pessoa. Muitas vezes eu não tive nada em troca. Então eu me senti profundamente frustrado, porque eu esperava receber alguma coisa. A Magliani viveu quase dois anos, única e exclusivamente em função de mim, e eu não percebi isso. Eu só fui perceber que tinha amor quando fiquei longe dela. Assim mesmo, percebi isso vagamente, e voltei também vagamente por causa disso. Eu perdi, eu tenho consciência absoluta de que eu perdi a oportunidade de amor mais viva e mais profunda que me foi oferecida até hoje. E agora eu não posso fazer mais nada.

A gente tá se perdendo todos os dias, pedindo pras pessoas erradas. Mas o negócio é procurar. A gente não se recusar a se entregar a qualquer tipo de amor ou de entrega. Eu nunca vi por que evitar a fossa. Se a fossa veio é porque ela tinha que vir. O negócio é viver ela e tentar esgotar ela.

A gente, quando tenta analisar qualquer problema, sempre vai aprofundando, aprofundando, até que chega nesse fundo que é amor sempre.

Eu consigo me expressar muito melhor escrevendo do que falando. Tem um negócio que eu escrevi aqui nesse conto, é um conto chamado "Apenas uma maçã": porque é certo que as pessoas estão sempre crescendo e se modificando, mas estando próximas, uma vai adequando seu crescimento e a sua modificação ao crescimento e à modificação da outra. Mas estando distantes, uma cresce e se modifica num sentido e outra noutro, completamente diferente, distraídas que ficam da necessidade de continuarem as mesmas uma para a outra.

Uma pessoa quando tá longe vive coisas que não te comunica e tu aqui vive coisas que não comunica a ela. Então vocês vão se distanciando e quando vocês se encontram, vocês vão falar assim: oi, tudo bom e tal, como é que vão as coisas? E aí ele vai te falar por cima de tudo o que ele viveu e, não sei, vai ser uma proximidade distante. Não adianta, no momento que as pessoas se afastam elas estão irremediavelmente perdidas uma pra outra.

A gente sempre procura um amor que dure o mais possível. Procura, procura, talvez tu aches. Pra mim é horrível eu aceitar o fato de que eu tô em disponibilidade afetiva. Esse espaço branco entre dois encontros pode esmagar completamente uma pessoa. Por isso eu acho que a gente se engana, às vezes. Aparece uma pessoa qualquer e então tu vai e inventa uma coisa que na realidade não é. E tu vai vivendo aquilo, porque não aguenta o fato de estar sozinho.

Eu me sinto superfeliz quando encontro uma pessoa tão confusa quanto eu.

Achei a morte do Jimi Hendrix genial. Não sei, eu acho que todo cara de mais de trinta anos é um canalha. Intrinsecamente é um canalha. Não sei, eu acho que ele morreu na hora que tinha que morrer.

Vocês já viram a Baby Consuelo alguma vez, na televisão? Eu acho ela genial. É o mundo cão, a boca do lixo, a glória. A mulher é cafona até o último fio de cabelo, é maravilhosa. O jeito dela falar. É a grossura total. Eu vi um programa da Hebe em que ela foi e então ela dizia assim: Pô, Hebe, teu programa é um barato. E a Hebe respondia: Ah, é? Eu pensei que ele fosse muito caro. (Ah! Ah! Ah! Ah! Ah!) É a incomunicabilidade, é o choque de classes sociais. Ela é maravilhosa. Acho a Baby Consuelo muito mais importante que a Gal Costa. Eu adoro a Gal Costa como símbolo.

Eu gosto da Ângela Maria, acho a Ângela Maria divina. Agora, a minha maior paixão é a Marlene. Acho "Irene" a música mais revolucionária que já se fez no Brasil. E a Marlene foi a única pessoa que gravou "Irene" e que conseguiu pegar todo o sentido revolucionário da música. Ela canta com uma agressividade louca. Irene é a liberdade, é a marginalização, em termos de sociedade bem-pensante, entende?

Bah, é a glória. "Bar bagaceira" é genial! O Teixeirinha acho ruim mesmo. O Chacrinha acho maravilhoso. Uma das maiores emoções da minha vida foi ver a Wilza Carla vestida de *Go-Go Girl*, de *Girl a Go-Go*, sei lá, dançando num programa do Chacrinha. É uma maravilha, é o subdesenvolvimento completo, é a América Latina que tá falando, é a grossura total.

Uma vez eu tava com o pessoal do tropicalismo, numa gafieira de São Paulo chamada Som de Cristal, vê se pode. Então eles foram dar um show lá. Vicente Celestino tava no show, a Linda e a Dircinha Batista também. O Vicente Celestino morreu durante os ensaios, tem esse detalhe que eu acho finíssimo. Então foi assim a curtição, entende? Negronas dançando no meio do salão e tal, e o Caetano cantando lá no meio. Eu acho genial, é a mistura de tudo o que é nosso.

Qué vê uma coisa? Eu adoro ler fotonovela. Não sei, é uma coisa tão grossa, tão viva. Eu não sei explicar bem por que eu gosto. Eu não compro as revistas, porque raramente tenho dinheiro. Tem uma fotonovela que eu li, que se chama *Meu amor era um gângster*. É uma menina que se apaixona por um ladrão, um marginal, traficante de tóxicos. No fim ele fica bom, é claro.

Terno de linho branco é o auge da cafonice. Um dos troços mais geniais que eu conheci em Porto Alegre foi o El Morisco. Tu encontra tudo ali dentro. Bah, bichonas de perucas caídas, brincos, é a glória.

Uma coisa que eu sempre leio é a correspondência dos leitores no *Correio do Povo*. Pô, tem cada uma. Poetisas reivindicando por que as poetas femininas são menosprezadas, e tal. Acho que não podem terminar com a Academia Brasileira de Letras nunca.

Outra coisa que sou vidrado é cartomante. Uma vez eu fui numa mulher que jogava búzios. Bah, a mulher dá cada uma, dá cada engrossada.

Eu acho que a cafonice é o contato mais íntimo que se pode ter com a marginalidade. Hoje eu vi uma mulher no ônibus com uma criança que devia ter uns dois meses, toda embrulhada em jornal.

O Rivelino transformado em símbolo sexy é uma das coisas mais geniais que já aconteceu no Brasil. E os programas do Flávio Cavalcanti, então! O homem mais lindo, a moça da capa do *Cruzeiro*, a gordinha mais simpática.

Reunião dançante já era, viu. Não existe mais.

A primeira vez que eu escrevi um negócio eu tinha seis anos de idade. Eu tinha aprendido a ler e escrever e tal, em um mês, e a primeira coisa que eu fiz foi escrever um conto. Depois, sei lá, foi indo, assim, por necessidade de escrever. Quando eu escrevo eu consigo ordenar tudo aquilo que eu penso. Agora, quando eu falo ou quando eu sou, simplesmente não consigo ordenar nada. Eu sou da maneira mais caótica possível.

Caio quer ser um mago (por enquanto é um contista premiado)

Com o título acima, foi publicada no jornal Zero Hora, *de Porto Alegre, na véspera do Natal de 1972, matéria da escritora gaúcha Tânia Jamardo Faillace com Caio Fernando Abreu. As declarações que ele fez durante a reportagem constituem outro depoimento significativo do escritor em início de carreira. Era esta a abertura da matéria: "Quero ser um mago. Um grande mago. Caio Fernando não está fazendo charme. Pelo menos, não totalmente. Nao é difícil imaginá-lo com seu rosto estranho, seu corpo comprido e fino, seus olhos enormes, sua fala lenta e embebida de sentidos, como o sacerdote de uma seita esotérica e extremamente abstrata."*

Caio, que acabava de receber o prêmio do Instituto do Livro da Secretaria da Educação e Cultura do Rio Grande do Sul, disse:

— Faço ioga, estudo astrologia, quiromancia, numerologia, sou rosa-cruz... Minha maior ambição é ser um grande mago. A hora está certa: estamos em pleno despertar dos mágicos...

— Fui sempre sozinho. Sempre. Só fui arranjar amigos em Porto Alegre.

— Mas vou morar mesmo é em Florianópolis. Me prometi isso. Antes quero viajar um pouco. Vou pegar meu cheque do prêmio, abrir uma caderneta de poupança e, em abril ou maio do ano que vem, quero ir à Europa... Curtir? Não. Olhar simplesmente. Talvez fazer um curso de cibernética. Sou vidrado nisso.

— A civilização está em crise. O homem desequilibrou a natureza. A natureza está reagindo. A arte, como produto do homem, está em crise também. Acho que o homem não vai se destruir, não: vai reencontrar suas origens. Hoje, toda arte é de transição. E sua função — da literatura — é alertar contra o perigo. Não um perigo específico, está entendendo? mas o perigo de destruição do humano no homem.

— Todo homem leva o universo em si. Todo homem é Deus. Mas há um caminho para chegar até esse domínio total do próprio corpo e da própria mente.

— A evolução é uma espiral — há fases boas e ruins. Muitas vezes, a aceleração da decadência, da podridão, acelera a própria renovação. É motivo de esperança. Só assim eu explico a reeleição de Nixon — um absurdo aparente. Depois do pior, só é possível melhorar.

— Vida é energia. Energia que se transforma, que se transfere a outros aspectos da matéria. Na morte, desaparece a identidade. Mas durante a vida, é possível chegar a um estado de fusão com todas as coisas.

— Vivi como *hippy* no Rio durante um certo tempo. Cheguei a passar uma semana sem fazer nada, sem comer — só tomando cafezinho e comprimido para passar a sensação de fome. Dormia na praia do Leme. De noite, ia ao Conservatório de Teatro para fazer um curso sobre alquimia. Emagreci até os 54 quilos. Mas foi bom. Nunca me senti tão feliz, tão seguro de mim.

— Sou de Virgem, como Cortázar... Quero ser um grande mago...

Quanto ao prêmio, Caio acrescentava:

— É legal que tenham gostado deles [os contos] e me proporcionado a grana que vai me permitir ver o mundo. Mas, ao mesmo tempo, isso me deixa com uma baita sensação de responsabilidade, e mesmo de solidão, que não sei ainda se é agradável ou não. Isto é, o bloco foi posto na rua e parece que está agradando. Isso me compromete com quem me lê. Tenho a obrigação de, cada vez mais e com mais intensidade, procurar me ligar na dos outros e tentar entender qual é, afinal, a desta civilização. Acho que é isso aí. Agora estão aplaudindo a árvore de Natal e isso é bonito. Como é bonito o sol lá fora, batendo nas águas infelizmente (parece que também irreversivelmente) podres do Guaíba. Mas vamos ver o sol, antes que o dia arrebente, como dizia Torquato Neto.

CRONOLOGIA (1948-1996)

1948 Caio Fernando Abreu nasce em 12 de setembro de 1948, em Santiago do Boqueirão, no Rio Grande do Sul, quase fronteira com a Argentina, durante o governo Dutra, numa época de industrialização crescente.

1954 Aos seis anos de idade, começa a inventar e escrever histórias.

1966 Ainda no colegial, em Porto Alegre, durante os primeiros anos da ditadura militar, publica o conto "O príncipe Sapo" na revista *Claudia*, e escreve o romance *Limite branco*, que narra a vida de um jovem dos 12 aos 19 anos, tempo ao longo do qual luta por definir-se em relação à família e a ele mesmo.

1967 Inicia os cursos de letras e arte dramática na UFRGS, que acaba abandonando. Nesse mesmo ano é promulgada uma nova Constituição, que centraliza o poder e exclui a participação popular das decisões nacionais.

1968 Caio muda-se para São Paulo e participa como repórter da primeira equipe de *Veja*. Seu conto "Três tempos mortos" ganha menção honrosa ao concorrer ao prêmio José Lins do Rego. É o ano do movimento estudantil na França, de greves e protestos operários e estudantis e do AI-5, que cassa os direitos políticos dos cidadãos no Brasil.

1969 A obra *Inventário do ir-remediável* (contos) recebe o prêmio Fernando Chinaglia da União Brasileira de Escritores (UBE). É promulgada a nova

Lei de Segurança Nacional e a oposição radicaliza-se em ações clandestinas. Surge a imprensa alternativa com *O Pasquim*.

1970 Ano da publicação de *Inventário do ir-remediável*, *Limite branco* e *Roda de fogo* (antologia de autores gaúchos) pela editora Movimento. Aumenta a repressão do governo à oposição e surge a guerrilha urbana. Nasce a poesia marginal.

1971 Caio muda-se para o Rio de Janeiro e trabalha como pesquisador e redator das revistas *Manchete* e *Pais & Filhos*. Volta a Porto Alegre, onde é preso por porte de drogas.

1972 Trabalha como redator do jornal *Zero Hora* e como colaborador do Suplemento Literário de Minas Gerais. O conto "A visita", posteriormente incluído em *O ovo apunhalado*, recebe o prêmio do Instituto Estadual do Livro.

1973 Caio viaja para a Europa. Em Estocolmo, trabalha lavando pratos e, em Londres, como faxineiro e modelo-vivo numa escola de belas-artes. *O ovo apunhalado*, onde predominam os temas da memória e da identidade, da repressão aos valores individuais e a crítica à sociedade do consumo supérfluo, recebe menção honrosa do prêmio Nacional de Ficção.

1974 Volta ao Brasil. Em Porto Alegre, trabalha como autor e ator na peça *Sarau das nove às onze*, com o grupo Província. É colaborador de diversos órgãos da imprensa alternativa e publicações de literatura, então em florescimento, como *Opinião*, *Movimento*, *Versus*, *Ficção*, *Inéditos*, *Paralelo* e *Escrita*.

1975 *O ovo apunhalado*, que tem trechos censurados, é indicado pela revista *Veja* como um dos melhores livros do ano. Sua peça *Uma visita ao fim do mundo*, mais tarde denominada *Pode ser que seja só o leiteiro lá fora*, recebe o prêmio Leitura do SNT.

1976 Escreve críticas teatrais na *Folha da Manhã* e participa de duas antologias: *Assim escrevem os gaúchos* e *Teia*.

1977 Caio lança *Pedras de Calcutá*, livro de contos que focaliza a juventude brasileira, vítima da repressão política desencadeada com o golpe de 1964. Participa da antologia *Histórias de um novo tempo*. É a época do governo Geisel e a oposição civil, representada pela OAB, pela Igreja Católica e pelo MDB, rearticula-se.

1978 Volta a São Paulo, onde trabalha como redator da revista *Pop*. Participa da *Antologia da literatura rio-grandense contemporânea*.

1979 Trabalha como editor de texto da revista *Nova*.

1980 O conto "Sargento Garcia" recebe o prêmio Status de literatura. Tem início a redemocratização e a anistia aos presos políticos, no governo Figueiredo. A censura enfraquece e a inflação agrava-se.

1981 Caio assume o cargo de editor da *Leia Livros*. A inflação cresce e o país recorre ao FMI. Começa o movimento "Diretas Já".

1982 Caio lança pela editora Brasiliense um dos maiores sucessos editoriais da década, *Morangos mofados*, que é uma continuação de *Pedras de Calcutá*: trata na primeira parte daquela mesma juventude, "os morangos mofados". É o período da Guerra das Malvinas.

1983 Volta ao Rio de Janeiro, onde se torna colaborador da revista *IstoÉ*. Publica *Triângulo das águas*. O cientista francês Luc Montagnier descobre o vírus da aids, até então desconhecido.

1984 *Triângulo das águas*, que reúne três novelas sobre o tema da solidão, ganha o prêmio Jabuti. Sua peça *Pode ser que seja só o leiteiro lá fora* é encenada em Porto Alegre, sob direção de Luciano Alabarse. O Congresso rejeita a emenda que restabeleceria eleições diretas para presidente.

1985 De volta a São Paulo, trabalha como editor da revista A-Z e escreve o roteiro para a série de TV *Joana Repórter*, estrelada por Regina Duarte. *Morangos mofados* é adaptado para o teatro e encenado sob a direção de Paulo Yutaka. Tancredo Neves, eleito pelo Colégio Eleitoral, morre antes de assumir a presidência, e em seu lugar é empossado José Sarney. Na União Soviética, Gorbatchov inicia a abertura política e econômica.

1986 O *Estado de S. Paulo* lança o Caderno 2 e Caio é convidado a fazer parte da equipe de redatores. A adaptação para o teatro de *Morangos mofados* é encenada em Porto Alegre por Luciano Alabarse. É o ano do Plano Cruzado e do acidente nuclear em Tchernobil.

1987 Escreve o roteiro de *Romance*, longa-metragem de Sérgio Bianchi, e a peça *A maldição do Vale Negro*, juntamente com Luiz Arthur Nunes. EUA e URSS assinam acordo de desarmamento nuclear.

1988 Volta a trabalhar para a revista A-Z. Publica *Os dragões não conhecem o paraíso* e o livro infantojuvenil *Mel e girassóis*. Recebe o prêmio Molière de melhor autor teatral. É promulgada a nova Constituição brasileira.

1989 Publica o livro infantil *As frangas*.

1990 Publica o romance *Onde andará Dulce Veiga?*

1994 Sua novela *Bien loin de Marienbad* é publicada em Paris. Depois de divulgar em três crônicas de sua coluna semanal no jornal *O Estado de S. Paulo* que é portador do vírus da aids, volta a Porto Alegre, onde ficará até o fim da vida. Começa a circular uma nova moeda, o real, durante o governo Itamar Franco.

1995 Caio é escolhido patrono da Feira do Livro de Porto Alegre, um dos maiores eventos culturais do país. Fernando Henrique Cardoso toma posse como presidente.

1996 Caio Fernando Abreu morre em Porto Alegre, no dia 25 de fevereiro, aos 48 anos, com livros publicados em diversos países (Alemanha, Bélgica, Itália, França e Inglaterra). *Ovelhas negras* recebe o prêmio Jabuti, da Câmara Brasileira do Livro, de melhor livro de contos do ano.

AS FONTES DE *CAIO FERNANDO ABREU: O ESSENCIAL DA DÉCADA DE 1970*

Em três volumes, cronologicamente divididos nas décadas de 1970, 1980 e 1990, a coleção *Caio Fernando Abreu: o essencial* traça um panorama exemplar e valioso da produção do escritor em cada um desses períodos. Cada volume apresenta uma obra significativa da década enfocada, além de poemas, contos, cartas e depoimentos representativos de sua atividade, da evolução de sua escrita e de seu modo de pensar. Este volume abrange o período que vai de 1970 a 1979.

O livro escolhido para abrir a obra é *Inventário do ir-remediável*, que recebeu o prêmio da União Brasileira de Escritores em 1969 e foi publicado no ano seguinte; seu título, até aí, era *Inventário do irremediável*. Para a nova edição, que saiu em 1995, Caio fez diversas modificações no conteúdo e no título, que passou, em suas palavras, "da fatalidade daquele *irremediável* (algo melancólico e sem saída) para *ir-remediável* (um trajeto que pode ser consultado?)". É essa versão definitiva que apresentamos aqui.

O poema "Alento" foi originalmente publicado no *Correio do Povo*, em 19 de dezembro de 1967, e os poemas "Oriente" e "Press to open", no Suplemento Literário de Minas Gerais, em 12 de julho de 1973 e 12 de setembro de 1974, respectivamente. São indicadores raros das múltiplas facetas da sensibilidade de Caio.

Os contos dispersos apresentados em seguida foram retirados, com quatro exceções, de *Ovelhas negras*, compilação que abrange o período de 1962 a 1995, vencedora do prêmio Jabuti em 1996; neste volume da coleção aparecem os textos produzidos nos anos 1960 e 1970. As exceções são: "Aniversário", que saiu no *Correio do Povo* de 1968; "A modificação", que pertence à coletânea *Roda de fogo: 12 gaúchos contam*, publicada pela editora Movimento em 1974; e "Carta para além do muro" e "London, London", que primeiro puderam ser lidas no Suplemento Literário de Minas Gerais, respectivamente em 29 de maio de 1971 e 27 de julho de 1974.

Caio Fernando Abreu dizia que se comunicava melhor pela palavra escrita: preferia mandar cartas a telefonar. De sua volumosa correspondência, foram selecionadas cartas de 1970 a 1979 destinadas à escritora Hilda Hilst, à diretora de teatro Suzana Saldanha, aos jornalistas Luiz Fernando Emediato e José Márcio Penido, aos amigos Vera e Henrique Antoun e a seus pais, Nair e Zaél Abreu. Por meio delas mergulhamos no turbilhão dos anos 1970 no Brasil e na Inglaterra, vivenciamos a cultura da época e o gosto literário, as aspirações e angústias do autor. Algumas delas foram publicadas anteriormente no livro *Caio Fernando Abreu — Cartas*, organizado por Italo Morriconi e publicado pela editora Aeroplano. Outras, geralmente cartas à família, foram gentilmente oferecidas à editora, para transcrição, por Cláudia Abreu, irmã de Caio, e seu marido, Jorge Cabral.

Por fim, os dois depoimentos que ajudam a compor este retrato de Caio nos anos de formação e de início do amadurecimento como escritor — "Eu me sinto superfeliz quando encontro uma pessoa tão confusa quanto eu" e "Caio quer ser um mago", que foram retirados, respectivamente, da publicação *Cepegê* de outubro de 1970 e da Revista ZH, do jornal *Zero Hora*, de Porto Alegre, de 24 de dezembro de 1972 — fornecem uma boa releitura de suas ideias no período.

Outros títulos do autor pela Editora Nova Fronteira

Caio de A a Z
Caio Fernando Abreu: o essencial da década de 1980
Caio Fernando Abreu: o essencial da década de 1990
A Comunidade do Arco-Íris
Os dragões não conhecem o paraíso
As frangas
Limite branco
Morangos mofados
Onde andará Dulce Veiga?
Pedras de Calcutá
Pequenas epifanias
Teatro completo
A vida gritando nos cantos

Equipe editorial
Daniele Cajueiro
Ana Carla Sousa
Maria Cristina Antonio Jeronimo
Guilherme Bernardo
Adriana Torres
Allex Machado
Pedro Staite
Leandro Liporage
Maicon de Paula
Vinícius Louzada

Revisão
Anna Batriz Seilhe
Eduardo Carneiro

Este livro foi impresso no Rio de Janeiro, em 2014,
para a Nova Fronteira. O papel do miolo é
chambril avena 70g/m² e o da capa é cartão 250g/m².